Knaur

W0075517

Über die Autorin:

Dagmar Seifert wurde an der Ostsee geboren und wohnte lange in Hamburg. Sie begann ihre Schreibkarriere als Journalistin, war dann freie Autorin, schrieb Kolumnen, Rundfunk-Features, Märchen und Gruselgeschichten sowie ein erfolgreiches Theaterstück. *Die rosa Hälfte des Himmels* ist ihr erster Roman. Ihr zweites Buch *Ein silbergrüner Wasserfall* schaffte im Sommer 2000 den Sprung auf die Bestsellerliste. Dagmar Seifert lebt und schreibt heute in Schleswig-Holstein.

Dagmar Seifert

Die rosa Hälfte des Himmels

Roman

Knaur

Besuchen Sie uns im Internet:
www.droemer-weltbild.de

Vollständige Taschenbuchausgabe 2001
Droemersche Verlagsanstalt Th. Knaur Nachf., München
Copyright © 1999 by Langen Müller in der F.A. Herbig
Verlagsbuchhandlung GmbH, München
Alle Rechte vorbehalten. Das Werk darf – auch teilweise –
nur mit Genehmigung des Verlages wiedergegeben werden.
Umschlaggestaltung: ZERO Werbeagentur, München
Umschlagabbildung: Photonica, Hamburg / Takashi Kojima
Satz: Ventura Publisher im Verlag
Druck und Bindung: Clausen & Bosse, Leck
Printed in Germany
ISBN 3-426-61679-3

2 4 5 3 1

*Für
meine Großmutter Maria,
für mein überschäumendes Mütterchen
und für alle verrückten und weisen Mütter
und Großmütter
dieser Welt*

Inhalt

1.

Ulmen und Ungeheuer

Eigentlich hab ich nichts gegen den November. Wirklich: Ich mag den Herbst, das Diesige und Bunte, das Kühle und Melancholische. Mir schwebte früher immer undeutlich ein Spaziergang durch den Laubwald mit einem wundervollen Mann vor (und vielleicht noch mit einem prächtigen großen Hund mit Schlappohren), mitten durch tanzende goldene Blätter. Und hinterher würden wir in der rötlichen Nachmittagssonne vor dem knisternden Kamin sitzen, Tee trinken und vielleicht Schach spielen. Ich bin eine miserable Schachspielerin, aber das ist unwichtig ... Wenn's draußen kalt wird, ist es drinnen um so kuscheliger.

Letztes Jahr bin ich im November umgezogen. Was Umzüge angeht, gibt es schönere Jahreszeiten. Um mich herum stapelten sich vollgestopfte Pappkartons und Plastiktüten. Ich erinnere mich noch genau, wie ich am Fenster stand, in den nebligen, nieseligen Nachmittag guckte, auf meinen Umzugshelfer wartete und bemerkte, wie mir eine große, kräftige Depression von den Waden her über den Leib kroch.

Dann fiel mir ein, daß ich noch nicht in den Briefkasten gesehen hatte. Vielleicht steckte irgend etwas Aufmunterndes darin. Als ich sehr jung war, hatte ich einmal völlig unerwartet einen Nachwuchsförderpreis der Stadt Hamburg bekommen, mit einem ziemlichen Batzen Geld, das zumindest für einen wunderschönen Urlaub gereicht hatte.

Es war tatsächlich Post für Tina Conradi da. Ein Briefum-

9

schlag mit tiefschwarzem Rand. Meine Mutter war auch im November gestorben, und für einen kurzen Augenblick fürchtete ich, diesmal hätte es Vati getroffen. Dann erkannte ich: Luftpost! Sehr dünnes Papier, amerikanische Marken und Stempel. Das leuchtete ein. In Amerika besaß ich eine Großmutter, die ich allerdings kaum kannte. Ich schlitzte die Todesanzeige auf und erfuhr, daß es jedoch meinen Onkel Clemens erwischt hatte. Plötzlich und unerwartet. Vor vier Tagen.

Das war nicht unbedingt das, was ich unter aufmunternder Post verstand, obwohl ich auch ihn kaum gekannt hatte. Zumal es da sicher nichts zu erben gab. Onkel Clemens, erinnerte ich mich, war ein charmanter und hübscher Kerl gewesen, aber immer verschuldet bis über die wohlgeformten Ohren. Ein vergnügter junger Mann mit hellen Locken – »leichtsinnig wie ein Maibock!« pflegte mein Vater zu sagen. Mir war nie klar, ob er damit ein Tier oder ein Bier meinte.

Ich drehte die Todesanzeige um und las, in energischer, altmodischer Schrift hingekritzelt:

Ich komme zurück! Ulmi

Das war interessant. Darüber hätte ich gern mehr erfahren. Ich setzte mich auf die Wohnzimmercouch, griff zum glänzenden roten Telefonhörer und wählte Vatis Nummer in Hannover. Stiefmutter Juliane meldete sich. Sie ist ziemlich genau vier Jahre älter als ich, aber nie ein typischer junger Hüpfer gewesen, und keiner hat Vati schief angeguckt, als er sie nach ungefähr zehn Jahren einsamen Witwertums heiratete. Juliane trägt einen soliden Kurzhaarschnitt und eine solide rahmenlose Brille und stampft handfest und phantasielos durchs Leben. Wahrscheinlich paßt sie viel

10

besser zu meinem armen Vater, als meine verhuschte, verwirrte Mami es getan hatte.

»Conradi!« sagte Juliane energisch.

»Hier auch. Hallo, Juliane. Kann ich bitte Vati sprechen?«

»Natürlich. Moment bitte.« – Wie eine tüchtige Sekretärin.

Dann Vatis liebe, zuverlässige Stimme: »Guten Tag, mein Kind. Tina oder Michi?« Sogar daran, wie er unsere Namen aussprach, konnte man hören, daß ich sein Liebling war.

»Tina. Tag, Vati. Ich hab eine Todesanzeige bekommen – Onkel Clemens ist vor ein paar Tagen gestorben. Weißt du, woran? Der war doch höchstens ... irgendwo um Anfang fünfzig?«

»Das verrückte amerikanische Huhn ist überfahren worden!« sagte mein Vater überraschend drastisch und in vorwurfsvollem Ton. Unwillkürlich sah ich ein wild gackerndes, kaugummikauendes Huhn vor mir, das im Zickzack über eine Straße torkelte und von einem pinkfarbenen Cadillac überrollt wurde.

»Ulmi hat mir auf der Todesanzeige angekündigt, daß sie zurückkommt. Kommt sie nur zu Besuch, oder will sie wieder einwandern?«

»Für mich klang es so, als käme sie für immer zurück. Aber wir haben nur kurz telefoniert. Doch, ich könnte mir schon vorstellen, daß sie wieder in das *Haus* zieht ...« Vatis Stimme bebte leicht, »das Haus« war ein Schmerzpunkt. »Sie ist doch nur mit deinem Onkel nach Amerika gegangen, weil er allein völlig lebensuntüchtig war. Da hat sie dann das Geld verdient, und der wilde Clemens durfte weiter lustig sein.«

»Auf welche Art *hat* Ulmi eigentlich Geld verdient?«

»Sie hat Unterhaltungsromane vom Englischen ins Deutsche übersetzt – oder umgekehrt, das weiß ich jetzt nicht genau.«

»Du fliegst wohl nicht rüber zu Onkel Clemens' Beerdigung?« fragte ich so naiv wie möglich. Als ob Vati seinem Bruder einen Kranz spendiert hätte!

»Die war schon«, erwiderte er beleidigt. Vermutlich fuchste er sich, weil er keine Einladung bekommen hatte, die er hätte ablehnen können.

Ich kam zum zweiten Tagespunkt: »Und dann wollte ich noch melden, daß ich umziehe. Ich wohne demnächst Am Goosredder achtzehn. Michi borgt mir Sebastian für den Umzug.«

»Aber wir haben weder den Ersten noch den Fünfzehnten –?«

»Es war ein plötzlicher Entschluß. Eine Kollegin von einer Bekannten ist Hals über Kopf aus ihrer Wohnung ausgezogen und in die Türkei ausgewandert.«

»Ach. Und da ziehst du Hals über Kopf ein? Du hattest doch bei diesem Makler oder Manager gewohnt, diesem Meyer ... Hieß er Jakob? Wolltet ihr euch nicht verloben? Der stand doch finanziell ganz gut da?«

»Der Mensch heißt Johann und nennt sich Jack, weil er Meyer schlimm genug findet. Wir sind fertig miteinander. Wir passen überhaupt nicht zusammen«, erklärte ich meinem Vati.

»Warum hast du dann nahezu ein Jahr deines Lebens mit ihm verbracht?«

»Ich hab eben eine Weile gebraucht, bis ich's rausgefunden hab. Ich kenne so viele Frauen, die unter ihren Männern leiden. Ich will nicht leiden. Deswegen erledige ich sie vielleicht immer alle viel zu schnell. Bildlich gesprochen«, fügte ich hastig hinzu. Vati nahm manchmal die albernsten Bemerkungen wörtlich.

Er tröstete mich: »Sei nicht traurig, Tinchen. Der Richtige kommt bestimmt auch für dich noch.«

Ich mußte plötzlich daran denken, wie er früher immer mit Filzstift lustige Mäuse und kleine Hunde auf meine Heftpflaster gemalt hatte, um mich aufzumuntern.

»Das Blöde ist, ich hab so gut wie keine Möbel mehr. Die hab ich alle verkauft oder verschenkt, als ich bei Jack eingezogen bin.«

»Ich erinnere mich. Ich hatte dir übrigens davon abgeraten«, meinte Vati mit schwermütiger Stimme. »Und jetzt mußt du dir neue Sachen kaufen.«

»Im Augenblick bin ich ziemlich pleite, ehrlich gesagt. Ich werd mir vor allem Lampen anschaffen müssen … Gardinen hab ich auch keine …« Ich klang plötzlich wackelig.

»Gut, ich werde dir was überweisen, Tina. Stimmt die Kontonummer noch?«

»Moment mal. Augenblick. Deshalb hab ich nicht angerufen! So nötig hab ich's nicht, daß ich mir damit moralische Verpflichtungen einhandeln will.«

Er seufzte schwer in den Hörer. »Na gut. Also, es würde mir persönlich großes Vergnügen bereiten, dir ein bißchen Geld zukommen zu lassen. Gönnst du mir die Freude? Du brauchst nicht mal ›Danke‹ zu sagen.«

Ich war gerührt. »Ja. Gönne ich dir. Und ich sag laut und deutlich ›Danke‹! Vati. Du bist lieb. Ja, dann … schönen Feierabend noch …«

Ich legte auf und rechnete kurz nach, wieviel das Gespräch gekostet haben mochte. Nicht so viel, fand ich, daß ich es Jack zu beichten und Geld neben das Telefon zu legen hatte. Ich nahm mir eine Clementine aus dem Obstkorb auf dem Tisch, pellte sie ab, zupfte sorgfältig jedes kleine weiße Fädchen weg und versuchte, mich an Ulmi zu erinnern.

Als ich klein war, besaß ich zwei Großmütter (und keinen einzigen Großvater, die hatte beide der große Krieg abkommandiert). Die Mutter meiner Mami nannte ich Omi.

Die war fast immer bei uns, kochte Eintöpfe und Marmelade und pflegte meine dauerkranke Mutter. Sie kümmerte sich natürlich vor allem um Michi, weil Mami selbst meist zu elend war, das Baby zu versorgen, Vati zu ratlos und ich noch zu klein. Als Mami dann starb – ich war gerade vierzehn und Michi sieben –, wurde Omi auch gleich krank und starb ihr schleunigst hinterher. Ich dachte damals, sie wird sich gesagt haben, wir kommen einigermaßen alleine klar, aber Mami braucht auch im Jenseits ihre Hilfe.

Wir kamen tatsächlich klar, eine nette, mollige Nachbarin, Frau Sudermann, packte oft in unserem Haushalt mit an, und wir waren ja alle schon größer – beziehungsweise nicht mehr ganz so ratlos. Sicher glaubte Frau Sudermann, Vati würde sie über kurz oder lang zur zweiten Frau Conradi machen, denn sie schwenkte oft mutwillig ihren vollen Busen in der bunten Schürze dicht vor seinen Augen vorbei und sang: »So fängt es immer an ...« Es fing aber nichts an, sondern ich ging als Au-pair-Mädchen nach England, ein paar Jahre später zog Michi nach Dänemark, ebenfalls als Au pair (und heiratete ziemlich schnell ihren Arbeitgeber), und fast gleichzeitig angelte Vati sich seine Juliane und siedelte sich mit ihr in Hannover an. Frau Sudermann blieb verbittert zurück. Ich hörte irgendwann später, sie erzählte aller Welt, wir hätten sie nahezu zehn Jahre lang wüst ausgenutzt. Aus ihrer Perspektive hatte sie damit nicht so unrecht.

Die Beziehung zu meiner zweiten Großmutter war komplizierter. Mein Vater nahm ihr übel, daß sie zu seinem kleinen Bruder hielt, mit dem er seit Ewigkeiten hoffnungslos verkracht war. Es ging nicht um irgendwelche Gefühle, sondern hauptsächlich um etwas richtig Ernstes: um Geld. Und um »das Haus« – einen einsamen alten Kasten, irgendwo in der verlassensten Provinz hinter Pinneberg, um-

14

geben von Tausenden knurpeligen Obstbäumen. Mein Vater nannte das Ding melodramatisch »mein Vaterhaus«. Jeder der Brüder meldete Anspruch darauf an, und schließlich, als Vaters Mutter und ihr Jüngster nach Detroit auswanderten, durfte Gretel, die Haushälterin, drin wohnen.

Als ich drei oder vier war, herrschte gerade ein kleiner Waffenstillstand in der Familie Conradi. Deshalb sollte Vatis Mutter endlich ihre kleine Enkeltochter kennenlernen. Mein Vater kam vorsichtshalber nicht mit, er traute wohl dem Frieden nicht oder seiner eigenen diplomatischen Begabung.

Während wir durch die leise quietschende Gartenpforte traten und auf das Haus zugingen, murmelte meine Mutter vor sich hin: »Wenn's doch bloß schon vorbei wäre!«

Ich sah erstaunt zu ihr auf. »Hast du Angst?« fragte ich.

Mami nickte verzagt.

»Was tut sie denn? Haut sie?«

»Das wohl nicht. Aber sie wird so schnell wütend und schreit dann ganz laut ... Sie hat Zigeunerblut, weißt du, das sieht man an ihren Augen. Sie ist eine schwierige Frau. Ein richtiges Ungeheuer!«

Ich griff Mamis Hand fester. Ich war entschlossen, sie zu verteidigen.

Dicht neben dem Haus stand ein sehr hoher, düsterer alter Baum. Mami erklärte mir, das sei eine Ulme, mehr als hundert Jahre alt. Ulme klang ähnlich wie Ungeheuer. Ich betrachtete den Baum ehrfürchtig, als wir die drei Stufen zur Haustür emporkletterten.

Gretel, die Haushälterin, öffnete und lächelte uns an aus einem Gesicht mit glänzenden roten Bäckchen. Sie sah selbst aus wie frisches Obst.

Dann erschien meine gefährliche Großmutter in der Küche. Ich konnte mich kaum an ihr Aussehen erinnern – nur

15

an die Augen: riesengroß und dunkel. Ich fragte mich, wo man da das Blut oder die Zigeuner entdecken könnte. Mami nannte ihre Schwiegermutter Ulla. Plötzlich kam die Frage auf, wie ich sie ansprechen sollte, und alle drei Frauen zusammen machten mir Vorschläge. »Einfach Ulla?« schlug Gretel vor. »Oder«, fügte Mami hinzu, »vielleicht Ulla-Omi?« Da hatte ich die Erleuchtung! Ich verkündete, ich würde diese Großmutter Ulmi nennen. Ich glaube, ich wurde darauf auch durch den eindrucksvollen Baum neben dem Haus gebracht. Keiner kam auf die Idee, daß mich eventuell der Begriff Ungeheuer inspirierte.

Ulmi sagte: »Du bist ein pfiffiges kleines Ding!« Der neue Name gefiel ihr so gut, daß sie ihn später in der ganzen Familie verbreitete.

Dann wurde der Kuchen aus dem Backofen geholt und serviert, und Mami und Ulmi sprachen vorsichtig über Garnichts, vor allem nicht über die Brüder Alexander und Clemens. Gretel trank auch Kaffee und redete ab und zu mit über Garnichts. Und dann meinte sie: »Was *ist* die Lütte hier Ulla ähnlich! Also das sind ja Augen! Die Augen sind ja völlig wie Ulla ihre! Aber völlig!« Ich war ganz erschrocken: Hatte ich denn auch Blut und Zigeuner im Blick? Aber Ulmi legte mir den Arm um die Schultern und gab mir ein Küßchen. Darauf war ich sehr stolz. Das Ungeheuer mochte mich!

Sie winkte uns auch hinterher, als wir abfuhren, und ich sagte ganz glücklich zu Mami: »Siehst du, sie sind überhaupt nicht böse! Jetzt besuchen wir sie öfter?«

Mami nickte, aber zweifelnd. Bald darauf kam es dann zum totalen Bruch zwischen Alexander (Vati) und Clemens, es ging um die »Firma«, die Großvater Conradi noch gegründet hatte, bevor der Krieg ihn umbrachte, um irgendwelche Summen, die Clemens angeblich verjubelt hatte. Wenn

16

man Vati zuhörte, war er der arbeitende, zuverlässige, fleißige, treuherzige Teil der Familie, während es sich bei Clemens und Ulmi um einen faulen, verspielten jungen Lümmel und eine uneinsichtige, in ihren Jüngsten hoffnungslos vernarrte alte Schachtel handelte. Ich erfuhr ja nie *deren* Sicht der Angelegenheit.

Als ich Ulmi das nächste Mal sah, war ich schon sechs und ein Schulkind. Das war bei der Beerdigung irgendeiner Conradi-Tante. Vati und Onkel Clemens sprachen kein Wort miteinander und knallten ihre Schaufeln Erde in gegenseitiger Verachtung auf den Sarg. Ulmi trug Handschuhe aus schwarzer Spitze, die herrlich dufteten. Das weiß ich, weil sie mich streichelte und mir wieder ein Küßchen gab. Sonst nahm sie keine Notiz von meinem Teil der Familie. Sie guckte nicht einmal auf Mamis dicken Babybauch wie alle anderen Trauergäste. Ich genoß es sehr, mit dem verrufenen Teil der Familie zu fraternisieren.

Das dritte (und bisher letzte) Mal sah ich Ulmi in dem Sommer, als Mami zu ihrer ersten Operation ins Krankenhaus kam. Ich hatte gerade eben meinen zehnten Geburtstag gefeiert und viel weniger als erhofft geschenkt bekommen, Begründung: mein miserables Zeugnis. Ich erklärte Vati, daß Schule für mich sowieso nicht so wichtig sei, weil ich Malerin werden wollte.

Es wurde eins der unerfreulichsten Gespräche, die ich je mit ihm geführt habe. Er hielt mir einen Vortrag über den Blödsinn des Künstlerlebens. Er wünschte sich, daß ich Ärztin würde. Ich wollte aber auf gar keinen Fall Ärztin werden, ich hatte die Nase mehr als voll von Krankheiten jeder Art, darüber hinaus war mir kürzlich eine sehr schmerzhafte Tetanusspritze von einer widerlichen Ärztin verpaßt worden.

Und da wir schon mal über Grundsätzliches diskutierten,

schnitt ich noch das Thema Haustier an. Ich fand, wir müßten uns dringend einen Hund anschaffen. Oder zumindest ein Zwergkaninchen. Mein Vater jodelte fast vor Empörung. Bei allem, was er am Hals hatte, auch noch ein Vieh, das gepflegt werden mußte!

Ich versicherte, das würde ich übernehmen. Vati lachte nur trocken. Was ein Hund an Futter und Steuer kostete – Tierarzt, Impfungen und so weiter! Ich nannte ihn einen alten Geizkragen. Vati klebte mir eine.

Ich warf den Kopf zurück und verließ unsere Wohnung. Ich war tödlich beleidigt. Schläge waren bei uns nicht an der Tagesordnung. Und auf mich war Vati überhaupt nur ganz selten böse.

Weil das Wetter schön war, und weil Ferien waren, und weil meine Wut ein Ventil brauchte, fuhr ich anschließend mit dem Rad zu Ulmi. Dazu mußte ich mich allerdings erst noch mal in die Wohnung schmuggeln und in Vatis Kalender auf seinem Schreibtisch gucken, um mir die Adresse rauszuschreiben.

Ich hatte keinen Schimmer, in welcher Himmelsrichtung sich Goden befand, auf jeden Fall irgendwo bei Appen. Ich fuhr vermutlich alle möglichen Umwege, denn ich brauchte mehr als sechs Stunden und war halb verdurstet, als ich ankam.

Ich erkannte das Haus wirklich wieder, obwohl ich ja erst einmal als Kleinkind dagewesen war, unter anderem an der großen dunklen Ulme. Ulmi öffnete mir die Tür. Sie sah erstaunt aus, aber sie erkannte mich sofort. Gretel war nicht da.

Zuerst atzte Ulmi mich mit kalter Schokoladenmilch und mehreren dicken Scheiben von frischgebackenem Napfkuchen. Dann erfuhr sie, daß ich in Zukunft bei ihr leben wollte. Ich beschrieb ihr, wie wir uns einen hübschen Hund mit Schlappohren anschaffen würden. Ich berichtete auch von dem Krach mit meinem Vater, und daß ich Malerin werden wollte. Ich glaubte, wir hätten gute Chancen für all diese Pläne, deswegen war ich ja zu ihr gefahren: Meine Eltern und Omi könnten doch froh sein, ein Kind weniger im Haus zu haben, das Nerven und Mühe kostete. Ein Hund würde auf dem Lande keine große Arbeit machen.

Ulmi sprach sehr nett und ernst mit mir, wie Erwachsene normalerweise nicht mit Kindern reden. Sie sagte ungefähr, daß sie meine Ideen sehr gut fände und sich über mein Vertrauen zu ihr freute; daß sie jedoch leider gerade im Begriff sei, Deutschland zu verlassen.

Damit hatte ich überhaupt nicht gerechnet. Ich ließ meinen Kopf über den Teller hängen und heulte in die Napfkuchenkrümel. Sie klopfte mir tröstend auf die Schulter, redete aber nicht den üblichen beruhigenden Quatsch. Sie schien mich genau zu verstehen. Sie holte aus ihrem Wohnzimmer ein großes, dickes Buch von einem Regal und schenkte es mir: »Hunde« hieß es. Darin gab's nicht so sehr viel Text, aber haufenweise Bilder von jeder Hunderasse. Ich umklammerte das Buch, als Ulmis Nachbar mein Rad hinten auf seinen kleinen Lieferwagen packte – sie hatte ihn gebeten, uns nach Hamburg zu fahren – und sie mich auf dem Rücksitz in die Arme nahm.

Sie kam noch mit rauf in unsere Wohnung und sprach eine Weile mit Vati. Ich weiß nicht, was sie redeten, ich bekam jedenfalls keine Strafe dafür, daß ich abgehauen war.

Seitdem hatte ich nie wieder etwas von ihr gesehen oder gehört mit Ausnahme einer Postkarte, die – vermutlich eher zufällig – einen Tag nach meinem sechzehnten Geburtstag ankam. Vorn drauf war ein Waschbärbaby abgebildet. Hinten drauf stand: »Herzliche Grüße aus Amerika! Deine Ulmi.«

Sie mußte jetzt zwei- oder dreiundachtzig sein. Ich beschloß, sie zu besuchen. Inzwischen gab's ja sogar eine Autobahn nach Pinneberg.

Es klingelte an der Tür. Da stand Sebastian Wolke voller Tatendurst. Mein Umzug konnte beginnen.

Matschige Blätter segelten uns um die Ohren und klatschten uns vor die Füße, um uns mit den Umzugskisten ausrutschen zu lassen. Ich trug die leichteren zu dem buntlackierten Kleinbus, den meine Schwester mir freundlicherweise – neben Sebastian – zur Verfügung gestellt hatte, und er schleppte die schwereren. Ursprünglich war Michi mit einem vermögenden Herrn in Dänemark verheiratet gewesen. Nachdem sie kostengünstig geschieden war, im zarten Alter von sechsundzwanzig Jahren, begegnete sie Sebastian Wolke. Der war fünf Jahre jünger und erholte sich gerade von seinem Abitur. Jetzt lebten sie seit drei Jahren zusammen in der Heide, in einer für mich schwer verständlichen Harmonie, die ich ihnen nicht ganz abkaufte. Außerdem besaßen sie einen bleichen, fetten Säugling, genannt »der Hendrik«. Auf mich wirkte dieses Kind wie eine wohlgefütterte Obstmade. Michi hingegen, mit ihrer Elfenbeinhaut, umringelt von blaßblondem naturgelocktem Haar, sah dermaßen schön aus, daß man sich nur damit trösten konnte, so perfekt wär langweilig. Sebastian war womöglich noch schöner, riesengroß und umweht von einer gelben Wikingermähne. Er konnte sich's sogar leisten, bunte Strickmützchen zu tragen, ohne blöd auszusehen. Ich begriff nie, wie so prachtvolle Eltern ein so unappetitliches Würmchen ausbrüten konnten wie »den Hendrik«. Aber vielleicht wurde er ja noch. Michi und Sebastian schienen ihn mordsmäßig attraktiv zu finden.

Kurz nach fünf kippte die traurige Dämmerung in eine trostlose Dunkelheit um, aber inzwischen hatten wir alles verstaut. Ich schrieb auf einen Zettel in der Küche ›Tschüs!‹ und legte die Botschaft auf das Tischchen in der Diele.

Sebastian blickte mir über die Schulter. »Weiß der Mann eigentlich, daß du ihn verläßt, Tina?«

»Keine Sorge, wir haben mindestens drei Tage lang darüber geredet. Es ist kein Schock für ihn. Und für mich auch nicht, falls es dich interessiert.«

»Aber warum dann so plötzlich?«

»Weil ich so plötzlich eine Wohnung bekommen habe. Was erwartest du? Soll ich das ›Tschüs‹ mit meinem Herzblut hinmalen?«

»War das mal Liebe?« fragte Sebastian. Er fragte es von der Höhe seiner babygekrönten Idealbeziehung herab.

»Ach, was wißt denn ihr in der Heide«, murmelte ich mißvergnügt. »Das war eine normale Großstadt-Zweierbeziehung um die Jahrtausendwende. Komm, laß uns losfahren!«

Wir fuhren durch das trübe Geniesel und durch den Hamburger Feierabendverkehr, Sebastian im Bus voran, ich im Mini hinterher, zu meiner neuen Wohnung. Ich hatte sie wirklich durch eine Verkettung sensationeller Zufälle buchstäblich von gestern auf heute ergattert, nicht übertrieben teuer, aber unterm Dach und mit schrägen Wänden. Unterm Dach machte einstweilen nicht soviel aus, weil Sebastian – von der großen Platte für meinen Zeichentisch abgesehen – ja so gut wie gar keine Möbel zu schleppen hatte. Eine Matratze auf dem Boden – ebenfalls von Michi geliehen – mußte erst mal Sofa und Bett abgeben. Meinen Biedermeierstuhl stellte ich in die Eßecke und klappte davor mein Bügelbrett auf. Hier wollte ich tafeln. Auf die andere Seite vom Bügelbrett kam ein grüner Gartenklapp-

21

stuhl – für Gäste. Den Zeichentisch stellte ich natürlich direkt vor das Fenster. Das ging zwar auf den Hof, war jedoch schön groß und spendete bestimmt viel Licht.

Im Flur gab's einen Einbauschrank. Vielleicht war der als Garderobe gedacht, aber ich würde ihn zum Kleiderschrank befördern und für Mäntel und Jacken einfach ein paar bescheidene Wandhaken anbringen.

Ich überredete Sebastian dazu, noch meine aparte Glasperlenlampe an der Zimmerdecke zu befestigen, obwohl er ständig auf die Uhr guckte. Wahrscheinlich war die Fütterung der Obstmade fällig, und er mußte ja noch durch den Elbtunnel. Immer, wenn das Kind die Nuckelflasche eingepflockt kriegte, standen beide Eltern davor und hielten Andacht.

Ich bedankte mich bei Fast-Schwager Sebastian für alles.

»Grüß Michi schön«, fiel mir ein, »und sag ihr, unser Onkel in Amerika ist gestorben!«

»Ihr habt einen Onkel in Amerika?«

»Jetzt nicht mehr.«

Sebastian pickte mir eins seiner sterilen Küßchen auf die Wange (er war meiner Schwester wirklich mehr als treu) und tapste die Treppe hinunter.

Da stand ich im schummrigen Licht der aparten Glasperlenlampe. Ich mußte mir unbedingt noch mehr Lampen anschaffen, dieses Licht wirkte vernichtend auf meine paar übriggebliebenen Glückshormone.

Ich blieb erst mal im Mantel und drehte leidenschaftlich am Heizungsregler. Der knirschte, ließ sich willig in jede Richtung drehen, die Heizung blieb aber kalt. Rundherum blickten mich aus den dunklen Ecken die Kisten und Tüten an. Durch die Fensterscheiben blinzelte die gehässige Dunkelheit.

Ich suchte wild in allen Tüten nach Herrn Brömel. Das war

mein Teddybär, das einzige Wesen, das mir augenblicklich zur Seite stand. Ich setzte ihn möglichst bequem auf die Bodenmatratze und erklärte, als ich seine entsetzten Knopfaugen sah, hastig, was ich alles ändern wollte.

»Das bleibt natürlich nicht so, Brömelchen! Das wird alles ganz freundlich und heimelig!« Als er weiterhin zweifelnd vor sich hinstarrte, wurde ich gehässig: »Ich kann dich ja zu Jack zurückbringen, wenn du da lieber sein möchtest!« Daraufhin kippte er um und streckte die Teddybeine zur Decke. Na also.

In der Küche, beim grellen Licht einer splitternackten Glühbirne, beschäftigte ich mich eine Weile damit, die Schränke einzuräumen.

Danach wanderte ich zurück ins Wohn-Schlaf-Eß-Zimmer. Hier streckte Herr Brömel immer noch ohnmächtig die Beine in die Luft, und die Heizung war nach wie vor eiskalt. Ich setzte mich im Mantel auf die Matratze, legte mir eine Wolldecke um die Schultern wie eine alte Indianerin, verspeiste zwei Schokoriegel und rief Leute an.

Gesegnetes kleines Handy, das mich vor dem Einsamkeitskoller rettete! Ich fand das grüne Telefonchen in meinem Koffer zwischen dem Frotteebademantel, meiner Muschelkette und der vergilbten Postkarte mit dem Waschbärbaby. Ordnung ist das halbe Leben.

Bei meiner Gemütsfreundin Jenny nahm keiner ab.

Bei meiner Kindheitsfreundin Beate nur ihr gräßlicher Ehemann Werner. Der ist Lehrer und klingt auch so. Beate ist ebenfalls Lehrerin, sie klingt jedoch wie Bambi. Im übrigen steckte sie bei einem Elternabend.

Meine Seelenfreundin Carla war noch bis übermorgen verreist, aber ich sprach die Tatsache meiner Veränderung auf ihren Anrufbeantworter. Sehr befriedigend war das alles nicht. Gab es denn niemanden, der mir bestätigte, was für

23

ein Glück ich hatte, wieder einmal völlig neu anfangen zu können, und daß jetzt erst der lohnende Teil meines Lebens begann?

Ich krabbelte ins Bett, legte meinen Mantel über die Decke und Herrn Brömel über meine Füße. Vielleicht war mir auch nur so kalt, weil schon wieder mal eine Beziehung kaputtgegangen war.

2.

Vom Segen der Zweisamkeit

Ich erwachte durch das leise Winseln meines Telefons, das auf dem Teppich geschlafen hatte, grabschte verschlafen danach und meldete mich mit pelziger Zunge. Ich hatte eigentlich gedacht, ich würde von Jack nie wieder irgend etwas hören. Aber das erste, was ich an diesem neuen Morgen in meinem neuen Leben vernahm, war seine allzu bekannte Stimme: »Hast du etwa wirklich den Wasserkocher mitgenommen?«

»Hab ich«, erwiderte ich freundlich. »Das war doch meiner, erinnerst du dich nicht?« Dann teilte ich ihm gähnend mit, meiner Ansicht nach müsse irgendwo im Keller noch ein alter Pfeifkessel sein, wünschte ihm einen schönen Tag und drückte die Auflegetaste. Ich zog meine Hand plus Telefon aus dem kalten Zimmer unter die warme Decke. Er schien noch nicht bemerkt zu haben, daß ich sämtliche Teepackungen mitgenommen hatte. Ich schlief wieder ein und erwachte, weil das Telefon auf meinem Magen anschlug. Diesmal nahm ich aber nicht ab. Warum sollte ich mir anhören, daß Jack den weißen Toaster vermißte? Ich toastete viel öfter Brot als er. Und er hatte das Ding nie ausgeschüttelt, sondern immer die Krümel drin verkohlen lassen.

Dann duschte ich brühheiß. Zumindest das warme Wasser funktionierte. Ich kochte mir Friesentee und tätschelte zärtlich den Wasserkocher. Als ich Jack kennenlernte, floß Mocca in seinen Adern, und er atmete Kaffeebohnendunst aus. Er wußte überhaupt nicht, was Tee ist. Den lernte er

25

erst durch mich kennen und begeisterte sich dann dafür. Nun mußte er eben wieder umlernen.

Draußen ging Nebel langsam in Nieselwetter über, die Straßenlaternen, sah ich durchs Balkonfenster, hatten sie vorsichtshalber gleich angelassen. Ich versuchte, meine Vermieterin wegen der Heizung anzurufen, aber da war niemand. Dafür erreichte ich meine Freundin Jenny! Ich deutete kurz meine neuen Verhältnisse an. Sie hätte mir ebenfalls eine Menge zu erzählen, sagte sie sofort. Es ginge um Raoul.

»Willst du ihn auch verlassen?« fragte ich hoffnungsvoll. Ich bedauerte sofort, daß diese Wohnung so klein war – es wäre bestimmt lustig, mit Jenny zusammenzuwohnen, aber nicht in der muffigen Riesenkonfektschachtel, in der sie mit ihrem Liebsten hauste.

»Ich weiß nicht …«, sagte sie traurig. Ich kam auf den Boden der Tatsachen zurück: Sie würde sich nie von Raoul trennen. Dazu litt sie viel zu gern. Wir verabredeten uns für den Nachmittag.

Ich lief die vier Treppen hinunter und machte mich mit der näheren Umgebung vertraut. Direkt neben dem Hauseingang links war eine Bäckerei – das bedeutete frische Brötchen am Morgen. Rechts ein kleiner Tabak- und Zeitschriftenladen. Gegenüber gab es ein türkisches Obst- und Gemüsegeschäft. Gar nicht übel. Hier konnte ich überleben. Ich bin kein wütender Vegetarier, aber ich esse Fleisch eigentlich nur, falls ich dazu eingeladen werde. Ich mag Tiere nun mal lieber streicheln als verschlucken.

Ich kaufte von einem schmächtigen, traurig guckenden kleinen Türken mit Schnauzbart dies und das, vor allem fertige, gemüsegefüllte Teigtaschen, die ich nur noch aufbacken mußte.

Auf einmal entdeckte ich ein paar Häuser weiter ein kleines Lampengeschäft. Ich rannte hinein und kaufte auf der Stelle eine einfache Halogen-Schreibtischlampe. Dann hüpfte ich zurück unters Dach. Wirklich eine reizende Wohnung, wenn sie bloß nicht so kalt gewesen wäre. Bei meiner Vermieterin war immer noch keiner. Ich beschloß, die Miete zu mindern, schraubte die neue Lampe am Zeichentisch fest und machte mich – im Mantel – wieder ans Auspacken. Vor allem meine Mal- und Zeichensachen verteilte ich liebevoll auf meinem Arbeitsplatz.

Als es krächzend an der Tür klingelte, sprang ich vor Schreck in die Luft. Wer konnte das denn sein?

Vor mir stand ein mittelgroßer, robuster Mann um die Vierzig mit drolligem dunklem Haarwusch über den Augen. Er trug einen rotweißen Norwegerpullover und grinste mich gewinnend an.

»Tachchen. Nickels. Ich bin Ihr direkter Nachbar – hier gegenüber!« Er drehte sich um und wies mit dem Kinn auf die Tür der gegenüberliegenden Dachwohnung. Mein Gehirn klickerte: auch eine Einzimmerwohnung. Ein Junggeselle.

»Ich wollte nur herzlich willkommen sagen!« fuhr er fort und streckte mir eine kräftige rötliche Hand entgegen. Ich schüttelte sie verdutzt.

»Danke schön.«

»Nickels!« wiederholte er. »Ich heiße Oliver Nickels!«

Ach so. »Freut mich, Herr Nickels …«

»Olli für Sie!«

Für mich? Weil ich auf derselben Etage wohnte?

»Ich bin Martina Conradi. Stimmt, ein Türschild muß ich mir besorgen … Sagen Sie, haben Sie eine Ahnung, was mit meiner Heizung los ist? Ich friere mich tot …«

»Na ja. Die ist kaputt«, sagte er vergnügt. »Deshalb ist Ihre

27

Vorgängerin ja schlußendlich in die Türkei ausgewandert. Da ist es warm. Hahahaha!«
Sein Lachen war jedenfalls sympathisch und ansteckend. Dafür durften seine Witze auch etwas flau sein.
Er kam rein und guckte sich die Heizung an, klopfte daran herum, brummelte, daß man eventuell das Wasser rauslassen müßte, aber genau wüßte er das auch nicht. Er bewunderte den Biedermeierstuhl und die geniale Idee, das Bügelbrett als Eßtisch zu benutzen, und wanderte um den Zeichentisch herum wie ein Museumsbesucher: »Sind Sie Künstlerin? Modezeichnerin oder so was?«
»Ja, so ähnlich.«
Er starrte mich eindringlich aus seinen braunen Knopfaugen an und wartete wohl auf weitergehende Informationen. Ich lächelte unverbindlich. Dann musterte er meine Umzugskisten und befand: »Da haben Sie ja noch zu tun.«
Eben. Olli Nickels sah zwar so aus, als wäre er gern zur türkischen Teigtasche – die roch schon vielversprechend aus dem Backofen – und überhaupt geblieben, aber irgendwie kriegte ich ihn aus der Wohnung. Doch, er war nett. Ich hätte ihn bloß noch netter gefunden, wenn er mehr von Heizungen verstanden hätte.
Nachmittags kaufte ich Kuchen und fuhr zu Jenny.
Sie lebte in einem Gründerzeitkasten, Schnörkel an Schnörkel. An der Tür im finsteren Treppenhaus stand:
Jenny Blancke, Schauspielerin
Als ob ein Produzent oder Regisseur zufällig vorbeikäme und sofort wildbewegt klingeln würde, um sie zu engagieren! Darunter klebte eine verblichene Visitenkarte: »Raoul Benoir« stand da in aller Bescheidenheit. Das sah so aus, als stellte er sich in ihren Schatten. Aber das wirkte auch nur an der Wohnungstür so.

28

Jenny knuddelte mich im dunklen Flur. Ich konnte sie kaum erkennen, spürte jedoch an meinem Wangenknochen, daß sie eine Brille trug – ihre Riesensonnenbrille!
»O nein, Jenny – schon wieder?!«
Sie nickte halb kummervoll, halb stolz. Dummerweise wertete Jenny es immer noch als Beweis der Leidenschaft, wenn Raoul sie verprügelte. Sie hatte schon Tee gekocht, und wir setzten uns in ihr plüschiges Wohnzimmer. Die Dreizimmerwohnung lag im Parterre und war eigentlich sehr geräumig. Aber Raouls Vorstellung von Künstlertum und Wohnkultur ließ vermuten, daß hier vornehme Vampire hausten: viel Samt, Trauerfarben und skurrile Einfälle wie ein ausgestopfter Iltis auf dem Klavier. Eine einsame dunkelrote Kerze brannte auf dem Tisch. Ich fand kaum die Zuckerdose. Seit Jenny über Vierzig war, wurde es bei ihr immer schummriger. Sie nannte das »schmeichelndes Licht«. Vielleicht paßte ihr Raouls Vorliebe für schwarze Samtgardinen doch recht gut in den Kram. Als sie aufstand, um das Programmheft für ihr nächstes Theaterstück zu suchen, rammte sie erst mit dem Knie einen Hocker und dann mit der Hüfte eine Kommode. Das wunderte mich gar nicht. In dieser Finsternis noch eine Sonnenbrille zu tragen! Ihr Name stand im Programm an letzter Stelle – sie spielte eine von zwei Putzfrauen, die mit dem kürzeren Text –, aber immerhin. Geld für fünf Wochen, dann wahrscheinlich noch Tournee über die Dörfer, falls das Stück ankam. Außerdem mimte sie eine Leiche in einer Krimiserie im Fernsehen, das heißt, sie wurde vorher auch noch erstochen und durfte mit den Armen paddeln und quieken. Eine Chance für Werbung – da wäre sie ein Schnupfenopfer – schwebte überdies am Horizont. Die nächste Miete schien gerettet.
»Du machst noch Karriere!« meinte ich, und wir lächelten

uns schmerzlich an. Vor langer Zeit, als wir jung und hoffnungsfroh waren, träumten wir gemeinsam. Ich von einer Karriere als berühmte und bewunderte Malerin. Ich wollte mir vom Erlös meiner Gemälde eventuell ein romantisches Strohdachhaus in Südengland zulegen, und dann im Herbst mit meinem schlappohrigen Hund durch die goldenen englischen Blätter streifen. Leider stellte sich heraus, daß ich im falschen Jahrhundert geboren war. Mit meinem Malstil konnte keiner was anfangen. »Zu altmodisch«, hieß es meistens. »Na ja, was soll das sein – Neoromantik? Das war top um die letzte Jahrhundertwende! Machen Sie doch Illustrationen!«

Jenny wollte damals nach Hollywood. Christine Kaufmann und Maria Schell hatten das schließlich auch geschafft. Und war Jenny nicht viel reizvoller mit ihrem interessanten sechseckigen Katzengesicht, den hohen Wangenknochen und den schrägstehenden goldbraunen Augen? Wenn sie lachte, bekam sie auf beiden Seiten tiefe Grübchen, und ihre Lider schoben sich aufs Niedlichste so zusammen, daß man nur noch einen dichten Wald getuschter langer Wimpern sah. Begabt war sie außerdem. Sie konnte aufs Fingerschnipsen lachen oder weinen, mit echten Tränen und allem Drum und Dran.

Dann verknallte sie sich in einen Regisseur mit grauen Schläfen, Ehefrau und zwei wohlfrisierten Kindern. Er wollte den perfekten Star aus ihr machen. Das ging über neun Jahre. Sie stand eine Abtreibung durch – das hat auch mich ganz schön Nerven gekostet –, dann kam er damit heraus, daß er sich wohl doch nicht scheiden lassen würde. Einen Star hatte er auch nicht aus ihr gemacht. Wahrscheinlich war es für ihn viel praktischer, mit einer sehnsuchtsvollen kleinen Maus zusammenzusein.

Kaum hatte Jenny sich von diesem Kerl erholt, rannte sie

Raoul in die behaarten Arme. Angeblich war er Bühnen-bildner. Ich hätte gern gewußt, wo er eigentlich Bühnen bildete. Er trug damals schon ein Toupet, und weil es mit der Karriere bei ihm auch nie so recht klappte (für die Mie-te kam, wie gesagt, gewohnheitsmäßig die gute Jenny auf), konnte er sich seit zehn Jahren kein neues leisten. Inzwi-schen wies seine eigene Haarfarbe ziemliche Differenzen zur Toupetfarbe auf. Aber das bremste ihn in keiner Weise: Er war der absolute Ladykiller.

Wir tranken einen kleinen Sherry zum Tee, und Jenny schluckte weitere kleine Sherrys, während sie der Ge-schichte meines Auszugs bei Jack lauschte.

»Das Übel dieser Welt sind die Männer!« sagte sie mit schwerer Zunge und wühlte mit der Hand in ihrer stroh-blond gebleichten Mähne. Ich nickte trübe.

»Was, glaubst du, ist eigentlich der Sinn des Lebens?« fragte ich. Ich weiß nicht, wie ich darauf kam. Es ging mir so durch den Kopf. Jenny nahm die Sonnenbrille ab, und ich sah die dunkle Schwellung an ihrem linken Auge. Es hatte schon schlimmer ausgesehen. Sie kaute am Brillenbü-gel und dachte nach.

»Der Sinn des Lebens? Glücklichsein. Die Liebe. Karriere? Nein, das nicht. Deshalb suchen wir alle nach dem Einen, Richtigen, nach der Zwillingsseele, der anderen Hälfte. Aber wer hat schon das Glück, sie zu finden?«

»Ich suche keineswegs nach dem *Einen*, weil ich nicht an so was glaube. Außerdem – Zwillingsseele würde ja bedeuten, daß ich ihm mein Innenleben zeigen muß, oder? Wenn ich einem Mann schon gestatte, meinen Körper kennenzuler-nen, soll er sich bloß aus meinem Seelenleben raushalten. Wieso muß übrigens deiner Definition nach immer nur der weibliche Teil der Bevölkerung suchen? Warum suchen die Kerle nicht von der anderen Seite gegenan?«

»Na, weil – für Männer ist der Sinn des Lebens eben doch die Karriere. Die denken da anders!« erklärte Jenny traurig und wuchtete die Brille wieder auf ihre kleine Stupsnase.

Dann bekam ich die neueste Schauergeschichte über Raoul zu hören. Ein junges Mädchen, dessen Parfum Jenny an seinem Kragen roch – deren Anrufe bei ihr eintrafen mit Botschaften an »Herrn Benoir«. Dann blieb er nachts weg. Jenny stellte ihn zur Rede. Es gab Riesenknatsch, darin war er immer gut. Danach schritt er von dannen, und sie hockte heulend am Boden.

»Glaubst du, er kommt zurück, Tina? Er ist jetzt seit gestern früh weg … gestern abend hab ich ihn in seinen Stammkneipen gesucht …«

Deshalb hatte ich sie nicht erreicht. Ich konnte sie mir vorstellen, wie sie schüchtern die sonnenbebrillte Nase durch die Kneipentüren schob, um nach ihrem Liebsten zu spähen.

»Warum soll er in Kneipen sein, wenn er gerade bei diesem Küken Tarzan spielt?« sagte ich ärgerlich. Der Sinn des Lebens ist ›der einzig Richtige‹? Was für ein Bockmist! »Jenny, du bist so eine phantastische Frau – warum trennst du dich nicht von diesem hormondirigierten Kerl und suchst dir was Besseres?«

Jenny zog ein weiteres Mal die Brille von der Nase und starrte in die Kerzenflamme. »Er kann doch nichts dafür – mit seinem blöden Widder-Aszendenten. Und außerdem: Ich kann mich nicht so gut trennen wie du«, murmelte sie.

Volltreffer. Ich hatte nämlich neuerdings den Verdacht, daß ich mich zu gut trennen konnte. Zu schnell. Zu oft. Ich mußte mal darüber nachdenken, bei welchen meiner Verflossenen ich das eigentlich bereute.

Jenny gab mir ein elektrisches Heizöfchen mit und einige goldene Wachskerzen. Ich versprach, zu ihrer Premiere zu kommen, das war selbstverständlich.
Ich fuhr durch feuchtes Lichtgefunkel und verschwommene Verkehrsampeln nach Hause. Im Autoradio erkundigte sich Michael Jackson, ob ich mich schon mal so allein gefühlt hätte wie ein Fremder in Moskau? Ein sehr schönes Lied, aber recht melancholisch. Ich mußte an den Straßenrand fahren, um mir gründlich die Nase zu putzen.

Ich betrat das Haus zusammen mit einem Handwerker mit Köfferchen. Wir sprachen gleichzeitig. Ich sagte: »Sie wollen doch nicht etwa meine Heizung in Ordnung bringen?«
Er fragte: »Sind Sie Frau Conradi aus dem Vierten?«
Er wollte wirklich meine Heizung in Ordnung bringen! Es dauerte keine zwanzig Minuten, da wurde es warm. Eine Stunde später schraubte ich den Heizungsregler hastig runter, weil ich ins Schwitzen kam. Ich räumte meinen restlichen Besitz aus den Umzugskisten. Da ich so wenig Möbel hatte, stellte ich die Sachen teilweise *auf* die Kisten, die ich als Kommoden und Regale benutzte. Es sah nicht mal schlecht aus. Ich hängte alle Bilder auf (die meisten von mir selbst gemalt) und verteilte einige der goldenen Kerzen auf Untertassen auf der Fensterbank und dem Zeichentisch. Dann krächzte meine heisere Klingel. Wer war denn das schon wieder?
Olli Nickels! Er strahlte wie der Weihnachtsmann und trug immer noch den rotweißen Norweger. Ich öffnete die Tür nicht allzuweit. »Hat's geklappt?« fragte er.
»Bitte?«
»Mit der Heizung! Ich bin doch der Frau Schneider heute nachmittag im Treppenhaus begegnet und hab ihr von dei-

ner kaputten Heizung erzählt. Und sie wollte sofort den Heizungsmechaniker anrufen …«

Schon waren wir per Du.

»Ach! *Dir* hab ich das zu verdanken! Wie nett von dir – vielen Dank!«

Er glühte mich mit seinen kleinen dunklen Augen an.

»Gern. Wenn ich sonst irgendwas für dich tun kann … was auch immer …«

Mir war klar, daß er reinwollte. In meine Wohnung und überhaupt.

Dieser Mann kam mir nicht so vor, als sei die Karriere das Wichtigste in seinem Leben.

Jetzt holte er ein Haferflockenbrot mit drangeknippertem Salzfaß hinter dem Rücken hervor. »Hier. Zum Einzug – Brot und Salz!«

Daraufhin ließ ich ihn rein. Er schaute andächtig die goldenen Kerzen an und studierte jedes Bild mit schiefem Kopf.

»Toll! Also wirklich! Selbstgemalt, stimmt's? Das sieht man …«

Er hatte nicht nur eine Hängehose, sondern auch einen Birnenpo. Indiskutabel.

Ich lud ihn gleichwohl zu Radieschenbrot mit Tee ein und servierte auf dem Bügelbrett. Er ließ sich vorsichtig auf dem grünen Klappstuhl nieder.

»Warst du schon mal verheiratet, Martina?«

»Meine Freunde sagen alle Tina.«

»Tina – wie hübsch.«

»Verheiratet? Nein. War ich nicht.«

»Ach. Ich dachte. In unserem Alter hat man's ja meistens schon mal hinter sich …«

In unserem Alter? Was wollte er denn damit sagen?!

»Ich bin seit einem halben Jahr geschieden. Jutta und der

34

Max – das ist unser Sohn – leben jetzt bei einem anderen Mann. In Blankenese. In einer Villa. Sogar mit eigenem Swimmingpool. Der hat vielleicht Geld, der Kerl ...« Olli schüttelte grimmig kauend den Kopf. »Bärbel – das war die, die vorher hier wohnte, die jetzt in die Türkei gegangen ist –, die hat mich getröstet. Und ich sie. Sie war nämlich auch frisch geschieden, als sie hierhergezogen ist. Die hat am Anfang nur geheult. Nur geheult!«

Ich nahm ein übriggebliebenes Radieschen, drückte seinen Kopf in den kleinen Salzhügel auf meinem Teller und biß es dann kurz vor dem Schwänzchen ab. »Die Arme.«

»Ja.«

»Tja. War nett, daß du rübergekommen bist, Olli. Aber ich muß noch ein bißchen was tun ...« Ich zeigte auf den Zeichentisch.

Er trollte sich. Mir schwante, daß ich ihn bald wiedersehen würde.

Dann packte ich eine Tschaikowsky-CD in meinen kleinen Player (eine Akustik wie eine Seifenkiste, hatte Jack immer gesagt, aber mir reichte es), goß mir die letzte Tasse Tee ein und fing mit einem der Aquarelle für den Kalenderverlag an.

Da hustete meine Türklingel.

Ich würde mir einen Ding-Dong zu Weihnachten wünschen, egal, von wem! Ja, und von jemand anderem einen Türspion, um zu wissen, wer draußen stand. War das nun wieder der gute Nachbar Olli?

Ich öffnete ganz vorsichtig, nur einen Spalt, bereit, zu behaupten, ich telefonierte gerade ...

Da stand Beate Wehrmann in ihrem marineblauen Dufflecoat, schüttelte ihre kurzen hellbraunen Locken, hielt mir einen dicken Strauß Chrysanthemen entgegen und lachte mich an.

»Da wohnt sie ja wirklich – Werner hat gesagt, du hättest gestern angerufen ... Störe ich?«

»Gar nicht! Komm rein!«

Beate guckte die ganze Wohnung an und lobte sich zu Tode. »Wie hübsch, der kleine Küchenbalkon! Da kannst du im Sommer Sonne tanken und im Winter einen zusätzlichen Kühlschrank draus machen. Oh, Mensch, 'ne Sitzbadewanne, finde ich super!« (Ich hatte bis jetzt gedacht, die Wanne von der Dusche sei aber unpraktisch hoch.) »Und so viele Geschäfte vor der Tür und der große Parkplatz schräg gegenüber – außerdem ist die Luft hier bestimmt besser als mitten in der Stadt, und die Alsterfleete sind nicht weit. Mehrere U-Bahnstationen rundum – na ja, die brauchst du nicht, du fährst ja Auto –, aber wenn Leute wie ich dich besuchen kommen, ist das enorm praktisch ... Und alles so hell und nett geschnitten, mit den schrägen Wänden und dem kleinen Erker hier!«

»In Ordnung, ich nehme die Wohnung!« sagte ich.

Wir setzten uns auf die Matratze, und ich schilderte ein weiteres Mal meinen Absprung von Jack Meyer. Beate enthielt sich einer Meinung dazu, sie sagte bloß: »Du schaffst das schon! Du bist so stark! Ich könnte ohne Werner nicht leben.«

Das verstand ich überhaupt nicht. Ich würde mit Werner Wehrmann sterben – nach wenigen Tagen!

»Und ohne die Kinder – das könnte ich auch nicht aushalten«, fügte Beate hinzu und nickte ernsthaft. Wir kannten uns seit unserer Windelzeit, hatten nebeneinander in der Sandkiste gebuddelt und beide begeistert mit Puppen gespielt. »Das werden mal gute Mütter!« sagten die Erwachsenen gerührt. Zu fünfzig Prozent hatten sie recht gehabt. Ich wechselte das Thema: »Ich war heute bei Jenny. Rate mal, wer ihr was blau gehauen hat?«

36

»O Gott, die Arme! Aber sie liebt diesen Raoul ja wohl treu und innig, was?«

»Ich glaube eigentlich eher, sie hat Angst, allein zu sein«, sagte ich, und dann fiel mir erst auf, wie taktlos das war, nach dem, was Beate eben über ihre Familie geäußert hatte.

Sie war gar nicht beleidigt: »Ich kann das verstehen. Lieber mit einem Mann arrangieren, den frau kennt, als einen zu nehmen, der womöglich unbekannte Macken hat.«

»Glaubst du auch, es ist der Sinn des Lebens, den richtigen Partner zu finden?«

»Der Sinn des Lebens?« Beate kratzte sich am Knöchel durch den Jeansstoff hindurch und starrte grüblerisch auf den Teppich. »Na, ich denke, daß wir unseren Platz im Leben möglichst gut und verantwortungsvoll ausfüllen, oder?« Sie kratzte ihre Wade. »Das juckt – ich muß mir die Beine rasieren. Werner wird wütend, wenn ich Stoppeln habe …«

»Ach. Und was macht *dich* wütend an *ihm*?«

»Wütend? Eigentlich nichts …«

Ich fragte mich, ob sie das selbst glaubte. »Und – entschuldige meine Taktlosigkeit an einem so harmonischen Abend – stört's dich nicht, daß er dauernd fremdgeht?«

»Männer sind nun mal nicht monogam. Das ist wissenschaftlich erwiesen. Ihnen ist der Trieb eingepflanzt, sich möglichst breitflächig zu vermehren …«

»Wenn du wüßtest, was mir für breitflächige Triebe eingepflanzt sind! Aber ich gebe ihnen nicht nach, weil ich ein zivilisiertes Geschöpf bin.«

»Sie sind eben anders als wir. Sie können einfach nicht treu sein. Das hat meine Mutter immer schon gesagt.«

»Ich find's schlimm genug, wenn Männer so was als unumstößliche Tatsache von sich behaupten. Müssen wir ihnen

37

dabei auch noch zustimmen?« fragte ich ärgerlich. Ich wollte hinzufügen, daß sie die arme Jenny bedauerte, weil ihr Raoul sie verprügelte – daß ich aber den sachlich-intellektuellen Sadismus, mit dem Werner sie fertigmachte, noch schlimmer fand. Dann sah ich, daß ihre etwas zu lange Nasenspitze nervös zuckte, und ich wechselte zu einem harmloseren Thema über.

Später fuhr ich Beate nach Hause, mit der U-Bahn hätte sie doppelt so lange gebraucht. Sie besaß zwar einen Führerschein, aber für das blitzblanke neue Auto zuwenig Fahrpraxis, meinte Werner. »Wie sollst du jemals Fahrpraxis bekommen, wenn er dich nie ans Steuer läßt?!«

Beate lächelte treuherzig. Sie sah sehr jung aus im Schein der roten Verkehrsampel, vor der wir hielten. »Ach, so sind Männer eben. Frau darf das nicht so ernst nehmen!« äußerte sie in nachsichtigem Ton.

Beate bemühte sich immer um eine emanzipierte Wortwahl. Die Theorie saß bei ihr felsenfest. Ich guckte ihr hinterher, wie sie im Dufflecoat und mit den langen Jeansbeinen zu ihrer Haustür ging. Vielleicht war sie tatsächlich glücklich. Glück spielte sich ja wohl im jeweiligen Bewußtsein ab. Frau durfte das nicht von sich selbst ableiten ...

Bei mir zu Hause räumte ich noch ein bißchen auf. Ich kippte gerade mein Tuschwasser aus, als das Telefon noch mal klingelte: Carla! Sie meldete sich zurück und gratulierte mir zur Trennung von »diesem dünnblütigen Schnösel«. Endlich die richtigen Worte! Wir verabredeten uns für den nächsten Tag zum Mittagessen. Ich würde sie in der Redaktion abholen.

Als ich im Bett lag, hörte ich, wie der Nieselnebel zu einem energischeren Dauerregen reifte. Es hörte sich hübsch an, das »Pittepipittepipittepi« auf dem Dach und dem schrägen Erkerfenster. Obwohl ich die Heizung vorm Schlafengehen rigoros runtergedreht hatte, war mir immer noch angenehm warm. So leicht ließen sich die elementaren Probleme des Lebens lösen. Jedenfalls einige.

3.

Reden ist Platin

Am nächsten Tag schien die Sonne. Sie bepinselte den Hinterhof und meine Wohnung mit Ocker und Altgold, setzte überall verschwenderische Glanzlichter und ließ die Perlen meiner Glasperlenlampe kleine Regenbögen sprühen.

Nach dem Frühstück ging ich daran, mir ein Türschild zu malen. Ein gekauftes war garantiert teuer, und wozu hatte ich jede Art von Farbe, Tusche und guter Pappe im Haus? Ich zeichnete neben meinen Namen noch ein paar Blätter und Vögelchen – so ein schönes Türschild gab es garantiert nicht zu kaufen! – und befestigte es mit vier weißen Reißzwecken außen an der Wohnungstür.

Dabei fiel mir auf, daß ich mir auch einen Briefkasten anschaffen mußte. Die Briefträgerin hatte mir für heute meine Post auf den Fußabtreter gelegt: nur ein Kontoauszug der Bank, die freudige Mitteilung, daß Vatis milde Gabe – ein Sofa müßte ich mir davon kaufen können – eingetroffen war. Eigenartigerweise gab es in diesem Haus weder Briefschlitze in den Türen noch eine Briefkastenreihe neben dem Eingang unten. Olli Nickels hatte an der Wand neben seiner Tür einen kleinen hellblauen Kasten, dekoriert mit einem Posthorn. Das sah ziemlich rührend aus.

Um Carla in der Redaktion aufzusuchen, brezelte ich mich auf. Hin und wieder nahm die Zeitschrift, in der sie sich als Graphikerin durchs Leben pinselte, Zeichnungen von mir, vor allem für das große Vorschau-Jahreshoroskop. Alle Redakteurinnen und Graphikerinnen, denen ich dort je be-

40

gegnet war, sahen so aus, als erwarteten sie jeden Moment, von einem der großen Modefotografen als Gesicht des Jahres entdeckt zu werden. Oder als hätten sie das schon erfolgreich hinter sich. Ich war einmal in Jeans und Parka erschienen, da hatten sie die gepuderten Nasen gerümpft und mich angeguckt, als wäre ich der Pizzalieferant. Carla natürlich nicht. Carla sagt: »Was gehen dich diese überzüchteten Perlhühner an? Komm doch, wie du willst, mich geniert das nicht!« Aber – sie selbst trägt auch ständig das Neueste aus Mailand und guckt perfekt gestylt aus dem Wimpernkranz.

Also machte ich eine tolle Person aus Tina und warf mich in mein neues tailliertes olivgrünes Tweedkostüm mit Webpelzkragen und Webpelzärmelstulpen. Ich hatte es selbst entworfen und selbst genäht, aber das sah ihm keiner an! Die Pumps – halb Schlangenleder, halb Wildleder – hatte ich so lange nicht getragen, daß ich eine dicke Staubschicht von ihnen abbürsten mußte. Ich schämte mich, daß ich mit staubigen Schuhen umgezogen war. Gut, daß meine arme Mutter das nicht mehr erleben mußte.

Carla kam mir zufällig im dritten Stock entgegen, als ich behutsam aus dem Fahrstuhl stöckelte. Ich war es nicht mehr gewohnt, solche Schuhe zu tragen. Wenn ich allerdings sah, auf was für Stelzen meine Freundin anmutig über den Redaktionsflur schwebte, ohne zu knicken oder zu stolpern, kam ich mir kläglich vor. Carla ist seit über zwanzig Jahren Tag für Tag auf mindestens zehn Zentimeter hohen Absätzen unterwegs, weil sie sich einbildet, nur Giraffen gelten was im Leben – sie ist zufällig einen Meter sechsundfünfzig groß. Daß sie ein reizendes Gesicht mit großen graugrünen Augen und glänzendes, dickes, hennarotes Haar hat, daß sie ihre weiblichen Formen kaum in Körbchengröße C quetschen kann, tröstet sie überhaupt nicht.

41

Ich kenne sie lange und gut genug, um zu wissen, daß ihre Beine und Füße dauernd weh tun und ihre Bandscheiben durch die ständige Schräglage im Eimer sind. Aber sie hält sich nur ganz privat die schmerzenden Einzelteile und jammert. Auf der Bühne des gesellschaftlichen Lebens marschiert sie einstweilen noch lächelnd und kerzengerade herum.

Wenige Minuten später griffen wir uns je ein weißes Plastiktablett und stellten uns an der Schlange im Verlagsrestaurant an. Hier gab es wirklich leckere, phantasievolle Salate und etliche vegetarische Gerichte.

»Hau rein, Mädchen, du bist eingeladen!« ermunterte mich Carla. Wir setzten uns an einen kleinen Fenstertisch, tunkten die Gabeln ein und berichteten, was seit der letzten Woche alles passiert war. Ihren Urlaub mit Tom konnte man nur als Flop bezeichnen, vor allem Tom war ein Flop.

Aus den Augenwinkeln beobachtete ich einen jungen Gott mit üppigem langen kastanienbraunen Zopf den Rücken hinunter, sehr schmalen Hüften und kleinem Apfelpopo, der sich in unsere Nähe setzte. Wie er wohl von vorn aussah? Der Blonde ihm gegenüber war jedenfalls eine Augenweide.

»Beate hat mich gestern abend noch besucht und fand meine Wohnung ganz toll. Du mußt auch bald gucken kommen! Ich hab sie nach Hause gefahren, weil der Armleuchter ihren ungeschickten Händchen nicht das neue Auto anvertraut. Sie darf mit den beiden Kindern und allen Einkaufstüten U-Bahn oder Fahrrad fahren.«

»Hätten wir ihr doch bloß nie zugeredet, diese Anzeige aufzugeben!«

Wir sahen uns schuldbewußt an. Wir hatten Anteil daran, daß Beate Werner Wehrmann kennengelernt hatte. Obwohl wir ihr abrieten, sobald *wir* ihn kennenlernten.

»Er hat eine Stimme wie Entkalker. Ich hab vorgestern bei Wehrmanns angerufen und bekam ihn dran … Er hat sich gar nicht eingekriegt, daß ich wieder mal eine Beziehung vermasselt hab. Gott, ist der Kerl widerwärtig.«

»Dabei scheint Beate doch ganz happy mit ihm zu sein! Was machen wir eigentlich falsch, Tina? Wieso können wir nicht auch so einen Armleuchter anhimmeln und leise summend seine Schuhe polieren?«

»Ich weiß nicht«, seufzte ich. »Bei Jenny war ich gestern auch. Raoul ist wieder auf Tournee, und sie läuft weinend durch die Kneipen und sucht ihn, obwohl sie genau weiß, daß er gerade bei irgendeiner kleinen Mieze sein Ego aufpolieren läßt. Ich begreif's nicht – was Jenny und Beate machen, dieses demütige Magdtum, würde ich nie praktizieren. Und du auch nicht. Aber mit unserer Hau-drauf-Methode kommen wir auch nicht weit. Sind wir zu anspruchsvoll? Ich hab kürzlich gelesen, das Glück liegt darin, mit dem zufrieden zu sein, was man hat.«

Carla zündete sich eine Zigarette an und blies den Rauch überlegen von sich. »Klar. Deswegen sollte man sich auch nur das Beste anschaffen. Wenn ich ein Haustier brauche, leg ich mir doch keine Kakerlake zu.«

»Jenny glaubt, wir suchen alle den Seelenpartner, mit dem wir uns bis in den letzten Winkel verstehen. Wie siehst du das?«

»Bis in den letzten Winkel? Wo bleibt denn da das Privatleben?« Carla sprach mir häufig aus dem Herzen. Sie nahm einen tiefen Zug, und während ihr der Rauch aus beiden Nasenlöchern strudelte, gab sie Folgendes von sich: »Wir sind zu stark, Tina. Zu stark und zu intelligent. Es ist ein unentwegter Machtkampf. Wenn du einen Partner willst, brauchst du dich nur so dumm und schwach zu stellen wie möglich. Wir beide sind nicht blond genug. Blond wirkt hilflos und kindlich. Männer wollen Frauen, die naiv sind – sie dürfen gern launisch sein und verspielt und sogar richtig ungezogen – Hauptsache, was sie tun, ist nicht durchdacht. Männer mögen Frauen, die sich unpraktisch und blöd anstellen bis zur Behinderung. Weil sie sich dann endlich überlegen fühlen.«

Das klang einleuchtend. Ich wollte eben hinzufügen, deshalb seien Männer wohl auch so scharf auf Frauen in Stökkelschuhen, je höher, je lieber, weil es den Tatbestand der Behinderung erfüllte wie bei den fußumwickelten Chinesinnen. Dann fiel mir ein, mit wem ich redete. Ich nickte also nur eifrig.

Im selben Moment ließ sich jemand neben mir auf den Stuhl plumpsen und rief über den Tisch: »Carla Schott, wie sie ißt und raucht! Und wer ist *das* Rasseweib hier?«

Es war der kastanienbraune Rückenzopf. Er hatte tatsächlich ein hübsches Gesicht – allerdings nicht ganz so hübsch, wie er selbst glaubte. Seine Stimme klang leider kläffig. Sein Begleiter war neben unserem Tisch stehengeblieben und musterte Carla überaus interessiert.

»Hier hat sich ungebeten Christoph Buhrmeester zu uns gesetzt«, erklärte Carla und zermantschte ihre eben angezündete Zigarette brutal im Aschenbecher. »War mal Redaktionsmitglied, ist, soviel ich weiß, wegen unsittlichen Betragens gefeuert worden; wir haben uns nie sehr gut verstanden, er wird es nötig haben, wenn er sich jetzt anbiedert. Wünschst du trotzdem, daß ich dich ihm vorstelle?« Die beiden Männer lachten schallend. Carla fuhr fort: »Wer der Herr hier bei ihm ist, weiß ich nicht …«, – und sie funkelte den anderen aus ihren großen grünen Augen an. Der funkelte zurück und stellte sich vor. Er hieß Jochen Bark und war freier Mitarbeiter im Reiseressort. Er sah nach Carlas nächster Enttäuschung aus: ein aggressives

44

Kinn, ein aggressives Gebiß sogar seine blonden Haare spießten kriegerisch in die Luft.

Christoph Buhrmeester blickte mich von der Seite an und wollte wissen: »Was macht die unvorgestellte Dame denn nach dem Essen?«

»Ich fahre jetzt zum Friedhof Ohlsdorf«, antwortete ich wahrheitsgemäß. »Meine Mutter hat heute Todestag.«

Das löste bei den Herren sekundenlanges Schweigen aus. Buhrmeester schien zu überlegen, ob er mich für originell oder für kaputt halten sollte. Er holte eine Visitenkarte aus der Tasche seiner cognacfarbenen Lederjacke, warf sie neben meinen Teller und schlug vor: »Du kannst mich ja mal anrufen.«

Dann nickte er dem Reiseressortmann zu, der nickte seinerseits uns zu, und beide verließen das Restaurant.

»Der sieht gar nicht so übel aus«, murmelte Carla vor sich hin. Sie meinte ganz sicher nicht Christoph Buhrmeester.

Wir brachten unsere Tabletts mit dem schmutzigen Geschirr zu einem Sammelwagen und gingen auch unserer Wege, Carla zurück in die Graphik, ich zu meinem Auto. Die Visitenkarte hatte ich auf dem Tisch liegen lassen. »Du kannst mich ja mal anrufen« gehörte nicht ganz zu dem anbetungsvollen Ton, auf den ich huldvoll reagierte.

Ich kaufte in einem Blumenladen dicht beim Friedhof ein schönes Tannengesteck mit frischen rosa Rosen. Während ich durch das schnörkelige alte Tor fuhr, nahm ich die Genesis-Kassette aus dem Radio und legte Brahms ein. Mami lag im letzten Zipfel des Friedhofes bei einer der kleinen Kapellen. Da auf dem Gelände nur Schrittempo erlaubt war, fuhr ich, unterstützt von Brahms, so würde- und gedankenvoll zwischen den Gräbern und Trauerweiden dahin, wie es sich gehörte.

Vor der letzten Kapelle parkte ich am Straßenrand und

hüpfte auf meinen Wildleder-Schlangenlederpumps durch raschelnde gelbe und braune Blätter zu Mamis Grab. Ein neues Gesteck mit roten Beeren und Tannenzapfen lag da auf sauber ausgebreiteter Tanne. Michi war also heute schon hier gewesen. Oder Sebastian. Oder beide. Ich legte mein Tannen-Rosen-Gebinde daneben.

Ich stand keine halbe Minute dort, starrte versunken den Grabstein an und erinnerte mich an die Beerdigung – als schräg hinter mir eine kläffige Männerstimme sagte: »Conradi? Heißt du so? War Elsa Conradi deine Mutter?« Ich fuhr herum und staunte. Christoph Buhrmeester samt cognacbrauner Jacke und kastanienbraunem Zopf. Auf jeden Fall paßte er farblich in die Herbstlandschaft.

»Was willst du denn hier?!«

»Ich bin neugierig. Ich kann nichts dafür – ich bin Journalist. Ich bin dir hinterher gefahren – hast du das nicht gemerkt? Ich wollte wissen, ob du einfach geschmacklos geschwindelt hast oder wirklich einen Todestagsbesuch machst. Stimmt tatsächlich … Sie ist am 14. November gestorben. Deine Mutter ist schon seit einundzwanzig Jahren tot? Die ist nicht alt geworden, was?«

Zwei Jahre älter, als ich jetzt war. Aber das sagte ich nicht. Er konnte sich gar nicht beruhigen: »Nur siebenunddreißig! Sie war wohl krank – oder war's ein Unfall?«

»Altersschwäche war's wahrscheinlich nicht. Obwohl … in meiner Familie sind viele Mitglieder sehr jung gestorben. Mein Onkel – einer der Brüder meines Vaters – sogar noch als Kleinkind. Das war im Krieg oder kurz nach dem Krieg. Er hatte Typhus. Und den anderen Bruder meines Vaters hat man gerade vor einer Woche oder so beerdigt. Der war dreiundfünfzig, glaube ich. Auch kein hohes Alter, stimmt's?«

Er guckte mich mit einem gewissen Mißtrauen an und trat

46

einen kleinen Schritt weiter zurück. Vielleicht überlegte er, ob es ansteckend war. »Und wie alt wurde dein Vater?«

»Neunundfünfzig.«

»Wahnsinn! Woran ist der gestorben?«

»Der lebt noch.« Ich biß mir auf die Mundwinkel, weil ich an Mamis Grab nicht breit grinsen wollte.

Christoph Buhrmeester reagierte nicht. Wahrscheinlich war er nicht anwesend, wenn er verulkt wurde. Er schaute sich um. »Hübsch hier. Eigentlich ist der Herbst doch nett, wenn er mal lächelt. Gehen wir ein bißchen zwischen den Gräbern spazieren? Das ist so schön makaber ... Dein Haar sieht in der Sonne übrigens phantastisch aus. Wie flüssige Zartbitterschokolade.«

Sein Haar sah in der Sonne auch phantastisch aus, aber das sagte ich nicht, weil er es erwartete. Wir schlenderten in Richtung Kapelle. Ich steckte beide Hände in die Kostüm-taschen. Das Kostüm war gut für die Redaktion, aber trotz Tweed zu dünn für den Friedhof im November, sogar bei Sonne.

»Wirst du mich mal anrufen, Frau Conradi?«

»Ich hab deine Visitenkarte in der Kantine liegen lassen.«

»Soll ich dir noch eine geben? Ich stehe übrigens im Tele-fonbuch.« Diese Hartnäckigkeit war auch typisch journa-listisch.

»Ich besitze kein eigenes. Ich bin vorgestern umgezogen und hab das Telefonbuch dagelassen. So, und jetzt ist mir zu kalt für einen beschaulichen Spaziergang zwischen Grä-bern. Außerdem bleibe ich mit den Absätzen dauernd im Laub stecken. Ich bin zum Trauern hergekommen, nicht zum Wandern. Da vorn steht mein Auto. Tschüs, Herr Buhrmeester ...«

»Wo willst du diesmal hin?«

»Verfolg mich doch einfach wieder, dann kriegst du's

schon raus!« rief ich freundlich. Ich ging zu meinem Mini, stieg ein und gab Gas. Ich fuhr durchaus schneller als Schrittempo. Aber im Rückspiegel sah ich Christoph betont gelassen zu einem silbernen Porsche schlendern und extra langsam einsteigen. Ich sollte wohl bloß nicht denken, daß er sehr interessiert wäre. Er würde mir bestimmt nicht noch einmal hinterher kommen.

Ungefähr eine Woche später fuhr ich nach Goden. Ich hatte keine Ahnung, ob Ulmi schon wieder eingewandert war. Auf jeden Fall wollte ich das Haus mit der großen, dunklen Ulme suchen.

In fünfundzwanzig Jahren kann sich viel verändern. Früher hatte es ringsumher nur Weiden und Felder gegeben. Ich hätte mich nicht gewundert, nun auf Wohnblocks, Tankstellen, Supermärkte oder eng bebaute Siedlungen mit Walmdach-Doppelhäusern zu stoßen. Was ich erblickte, waren indessen Weiden und Felder, umgeben von Hecken in melancholischen Rostfarben. Am Ende des Krögenbargs wurde die Landschaft ein Spürchen besiedelter, aber zu den beiden einsamen, ziemlich häßlichen Häusern von damals war inzwischen kein einziges hinzugekommen. Das rechte erkannte ich sofort als das berühmte Vaterhaus der Conradis.

In den letzten Tagen hatte es gestürmt, und die Bäume sahen alle ziemlich magersüchtig aus. Auch die düstere Ulme stand fast nackt neben dem schmalen roten Backsteingebäude. An den Obstbäumen im Garten – die waren enorm gewachsen – fehlten die Blätter, aber einige blaßgelbe Äpfel und Birnen hingen in den kahlen Zweigen wie Früchte aus Wachs. Ich parkte am Wegrand, wickelte mir meinen Schal fest um den Hals und stieg aus. Als ich auf die Gartenpforte zustapfte, wurde ich durch heftiges Rascheln von links abgelenkt. Dort, zwischen braunem Unkraut und stacheligem Gebüsch, tobte hinter dem Zaun im Nachbargarten offenbar ein Lebewesen umher. Ein Hund? Eine nervöse Riesenamsel?

Ich trat neugierig näher. Da brach es durchs Gestrüpp und blinzelte mich an: Auf ein ausgewachsenes rosa Schwein war ich nun wirklich nicht gefaßt gewesen! Ich dachte, so etwas läge grunzend im Stall und wartete faul und träge auf die nächste Mahlzeit. Faul und träge wirkte dieses Exemplar ganz und gar nicht. Es schlenkerte kokett ein dünnes Schlappohr von einem seiner blanken Augen, zwinkerte mutwillig, machte einen halben Salto, zeigte mir kurzfristig ein wippendes braunrosa Ringelschwänzchen und stürmte schon wieder von dannen.

Ich blieb für einen Moment beeindruckt stehen. Dann sah ich zögernd zu Ulmis Haus hinüber. Die Dämmerung trübte bereits ein wenig den Blick auf diese Entfernung. Warum sollte ich den Gartenweg entlanggehen, um mir die Nase an einer verschlossenen Tür zu stoßen? Ich wollte mich gerade umdrehen und wieder ins Auto steigen – als in einem der Erdgeschoßfenster ein freundliches gelbes Licht anging. Also war jemand im Haus! Entweder die alte Gretel oder wirklich schon Ulmi.

Ein brutaler Windstoß versuchte, mir meinen Wollschal in den Mund zu stopfen und ließ meine Haare zu Berge stehen. Ich rannte fast den Gartenweg entlang und bimmelte Sturm. Eine angenehme Türklingel übrigens, wie die Tür eines kleinen Dorfkramladens, sehr melodisch im Vergleich zu meiner. Ich hatte noch nicht den Finger vom Klingelknopf genommen, als die Tür geöffnet wurde. Eine alte Dame im braunen, wadenlangen Kleid stand vor mir und musterte mich ernst. Gretel konnte es nicht sein, denn die war blond gewesen. Diese hier hatte eine interessante

Mischung von weißen und schwarz-braunen Haaren auf dem Kopf. Bevor ich etwas äußern konnte, lächelte sie plötzlich, fast nur mit den Augen, und sagte mit dunkler, ziemlich heiserer Stimme: »Martina!« Das R rollte sie dabei ganz hinten im Gaumen. Meine Ulmi klang unverkennbar amerikanisch.

»Komm rein!« forderte sie mich auf. Ich trat in den Windfang und von dort ins große Wohnzimmer. Überall standen Kisten herum, wie bei mir zu Hause, aber diese hier waren überwiegend aus Holz. Ulmi lächelte. »Ich bin seit zwei Tagen zurück.«

»Oh! Ich wußte nicht genau … Störe ich – oder kann ich vielleicht helfen?«

»Beides Nein. Ich freu mich, daß du da bist. Du bist ja der einzige Mensch hier, den ich gern sehen wollte – außer Gretel. Aber helfen ist überflüssig. Das muß ich selbst auspacken.«

»Wo ist denn Gretel?« fragte ich.

Ulmi zog mir den Schal vom Hals und knöpfte meinen Mantel auf. »Sie ist im Krankenhaus. Hat sich vor zwei Wochen die Hüfte gebrochen. Wenn sie wieder gesund ist, will sie in ein Altenheim hier irgendwo in der Nähe – das wollte sie sowieso. Sie ist neunundachtzig!«

Sie hängte meinen Mantel auf einen Bügel und den in die Garderobe.

»Meine Möbel in Detroit hab ich verkauft, auch die von Clemmy. Dies hier sind noch meine alten Möbel – Gretel hat die ganze Zeit damit gewohnt, und nun übernehme ich sie wieder. Komisch ist das. Wie eine Zeitreise. Möchtest du Tee oder Kaffee? So was brauche ich gar nicht auszupacken. Die Küche ist komplett …« Sie sprach perfekt deutsch, aber mit knüppeldickem Akzent und sehr seltsamer Betonung.

»Tee, gerne ...«

Etwas Weiches strich an meinem Bein entlang, und ich zuckte erschrocken zurück. Es war eine der rotgelben Katzen, die zum Haus zu gehören schienen, denn vor mehr als dreißig Jahren waren sie auch schon hier gewesen.

»Das ist nur Safran. Den Kater konnte Gretel ja nicht mit ins Krankenhaus nehmen. Ein Nachbar hat sich um ihn gekümmert. Und jetzt gehört Safran wohl mir ...«

Ulmi setzte in der Küche Teewasser auf. Sie war schlank, etwa so groß wie ich und bewegte sich flink und sicher. Sie wirkte auf mich nicht im geringsten wie eine Frau von zweiundachtzig Jahren.

Wir betrachteten uns neugierig im Licht der Küchenhängelampe. »Bist du Malerin geworden?« fragte Ulmi.

Ich nickte. »Und alle Leute, die mich gewarnt hatten, haben recht behalten. Ich komme wirklich auf keinen grünen Zweig, ich muß furchtbar strampeln. Ich male eigentlich auch kaum. Ich mache Illustrationen und Zeichnungen und sogar Karikaturen, um finanziell halbwegs klarzukommen.«

Ulmi nahm Tassen aus dem Küchenschrank und stellte sie auf den Tisch. »Du hättest diesen Leuten nicht glauben sollen. Dir passiert das, was du erwartest.«

Ich war beleidigt: »Na, Moment mal – ich war ja am Anfang überzeugt davon, es zu schaffen. Die Realität hat mich einfach niedergeknüppelt.«

Ulmi lächelte wieder, leicht ironisch schien mir. »Die Realität ist eine Täuschung für Leute, die es sich einfach machen. Es gibt so viele Realitäten – und jeder macht sich seine eigene. Möchtest du Cookies?« Sie stellte eine Dose voller runder Schokokekse auf den Tisch.

Ich setzte mich auf einen Küchenstuhl, kraulte Safran im Nacken und sah der alten Dame beim Teebereiten zu.

»Du bist nicht verheiratet?« fragte sie.

»Nein«, erwiderte ich kurz. Kamen jetzt etwa Sehnsüchte nach kleinen Urenkeln? Ich konnte ja auf Michis Obstmade Henrik verweisen.

»Warum nicht? Magst du Männer nicht?«

»Oh, im Prinzip schon, aber ich bin dem Richtigen eben noch nicht begegnet.«

»Warum nicht?«

»Keine Ahnung. Er ist eben noch nicht bei mir angekommen.«

»Ach so. Und wenn er dann kommt, der ›Richtige‹, dann bist du eine perfekte Partnerin, was?«

Das klang schon fast aggressiv. Was wollte sie von mir? Hatten nicht immer alle behauptet, Ulmi sei so schwierig? Wieso hatte ich das eigentlich nie geglaubt?

»Ich weiß nicht, ob ich nun gerade perfekt sein werde – aber …« Ich guckte ratlos auf dem bunten Tischtuch umher.

Ulmi goß Teewasser auf. »Du bist wie jemand, der ein Klavier hat, aber nicht Spielen lernt, weil er behauptet, das richtige Lied wär noch nicht da. Und wenn er nur das richtige Lied findet, dann kann er es auf der Stelle perfekt spielen. Nichts kann er! Wenn er nicht gelernt hat, seit Jahren Tonleitern und Fingerübungen zu machen …«

»Ach so! Ja, was das angeht … Natürlich hatte ich alle möglichen Beziehungen mit allen möglichen Männern. Einer schlimmer als der andere. Ich hab mehr als genug Tonleitern und Fingerübungen hinter mir, das kann ich dir versichern.«

Ulmi schaute mich skeptisch an. »Das klingt mir aber nicht so, wenn du meinst, einer war schlimmer als der andere. Warum hast du dir denn dauernd solche Männer ausgesucht?«

»Was heißt ausgesucht?« Ich zog meinen dicken Pullover aus, unter dem ich ein langärmliges T-Shirt trug. Mir wurde ganz heiß bei diesem Verhör. »Das ergab sich irgendwie …«

»Oh, ich verstehe. Das Schicksal prügelt dauernd auf dich ein, und du kannst überhaupt nichts dagegen tun, richtig?« Diese alte Frau wirkte ja geradezu sardonisch. Ich würde meinen Tee trinken, ein paar Kekse verschlingen und sehen, daß ich ein für allemal weg kam!

Sie stellte die Teekanne auf den Tisch und setzte sich mir gegenüber. Ihre Miene war gespannt. Erwartete sie etwa eine Antwort?

»Du meinst, ich bin selbst schuld, wenn's mir schlecht geht, ja? Es ist meine Schuld, wenn ich keine erfolgreiche Malerin bin, und es ist meine Schuld, wenn ich es nur mit männlichen Klotzköpfen zu tun habe?« fragte ich so sachlich wie möglich und schaufelte mir Zucker in den Tee.

»Ich mag das Wort Schuld nicht. Aber für den Anfang und bis du andere Vokabeln findest … Natürlich machst du dein Schicksal selbst. Jeder tut das.«

»Und du? Bist du denn mit deinem Schicksal zufrieden?« Ich erwartete nicht, daß sie zustimmen würde. Wer ist schon mit seinem Schicksal zufrieden? Ulmi lächelte verträumt aus dem Küchenfenster in die ländliche Dämmerung. »Ja, ich bin zufrieden. Ich habe viel gelernt.« Ihre großen dunklen Augen wanderten zurück in die Küche und zu meinem Gesicht. »Dafür, daß du bald vierzig wirst, hast du noch nicht sehr viel gelernt, Lady …«

Ich verbrannte mir den Mund an einem verfrühten Schluck Tee, kaute hastig einen Keks und sagte: »Ich muß übrigens auch gleich wieder los … Ich hatte überhaupt nicht damit gerechnet …«

»Hey, feige bist du auch«, meinte sie vergnügt. Ich ver-

53

schluckte mich an dem Keks und hustete wie verrückt. Ulmi kam um den Tisch herum und schlug mir brutal und knapp auf den Rücken.

Wenigstens kam ich dadurch wieder zu Puste. Ich holte meine Puderdose aus der Handtasche und wischte mir mit den Fingerspitzen die Wimperntuschenkleckse unter den Augen weg.

»Weshalb bist du eigentlich – so …?« fragte ich. Für ein offenes Wort schien sie ja zu haben zu sein.

»So unbequem?« Ulmi lachte mit gleichmäßigen weißen Zähnen, die kaum ihre eigenen sein konnten. »Was hast du erwartet, Tina? Ein Großmütterchen, das dir den Kopf streichelt, Kekse und Tee serviert und über das Wetter redet und wie es sie in den Knochen reißt? Ich sollte wohl über die Altersversorgung reden. Ich sollte dich nicht fragen, ob du gelernt hast, zu lieben, sondern ob du für eine Rente gesorgt hast. Und ich sollte dich nach deinem Vater fragen. Wie geht's ihm?«

»Ganz gut. Ich glaube, er ist einigermaßen glücklich mit Juliane. Und seit er endlich nicht mehr selbständig ist, hat er auch keine Geldsorgen mehr. Er freut sich auf die Rente.«

»Alexander war immer so passiv. Einigermaßen glücklich – keine Sorgen mehr, das klingt so, als sei sein größtes Glück, dem Schlimmsten entgangen zu sein.« Ulmi schloß kopfschüttelnd den Deckel der Keksdose.

»Mein Vater hat keine Schulden!« schnappte ich. Ich konnte es nicht leiden, wenn jemand Vati angriff. »Dein Clemens ist bestimmt hochverschuldet gestorben!«

»Hochverschuldet gerade nicht – aber er hat immer zuviel ausgegeben. Andererseits ist ihm das Geld hinterhergerannt. Clemmy war großzügig bis zur Verschwendung. Er war immer glücklich, und er hat viele Menschen sehr glücklich gemacht.«

Ich starrte sie entrüstet an. Was war denn das für ein Standpunkt bei einer alten Dame! »Mein Vater hat jedenfalls niemanden *unglücklich* gemacht!«

Ulmi schmunzelte bloß über meinen Ärger. »In der Bibel steht: ›Die Lauen speit der Herr aus seinem Munde.‹ Das sind genau die, die sowenig Gutes wie Böses tun, niemanden glücklich und niemanden unglücklich machen und ständig Angst haben, ob sie auch gegen alles versichert sind, was passieren könnte!«

Ich hatte meine Tasse geleert und überlegte fieberhaft, mit welchen Abschiedsworten ich diesem alten Ungeheuer möglichst schnell entkommen könnte.

»Du meinst also, ich bin zu direkt für eine Großmutter, ja? Du bist es offensichtlich nicht gewohnt, die wirklich wichtigen Dinge auszusprechen. Wahrscheinlich denkst du nicht mal darüber nach – vielleicht bemerkst du sie nicht einmal. Wie willst du jemals eine gute Partnerschaft haben, wenn du nicht über alles sprechen kannst? Reden ist nun mal eine der wichtigsten Voraussetzungen, um sich zu verstehen!«

»Verstehen hat nicht immer unbedingt mit Reden zu tun«, belehrte ich meine querdenkerische Großmutter. Jetzt konnte ich ihr auch mal etwas beibringen. »Es muß nicht immer alles ausgesprochen werden, weißt du. Man kann auch viel zerreden. Und es ist wichtig, daß man zusammen schweigen kann …«

Ich fuhr erschrocken zurück, denn sie sprang so plötzlich und so heftig vom Tisch auf, daß ihr Stuhl krachend umfiel. Safran floh intelligenterweise auf der Stelle aus der Küche. Ulmis Gesicht hatte sich im Zorn zusammengezogen, die Augen funkelten wild und schwarz. Ich schluckte. Mir fiel wieder ihr Zigeunerblut ein. Was hatte sie denn jetzt vor …?!

Ulmi nahm die Keksdose und haute sie auf den Tisch wie einen Gong. Ich zog den Kopf ein.

»Man kann viel zerreden, ja?!« rief Ulmi laut. »Na großartig! In deinem Gehirn steckt wirklich alles leere Stroh, was je gedroschen wurde! Das ist ein herrlicher Satz – ›Man kann viel zerreden!‹ Es gibt ein paar solcher Sätze, die sind allgemein als weise anerkannt! Du darfst solchen Blödsinn überall ungestraft verkünden, und die Leute werden nachdenklich mit dem Kopf nicken und murmeln: ›Wie wahr!‹ Reden ist Silber und Schweigen ist Gold, was? Großartig!« – sie schlug erneut die Keksdose auf den Küchentisch.

Ich hörte ein leises Geraschel aus dem Wohnzimmer. Vermutlich versuchte Safran, ebenso verängstigt wie ich, sich auf oder hinter den Umzugskisten zu verstecken. Armer Kater. Gretel hatte sicherlich nie mit Stühlen geschmissen und mit Keksdosen gegongt.

Ulmis wütendes Gesicht beugte sich über mich: »Seit jeher sind den Menschen die schlimmsten Dinge passiert, weil sie nicht miteinander geredet haben! Schweigen ist tödlich! Es zerstört die Liebe – es fördert Feindseligkeit – es hegt und pflegt alle Irrtümer und Verwirrungen! Schweigen kommt fast immer aus Trotz und Bockigkeit, aus Hemmung und Unsicherheit, aus Gleichgültigkeit oder Gefühlskälte. Von mir aus kann es ganz ab und zu mal richtig sein, etwas *nicht* auszusprechen. Aber in neunundneunzig Prozent aller Fälle wird *dadurch* Unglück angerichtet, daß die Leute ihre Klappe nicht aufkriegen!«

Ulmi sprach zum Schluß ruhiger. Sie setzte die Keksdose fast sanft auf den Tisch und hob ihren Stuhl wieder auf. Dann rief sie mit liebevoller Stimme ins Wohnzimmer: »Safran? Es ist vorbei, mein Junge. Tut mir leid, ich bin ein bißchen laut geworden. Du kannst ruhig wiederkommen, okay?«

Fast sofort erschien der kleine rote Tiger in der Küchentür. Ich entspannte mich etwas.

»Ich hätte nicht erwartet, daß er wirklich gleich zurückkommt«, murmelte ich beeindruckt. Ulmi setzte sich auf ihren Stuhl, und der Kater sprang ihr leicht und weich auf den Schoß, ließ sich kraulen und schnurrte leise.

»Der weiß schon, daß ich schnell explodiere und schnell wieder ruhig bin.«

»Ja – Tiere spüren das wohl.«

»Oh, Tina – hör doch bitte auf mit diesen Klischees! Menschen spüren so was genauso, solange sie nicht ihren Verstand im Wege haben. Und Tiere denken auch, glaub mir ... Außerdem kannst du sie nicht alle in einen Topf werfen, weder die Menschen noch die Tiere. Jeder ist anders ...« Ulmi streichelte weiter und starrte aus dem Fenster – oder vielmehr in das Fenster, denn inzwischen war es draußen so dunkel, daß sich nur unsere häusliche bunte Küchenszene in der Scheibe spiegelte. Es sah idyllisch aus: das bunte Teegeschirr auf dem bunten Tischtuch, die altmodische Hängelampe über dem Tisch, mein in krampfhafter Gelassenheit aufgestütztes Kinn und die friedliche alte Dame, die den Kater liebkoste. Man durfte nur nicht wissen, daß diese alte Dame Nitroglyzerin statt Blut in den Adern hatte.

Ulmi sprach nachdenklich weiter: »Das ist auch so ein weitverbreiteter, hochgeachteter weiser Spruch, den du jederzeit zum Besten geben kannst: ›Tiere darf man nicht vermenschlichen!!‹« Sie blickte anklagend über Safrans Kopf. Ich hielt hübsch den Mund.

Als von mir nichts kam, fuhr sie fort: »Nicht vermenschlichen! Was meinen sie denn damit? Sie werden erwidern, wie scheußlich es ist, kleinen Hündchen kleine Mäntelchen anzuziehen oder ihnen Sonnenbrillen aufzusetzen. Dabei

57

ist das so selbstverständlich krank, daß es nicht erwähnt zu werden braucht! Was sie wirklich meinen, ist doch: Trau den Tieren nicht zu, daß sie fühlen, daß sie denken, daß sie Bewußtsein haben! Das wird Vermenschlichen genannt, um es abzutun als sentimental und kitschig. Ein Tier ist ein Stück Fleisch oder eine Maschine, die etwas zieht – dann ist es nicht vermenschlicht! Oder es lebt irgendwo in der Wildnis und geht uns nichts an, ob wir in seinen Lebensraum eingreifen oder nicht. – Hast du das Buch über Hunde noch, das ich dir gegeben hatte?« fragte sie plötzlich und sah mich scharf an.

Ich goß mir vor Schreck noch eine Tasse Tee ein. Mein Gewissen trat von einem Bein aufs andere. Wollte sie das etwa zurückhaben?

»Also, ehrlich gesagt ... Ich habe es lange gehabt und sehr geliebt ...«

»Hast du es verloren? Oder verkauft?«

»Ich habe es getauscht. Gegen etwas, was ich unbedingt haben wollte. Ich habe das übrigens hinterher sehr bereut ...«, fügte ich wahrheitsgemäß hinzu.

Ulmi sah mich grübelnd, aber nicht unfreundlich an. »Ich glaube, du läßt zu schnell los. Du gibst zu schnell auf!« erklärte sie.

Wo sie recht hatte, hatte sie recht. »Das könnte stimmen. Ich bin gerade selbst darauf gekommen. Von einigen Männern« – warum sollte ich das nicht zugeben? –, »von einigen Männern habe ich mich vielleicht auch zu schnell getrennt ...«

Jetzt lächelte sie mich anerkennend an. Ich lächelte zurück. Na gut, blieb ich eben noch ein bißchen. Zumindest konnte niemand behaupten, daß Ulmi langweilig war.

Sie nahm die Keksdose, streichelte ihren Rand und sagte: »Tut mir leid, Keksdose. Entschuldige bitte.«

Ich verlor mein Lächeln, es rutschte mir einfach vom Gesicht. Sie schien das nämlich ganz ernst zu meinen. Als sie aufsah, bemerkte sie meinen Ausdruck.

»Was ist denn daran so verkehrt, Kind? Mein Gott – wenn sich jemand am Sofa stößt, und er brüllt, während er sich das Bein reibt: ›Verdammtes Sofa!‹ – dann hältst du ihn vielleicht für unbeherrscht, aber nicht für verrückt, richtig? Das ist ›normales‹ Benehmen, obwohl es häßlich und ungerecht ist, denn das Sofa stand, wo es stand, und es war der Mensch, der es gestoßen hat. Wenn ich mich aber bei der Keksdose entschuldige, dann findest du das sonderbar. Wieso eigentlich?«

»Weil … Wenn du dich beim Kater entschuldigst – was du ja auch getan hast – oder bei mir – was du übrigens nicht getan hast –, na gut, das ist nett. Aber bei einer –? Ich meine, kämpfst du auch für die Vermenschlichung der Keksdosen?«

Ulmi lachte gemütlich. »Alles hat eine Art Bewußtsein, mehr oder weniger. Gerade Gegenstände, die häufig benutzt werden. Sie nehmen Energie von den Benutzern auf. Manche werden dadurch sogar gut oder böse. Das hat zum Beispiel Hans Christian Andersen begriffen – der hat Märchen geschrieben über Gegenstände, die ein Bewußtsein haben. Damit ist er noch einen Schritt weiter gegangen als der heilige Franz von Assisi, der von allen Lebewesen meinte, sie wären beseelt. Es ist vernünftig, mit Gegenständen liebevoll umzugehen. Man sollte mit allem, was es gibt, liebevoll umgehen. Dann strömt überall Liebe heraus, und die Dinge halten länger und arbeiten besser. So ist das«, meinte Ulmi.

Sie streichelte mit der rechten Hand den Kater und mit der linken Hand die Keksdose und lächelte mich schelmisch an. Mir sträubten sich die Nackenhaare. Meine Großmutter hatte nicht nur einen amerikanischen Akzent und ein heilloses Temperament. Meine Großmutter war auch komplett verrückt!

4.

Premiere in Tomatenrot

Am Wochenende darauf war Premiere von Jennys Stück. Ich bekam zwei Freikarten von ihr.

Eigentlich wäre ich über nur *eine* Karte glücklicher gewesen. Ich fragte Michi und Beate, einschließlich eines Angebots an Sebastian Wolke mitzukommen – keiner hatte Lust.

Ich dachte gerade ernsthaft darüber nach, Herrn Brömel als Begleiter mitzunehmen, als ich ein trauriges, einsames Fiepseln vernahm. Das Fiepseln kam von jenseits der Wand – dort übte mein Nachbar Olli Nickels sich auf der Blockflöte. Es gibt meiner Ansicht nach kaum ein traurigeres Geräusch als das Üben auf der Blockflöte im Anfangsstadium. Soweit ich hören konnte, versuchte Olli sich an einem Weihnachtslied: Kommet, ihr Hirten ... sollte das wohl sein. Er verfiepste sich immer wieder, fing aber tapfer von vorn an. In Amerika hätte ich wahrscheinlich Millionen gewinnen können in einem Prozeß, der nachwies, daß ich durch diese Flöterei ernsthafte seelische Schäden erlitt.

Ich marschierte über die Dielenbretter des Treppenhauses und drückte Ollis Klingelknopf. Die Klingel hörte sich so ähnlich an wie meine, aber männlicher, Richtung röhrender Hirsch. Kurz darauf öffnete Olli, die Blockflöte in der Hand. Er trug einen gestreiften Pyjama in Pfefferminzbonbonfarben und darüber einen verwaschenen gelben Frotteebademantel. Seine dicken rosa Füße waren nackt. Sein Haar wuschelte in alle Himmelsrichtungen. Selten sah jemand so sehr aus, als sei er gerade aus dem Bett gekommen.

Aber es war drei Uhr nachmittags – und er hatte ja immerhin geflötet.

»Störe ich?« fragte ich unsicher.

Olli strahlte, zog die Nase hoch, schüttelte den Kopf und gab einen gewaltigen Nieser von sich.

»Ach – du bist erkältet!« begriff ich. (Wie konnte er dann Flöte spielen?)

Olli nickte und lächelte immer noch breit und zutraulich.

»Ich wollte nur fragen, ob du am Samstag abend mit mir zu einer Theaterpremiere kommen möchtest? Um zwanzig Uhr ... eine Freundin von mir spielt mit. Ich habe Freikarten, deshalb ... Aber vielleicht bist du zu krank?«

Er schüttelte heftig den Kopf.

»Schön – holst du mich so um halb acht ab? Zieh dich ein bißchen festlich an, ja?« (Womöglich kam er sonst im Norwegerpullover!) »Also, dann – gute Besserung bis dahin!«

Olli nickte und schloß die Tür. Als ich wieder in meiner Wohnung saß, hörte ich ihn nebenan weiterflöten. Diesmal: Es kommt ein Schiff gelahahahaden ... Das klang noch viel trauriger. Ob ihm irgend jemand erzählt hatte, Blockflötespielen sei gut gegen Viren?

Am Samstag abend zog ich mein braunes Häkelkleid mit dem gewagten Ausschnitt an, knüllte mein Haar zu einem züchtigen Nackenknoten und hängte mir schulterlange Klimpergestecke in die Ohren. Ich fand, daß ich aufsehenerregend aussah – bis Olli klingelte und mich abholte.

Olli trug einen tomatenroten Smoking. Ich hatte nicht geahnt, daß es so etwas überhaupt gab. Sein Smokinghemd rüschte sich unter einer goldenen Schleife. Er stand in schwarzen Lackschuhen vor mir. Zu seiner Befriedigung starrte ich ihn sprachlos an.

»Das war mal mein Arbeitsanzug!« erklärte Olli heiter.

»Ich hab Xylophon gespielt – auf einem Unterhaltungs-
dampfer!«
Das Theaterstück war niederschmetternd tragisch. Es
spielte in einem kargen Keller. Der alkoholkranke Hausmeister war der Halbbruder des kokainsüchtigen Hausbe-
sitzers, aber das bemerkten beide erst im dritten Akt. Bis
dahin bekamen sie nach und nach heraus, weshalb sie so
verzweifelt und schwermütig und kaputt waren; ihr ge-
meinsamer Vater hatte sie nämlich früher mißbraucht. Der
Hausbesitzer brachte am Ende des ersten Aktes bereits seine Ehefrau um und versteckte sie hinter den Mülltonnen,
wo ihre Beine bis zum Schluß des Stückes hervorguckten,
ohne, daß es jemandem auffiel – außer dem Publikum natürlich. Jenny erklärte mir später, daß die Beine im zweiten
und dritten Akt gar nicht mehr der Schauspielerin, sondern
einer Puppe gehörten.
Jenny hatte ihre große Szene im zweiten Akt: Sie holte
Putzzeug aus einem kleinen Raum und fing an, das Stück
Treppe zu schrubben, das man sehen konnte. Sie hatte auch
ein bißchen Text. Als der Hausmeister aus seiner Wohnung torkelte, fragte sie ihn: »Kann ich etwas für Sie
tun?« – und dann vergewaltigte er sie. Als er damit fertig
war und zurück in seine Wohnung schlurfte, zog Jenny sich
ihren bunten Putzkittel zurecht, wrang den Feudel über
dem Eimer aus, seufzte tief und verschwand schrubbend.
Sie bekam Szenenapplaus.
In der Pause spendierte Olli Nickels mir ein Glas Sekt. Er
erzählte noch ein wenig von seinem Leben als Pling-
Plong-Macher auf der Alfred Niedermann – so hieß damals sein Schiff. Ich wollte wissen, warum es *die* Alfred
Niedermann hieß und erfuhr, ein Schiff sei immer weib-
lich, egal, wie männlich der Name ist. Dann sprach Olli
mit gekrauster Stirn über die Tragik des Stückes. Ich gab

63

zustimmende Geräusche von mir, schaute über meinem Sektglas umher und wollte im Erdboden versinken, als ich Christoph Buhrmeester im Eingang des Foyers bemerkte. Er starrte gerade mit offenem Mund Ollis tomatenrotes Gewand an. Neben ihm stand Carla, eingehakt bei diesem langen Blonden – wie hieß er? Bark, Jochen Bark. Carla sah mich nun auch und winkte mir zu. Ich konnte mich nicht überwinden, zurückzuwinken. Ich drehte mich um, zeigte den Dreien meinen klassischen Nackenknoten, nahm den tomatenroten Arm neben mir und zog ihn Richtung Zuschauerraum.

Carla und ihre Männer holten uns leider ein und freuten sich lautstark, daß ich auch da war. »Und was ist das hier?« fragte Christoph Buhrmeester, den faszinierten Blick auf Olli gerichtet.

»Das ist Olli, dies ist meine Freundin Carla, und das sind die Herren Bark und Buhrmeester!« stellte ich bärbeißig vor. An diesem Abend trug Herr Buhrmeester sein Haar offen über den Schultern und sah aus wie Käpt'n Hook oder der Highländer. Sein Anzug war aus flaschengrünem Samt und todschick, genau die richtige Mischung zwischen leger-unauffällig und apart, ein zartgelbes T-Shirt statt Hemd und Schlips gab dem ganzen einen sorglosen Touch. Jochen Bark zeigte sich ganz in Schwarz und wirkte ebenfalls perfekt. Ich kam mir neben Olli in seinem Dampfer-Musiker-Outfit vor, als hätte ich statt der Handtasche einen verbeulten Blecheimer über dem Arm. Carla schnatterte angeregt. Ihre hochroten Bäckchen verrieten mir, daß sie sich von Jochen Bark sehr stimuliert fühlte. Christoph und Jochen zerfetzten das Stück. Olli hörte mit stark gefurchter Stirn zu, widersprach aber nicht. Irgendwann murmelte er vor sich hin: »Ich bin zwar noch etwas erkältet, aber *eine* …« Und er zündete sich eine Zigarette an. Christoph starrte ihn immer noch an und raunte seinem Freund halblaut zu: »Guck mal, es raucht!«

Carla wisperte mir ins Ohr, daß sie mit Christoph und Jochen sofort nach dem Ende des Stücks noch zu einer Vernissage wollte ... Sie fragte, ob wir mitkämen, dieser ulkige Kerl und ich. Das fehlte mir gerade: mit einem xylophonlosen Xylophonspieler der Schiffskapelle von der Alfred Niedermann in ganz Hamburg gesehen zu werden!

Warum eigentlich hatte Carla zwei todschicke Männer bei sich und ich diesen Trostpreis von einem Nachbarn? Hatte sie *drei* Freikarten bekommen? Und wenn Jenny beim Verteilen schon so schluderte, hätte sie mir dann nicht tatsächlich nur eine einzige Karte schicken können? Dann wäre ich jetzt alleine hier und könnte den flaschengrünen Highlander in aller Ruhe zu der Vernissage begleiten. Ich grummelte irgend etwas Unfreundlich-Verabschiedendes vor mich hin, griff Olli am Ärmel und zog ihn hinter mir her zum dritten Akt. Er konnte gerade noch hastig seine Zigarette auf den Fliesen austreten. Hinter mir hörte ich Christoph Buhrmeesters Stimme: »Sieh mal, es gehorcht ...«

Im dritten Akt begingen die beiden gestörten Brüder noch einige Schandtaten, dann war das Stück vorbei. Das Publikum zeigte sich geteilter Ansicht: Einige klatschten, trampelten und riefen »Bravo!« – andere pfiffen und brüllten »Buuh!« – vor allem, als der arme Regisseur, ein zartes Männchen mit beschlagener Brille, auf die Bühne kam. Er stolperte so schnell wie möglich wieder von dannen. Jenny, die doch die kleinste Rolle hatte, bekam als einzige Blumen aus dem Parkett auf die Bühne hochgereicht. Sie bedankte sich und zeigte ihre reizenden Grübchen.

Ich bat Olli, im Foyer auf mich zu warten und lief in die Garderobe, um Jenny zu gratulieren. Sie umarmte mich mit von der Abschminke fettigen Händen, und sie strahlte und schimmerte – das konnte doch nicht bloß der Premierenerfolg sein? Eben, ich erfuhr, daß Raoul zu ihr zurückgekehrt war, reumütig und verwundet. Dies ungezogene junge Ding hatte ihm doch wahrhaftig ein Stück aus dem Allerwertesten gebissen! Ob vor Lust oder aus Überdruß wußte Jenny auch nicht. Vielleicht wußte das nicht mal Raoul. Auf jeden Fall war er reichlich bedient von der wilden Jugend und glücklich, in Jennys Armen Frieden zu finden. Sie umsorgte sein Hinterteil, machte seinem Vorderteil leckeres Essen und war momentan vollkommen glücklich. Ich gratulierte auch dazu. Dann erklärte ich, daß ich aus Versehen mit einer Geschmacklosigkeit gekommen sei und auf keinen Fall zur Nachfeier bleiben wollte. Das sah Jenny ein. Wir würden uns sowieso am nächsten Tag sehen, da gab ich einen kleinen Adventskaffee für meine Freundinnen.

Ich fuhr mit Olli dem Roten nach Hause und lehnte dankend seine Einladung auf ein Gläschen Wein ab.

Olli nahm das gelassen auf. Er meinte: »Macht nichts, ist sogar besser, ich geh heute früher schlafen. Morgen früh krieg ich Besuch von einer fabelhaften Frau!« Er blickte mich triumphierend an, als erwarte er, ich würde ihm nun eine Eifersuchtsszene machen. Als ich nicht reagierte, fügte er hinzu: »Eine alte Freundin von mir. Die ist Friseurin.«

»Wie schön!« fand ich, gab ihm ein Küßchen auf die Wange, schloß meine Wohnungstür auf und ging sofort zu Bett.

Jetzt stand Carla zwischen den beiden hübschen Journalisten in der Ausstellung und flirtete nach rechts und links. Zähneknirschend stieß ich Herrn Brömel aus dem Bett.

Dann tat es mir schrecklich leid, ich knipste das Licht an und sammelte ihn wieder ein. Er sah so aus, als hätte er keine Ahnung, worum es eigentlich ging. Ich entschuldigte

66

mich bei ihm, nahm ihn tröstend in den Arm und klopfte ihm den Rücken. Dabei fiel mir meine Großmutter ein. Wieso erdreistete ich mich eigentlich, sie für verrückt zu halten, nur, weil sie gut Freund mit ihrer Keksdose war? Jeder, der meinen Dialogen mit einem Teddybär lauschte, würde mich doch sofort als lukrativen Fall für die Pharmaindustrie einstufen!

Am 1. Advent kamen nachmittags traditionell meine Freundinnen zu mir: Jenny diesmal in schwarzer Strickware, Carla im schicken Nadelstreifen-Anzug und Schweinslederstiefelchen mit Zehn-Zentimeter-Absätzen, Beate in Jeans und selbstgestricktem Schlabberpullover. Auf einem gelblackierten Sofatisch stand in der Mitte das Adventsgesteck mit einer brennenden Kerze. Carla entdeckte als erste, daß der Tisch neu war: »Wo hast du denn dieses süße Ding her? Etwa noch von Jack geklaut?«
»Nö. Den hat mir meine Ulmi geschenkt.«
»Deine was?«
Ich wollte es gerade erklären, als Jenny zu Carla sagte: »Und wo hast du diesen süßen Knutschfleck am Hals her?«
Carla hielt die Hand darüber – sie wußte sofort, wo er saß –, lachte halb stolz und halb verlegen, zwinkerte mir zu und meinte: »Tina weiß bestimmt, von wem …«
»Von Jochen Bark, nehme ich an – oder stand dieser Christoph zufällig links neben dir bei der Vernissage?«
»Keine Sorge, dieser Christoph interessiert sich nicht für mich. Ich glaube, er würde sich für dich interessieren, wenn er dich nicht für lesbisch hielte.«
»Er hält mich für was –?!«
»Kann ich von diesen hellen Keksen nehmen, oder machen die dick?« wollte Jenny wissen, und Beate fragte: »Sind dei-

ne Vorhänge neu? Die waren doch neulich noch nicht an den Fenstern?«

Ich sagte: »Ich denke, Raoul liebt üppige Weiber? Wieso lesbisch? Wie kommt Christoph denn darauf? Den Vorhangstoff hab ich von meiner Ulmi, hübsch, nicht?«

»Von wem?« fragte Beate.

»Jeder männliche Mann liebt doch üppige Weiber, üppig und blond!« schnurrte Jenny und strich durch ihr blondiertes Haar.

»Christoph meint, du müßtest vom anderen Ufer sein, weil du nicht auf richtige Männer reagierst und einen offensichtlich Schwulen bei dir hattest, diesen Kerl im Fahrstuhlführerdreß ...«

»Olli? Das ist mein Nachbar, Olli Nickels, und der ist alles andere als ...«

Es krächzte an der Tür.

»Schenkt mir einer von euch eine hübsche Ding-Dong-Klingel zu Weihnachten?« rief ich über die Schulter, während ich öffnen ging. Vor mir stand Olli. Er trug weiße Jeans, einen überlangen Pullover mit rot-weißen Blockstreifen und einen nagelneuen Kurz-Kurzhaarschnitt (im Winter?!?), wodurch sein Kopf plötzlich übertrieben winzig wirkte. Das mußte die fabelhafte Friseuse angerichtet haben. Er sah von oben bis unten aus wie ein friesischer Leuchtturm. Vor allem durch sein gewaltiges Strahlen.

»Störe ich, schöne Nachbarin? Hört sich an, als hättest du Besuch. Ich wollte meinen geringschätzigen Teil beitragen ...« Sicher meinte er ein anderes Wort als geringschätzig, geringfügig zum Beispiel. Er hielt mir eine Flasche mit rotem Sekt unter die Nase und schien völlig überzeugt zu sein, das genüge als Eintrittskarte in unseren exklusiven Club.

Hier im Treppenhaus konnte ich das Gekicher und Ge-

quieke und Geschnatter aus meiner Wohnung so vernehmen, wie es wohl nebenan bei Olli an sein sehnsüchtiges
Ohr drang. Kein Wunder, daß seine Hormone durchge-
knallt waren und er zum roten Sekt griff.

»Eigentlich kann kein Außenstehender an unserem gehei-
men Treffen teilnehmen, schon gar kein Mann. Aber du
darfst kurz guten Tag sagen ...« Ich zerrte ihn, wie am Vorabend im Theater, hinter mir her zu den anderen.

»Hier haben wir den berühmten Olli Nickels, meinen
Nachbarn. Er spielt Xylophon und beginnt gerade das Stu-
dium der Blockflöte.«

»Ooooch –! Was für ein Anblick! Eine Blonde, eine Rote,
eine Braune –« Olli wandte sich zu mir um und vollendete
galant: »Und eine Schwarze, für jeden Geschmack was
da!«

»Ich bin nicht schwarz«, stellte ich richtig.

»Na, ich meine doch nur die Haare ...«

»Meine Haare sind dunkelbraun.«

»Ja, sind sie. Und wunderschön. Jede einzelne der Damen
ist ein Prachtstück ihrer Zunft!« trompetete Olli. Carla
brach in ihr blubberndes dunkles Lachen aus. Jenny lächelte meinen Nachbarn verheißungsvoll an. »Ist der Sekt als
kleines Präsent für uns gedacht?« Olli gab ihn ihr sofort.

»Sie waren das doch gestern auf der Bühne? Die, auf die
sich der Hausmeister gestürzt hat? Kann ich verstehen!
Kann ich voll verstehen! Sind die anderen Damen auch
vom Fach?«

Carla mußte so lachen, daß sie kaum sprechen konnte:
»Von welchem Fach?«

»Bühne und so, Showgeschäft! Sie da ist bestimmt Tänzerin, mit ihren langen Beinen!« schmeichelte Olli sich quer
durch die Gegend.

»Falsch. Ich bin Lehrerin«, verbesserte Beate, aber sie lächelte ihn doch an. Man konnte ihm einfach schwer böse sein.

»Und ich bin aus dem journalistischen Fach«, gluckerte Carla.

»Ah, die Presse! Geben Sie mir Ihre Visitenkarte, damit ich mich melden kann, wenn etwas Pressewürdiges anliegt?« Dafür, daß Ollis Wortschatz so unsortiert war, drückte er sich eigentlich ganz geschickt aus. Carla reichte ihm wirklich eine Visitenkarte aus ihrer Handtasche. Jenny zeigte ihm eine neckische krause Nase und kniffte die Grübchen. Beate lächelte immer noch nachsichtig. Ich zog ihn wieder am Ärmel im großen Bogen aus dem Zimmer und aus der Wohnung.

»Tschüs, Olli, bis bald. Danke für deinen Kurzbesuch.« Ich schloß die Tür vor seinem rotweißgeringelten Leuchtturmkörper mit dem kleinen Strahlekopf. Jetzt konnte er darüber nachdenken, ob sich die Flasche Sekt als Einsatz gelohnt hatte.

Jenny hielt sie immer noch fest, als ich zurückkam.

»Worüber hatten wir gerade gesprochen?«

»Daß dein Nachbar Olli alles andere als schwul ist. Wir glauben dir! Kochst du noch mal Kaffee?«

»Meinst du, die hier mit der Cremefüllung haben viele Kalorien? Sag mal, weißt du, ob dein Nachbar Stier ist? Jedenfalls sieht er so aus. Soll ich den Sekt aufmachen?«

»Außer dir mag sowieso keine von uns roten Sekt – nimm ihn mit nach Hause, Jenny. Wer ist denn nun eigentlich diese Ulmi? Und wer ist Jochen Bark, und wieso hat er Carla angebissen?« Beate bemühte sich, Ordnung zu schaffen.

»Er ist Journalist, sieht sehr gut aus, hellblond und kantig«, antwortete Carla selbst. »Eine interessante Bestie! Könnte der Mann fürs Leben sein …«

»Eine Bestie fürs Leben? Unmöglich!« behauptete Jenny.

»Entweder, du bist nach einigen Jahren ein Wrack, oder du zähmst ihn und nichts ist langweiliger als eine gezähmte Bestie.«

»Hört mal eben alle – wir hatten doch gesagt, wir wollen im kommenden Sommer zusammen nach Griechenland. Da sollten wir uns rechtzeitig drum kümmern! Wer übernimmt das mit der Buchung?« fragte Beate.

»Immer der, der fragt!« quiekte Carla.

»Bei euch gegenüber ist doch ein Reisebüro, Beate?« fiel mir ein. »Du kannst so was sowieso am besten. Du organisierst doch auch immer Klassenreisen!« bekräftigte Jenny.

Beate nickte resigniert: »Hätte ich mir eigentlich denken können ...«

Ich kochte noch mehr Kaffee und berichtete von meinem Besuch bei Ulmi.

»Sie ist bestimmt etwas gaga, aber nett gaga. Nicht alles, was sie sagt, ist verrückt. Höchstens die Hälfte.«

»Wo in Amerika war sie?«

»In Detroit. Das ist dicht an der kanadischen Grenze. Mein Onkel Clemens hatte eine schwarze Freundin. Ulmi sagt, Abby war eine besonders schwarze Schwarze, so klug wie lieb. Die hatte ein Söhnchen, das hieß Cal. Ein Intelligenzbolzen, hat ständig Schulklassen übersprungen und wußte alles. Der hat meiner Ulmi Computerspielen beigebracht. Davon hat sie mir vorgeschwärmt. Könnt ihr Computerspielen?«

Jenny schüttelte den Kopf, Carla nickte zögernd, Beate sagte: »Klar. Wenn ich davon nichts verstünde, würden mich weder meine eigenen noch meine Schulkinder ernst nehmen.«

»Ulmi hat richtig rumgeschwärmt von Abenteuerspielen. Irgendwie kommt's drauf an, von Level zu Level zu springen, also immer noch eine bessere Plattforn zu erreichen.

Und unterwegs muß man irgendwelche Sachen einsammeln, die man später eventuell brauchen kann, oder Leben horten, damit es nicht weiter schadet, wenn irgendein Computerbösewicht einen umlegt. Sie sagt, diese Spiele seien so weise wie das richtige Leben.«

Jenny seufzte. »Ich finde nicht, daß das wirkliche Leben weise ist. Aber vielleicht bin ich auch nur zu dumm. Wie viele Jahre war deine Großmutter denn droben? Spricht sie überhaupt noch deutsch?«

»Besser als du und ich. Sie war sechsundzwanzig Jahre in Amerika und hat einen Akzent wie Arnold Schwarzenegger – bloß nicht so österreichisch –, aber ihre Grammatik und ihr deutscher Wortschatz sind auf dem letzten Stand. Sie hat nämlich die ganze Zeit Bücher übersetzt! Davon hat sie auch ganz gut gelebt.«

»Wieso ist deine Ulmi-Omi eigentlich nicht mit diesen Leute zusammengeblieben, wenn sie sich mit denen so gut verstanden hat?« wollte Carla wissen.

»Zufällig hatten sich mein Onkel und Abby einige Monate vor seinem Tod getrennt, und Abby lebte bereits mit einem anderen Mann zusammen.«

»Schade. Warum ist das kaputtgegangen?«

»Ulmi meint, es sei nicht kaputtgegangen. Es war einfach zu Ende. Sie sagt, eine Liebe ist nicht deshalb gut, weil sie ewig ist. Clemens und Abby hatten eine ›vergnügte Liebe‹, neun Jahre lang. Sie sind im Guten auseinander gegangen, sie blieben Freunde.«

Wir schauten uns beeindruckt an.

»Freunde! So was haben wir noch nie geschafft, was, Tina?« rief Carla. »Wenn unsere Verflossenen uns auch nur von weitem sehen, gehen sie schleunigst in Deckung!«

»Leichen pflastern euren Weg!« bekräftigte Jenny.

»Wahrscheinlich macht ihr's richtig – ihr laßt euch wenigstens nicht ausnutzen. Frau muß Männer im Grunde ganz mies behandeln, damit sie glauben, frau wär was Kostbares. Dann reißen sie sich die Beine aus ...«, seufzte Beate.

»Solange sie sich nichts Wichtigeres ausreißen, geht's ja noch ...«, meinte Carla.

»Aber man will doch gern zu einem Mann aufschauen«, brachte Jenny zaghaft ein. Carla und ich brüllten sie gemeinsam nieder: »Ach, will man?« und »Wozu denn das?!«

Jenny zog den Kopf ein. »Ich meine ja bloß – wenn ich eine Taktik benutze, um einen Mann kirre zu kriegen, dann mache ich ihn doch damit zu meinem Feind. Und dann muß ich ihn, wenn's geklappt hat, irgendwie verachten. Wenn ich stärker bin, dann ist er schwächer. Schwache Männer machen mich nun mal nicht an ...«

»Er ist auch dein Feind, wenn du dich *nicht* zur Wehr setzt, Kindchen! Allerdings kannst du ihn dann affengeil finden, weil er stets und ständig stärker ist als du«, erklärte Carla.

»Ich hab ja schon Probleme damit, daß ich Raoul zur Zeit ziemlich sicher habe, weil er kaum laufen kann ... Der Biß hat sich entzündet, wir mußten heute morgen den Notarzt holen. Raoul bekommt Spritzen und muß dauernd auf dem Bauch liegen. Zu mir ist er nur lieb und nett. Damit kann ich schlecht umgehen. Ich komm mir dann so überlegen vor ...« Jenny sah auf ihre Armbanduhr und schoß hoch: »Ich muß ins Theater, sonst vergewaltigen die heute ohne mich!« – husch, weg war sie.

»Auf gewisse Art ist das ja die Rolle ihres Lebens!« meinte Carla bissig.

»Und deine neuen Vorhänge?« fragte Beate. Sie konnte sehr beharrlich sein.

»Ich hab Ulmi erzählt, wie behelfsmäßig ich wohne. Da hat

sie mir diesen Stoff geschenkt – ist der nicht bildhübsch? Guckt mal, Adler und Bären eingewebt wie Indianermärchen! Kanadischer Stoff. Und den goldenen Tisch und die Lampe da drüben. Den Stoff hab ich noch am selben Abend zu Gardinen verarbeitet … die Stangen waren ja dran. Sie hat mir sogar noch zwei bildschöne Kommoden aus hellem Holz geschenkt, die bringt mir demnächst ihr Nachbar. Dann kommt das Zeug aus den Umzugskisten in die Kommoden, und die Kommoden kommen dahin, wo jetzt die Umzugskisten stehen.«

Carla mußte jetzt auch los – Jochen Bark wollte anrufen und wahrscheinlich mit ihr ins Kino. Beate wurde von ihr nach Hause befördert. Gerade, als sie meine Wohnung verließen, spazierte drüben vollkommen zufällig Olli aus seiner Tür, um Müll in den Keller zu bringen. Ihr dreistimmiges Lachen und Scherzen klang noch eine ganze Weile durchs Treppenhaus.

Am nächsten Morgen klingelte mein Wecker um sieben, denn ich war mit einer alten, unglücklichen Liebe verabredet: mit dem Ballett.

Zwanzig vor acht fuhr ich los, ungeschminkt, mit blankgescheuerter Nase, mein Haar mit einem Gummi nach hinten gezurrt, einen Leinenbeutel über der Schulter. Im muffigen Umkleideraum einer Turnhalle zog ich mich, zusammen mit den anderen, um, marschierte in die Halle, im grauen Body, eine schwarze Strickjacke über den Po gebunden, schwarze Legwarmer bis weit oben über die Knie und unten fast bis zu den Zehenspitzen gezogen, griff mit einer Hand zur Holzstange und nahm eine unmögliche, unnatürliche Haltung ein: Füße und Knie so weit wie möglich nach außen gedreht, wie Daisy Duck, um dann nach eintönigem Klaviergeklimper vom Band meinen Pürzel – zusammen

74

mit elf anderen Pürzeln – zu schwenken: angefangen im Demi-plié, der halben Kniebeuge, zum Gran-plié, der ganzen Kniebeuge. Gerda gab uns die Kommandos.

Gerda hatte vor mehr als zwanzig Jahren bei John Neumeier in der Staatsoper angefangen. Alle setzten große Hoffnungen in sie. Sie selbst am meisten. Dann kam ein schwarzer Tag beim Proben, sie verhedderte sich in einem anderen Tänzer, stürzte und brach sich beide Beine. Im linken Schienbein war's ein Splitterbruch, der Arzt versicherte ihr, ihm sei ein Rätsel, wie sie das geschafft hätte. Gerda brauchte ein volles Jahr, bis sie wieder laufen konnte. Natürlich war sie verbittert. Aber sie gab großartigen Unterricht für Stümper, Lahme und Anfänger. Ich war seit vier Jahren Anfänger und würde es bleiben. Ballett will früh gelernt werden.

Ich hätte es gern früh gelernt.

Ich war noch nicht in der Schule, als ich meine Eltern bekniete, mir doch Ballettstunden geben zu lassen. Ich kannte ein paar kleine Mädchen, die zur Ballettschule gingen. Wenn im Fernsehen Ballett kam, saß ich mit vorquellenden Augen da. Aber der Unterricht war teuer, und der böse Onkel Clemens hatte uns doch ruiniert!

Als ich acht war, überredete ich meinen Vater, mit mir in ein Geschäft zu gehen, um diese Schuhe wenigstens einmal anzuprobieren. Die Verkäuferin holte sie aus einem Karton und hielt sie mir hin: zart lachsfarben und glänzend, so edel und schön wie der Tanz selbst. Ich betastete ehrfurchtsvoll die dünne, geschwungene Ledersohle auf der Rückseite, die abgestumpfte, fast quadratische Spitze, Stahl unter Stoff, die glatten, breiten Satinbänder. Die Verkäuferin zog mir die Kniestrümpfe aus, und ich versenkte vorsichtig meine nackten Zehen in die Schafsfellkappen, die der Polsterung dienten. Nachdem die Bänder um meine Knöchel gewik-

75

kelt waren, stand ich auf und watschelte verlegen und unbeholfen ein Stück über den Teppich.

»Nun tanz doch mal!« sagte Vati, der meine Sehnsucht wohl nachvollziehen konnte. Ich machte einen Hüpfer, und plötzlich stand ich mit beiden Füßen gleichzeitig auf der Spitze! Dann tanzte ich wirklich. Ich bewegte Arme und Beine, wie ich's im Fernsehen beobachtet hatte, diese eigenartigen, rituellen Bewegungen, seit Jahrhunderten unwandelbar festgelegt. Die Schuhe schienen, ganz wie im Märchen, alles von selbst zu können, ich machte nur mit. Nach einigen Minuten drehte ich mich um und landete wieder auf den Sohlen und in der Realität. Ich sah überrascht, daß Vatis Augen in Tränen schwammen. Die Verkäuferin schaute mich interessiert an. Ich hörte laut und deutlich, wie sie sagte: »Bei wem hat Ihre Kleine denn Unterricht?«

Das war einer der schönsten Augenblicke meines Lebens.

Die Schuhe bekam ich trotzdem nicht, und zur Ballettschule durfte ich auch nicht. Wir konnten es uns einfach nicht leisten.

Deshalb war mir seit vier Jahren der Montagmorgen heilig. Ich machte glücklich die immer wiederkehrenden Bewegungen der klassischen Ballettübungen, anderthalb Stunden lang. Zum Schluß übte Gerda mit uns meist noch Sprünge und Pirouetten. Hinterher fuhr ich ausgepumpt nach Hause, trank einen Liter Mineralwasser und fühlte mich gut.

An diesem naßkalten, trübdunklen Tag hielt das Wohlbefinden leider nicht sehr lange an. Eigentlich war es merkwürdig: Mittags aß ich eine leckere selbstgemachte Gemüsesuppe; das dritte Kalenderbild, das ich aquarellierte, wurde besonders gut; im Laufe des Vormittags liefen zwei

76

dicke neue Aufträge bei mir ein, Titelbilder für Kitschromane (häßlich, aber lukrativ) und die Illustration für ein Kinderbuch (Honorar nicht der Rede wert, machte jedoch Spaß und brachte vielleicht sogar Ehre ein). Olli war seit dem frühen Morgen nicht da – seine gewohnte Parklücke vor dem Haus leer – und drohte deshalb auch nicht mit nachbarlicher Zutraulichkeit. Warum also war ich nicht seelensheiter, sondern reichlich knurrig und mißmutig? Ich fühlte mich alleine.

Beate durfte ihrem Herrn und Gebieter die Schuhe putzen, Jenny dem ihren seinen Hintern salben, Carla wurde ins Kino ausgeführt und in den Hals gebissen – und ich?!

Ich holte mir seufzend eine große Tafel Vollmilchschokolade aus der Küche, riß das Papier auf und brach sie in einzelne Stückchen. Ich wollte gerade das erste verschlingen, als das Telefon erneut jubelte. Vor wilder Erwartung stieß ich das Tuschwasser um. Ich vernahm die heisere, tiefe, mit R's gurgelnde Stimme meiner Ulmi: »Tina? Warum kommst du nicht zu mir, bevor es dunkel wird? Ich mache Bratäpfel mit Rosinen und Nüssen drin! Du kannst hier übernachten, okay? Fährst morgen früh nach Hause ...«

Ich packte hastig die Schokolade wieder zusammen. Besser Bratäpfel mit einem Ungeheuer als allein zu Hause.

Die Äpfel waren ein Traum, mit Zucker und Zimt bestreut und mit dicker Vanillesauce übergossen. »Ist das amerikanisch, Ulmi?«

»Nicht, daß ich wüßte. Die mache ich seit sechzig Jahren so. Was gibt es Neues? Hattest du ein nettes Wochenende?«

»Einigermaßen. Gestern waren meine drei besten Freundinnen bei mir zum Kaffee. Ich hab eine Menge von dir erzählt ...«

77

»Dann erzähl mir jetzt eine Menge von ihnen. Sind die auch alle noch unverheiratet?«

»Beate ist verheiratet. Mit einem unangenehmen Mann. Er ist egoistisch, kalt und dazu auch noch häßlich. Er hat einen Mund wie ein Knopfloch und beinah keine Wimpern.«

»Ist sie unglücklich?«

»Wir anderen finden, sie müßte es sein …«

»Habt ihr keine eigenen Probleme?«

»Jenny lebt seit vielen Jahren mit einem Mann zusammen. Er ist egoistisch, kalt und häßlich, und er betrügt und verhaut sie dauernd.«

»Warum?«

»Warum er sie verhaut?«

»Warum ist sie mit ihm zusammen? Das wichtigste ist immer das Warum. Weiß sie selbst, warum sie das tut?«

»Sie selbst weiß es wahrscheinlich weniger als jeder andere.«

Ulmi rollte nur ihre dunklen Augen und goß sich noch mehr Vanillesauce auf ihren Apfelrest.

»Carla hat gerade einen neuen Mann kennengelernt. Sie meinte gestern, vielleicht sei er der Mann fürs Leben.«

»Warum, ist er egoistisch, kalt und häßlich?«

»Er sieht sehr gut aus. Ich glaube, er ist kühl, nicht direkt kalt. Aber er denkt bestimmt nicht an sich selbst zuletzt. Also lieb und nett ist er nicht …«

»›Lieb‹ und ›nett‹ ist zweierlei. Liebevolles Verhalten kommt aus der Stärke. Nett sind Leute, die sich aus lauter Angst vor Disharmonie beiseite schieben lassen.«

»Ich weiß nicht, ob ich das auseinanderhalten kann. Ich mag keine betulichen Männer. Lieb ist doch genauso langweilig wie nett …«

»Ich verstehe, was du meinst. Deine Einstellung ist völlig normal …«, sagte Ulmi. Sie sprach so langsam und freundlich, daß ich zunächst darauf hereinfiel. »Es ist ganz normal, daß Menschen sich gern schlecht behandeln lassen. Die meisten Leute halten ja von sich selbst nicht viel, und wenn andere lieb oder nett zu ihnen sind, meinen sie, das müßten richtige Dummköpfe sein.«

»Ich lasse mich nicht schlecht behandeln!« widersprach ich ärgerlich. »Ich hab bis jetzt noch alle meine Männer fertiggemacht ...«

Dazu sagte Ulmi nichts. Sie betrachtete mich nur ganz ruhig, kaute dabei den letzten Bissen ihres Bratapfels und legte das Besteck sachte auf ihren leeren, zuckerbekrümelten Teller. Durch ihr Schweigen hallte mein letzter Satz in der Küche nach – und war mir plötzlich entsetzlich peinlich.

»Warum bist du mit einem Mann zusammen, Tina? Was willst du normalerweise von ihm?«

»Tja ... Was will ich? Spaß. Bestätigung wahrscheinlich. Außerdem ... Ich kann nicht sehr gut ohne Sex leben, auf die Dauer. Aber dazu muß ich ja nicht unbedingt die absolute Seelenverwandtschaft haben – eher im Gegenteil. Sonst frißt das zuviel Aufmerksamkeit. Und wenn mir ein Mann ein bißchen fremd bleibt, ist das viel aufregender.«

Ulmi schüttelte mißbilligend den Kopf. »Du weißt nicht, wie man liebt.«

»Das war auch nie mein Anliegen! Soviel ich beobachtet habe, hat Liebe fast immer was mit Leiden zu tun«, erwiderte ich schnippisch.

Meine Großmutter betrachtete mich bekümmert aus ihren großen Augen. Als wäre ich mit einem sehr schlechten Zeugnis nach Hause gekommen.

Kater Safran schlich sich in diesem ruhigen Augenblick zu Herrn Brömel – den hatte ich mitgebracht, um ihn Ulmis Keksdose vorzustellen –, sprang behutsam nur mit den Vorderpfoten auf seinen Stuhl und stupfte ihm die Nase ins

Gesicht. Brömel hielt sich wacker und muckste nicht. Genau jetzt brach die Sonne durch die Wolken und färbte die Küche mit warmem Orange. Brömels Knopfaugen schimmerten golden, Safrans Fell glühte feurig.

Ulmi kam mit einem Seufzer wieder zur Sache: »Warum meinen die meisten Menschen eigentlich, Liebe muß zwangsläufig tragisch sein oder mörderisch oder quälend?«

»Angst vor Niederlagen? Angst vor Langeweile –?«

Ulmi nickte düster. »Eine sehr gute Antwort. Angst hat bestimmt damit zu tun, die ist meist die Wurzel allen Übels. Und unausgefüllte Leute, die zuwenig denken, langweilen sich leicht.« Sie stützte das Kinn in eine Hand und blinzelte in die tiefstehende Sonne. »Ich hatte eine Freundin, die sich, solange sie jung war, fast immer in verheiratete Männer verliebte. Damit konnte sie sich fast alle Bedürfnisse erfüllen, die sie hatte. Sie konnte einen Mann anhimmeln, der schwer zu erringen – also ›kostbar‹ – war; sie fühlte unendlichen Triumph, wenn es ihr gelang, ihn trotzdem zu erobern; sie erlitt Eifersucht und Neid, Sehnsucht und schlaflose Nächte. Die Heimlichkeiten, zu denen sie mit ihrem Liebhaber gezwungen war, brachten Spannung und Abenteuer in ihr Leben, sie mußte hin und wieder so kreativ und einfallsreich sein wie eine Geheimagentin. Damit auch wirklich keine Langeweile aufkam, blieb sie außerdem nie sehr lange bei einem dieser Männer. Eigentlich hatte ich immer den Eindruck, wenn sie ihn für sich gewonnen hatte, war er für sie nicht mehr spannend.«

Mir fiel ein, was Jenny dazu gesagt hatte: »Vielleicht fühlte sie sich überlegen und hat ihn deshalb verachtet?«

Ulmi nickte. »Ja, so kam's mir auch vor. Sie hat also alle ihre Leidenschaften nach Kräften ausgelebt, stimmt's? Und trotzdem war sie ständig so unglücklich, daß sie sich umbringen wollte. In nahezu jeder dieser Liebesgeschichten

kam einmal der Punkt, an dem sie sich die Pulsadern aufge-
schnitten hat – immer schön quer zum Handgelenk – oder
ein Röhrchen Schlafpillen geschluckt hat. Meistens war ich
diejenige, die sie fand und den Unfallwagen anrief. Dann
bin ich auf den Krankenhausfluren herumgetrabt und hab
mich gefragt, warum ich sie eigentlich nicht hab liegenlas-
sen, wenn sie denn so gern sterben wollte. Na ja, ich wußte
doch ziemlich genau – sie wollte nicht wirklich tot sein. Das
gehörte bloß zum Gesamtritual, zum aufregenden Spiel:
Liebe.«
»Was ist denn aus ihr geworden?« fragte ich neugierig.
»Sie bekam Unterleibskrebs. Das hat sie als göttliche Strafe
für den ewigen Ehebruch gedeutet. Von da ab hat sie absti-
nent gelebt. Aber sie ist erstaunlicherweise nett geblieben.
Eine gute Freundin war sie immer – für unverheiratete
Frauen. Als ich sie kennenlernte, war ich schon Witwe.«
Ulmi grinste mich mit ihrem perfekten Gebiß an. »Jeden-
falls stand sie mir näher als die meisten Mitglieder meiner
Familie.«
»Als ich klein war, haben sie von dir wie von einem Unge-
heuer geredet. Meine Mutter hatte Angst vor dir.«
»Ich glaube, deine Mutter war grundsätzlich ein sehr ängst-
licher Mensch.«
»Um dich zu fürchten, muß man kein Angsthase sein. Du
bist furchteinflößend, weißt du das nicht?«
»Doch. Und ich versichere dir, das hat viele praktische
Vorteile. Hast du Angst vor mir, Tina?«
»Nein. Aber ich bin ein bißchen nervös, wenn ich mit dir
zusammen bin. Man weiß ja nie, wann dein Temperament
mit dir durchgeht«
»Daran gewöhnst du dich. Um ehrlich zu sein, ich bin in
erster Linie deinetwegen zurück nach Deutschland gekommen. Ich hatte feine Freunde und nette Nachbarn drüben,

ich hätte sehr gut bleiben können. Aber ich wollte dich wiedersehen.«

»Mich?!«

»Ja. Du bist anders als deine netten, ängstlichen Eltern. Du warst ein ungewöhnliches Kind. Ich habe dich immer gemocht. Ich bin interessiert daran, was aus dir wird.«

»Du hast mir nie geschrieben. Außer das eine Mal die Waschbärkarte.«

»Aber ich habe oft an dich gedacht. Und ich möchte dir gern helfen, solange ich noch da bin. Du scheinst einige Probleme zu haben. Zum Beispiel mit der Liebe …«

»Ich würde schon gern *glücklich* lieben!« gab ich zu. »Wenn du wirklich meinst, daß es das gibt. Kann man so was lernen?«

»Wetten, man kann!« meinte Ulmi so grimmig, als würde sie damit irgendwem den Kampf ansagen. Dann lachte sie mich wieder an. Sie sah im Augenblick nur sanft und zärtlich aus. Ich sprang auf und umarmte sie. Sie umarmte mich sehr fest zurück.

Dann räumten wir zusammen die Küche auf und wuschen ab, denn es gab keinen Geschirrspüler. Ulmi knipste das altmodische Radio mit den großen Knöpfen an – Rock platzte in die friedliche Küche, Gitarren dröhnten, Foreigner brüllte: Urgent, und wir sangen und tanzten mit. Ich war überrascht, daß Ulmi den ganzen Text auswendig konnte.

»I know, what I need, and I need it fast!« krähte sie begeistert und schwang die nasse Spülbürste hoch durch die Luft, während ihr Hinterteil im Rhythmus nach links und rechts ruckte. Ich wedelte ausdrucksvoll mit dem Handtuch, das ich an zwei Eckzipfeln gepackt hatte und schleuderte meinen Kopf ekstatisch hin und her. Wir waren voll in Fahrt. Als das Lied vorbei war, sanken wir keuchend auf die Stühle. Wenn uns jemand durch das Küchenfenster beobachtet hätte!

Aber niemand war im Garten, wo die kahlen schwarzen Bäume ihre Zweige in den rosagestreiften Himmel streckten. Die einzigen Zuschauer, die zur Verfügung standen, hatten unser Getobe kaum zur Kenntnis genommen: Safran lag um Herrn Brömel herumgewickelt, den Kopf auf einen Plüschteddy-Oberschenkel gestützt, und döste mit halbgeschlossenen Augen. Der Bär schaute gedankenvoll ins Weite.

Ulmi betrachtete die beiden gerührt. »Das ist sicher der Beginn einer wunderbaren Freundschaft!« behauptete sie.

5.

Begegnung mit einem Raubvogel

Ich schlief in einem knarrenden alten Bett, in Bettwäsche, die nach Lavendel und Vanille duftete. Irgendwann nachts wachte ich auf, weil mir der Mond ins Gesicht schien – daraus schloß ich, daß die Wolken der letzten Tage einstweilen verschwunden waren. Ich drehte mich auf die andere Seite, umarmte Brömel und schlief sofort wieder ein.

Wir frühstückten nicht in der Küche, sondern am Eßtisch im Wohnzimmer, weil der in der Morgensonne lag. Ich schaute hingerissen in den Garten: Alles war rauhreifgepudert, der Himmel dehnte sich in Pastellfarben.

»Ich habe wunderbar geschlafen!« sagte ich und klopfte mein Frühstücksei auf.

»Ich auch! Es ist gut, Besuch zu haben. Du mußt bald wiederkommen!« erwiderte Ulmi. »Und jetzt sag mir, was für einen Mann du haben möchtest.«

Ich schaute verblüfft auf. Hatte sie eine entsprechende Garnitur im Wandschrank?

»Was für einen –? Na, er sollte potent sein und nicht zuviel quasseln. Außerdem brauch ich einen hübschen Mann.«

»Warum?«

»Mir ist das Optische wichtig, ich bin schließlich Malerin. Die inneren Werte sind schön und gut, aber wenn sich mir bei seinem Anblick der Magen umdreht, nützen sie mir nichts ...«

Ulmi sah mich nachdenklich an, sagte aber nichts.

»Er sollte ... Er sollte nicht so arrogant sein wie Jack. Und nicht so gleichgültig und kaltschnäuzig wie Stefan. Nicht so ein Zyniker wie Michael ... und bloß nicht so oberflächlich und eitel wie Thomas! Nicht so aggressiv wie Rainer – und kein notorischer Schürzenjäger wie Knut!«

»Was für eine wundervolle Negativaufzählung. Du hast bisher wirklich Pech gehabt, was?«

Ich sägte das zweite Brötchen auf und antwortete nicht. Warum sollte ich in diese Falle tappen? Ich kannte ja inzwischen Ulmis Ansichten über Glück und Pech: selbst schuld!

»Ich hatte nicht gefragt, was für einen Mann du *nicht* möchtest.«

»Ach so. Na, also von jedem das Gegenteil ...«

»Warte mal, was würde dabei ungefähr herauskommen? Ein bescheidener, selbstloser, friedfertiger, warmherziger, treuer Mann, oder? Wenn der gleichzeitig noch hübsch sein soll, muß er strohdämlich sein!« Ulmi lachte. »Nun mal im Ernst: Du hast also keine besonderen Wünsche, außer dem des guten Aussehens. Dir ist dabei hoffentlich klar, daß Schönheit im Auge des Beschauers liegt?«

Ich trank einen großen Schluck Tee und traute mich, zu antworten: »Schon. Bloß ... über manche Filmstars kannst du sagen, sie seien nicht dein Typ, du kannst jedoch nicht behaupten, sie wären häßlich. Andererseits: Es gibt Menschen, die kann man sympathisch finden, aber man wird zugeben müssen, daß sie nun mal nicht gut aussehen. Dabei ...«, fügte ich eifrig hinzu, »gibt es interessant häßliche Männer, durchaus! Von denen wird sich fast jede Frau angezogen fühlen. Wenn man so einen hat, kann man genauso viel Neid erregen wie mit einem bildschönen Mann.«

»Oh, du willst also Neid erregen?«

»Nicht direkt. Ich möchte natürlich auf keinen Fall, daß die Leute, die mich kennen, sich zumurmeln: ›Was hat Tina sich denn *da* angelacht? Der sieht ja zum Wimmern aus!‹«

»Wenn du die Wahl hättest zwischen einem Mann, den du

85

liebst, mit dem du dich blendend verstehst und den die anderen zum Wimmern finden – und einem bildschönen, um den dich jede Frau beneidet, der aber gemütsarm ist – welchen würdest du nehmen?«

Ich leckte mir den Honig von den Fingern. »Ich glaube, mit einem, den andere blöd oder komisch finden, würde ich mich sowieso nicht gut verstehen. Warum muß ein schöner Mann denn unbedingt *gemütsarm* sein? Also Christoph Buhrmeester zum Beispiel ist sicherlich nicht der Charakter des Jahrhunderts – aber ich glaube auch nicht, daß er gemütsarm ist.«

»Ah. Und wer ist Christoph Buhrmeester?«

»Ein Journalist, den ich kürzlich kennengelernt habe.«

»Der ist mächtig schön? Fein? Heiß?«

»Ach du meine Güte … Er ist recht attraktiv, ja. Er hat dichtes, glänzendes Haar, länger als ich.«

»Oh! Schön. Mein letzter Liebster hatte auch so langes Haar«, bemerkte meine Großmutter verträumt.

»Dein letzter –?«

»Liebster. Haar bis zu den Ellbogen. Wenn er auf mir lag, verschleierte es unsere beiden Gesichter.«

»Ach so. Ich verstehe. War er – ein Althippie oder so was?«

»Er war Indianer. Ein kluger, guter Mann. Sleeping Crow. Die Weißen nannten ihn meistens Charly. Er war eine ganz große Liebe. Meine größte, glaube ich.«

»Weshalb hast du ihn dann verlassen?«

»Habe ich nicht. Er ist gestorben – vor acht Jahren im Sommer. Er war erst einundsiebzig. Fast alle seine Haare waren noch tiefschwarz.«

Sie tat mir wirklich leid. »Dir sind schon viele Leute weggestorben, was?«

»Ja. Aber es ist gut, zu wissen, daß man drüben sehnsüchtig erwartet wird«, meinte Ulmi lächelnd. »Ich glaube nicht,

86

daß ich sie verfehlen werde. Also: Christoph! Bist du verliebt in ihn?«

Ich spielte mit Krümeln auf dem Tischtuch. »Verliebt nicht ... Interessiert ... Er weiß leider zu gut, wie er aussieht. Ich glaube, er hatte es noch nie schwer, irgendeine Frau zu kriegen.«

»Von sich selbst überzeugt und siegesgewiß.«

»*Ich* mache es ihm jedenfalls nicht leicht!«

»Und du hast es den anderen auch nie leicht gemacht?«

»Bestimmt nicht!«

»Gut. Dann solltest du das vielleicht lernen.«

Ich mußte mich verhört haben »Ich soll lernen, es eingebildeten Machos leicht zu machen –??!!«

»Wehren kannst du dich – das mußt du nicht mehr lernen. Nachgeben kannst du offenbar nicht. Das mußt du lernen.«

»Wieso denn das?!!« brüllte ich empört.

»Um es zu können. Um alle Seiten der Medaille zu kennen – und zu beherrschen. Um flexibel zu sein. Willst du lernen, glücklich zu lieben – oder nicht?«

»Schon. Aber ...«

»Dann fang mit dem ABC an. *Wirkliche* Fingerübungen! Nicht immer nur dieselbe Masche, und nie klappt es, wie kommt das nur?«

Ich fegte unglücklich die Krümel vom Tisch auf den Teppich.

»Wenn ich sanft und doof sein soll, findet er mich bestimmt nicht mehr interessant, sondern langweilig. Außerdem komme ich mir dann so ausgeliefert vor wie jede andere Frau.«

»Wer sagt, daß du doof sein sollst? Du sollst dich nicht hilflos benehmen, was passiv ist, sondern nachgiebig – das ist aktiv. Kennst du eigentlich den Unterschied zwischen Gefühl und Emotion?«

87

»Das eine ist eleganter ausgedrückt.«

»*Piffle*. Ein Gefühl ist bewußt und aktiv. Eine Emotion kommt aus deinem Bauch oder aus deinen Drüsen, sie wird von Hormonen losgeschickt – unwillkürlich, ohne deinen Willen, und meist überwältigt sie dich. In Emotionen ist immer auch Angst enthalten – das macht sie so reizvoll. Heutzutage haben die Leute der zivilisierten Welt ihre Emotionen so wenig unter Kontrolle wie ihre Kinder. Sie werden von beiden tyrannisiert.«

Ich starrte dumpf aus dem Fenster in den Pastellmorgen. Es interessierte mich kein bißchen, ob das Bewußtsein sich überall im Tiefschlaf befand oder nicht, und was die Psychologie anrichtete, war mir ebenfalls schnurz. Ich fand einfach den Gedanken entsetzlich, vor Christoph Buhrmeester klein beizugeben, und das sagte ich auch, sobald ich wieder zu Wort kam.

»Warum? Er ist sowieso nicht der Mann deines Lebens!«

»Woher weißt du das?«

»Wie alt ist er?«

»Anfang dreißig, glaube ich.«

»Wenn er so alt ist und immer noch eitel, dann hat er nicht viel Format.«

»Wieso soll ich mich dann überhaupt mit ihm abgeben? Kann ich mir nicht jemanden suchen, bei dem mir das Nachgeben weniger schwer fällt?«

»Feigling. Ihn kennst du doch gerade, lerne an ihm! Ein kluger Mann hat gesagt: Wer nicht dein Freund ist, der ist dein Lehrer.«

»Das könnte dem so passen. Mein Lehrer! Er spielt sich sowieso schon auf …«

»Gut, dann nicht dein Lehrer, sondern dein ÜO, okay?«

»Mein was? Mein UfO?« Ich hatte es doch gewußt, die alte Dame war verrückt.

»Dein Ü-O. Dein Übungs-Objekt.«

»Ach so.« Das gefiel mir schon besser. »Und du meinst, wenn ich an ihm eine Weile übe, nachgiebig zu sein, dann kann ich mich in jemand anderen glücklich verlieben?«

»Du willst Lieben lernen, nicht *ver*lieben. Verlieben ist keine Sache des Könnens, weil es nicht aktiv ist. Es kommt aus den Drüsen, es überfällt dich. Es ist so köstlich wie ein Rausch, und es macht ebenso bewußtlos – und später verkatert. Verlieben ist eine Emotion – ich hab dir doch erzählt, was der Unterschied ist zwischen Gefühl und Emotion!«

»Nicht zu Ende. Wenn Emotionen also aus dem Bauch kommen – wo kommen Gefühle her? Aus dem Kopf?«

»Eher. Eigentlich kommen sie aus dem Kosmos, aus dem Alles – von Gott«, Ulmi nickte ernst.

Ich schaute sie betreten an. Ich hatte nicht geahnt, daß das Ungeheuer fromm war. Klar, in unserer Familie feierten wir Taufen und zelebrierten Beerdigungen, weil's nun mal so Sitte war. Aber wir waren darüber hinaus nicht in die Kirche gegangen und dachten schon gar nicht über Religion nach. Das war Sache des Pastors.

Ulmi sprach weiter: »Wirkliche Gefühle sind Lebenskraft. Und wir sollten sie bewußt verwenden, indem wir unseren Kopf gebrauchen. Allerdings mußt du dir über eins im klaren sein – du kannst dann nie mehr behaupten: Ich kann ja nichts dafür, es überkommt mich eben. Du hast nie mehr die Empfindung, umgehauen zu werden. Den Genuß des Rausches – den wirst du dafür hergeben.«

»Macht nichts. Ich bin eh nicht gern beschwipst. Das macht mich ungeduldig.«

»Du hast gern alles unter Kontrolle?«

»Ja.«

»Ein Psychologe würde sagen: schlecht. Ich sage: gut! Dann bist du der Sache schon einen Schritt näher. Eines

Tages wirst du keineswegs jammern: ›Ich weiß gar nicht, wie es kommt, ich liebe ihn, *obwohl* er leider so und so ist …‹ Sondern du wirst in aller Ruhe feststellen: ›Ich liebe ihn, *weil* er so und so ist …‹«

»Und das wird nicht langweilig sein?«

Ulmi begann, den Frühstückstisch abzuräumen. »Das ist Ansichtssache. Es gibt Menschen, die es langweilig finden, sich gesund zu ernähren, das Rauchen aufzugeben, ihre Sachen in Ordnung zu haben und viel an die frische Luft zu gehen. Sie finden das Leben nur spannend und lustig, wenn sie sich besaufen, anderen Leuten Streiche spielen und mit so vielen verschiedenen Menschen schlafen wie irgend möglich. Jeder, wie er mag. Du kannst es ja erst mal lernen und dich dann entscheiden, ob du es tun willst oder nicht.«

Ich nahm das restliche Geschirr und kam in die Küche nach: »Warte mal – ist das alles: daß ich nachgeben soll?«

»Es ist der erste Schritt. Du mußt zunächst lernen, keine Machtkämpfe mehr auszutragen. Ohne dich deswegen ausnutzen oder niederrangeln zu lassen! Das ist gar nicht so einfach. Nimm innerlich Abstand, dann ist das Lieben leichter. Zeig anderen deine Grenzen, aber freundlich. Du mußt lernen, sachlich zu sein und trotzdem liebevoll. Oder liebevoll und trotzdem sachlich. Damit kommt man in fast jeder Situation gut durch. Nicht nur mit ÜOs.« Ich packte meinen Kram zusammen.

»Könntest du Herrn Brömel nicht ein bißchen hierlassen?« fragte Ulmi. »Safran würde sich freuen. Und ich mich auch. Wenn du ihn nicht allzusehr vermißt …«

»Vermissen werde ich ihn schon. Aber ich hab wohl mehr um die Ohren und bin öfter weg … Hier bei euch hat er Gesellschaft. Außerdem wird ihm die Luftveränderung gut tun. Falls ich ihn dringend sprechen muß, kann ich ja anrufen …«

Ulmi grinste erfreut. Das war bestimmt in ihrem Sinne: Ich vermenschlichte meinen Teddybär nach Strich und Faden.

»Was ist eigentlich der Sinn des Lebens?« fragte ich nebenbei, während ich meine Tasche zuknipperte.

»Ins höchstmögliche Level zu springen – wie im Computerspiel!« erwiderte meine Großmutter ohne zu zögern.

»Alles Gute beim Üben!« wünschte sie mir gleich darauf, als ich den Mantel anzog. »Du wirst Disziplin brauchen. Hast du Disziplin? Das ist wichtig. Sleeping Crow hat immer gesagt, wenn die Indianer bloß einen Funken Disziplin gehabt hätten, würde Amerika immer noch ihnen gehören. Sie haben fast alle Schlachten verloren, weil sie sich über die Strategie nicht einig waren und plötzlich irgendwelche wütenden jungen Männer auf eigene Faust quer schossen und alles verdarben. Man sollte Disziplin trainieren wie einen Muskel, indem man vernünftig ißt, sich sportlich betätigt – machst du so was?«

»Ich mache Ballett seit vier Jahren, einmal die Woche!« platzte ich heraus – und das war das erste Mal, daß ich es einer menschlichen Seele verriet. Ich wünschte sofort, ich hätte es nicht gesagt. Es war immer mein Geheimnis gewesen.

Aber Ulmi meinte erfreut: »Tatsächlich? Hey, das ist großartig. Dann hast du Sinn für Disziplin!«

Sie winkte mir von der Haustür aus nach, als ich losfuhr. Safran ringelte sich dabei um ihre Beine und buckelte genüßlich.

Ich fuhr nachdenklich durch den hübschen, frischen Morgen – überall zartes Weiß, der Rauch aus den Schornsteinen stieg babyrosa in den blaßblauen Himmel. Nachgiebigkeit und Disziplin sollte ich also aufbringen, liebevollsachlich sein oder sachlich-liebevoll. Es hörte sich kompliziert genug an. Eigentlich müßte es wirken.

In der zweiten Adventswoche machte ich auf einem Weihnachtsmarkt Schnellportraits mit Kohle.

Abwechselnd war es nebeldiesig-kalt oder klar-kalt. Kalt war es auf jeden Fall. Ich trug olivgrüne Bundeswehrunterhosen (ein altes Erbstück) über einer gestrickten rosa Wollunterhose, Leggins, Wollsocken, zwei paar Baumwollunterröcke und einen langen, dicken Patchwork-Rock, gefütterte Stiefel, drei Paar Pullover und ein T-Shirt über einem Baumwollbody, darüber eine wattierte Jacke. Wenn jemand versucht hätte, mich zu vergewaltigen, wäre er wahrscheinlich Stunden vor der Tat wahnsinnig geworden. Allein die gestrickte rosa Wollunterhose – eine milde Gabe meiner guten Freundin Jenny – besaß keinen Gummizug, sondern war durch ein Schleifchenhäkelband zu öffnen und zu schließen. Ich bekam selbst die größten Probleme damit, wenn ich das Toilettenhäuschen des Weihnachtsmarktes aufsuchte und mit schniefender Nase, knirschenden Zähnen und nervösen, froststeifen Fingern versuchte, das Bändchen aufzudröseln, bevor ich mir in sämtliche Hosen machte.

Außerdem saß ich auf einer Wärmflasche und hatte gegen den schneidenden Wind einen dreiteiligen Wandschirm aus Sperrholz um mich herum gestellt, so daß es mich von hinten und den Seiten nicht anpusten konnte. An den Innenseiten des Wandschirms klebten Kohle-Portraits schöner Menschen, um den Vorübergehenden Appetit zu machen. Michis liebliches Gesicht (noch vom vorigen Jahr, da war sie gerade schwanger und guckte besonders madonnenhaft), Jennys interessantes Sechseck, Beate, lächelnd unter Lockengekringel neben Portraits ihrer ebenfalls gelockten Kinder Fedor und Iwana. Carla hatte keine Zeit gehabt, deshalb grinste Nachbar Olli im Halbprofil das melancholische Kohleportrait meines türkischen Gemüse-

manns an – den hatte ich kürzlich, als viele Kunden im Laden waren und ich warten mußte, einfach skizziert. Die
Zeichnungen von Fedor und Iwana erwiesen sich als besonders geschäftsfördernd. Die Leute blieben stehen und sagten: »Guck mal, wie süß! Jennifer-Ann, setz dich mal da auf
den Stuhl, wir lassen von dir auch so ein Bild machen!«
Siebzig bis achtzig Prozent aller Menschen, die ich in diesen Tagen portraitierte, waren zwischen einem und acht
Jahren alt. Das war ein bißchen langweilig – ich freute mich
halbtot, wenn mal ein Charakterkopf oder sogar ein greises Ehepaar Modell saß – aber es hatte den Vorteil, schneller zu gehen: Ich bekam in dieser Woche viel Routine in der
Wiedergabe glatter Pausbäckchen, runder Augen und aufgeworfener Münder. Außerdem lernte ich eine Menge dazu über Kinderphysiognomie. Ich entschloß mich, dem
Kalenderverlag bei nächster Gelegenheit Kinderportraits
nach den zwölf Monaten anzubieten etwa die kleine Mai
vor Apfelblüten und den kleinen Dezember im Wollmützchen. Wenn das nicht den Nerv traf!
Ich kam durchaus zum Nachdenken, während ich da auf
meiner Wärmflasche hockte und zeichnete oder auf Kundschaft wartete. Ich schlug mich mit dem Gedanken herum,
daß ich nachgiebig und fügsam Christoph Buhrmeesters
Nummer aus dem Telefonbuch suchen sollte, um ihn anzurufen. Der Gedanke war einfach widerlich. Ich war noch
nie im Leben einem Mann hinterhergerannt. Eigentlich
wollte ich sowieso nichts von dem Kerl. Wie sollte ich
ihm zugleich liebevoll und doch sachlich klarmachen, daß
ich gewissermaßen im Auftrag meiner Großmutter beziehungsweise aus Gründen höherer Liebesschulung anrief?
Eines Nachmittags hatte ich gerade für das Doppelportrait
zweier kleiner Jungen kassiert und räumte meine Stifte auf,
als ein Mann vor meinem Windfang stehenblieb, ohne et-

93

was zu sagen. Ich schaute auf und stutzte – das Gesicht kannte ich! Aber woher?

Er war nicht sehr groß, nicht mehr ganz jung, sein Haar dicht, aber grau-weiß meliert. Adlernase über hochmütigem Mund, engstehende Augen von ganz hellem Blau – Raubvogelaugen. Ein tolles Gesicht. Ich wußte genau, daß ich es schon einmal fasziniert angestarrt hatte. Bloß: wo –?!

Er grinste über mein offensichtliches Kopfzerbrechen. Regelmäßige Zähne, leider etwas gelblich. Daß er starker Raucher war, roch ich auf zweieinhalb Meter Entfernung auch hier im Freien, trotz Glühweindunst von nebenan.

»Tina Conradi!« sagte er triumphierend.

Das half mir gar nichts. Wer *ich* war, hatte ich vorher schon gewußt. Mich interessierte, wer er war.

»Finn – Norbert Finn. Erinnern Sie sich?« Er wies auf das Portrait von Beate.

Natürlich. Das war der Boß – der Schulrektor – von Beate und Werner. Das heißt: Werner unterrichtete inzwischen an einer anderen Schule. Ich hatte Finn ein paarmal kurz gesehen, wenn ich Beate abholte. Einmal hatte ich einen Tagesausflug mit ihr und ihm und einer Horde Neunjähriger gemacht, aus purer Freundschaft zu Beate, weil sich kein Elternteil erbarmte und von Rechts wegen angeblich noch ein weiterer Erwachsener dabei sein mußte. Ich erinnerte mich, wie er beim Hamburgergrillen launige Wandergeschichten erzählt hatte. Das war im Sommer und sein aufregendes Gesicht war tiefbraun zu dem hellen Haar und den hellen Augen.

»Hallo!« sagte ich lahm und rutschte unruhig auf meiner gluckernden Wärmflasche hin und her. »Ein Portrait, der Herr?«

Er lachte. »Nein, danke. Obwohl es ja sehr hübsch ist, was Sie machen …« Er blickte gönnerhaft-beeindruckt auf die

Bilder am Wandschirm. »Stimmt, ich erinnere mich: Sie hatten erzählt, Sie seien hauptberufliche Malerin ...«

Ich lächelte ihn an. Er lächelte mich an. Nun kam eine Oma mit Pelzhut, die ein Bild »von vorn und lachend!« von ihrer Enkeltochter haben wollte. Das von vorn war kein Problem, mit dem »Vivianchen, nun lach doch!« war's schon komplizierter. Das Kind wollte zum Autoscooter.

Ich versprach der Oma: »Gehen Sie ruhig mit Viviane zum Autoscooter. Wenn Sie nachher wiederkommen, hab ich die Kohlezeichnung fertig, und dann lacht sie darauf auch.«

»Wie geht das denn?« wunderte sich Oma.

»Weil ich das Kind ja jetzt eine Weile beobachtet habe. So was muß ein Maler können!« erwiderte ich. Ihr skeptischer Blick sagte, daß sie mich für altklug hielt und die ganze Sache stark anzweifelte. Aber sie putzte doch immerhin ihrer Enkelin die Nase und zog sie hinter sich her: »Na gut. Mal sehen. Wir kommen nachher noch mal ...«

»Setzen Sie sich bitte so lange auf den Stuhl hier? Dann tu ich so, als ob ich Sie portraitiere, und statt dessen zeichne ich schnell unsere Viviane – lachend ...«

Norbert Finn lachte auch und setzte sich mir gegenüber.

Ich strichelte. »Hier – Viviane in strahlender Laune!«

Er guckte. »Ausgezeichnet. Sie haben wirklich Talent.«

Ach du lieber Himmel. Ich war kurz davor, ihn zu fragen, ob er mir vielleicht zu einer Ausbildung im bildnerischen Gestalten raten würde. Ich ließ das aber bleiben: Es wäre in keiner Weise nachgiebig und anschmiegsam gewesen. Eher widerborstig.

Ich zeichnete weiter, setzte Schatten und rieb Lichtpunkte.

Finn sah auf seine Uhr. »Ich will Sie nicht drängen, aber ich hab noch einen Termin ...«

»Ich bin schon fertig. Danke.« Ich lächelte ihm kurz zu.

Er stand auf: »War nett … Also – wir sehen uns bestimmt mal wieder …« und ging etwas unsicher von dannen. Ich bemerkte, daß er leichte O-Beine hatte. Nichts und niemand ist vollkommen.

Ein paar Minuten später kam Oma, Viviane hinter sich her ziehend. Ich hielt das Bild von weitem hoch, da trabten sie beide sehr schnell näher.

»Oh – das ist aber gut! Das sieht ihr ja ähnlich! Woher wissen Sie denn, wie das Kind aussieht, wenn es lacht?«

»Ich habs geraten.« Außerdem, dachte ich, habe ich wirklich Talent.

Viviane bestaunte ihr Konterfei. »Guck mal, das bin ich!« Jetzt strahlte sie wie verrückt. Wie dumm – ich hatte ihr alle Vorderzähne gelassen. In Wirklichkeit fehlte einer vorn oben und einer vorn unten. Ich überlegte, ob ich Oma darauf aufmerksam machen und die beiden Zähne auf dem Portrait einschwärzen sollte. Ich entschied mich dagegen. Oma schien es sowieso nicht zu merken. Und Viviane sah, alles in allem, mit Zähnen besser aus als ohne.

Einige Tage vor Weihnachten kaufte ich kurz vor Ladenschluß noch bei dem traurigen Gemüsemann von gegenüber ein. Er wog mir Auberginen und Peperoni ab und seufzte tief. Ich fragte ihn, wie er heiße. Seinen Nachnamen, meinte er, könnte ich mir bestimmt nicht merken. Aber sein Vorname sei Semih. Ich erkundigte mich, was ihm denn Kummer bereite. (Wenn es ratsam ist, alles und jedes zu lieben, warum dann nicht auch Gemüsemänner?) Er seufzte wieder und berichtete, seine Mama lebe ganz allein in der Türkei, er mache sich ständig Sorgen um sie. Ich wünschte ihm, als ich ging, in einem anderen Ton als sonst einen schönen Feierabend.

Olli Nickels begegnete ich im Treppenhaus. Er wollte gerade gehen, als ich kam.

»Hallo, schöne Frau! Was machst du eigentlich Weihnachten?«

»Ich fahre zu meiner Großmutter«, antwortete ich zufrieden. Ich bemerkte zwar seine sehnsuchtsvollen Augen, aber ich dachte gar nicht daran, ihn zu fragen, ob er nicht mitkommen wollte. Sicher sollte man alles und jedes und somit auch den einen oder anderen Olli Nickels lieben. Aber deshalb mußte man ihn sich doch nicht zum Fest auf den Hals laden?

»Du Glückliche! Ich werd mich irgendwo besaufen. Muß Heiligabend immer an Jutta und Max denken. Das macht mich total fertig – total fertig macht mich das!« Er verließ mit trübem Kopfschütteln das Haus.

Ich stapfte die Treppen hoch, nahm die Werbung aus meinem nagelneuen kleinen Briefkasten neben der Wohnungstür, schloß auf und knipste alle Lichter an. Inzwischen sah es bei mir viel heimeliger aus, wenn auch die Umzugskisten noch nicht durch Ulmis Kommoden ersetzt waren.

Auf meinem Arbeitstisch lag ein blaues Zettelchen mit einer Telefonnummer drauf. Christophs Nummer. Ich hatte sie mir schon vor mehreren Tagen aus dem Telefonbuch gesucht, aber bisher war ich noch gar nicht dazu gekommen, sie zu wählen.

Ich dachte daran, was Beate gesagt hatte »Du bist immer so mutig.« Bin ich auch, bin ich auch …

Ich wählte und hörte zu, wie es quäkte … zweimal … dreimal … Dann ein schwaches Klicken, eine Art dramatische Filmmusik im Hintergrund und eine kläffige, selbstverliebte Stimme: »Hallo, Fans! Ich kann euren Kummer verstehen, aber laßt euch nicht entmutigen und sprecht eure Botschaft auf Band …« Piiiieeep …

Ich legte auf. Mir fiel keine nachgiebige Botschaft ein. Alles, was mir einfiel, war, daß es sich als ungünstig erwies, Christoph nur zu hören. Vielleicht wäre es am besten gewesen, ihn nur zu *sehen* ... Dann merkte ich, daß ich nicht bloß Werbung aus dem Briefkasten geholt hatte. Es war auch ein Brief dabei. Eine Einladungskarte für Silvester, von Carla! Mit persönlicher Botschaft, an den Rand gekritzelt:

Liebchen,
Jochen wird
selbstverständlich
seinen besten Freund
Christoph mitbringen –
und der kommt alleine,
soviel ich weiß.
Vielleicht eine Gelegenheit,
ihm beizubringen,
daß du krankhaft
heterosexuell bist –?

6.

Gode Wienacht, Prost Neujahr

Am Abend des 24. fuhr ich nach Goden. Inzwischen hatte die Kälte nachgelassen, es war warm, windig und trüb-feucht.

Egal, ich sang White Christmas beim Autofahren. Ich hätte dieses Jahr eigentlich die Wahl gehabt zwischen einem steril-peinlichen Fest bei Vati und Juliane in Hannover – »Kann ich dir in der Küche helfen, Juliane?« – »Nein, bleib nur sitzen, Tina.« – oder einem in der Heide bei Michi und Sebastian, wo ich nicht nur »den Hendrik« unterm Baum hätte bewundern können, sondern eine Anzahl ähnlicher Würmchen in allen Preislagen und Altersklassen samt ihrer wollbemützten Eltern. Ein bestimmter Vater vieler solcher Zuckerschnuten war stets dabei, der alte und neue Weisen zur Klampfe von sich gab, das hatte ich im Sommer miterlebt. Bestimmt kannte er auch jede Menge Weihnachtslieder. Hübsch für Gleichgesinnte, aber ich fühlte mich fremd wie unter Marsmenschen. Ich kannte kaum einen von ihnen mehr als flüchtig, ich kam aus einer anderen Welt, und vor allem: Ich besaß kein Kind. Allerdings, fiel mir ein, hätte ich im Verzweiflungsfall immer noch Olli Nickels plus Blockflöte mitnehmen können, der ersetzte mühelos ein Kleinkind und hätte sich vielleicht königlich amüsiert. So, wie die Dinge lagen, mußte er sich eben mit Punsch oder anderen Seelentröstern zukippen – und ich fuhr zu meinem interessanten, unberechenbaren, merkwürdigen und klugen großmütterlichen Ungeheuer.

Sie öffneten mir zu dritt die Tür: Ulmi mit Herrn Brömel

im Arm, zu ihren Füßen Safran. Alle drei schienen ausgezeichneter Weihnachtslaune. Ulmi trug ein sehr schönes schwarzes Kleid, die beiden Pelztiere rote Schleifen um die Hälse. Amerikanische Festmusik schmalzte durchs Haus. Über der Tür hing ein Mistelgesteck. Im Wohnzimmer stand eine Edeltanne und duftete selbstbewußt vor sich hin. Alle elektrischen Kerzen brannten schon.

»Mein netter Nachbar David hat mir den Baum vor ein paar Tagen besorgt und in den Halter gequält«, erklärte Ulmi. Sie sprach den Namen David englisch aus. »Du magst doch blauen Karpfen?«

»Sehr gerne! Aber ich kann ihn nicht töten – lebt er noch?« Ulmi schüttelte den Kopf. »Der Fischhändler hat ihn erledigt und ausgeweidet.«

Der Karpfen lag im Küchenwaschbecken und starrte melancholisch den Wasserhahn an. Ich bekam von Ulmi eine bunte Küchenschürze vor mein braunes Häkelkleid gebunden und schälte Kartoffeln, während sie kochenden Essig über den Karpfen goß. Dann bimmelte ihre Kramladen-Türklingel. Ich blieb in der Küche, Ulmi öffnete. Ich hörte eine rauhe, unzivilisierte Männerstimme:

»Gode Wienacht, Fru Nachborsch ... Hier, Ulla, dat is för di!«

»Danke, David – warte mal – hier! Für dich – und dies ist für Heidrun! *Merry Christmas*, min Jung ...«

»*Same to you ...*«

Die Tür klappte zu. Ich guckte neugierig aus dem Küchenfenster und sah einen großen dicken Mann mit orangeroten Löckchen und einer Steppweste, der mit Gummistiefeln den Gartenweg hinunterstapfte.

Ulmi kam in die Küche und packte lächelnd ein Weihnachtsgeschenk aus: »Sieh mal, wie nett – das hatte ich mir gewünscht! David hat mir ein Schlüsselbrett gebastelt ...«

Die Laubsägearbeit zeigte Ulmi mit Safran auf der Schulter neben Apfel- und Birnbäumchen, alles farbig lackiert.

»Der ist ja ein Künstler, dein Nachbar!«

»David Fox stammt zum Teil aus einer Londoner Künstlerfamilie. Sein Stiefvater und sein Bruder sind beim Theater, seine Mutter war, glaube ich, Bildhauerin. David macht dasselbe wie ich, ist Übersetzer, Englisch-Deutsch oder Deutsch-Englisch. Fachliteratur, geschichtlich oder geschichtlich-philosophisch, ich weiß nicht genau. Ich glaube, er ist Professor, aber er macht nichts davon her ...«

Professor? Der plumpe Kerl in Gummistiefeln? Er trug ja noch nicht mal eine Brille! Auf mich hatte er gewirkt wie jemand, der hauptberuflich Ställe ausmistet. Dazu die ordinäre Stimme ...

»Wieso spricht er Plattdeutsch, wenn er Engländer ist?«

»Sein Vater war Deutscher. David ist zum großen Teil hier aufgewachsen – hier nebenan. Seine Familienverhältnisse waren ein bißchen ausgefranst, der Vater hatte eine *mistress* hier. Das ist schon lange her.«

Wir setzten die Kartoffeln auf, legten den Karpfen mit Zwiebeln und Lorbeerblättern in siedendes Wasser und vertrieben uns die Zwischenzeit mit der Weihnachtsbescherung.

»Frohes Fest, mein Kind!« Ulmi reichte mir mehrere Päckchen auf einmal. Ich legte sie alle auf den Tisch und rannte raus ins Dunkle zu meinem kleinen Auto, um unter sehr unweihnachtlichem Fluchen Ulmis Geschenk vom Rücksitz zu lösen, durch die Autotür zu zwängen und reinzutragen. Bevor ich wieder ins Haus trat, sah ich mich um: absolute Finsternis hier draußen, keine Laterne, keine Straßenlichter. Und Stille. Nur der leichte Wind raschelte im toten Laub. Durch das Gartengestrüpp gefiltert konnte ich undeutlich in einem Fenster des Nachbarhauses Lichter schimmern sehen. Dort feierte wohl Professor David mit seiner Heidrun.

Ich drehte mich um und tauchte wieder ein in die Wärme und Weihnachtsmusik, in den Tannenduft, der sich mit den herrlichen Karpfen- und Meerrettich-Aromen mischte, die aus der offenen Küchentür drangen.

»Hier, Ulmi, fröhliche Weihnachten!« Ich stellte das umwickelte und beschleifte Ding vor ihr ab. Sie schaute mich mißtrauisch an, bevor sie anfing, es auszupacken.

»Das ist ein Stuhl – wow, Tina, ist das ein wunderschöner Stuhl! Das ist echtes Biedermeier, weißt du das? Der muß sehr kostbar sein!«

»Ich hab ihn für einen Zwanziger auf dem Flohmarkt gekauft, im Sommer. Er war so ziemlich das Schönste, was ich hatte …«

»Du bist verrückt! Ein Stück Seife hätte es auch getan!«

»Klar, oder ein paar Socken …«

Sie umarmte mich. »Ich nehme ihn an – du bist selbst schuld. Danke, Tina!«

Dann machte ich mich ans Auspacken. Ich bekam: einen achtunddreißigteiligen Aquarellkasten, der garantiert sündhaft teuer war. Ein altes Märchenbuch mit Illustrationen aus dem Jugendstil. Einen weißen, bodenlangen Kimono, mit zarten gelben Blüten bestickt. Und einen schnörkeligen Holzrahmen zum Aufstellen, der ein Schwarzweißfoto von Ulmi aus den frühen fünfziger Jahren enthielt. Sie lächelte leicht darauf, mit geschlossenem, dunkel geschminktem Mund. Die rechte Augenbraue zog sie sehr viel höher als die linke, das gab ihr einen überheblichen und spitzfindigen Ausdruck. Langes Haar, rechts scharf gescheitelt, fiel ihr kunstvoll gelockt auf die Schultern.

»Du hast genau ausgesehen wie ich!«

»Ziemlich ähnlich, was? Das hab ich auch gedacht.«

Herr Brömel wurde ebenfalls beschert. Er bekam von Ulmi ein blaues Samtjacket mit Kragenrevers und drei weißen Knöpfen sowie eine gelbgeblümte Satinweste. Beides saß wie angegossen. Das wunderte mich etwas bei seiner Figur: kugelrunder Bauch, kurze, dünne Ärmchen.

»Ulmi – wo hast du denn das heiße Jäckchen her?«

»Genäht. Ich hatte noch diesen Samt.«

»Oh. Und – die Weste?«

»Auch.«

Damit hatte sie Brömel schlagartig zum bestangezogensten Teddy im gesamten Landkreis Pinneberg gemacht.

Später rief ich über mein Handy erst bei Vati und dann bei Michi an, um ein frohes Fest zu wünschen.

»Mein Tinchen! Wo steckst du denn?« fragte mein Vater.

»Bei Ulmi. In deinem Vaterhaus.«

»Ach … Na dann. Und grüß auch mal …«

»Wo feierst du eigentlich dieses Jahr?« wollte Michi wissen.

»Bei Ulmi. Unsere Großmutter. Vatis Mutter.«

»Aber die ist doch in Amerika –?«

»Nein – sie ist doch wieder hier. Im alten Haus.«

»Ach? Mir sagt ja keiner was.«

»Ich habs dir vor Wochen erzählt. Mehr als einmal.«

»Ehrlich? Dann grüß sie schön, unbekannterweise.«

Wir aßen in der Küche. Safran bekam seinen Anteil gekochten Karpfen, bloß ohne Butter und Sahnemeerrettich.

»Und – wie läuft's mit deinem ÜO?«

»Tja, so richtig läuft's noch nicht. Ich werde ihn aber wahrscheinlich Silvester sehen …«

Ulmi schaute mich skeptisch über den Tisch hinweg an.

»Du kannst nicht gewinnen, wenn du dich nicht in die Schlacht begibst.«

»Es kostet soviel Überwindung! Ausgerechnet Nachgiebigkeit! Ich werde so schnell böse – ich bin sehr ungeduldig … Weißt du, meine Freundin Carla und ich haben Männer bisher immer in drei Kategorien eingeteilt: furchtbar blöd, ziemlich blöd und lernfähig.«

»Es ist anmaßend, die Geisteskräfte anderer Menschen abzuwerten. Wer sagt, daß du intelligent genug bist, um den Verstand eines anderen zu beurteilen?«

»Ich glaube, ich bekomme das nicht hin, demütig zu sein. Ich bin so ganz anders …«

»Woher bist du so?«

»Von Natur aus. Ich meine …«

»*Piffle.* Wenn du so wärst, wie du von Natur aus bist, könntest du nicht sprechen und nicht laufen und nicht schreiben und nicht lesen. So bist du nämlich zur Welt gekommen. Seitdem hast du furchtbar viel gelernt. Du bist das, was du aus dir gemacht hast. Und das bedeutet, du bist auch in der Lage, etwas anderes aus dir zu machen. Du kannst noch mehr lernen. Es wird dir nicht schaden, okay?«

»Aber ich will nicht lernen, eine Kriechnatter zu sein! Dazu bin ich zu stolz.«

Ulmi lachte vor sich hin. »Stolz hat einen guten Klang. Steht nur leider oft der Vernunft im Wege. Weihnachten vor einigen Jahren hatte ich Sleeping Crow bei mir, und Abby war natürlich bei Clemmy. Wir sprachen darüber, daß uns nicht nur die Farbe der Haut unterscheidet, sondern auch die Gesichtszüge und der Ausdruck. Abby sagte: ›Die Indianer haben alte Gesichter: schmale, herbe, oft verkniffene Münder, scharfe, schmale Nasen, schmale Augen. Sie wirken mißtrauisch und kritisch. Die Afrikaner haben Kindergesichter: große Kulleraugen, breite Nasen, kindlich aufgeworfene, volle Münder. Sie sehen immer aus, als ob sie staunen. Die Weißen liegen dazwischen, so wie normale Erwachsene. Damit hat's bestimmt zu tun, daß

Schwarze nie ernst genommen werden, sondern als kindliche Gemüter gelten. Während man von den Indianern meint, sie sind weise und stolz.‹ Und Crow sagte: ›Stolz sind wir auch. Wir sind so stolz, daß wir uns nicht versklaven ließen, als die Weißen kamen. Lieber haben wir uns zu Tode gesoffen. Die Afrikaner hatten diese Art Stolz nicht. Sie wurden aus ihrem Land gerissen und sollten hier schuften, und sie haben einfach kräftig angepackt und zwischendurch noch schöne Lieder gesungen. Schaut euch mal an, wie viele Schwarze es heutzutage in diesem Land gibt und wie viele Rothäute! Und wie viele Schwarze inzwischen Bürgermeister, Ärzte und Anwälte sind – und wie wenig Rothäute es gibt, die sozial einigermaßen nach oben gestiegen sind! Stolz ist gar nicht gut, wenn man überleben oder sogar Karriere machen will‹, hat er gesagt. Das entspricht doch dem, was du eben über Lernfähigkeit zum Besten gegeben hast. Übrigens könnte man es statt Stolz auch Bokkigkeit nennen. Das klingt bloß nicht so gut.«

»Mußt du mich ausgerechnet Heiligabend fertig machen?!«

»Um so eher bist du ›fertig‹. Wir sind auf der Erde, um uns zu vervollkommnen ...«

Ich seufzte. »Ich weiß. Ins nächste Level kommen«

»Genau! Komm, hilf mir, abwaschen. Das tut auch was dazu. Aktivität ist immer gut ...«

Nach der Küchenaktivität setzten wir uns im Wohnzimmer unter den Weihnachtsbaum. Safran sprang mir auf den Schoß und schnurrte auffordernd. Ich kraulte ihn zwischen den Ohren und am weißen Brustlätzchen. Er duftete immer noch leicht nach Karpfen.

»Jetzt erzähl mir bitte eine Weihnachtsgeschichte, Ulmi. Irgendeine nette, so wie eine richtige Großmutter.«

Sie bleckte grinsend ihr Gebiß. »Wozu? Aus netten Geschichten kann man nichts lernen. Was soll ich dir erzählen? Wie damals mein kleiner Bertil, mein zweiter Sohn, Weihnachten an Typhus gestorben ist, mitten im Krieg? Oder wie ich Heiligabend 1944 mit deinem Großvater verbrachte – und ein paar Wochen später merkte ich, daß ich schwanger war, und noch ein paar Wochen später kam die Nachricht, daß ich Witwe bin?«

»Nein, das ist schrecklich. Stimmt es übrigens, daß du Zigeunerblut hast?«

Ulmi nickte. »Meine Mutter war Zigeunerin. Aber woher weißt du das? In deiner Familie wollten sie immer ein Geheimnis daraus machen ...«

»Meine Mutter hat mir das mal gesagt. War deine Mutter so eine aus dem Pferdewagen?«

»Ja. Meine Mutter war eine Roma. Sie zog mit ihren Leuten erst im Balkan umher und später in Ostpreußen. Ihre Mutter las aus den Händen, ihr Vater spielte ganz wunderbar die Geige. Sie selbst konnte Zither spielen.«

»Wie hieß sie?«

»Maria. Sie war das älteste von acht Kindern, und sie war seit langer Zeit von ihren Eltern mit einem entsprechenden Jüngling ihres Volkes verlobt worden. Dann kamen sie eines Tages zu einem Gut oder Herrenhof, schon fast im Litauischen. Da sah sie einen jungen Mann auf einem herrlichen Pferd vorbeireiten. Das war der Sohn des Gutsbesitzers. Und sie verliebte sich ...«

»Das kommt aus den Drüsen ...«, murmelte ich.

»In der Tat! Es hat sie umgehauen, sie konnte nicht dagegen an, es war wie ein Rausch ... Sie liebte ihn, obwohl sie wußte, daß es für sie zu einer Katastrophe führen mußte. Sie schlich sich nachts von ihren Leuten weg, als die schon weiterzogen, lief zurück zum Schloß und in seine Arme.«

106

»Das heißt, inzwischen hatte er sich auch in sie verliebt?«

»Ja. Genauso gegen jede Vernunft. Sie war ein sehr schönes Mädchen, klein und zierlich. Zur Hälfte bestand sie aus schwarzem lockigen Haar. Sie verdarb es sich dadurch ein für allemal mit ihrer Familie, mit ihrem Volk. Für ihre Eltern war sie gestorben, denn sie hatte ja ihre Verlobung gebrochen. Sie nahm Anstellung in der Gutsküche und wurde eine Art dritte Köchin und Mädchen für alles. Das war schwer, denn die anderen behandelten sie gemein: Sie war eine verachtete Außenseiterin, eine Art Ungeziefer. Und er trat nie für sie ein, ihre Beziehung war vollkommen geheim.«

»Sie hat ihn weitergeliebt, obwohl er so feige war?«

»Sie hat ihn ja von Anfang an geliebt, *obwohl* ... Obwohl dies und obwohl das. Die Zeiten waren anders. Die Leute fühlten sich der Ehre verpflichtet.«

»Sie hat doch auch mit der Zigeunerehre gebrochen.«

»Ja. Aber das war ihre eigene Entscheidung. Er hatte es nicht von ihr verlangt.«

»Also wollte er sie gar nicht heiraten?«

»Eine schwarzbraune Zigeunerin als preußische Gutsbesitzersfrau? Sie waren dreizehn Jahre lang ein heimliches Liebespaar. Und dann hat der Gutsbesitzerssohn, der inzwischen selbst Gutsbesitzer war, eines Tages geheiratet. Eine große, blonde Preußin.«

»So ein gemeiner Kerl!«

»Wer weiß. Wir waren nicht dabei. Und wieder ist sie nachts verschwunden.«

»Hoffentlich hat sie ihm vorher nicht noch das Hochzeitsessen gekocht.«

»Sie hat wieder nur ein paar Sachen mitgenommen und ihre Zither. Ihr war zum Sterben elend. Sie dachte auch, daß sie nun krank werden und bald sterben würde. Sie konnte nichts essen und wurde immer dünner, und sie hatte einen Husten, der nicht aufhören wollte ...«

»Was für eine entsetzlich traurige Geschichte! Ist sie gestorben?«

»Wohl kaum, da ich noch nicht da war. Keine Sorge, die Sache ging gut aus. Zuerst wanderte Maria an die Ostsee, die war nicht weit weg. In einem kleinen Hafen hat sie einen alten Fischer getroffen, dem war kürzlich die Tochter gestorben. Er hat Maria als seine Tochter angenommen. Von da ab hieß sie nicht mehr Maria Babilo, sondern Meike Struve. Dann ging sie nach Hamburg. Sie hat von ihrem ›Vater‹ nie wieder etwas gehört. Aber sie hat ihn nie vergessen. Die neue Meike Struve nahm sich ein kleines Zimmer und lebte zunächst von Flickarbeiten, weil sie sehr geschickte Hände hatte, denn eine Anstellung als Köchin fand sie nicht. Abends spielte sie auf ihrer Zither. In derselben Wohnung hatte ein junger Matrose auch ein Zimmer, vorübergehend nur, bis er wieder auf See ging. Das war Hinrich Conradi.«

»Ach!«

»Ja. Er war groß und blond, sie gaben ein interessantes Paar ab. Und bevor er wieder zur See gehen konnte, war sie schwanger. Da hat er sie geheiratet und ist ein für allemal dageblieben. Er war fast elf Jahre jünger als sie, aber die Ehe war wirklich glücklich.«

»Hat er sie Maria genannt oder Meike?«

»Er hat sie immer nur Mietzchen genannt. Sie bekamen schnell nacheinander drei Mädchen – die Jüngste bin ich, und die einzige, die noch lebt. Ich hab mich mit meiner Mutter immer am besten verstanden. Meinen Schwestern hat sie die Geschichte von Maria Babilo nie erzählt, die ahnten nicht einmal, daß sie Zigeunerblut hatten. Aber sie sahen auch nicht sehr so aus – nicht so wie du und ich ...«

108

»Woher wußten meine Eltern das denn?«

»Ich denke, mein Vater hat es seinen Enkeln erzählt, als sie halbwüchsig waren. Alexander und Clemens wußten beide davon, und nicht von mir. Dein Vater fand es, glaube ich, immer schrecklich und wollte nichts damit zu tun haben. Vielleicht, weil er selbst sehr dunkel aussieht. Clemens hat sich über sein Zigeunerblut gefreut – blond, wie er war.«

»Und wie sind deine Eltern zu diesem Haus hier gekommen? Das ist doch noch von ihnen?«

»Sie haben eine Schneiderwerkstatt aufgemacht. Meine Mutter hat, ungefähr in deinem Alter und mit drei kleinen Kindern am Hals, nähen gelernt, bis sie geprüfte Meisterin war. Sie war sehr erfolgreich. Mein Vater half mit, so gut er konnte. Die Starke war immer sie. Sie hat uns drei Mädels ermöglicht, die Mittelschule zu besuchen und die mittlere Reife zu machen, das hat damals viel Geld gekostet, und sie hat die Nächte durchgearbeitet, unsere kleine Mutti. Mein Vater fand das überflüssig, weil Mädchen ja doch heiraten. Aber sie wollte es unbedingt. Als wir die Schule hinter uns hatten, ging ihre Kraft zu Ende. Sie fing wieder an zu husten, und sie hatte auch ein schwaches Herz. Da hat Vater mit ihrer Erlaubnis die Schneiderwerkstatt aufgelöst und alles verkauft, alles gesparte Geld genommen und dies Haus hier gebaut. Und hier hat sie noch ein paar Jahre sehr glücklich gelebt. Bevor das mit den Nazis richtig losging und jemand sie vielleicht schief angeguckt hätte, weil sie so exotisch aussah, ist sie gestorben. Mein Vater hat tagelang geweint. Er hat sie sehr geliebt. Er hatte nie wieder eine Freundin.«

»Glaubst du, er war ihr immer treu?«

»Das glaube ich ganz bestimmt.«

»Meine Freundin Beate sagt, Männer können gar nicht treu sein, nie. Die müssen immer fremdgehen …«

»Immer und nie bestimmen normalerweise die Ansichten engstirniger Menschen.«

»Und hat deine Mutter deinen Vater geliebt? Obwohl er soviel jünger war und nicht so tüchtig wie sie?«

»Sie hat ihn geliebt, weil er ehrlich war und treu, zuverlässig und warmherzig. Sie war sehr glücklich mit ihm, das hat sie mir oft gesagt.«

»Vielleicht glücklicher, als sie mit dem Gutsbesitzer gewesen wäre?«

»Ganz sicher glücklicher.«

Ich seufzte zufrieden. »Das war eine sehr schöne Geschichte. Danke, Ulmi! Jetzt erzähl mir, wie du Großvater kennengelernt hast, ja? Und erzähl was von deinem Indianer.«

Ulmi lachte erst, und dann gähnte sie. »Ich bin hier doch nicht der Alleinunterhalter. Spielst du Scrabble mit mir?«

Wir setzten uns an den runden Tisch unter der Fransenlampe. Ich nahm Safran auf dem Schoß mit. Er hielt es kaum für nötig, aufzuwachen.

»Nimm einen Buchstaben – U, gut, ich habe ein K! Ich fange an!« verkündete Ulmi eifrig und griff sich acht hölzerne Buchstaben. Ich sah erstaunt zu, was sie legte:

»KELLILOW? Was ist das denn?«

Ulmi kicherte: »Das ist ein Indianerwort und bedeutet Herbstestrauer. Und ich kriege Jubelpunkte, weil ich gleich alle Buchstaben auf einmal losgeworden bin …«

»Herbstestrauer, hm?« murmelte ich mißtrauisch. Und ich legte ein witzloses, billiges LUNTE …

Nach dem Frühstück am ersten Weihnachtstag widmeten wir uns gemeinsam dem Puter. Wir wuschen ihn, trockneten ihn, füllten ihn mit Äpfeln und Kastanien und rieben ihn mit Salz und Thymian ein.

Ich bemerkte mittendrin: »Ich esse eigentlich sehr wenig

110

Fleisch, weißt du das? Manchmal monatelang keinen Happen.«

»Es ist vernünftig, nicht soviel Fleisch zu essen!« erwiderte meine Großmutter, während sie Zahnstocher links und rechts neben die Bauchöffnung piekte und das Tier dann mit Garn zuschnürte wie einen Wanderstiefel: immer um die Zahnstocher herum und festgezogen. »In Amerika wird viel zu viel Fleisch verschlungen, es kommt im Grunde täglich auf den Tisch. Wenn sie es wenigstens mit *Respekt* essen würden!«

»Mit Respekt –?«

»Die Indianer entschuldigen sich bei den Tieren, die sie jagen. Sie erklären ihnen vorher, daß sie und ihre Familien das Fleisch und das Fell und so weiter brauchen und bitten um Verzeihung. Sie bitten auch Bäume um Verzeihung, die sie fällen, und erklären ihnen vorher, warum sie das tun. Das ist das Gegenteil von rücksichtslosem Vandalismus, der nimmt und mißbraucht, ohne nachzudenken!« Der Puter wurde im Backofen auf den Rost gelegt, eine Bratenpfanne darunter, in die er tropfen durfte. Ulmi sah auf die Uhr: »Jetzt können wir eine halbe Stunde spazierengehen, solange kann er allein schmoren und braucht uns nicht ... Wenn wir wiederkommen, stellen wir den Herd heißer und fangen an, den Vogel zu begießen.«

Wir zogen unsere Mäntel an. Ulmi blieb mit nachdenklichem Gesicht stehen: »Es dauert jetzt drei Stunden, bis es Essen gibt ... Hast du auch schon wieder Hunger?«

Ich schüttelte den Kopf. Ich hatte aber auch emsiger gefrühstückt als sie.

»Tina, sei so lieb und gib mir einen Keks, den werd ich unterwegs knabbern ...«

Ich nahm die Dose vom Regal und sprach ehrfürchtig, bevor ich sie öffnete: »O Keksdose! Vergib mir und erschrick

bitte nicht: Meine hungrige Großmutter bedarf eines Kek-
ses …«
Ulmi warf mir ihre Wildlederhandschuhe an den Kopf.
Safran stromerte um unsere Beine herum, machte sich aber
plötzlich erschrocken davon, als das merkwürdige Schwein
herangepoltert kam, das ich schon bei meinem ersten Be-
such im November gesehen hatte. Es blieb dicht vor uns
stehen und grunzte.
»Danke, dir auch frohes Fest, Heidrun!« erwiderte Ulmi.
»Heidrun? Das – ist die Lebensgefährtin vom Professor?«
Ich war baff.
Das Borstentier grunzte wieder und blinzelte mich aus kleinen tintenblauen Augen interessiert an.
»Meine Enkeltochter – Tina«, sagte Ulmi.
»Komm bitte weiter, bevor ich anfange zu glauben, du verstehst säuisch!« verlangte ich aufgebracht und zog meine
Großmutter am Arm hinter mir her. Das Schwein grunzte
abschließend, und Ulmi rief über die Schulter: »Sicher,
spätestens nachher zum Kaffee!«
Gleich darauf beschwerte sie sich: »Was für ein mickri-
ger Winter! In Michigan schneit es tage- und wochenlang,
und zwischendurch scheint die Sonne auf alles. Es ist ein
bißchen mühsam mit dem ewigen Schneeschippen, aber
traumhaft schön.«
Obwohl es bei uns einige Grad über Null hatte, fröstelte
ich. Ulmi schaute mich von der Seite an: »Frierst du
etwa?«
»Ein bißchen.«
»Du solltest kalt duschen, Lady. Mir ist immer warm.«
»Kalt duschen – im Winter?! Pfui!«
»Was heißt Pfui? Das ist gut für die Durchblutung. Gut für
die Disziplin ist es übrigens auch. Und somit kommst du
weiter …«

112

»Ich weiß schon. Das nächste Level. Duschst du immer nur kalt?«

»Zuerst natürlich warm, zum Sauberwerden. Dann sehr heiß, damit ich Lust auf Kälte bekomme. Und dann sage ich das Zauberwort ...«

»Das Zauberwort? Welches Zauberwort?«

»Huschelbuschel.«

– ?? –

Ulmi lachte lange und laut. »Du solltest dein Gesicht sehen!«

»*Huschel-Buschel?*«

»Huschelbuschel. Die ganze Zeit, während du dich kalt abduschst. Huschelbuschel. Es hilft. Probier es mal. Und hinterher fühlt man sich großartig ...«

Ich trat nachdenklich das wintergelbe Gras platt. »Ulmi – was bedeutet Huschelbuschel auf indianisch –?«

Sie lachte nur. Sie krähte richtig. Ich hatte selten eine so vergnügte und lachlustige alte Dame gesehen.

Als ich meine Wohnungstür aufschloß, kam Olli Nickels aus seiner Tür wie der Teufel aus der Schachtel. »Endlich! Ich hab schon gedacht, du verbringst die ganzen Weihnachtsferien bei deiner Oma! Warte mal – bleib da – ich hab ein Geschenk für dich« – er verschwand, die Tür offenlassend, und kam gleich darauf wieder angehetzt: »Hier – frohe Weihnachten, Tina! Kann ich einen Moment reinkommen?«

Ich stellte meine Reisetasche auf den Boden, zog meinen Mantel aus und guckte Olli mütterlich-besorgt an. Er sah fürchterlich aus. Sein unregelmäßiger Anderthalbtagebart verlieh ihm ein schmuddeliges Flair, seine Augen waren verquollen, seine Nase rötlich, als hätte er sie ungeduldig und andauernd gerieben. Sein kurzes Haar stand fettig und

113

störrisch um seinen Kopf. Sein rotkarierter Kragen steckte halb innen, halb außerhalb des weißen Zopfpullovers.

»Setz dich. Ich wollte mir Tee kochen – möchtest du lieber Kaffee?«

»Ich trinke gern Tee mit.« Olli seufzte schwer.

Ich setzte Wasser auf und packte sein Geschenk aus. »Das ist aber nett von dir – vielen Dank.«

Es war ein Parfum mit Moschus. Zufällig hasse ich Moschus.

»Magst du das? Wirst du es tragen?«

»Ähm …« Ich suchte nach Worten. Olli nahm mir das Parfum aus der Hand und goß es ins Küchenwaschbecken. In den nächsten Tagen würde mir in meiner eigenen Küche übel werden vor Moschusdunst.

»Tut mir leid – ich kauf dir ein anderes.« Er warf die leere Flasche in den Mülleimer. Leider in den für Papier. »Magst du lieber was mit Blumen, ja?«

»Olli – das ist doch albern. Ich hab auch kein Geschenk für dich, verdammt noch mal!« Ich goß den Tee auf.

»Ich brauch auch kein Geschenk …« Gleich würde er in Tränen ausbrechen, das konnte ich ihm ansehen. Ich erzählte ihm hastig ein bißchen von meiner Großmutter, die neben einer Ulme wohnte und auch so ähnlich hieß, neben der ein plattdeutsch sprechender englisch-deutscher Professor hauste, der sein Leben mit einem ausgewachsenen Schwein namens Heidrun teilte.

Olli hörte mit offenem Mund zu und vergaß vorübergehend seinen Jammer.

»Komm, der Tee ist fertig, wir gehen ins Zimmer – nimmst du die Kekse, bitte?«

Im Wohnzimmer blickte Olli sich kritisch um und fragte: »Wo ist denn dein schöner antiker Stuhl?«

»Den habe ich meiner Ulmi zu Weihnachten geschenkt.«

»O nein! Der war soviel wert und so schön – wie kannst du so was verschenken? Hat dir der Stuhl nichts bedeutet?«

»Nö.«

Olli nahm mit finster zusammengezogenen Augenbrauen einen Schluck zu heißen Tee und meinte gleich darauf mit Tränen in den Augen (weil er sich den Mund verbrannt hatte, oder weil es ihn wirklich so erschütterte): »Du läßt zu schnell los. Viele Frauen sind so. Hängen an nichts. Immer weg damit.« Er setzte die Tasse ab und sah sich mit dem Blick eines Falken in seinen Rosinenaugen um: »Aha! Dein Teddybär ist auch verschwunden! Hast du den auch verschenkt? Wenn jemand nicht mal an seinem Teddybären hängt ...«

»Mein Teddybär weilt seit Wochen zur Kur auf dem Land!« unterbrach ich ihn scharf. »Du hast bloß bis jetzt noch nicht gemerkt, daß er weg war. Was hast du eigentlich vor? Möchtest du mich mit deiner miesen Laune anstecken?«

»Nein. Entschuldige. Tut mir leid. – Tina?«

»Ja, Olli?«

»Was machst du eigentlich Silvester?«

»Ich bin bei Carla. Die gibt eine große Party.«

Olli blickte mich aus vor Sehnsucht hervorquellenden Augen an. »Wie schön! Die hab ich doch neulich auch kennengelernt, nicht? Klar, erst war sie im Theater, mit diesen beiden Schönlingen, und dann hier bei dir. Könnte ich nicht mit dir zusammen zu ihr gehen? Sie freut sich bestimmt. Sie war sehr nett zu mir. Sie hat mir ihre Visitenkarte gegeben, falls ich mal was von der Presse will ...«

Ich schwieg mitten in sein erwartungsvolles Gesicht. Mir fehlten die Worte. Wie sollte ich ihm taktvoll klarmachen, daß er das letzte war, was ich zu Carlas Silvesterparty mitnehmen wollte? Daß ich sein neugieriges Seehundsgesicht in keiner Weise brauchen konnte, wenn ich mir Mühe gab,

Christoph Buhrmeester, einem der Schönlinge, gegenüber jede Bockigkeit bleiben zu lassen? Olli war genau der Mensch, der mich im entscheidenden Moment fragte, warum ich mir so was denn gefallen ließe.

Olli nickte, erst nur leicht und traurig, dann stärker und mit beginnendem Zorn.

»Ich verstehe!« sagte er, tödlich beleidigt. Er stand auf und verließ meine Wohnung. Meine Tür machte er leise zu, seine eigene rummste laut und empört. Seine volle Teetasse starrte mich vorwurfsvoll an. Er hatte nicht einen einzigen Keks gegessen ...

Am 29. Dezember zog ich los und kaufte mir ein Kleid. Es war aus dunkelrotbraunem, seidenartig schimmerndem Stoff, hatte einen quadratischen Ausschnitt und einen nach unten glockig werdenden Rock. Es stand mir enorm gut! Machte mich zeitlos und geheimnisvoll.

Ich schminkte mich fast eine Dreiviertelstunde lang. Ich hab mal gelesen, so lange brauchte Marilyn Monroe auch immer. Wenn ich schon friedlich sein sollte, brauchte ich deswegen ja nicht auch noch bläßlich und in Sack und Asche zu erscheinen.

Natürlich mußte Olli genau in dem Augenblick, als ich aus meiner Tür stöckelte, in seinem Briefkasten nach eventuell eingetroffenen Neujahrstelegrammen suchen. Er trug einen verwaschenen Jogginganzug und eine verbiesterte Miene und wünschte knapp: »Viel Spaß!«

Ich hatte mir ein Taxi bestellt und wartete im Nieselregen nervös vor dem Hauseingang. Ein paar Schritte weiter zündelten muntere halbwüchsige Knaben stinkende Böller. Mein Taxi bekam einen auf den Kühler. Der Fahrer sprang aus seinem Wagen und jagte die juchzenden Bengels die halbe Straße entlang, bevor er zurückkam und bereit war, mich zu transportieren.

Carla wohnt in Altona, was eigentlich nicht die allerfeinste Adresse ist, aber sie hat eine Penthouse-Wohnung fast direkt an der Elbe und dicht über einem Park. (Noch dazu mit Sauna und Swimmingpool im Keller des Hauses.) Wie sich jeder denken kann, arbeitet sie fast nur für die Miete.

Ich zupfelte im Fahrstuhl das Papier von den Blumen und zog die vielen bunten Schleifchen um den Hals der Sektflasche zurecht. Jochen Bark öffnete mir die Tür. Mit der Miene des Gastgebers nahm er mir die Blumen und den Sekt ab: »Ah, da kommt ja unsere Tini! Tiniwiny Waschmaschieny –« sein Blick wanderte nach unten. »Wieder mal im langen Rock. Sag mal, hast du keine guten Beine?«

Wahrscheinlich nicht halb so häßlich wie deine, sonst würdest du ja Shorts tragen ... hätte ich gesagt, wenn ich nicht auf dem Weg ins nächste Level gewesen wäre. So lächelte ich nur damenhaft und trat ein. Überraschenderweise hatte ich den Eindruck, durch dieses Lächeln mindestens so vernichtend zu wirken wie durch eine freche Antwort. Es war, als hätte ich einen zugeworfenen schmutzigen Lumpen nicht zurückgeschmissen, sondern achtlos neben mir fallen lassen.

Carla stand im feuerroten Minikleidchen auf feuerroten Sandaletten da und sortierte etwas am Buffet, das im Flur errichtet war. Sie strahlte mich an und gab mir einen Kuß: »Schön, daß du so früh kommst!« Ein paar vereinzelte Gäste konnte ich durch die offene Tür sehen, sie wandelten in Carlas hallenartigem Wohnzimmer umher und taten unbefangen. Christoph war nicht dabei.

»Kannst du nicht mal für Musik sorgen?« rief Carla Jochen zu. »Du bist doch hier nicht bloß Deko. Mach dich mal nützlich, mein Freund!«

»Du solltest eigentlich wissen, daß ich kein Nützling bin.

Eher ein Schädling!« rief Jochen zurück. Immerhin begab er sich zur Stereoanlage, und gleich darauf dröhnte guter alter Rock über die Elbe.

Ziemlich schnell trafen immer mehr Gäste ein. Bald war es so voll, daß niemandem mehr eine eventuelle Verlegenheit anzumerken war. Außerdem nebelte der Qualm alles immer dicker zu. Carla und Jochen standen wie erwartet unübersehbar im Mittelpunkt ihrer Silvesterparty. Ein attraktives Paar, zwischen dem die Funken flogen – und in absehbarer Zeit die Fetzen. Ihre Rededuelle amüsierten allgemein, schrammten jedoch teilweise hart an der Schmerzgrenze entlang. Aber sie tanzten miteinander wie im Spätprogramm.

Ich übte mich hier und da in kleinen, harmlosen Plaudereien ohne Biß

»Komisch, gleich halb elf und Christoph ist noch nicht da!« stellte Jochen sehr viel später fest. »Er ist doch sonst kein Mensch, der zu spät kommt?«

»Du solltest dir keine Gedanken darüber machen, ob jemand zu *spät* kommt. Deine Probleme liegen doch ganz woanders ...«, antwortete Carla mit schallender Stimme. Sie erntete erfreutes Gelächter ringsum. Na ja, dachte ich nachsichtig, sie hat schließlich auch kein Lernprogramm laufen.

Kurz nach elf erschien Christoph, wieder in seinem flaschengrünen Anzug, das Haar mit einem Lederstreifen zurückgebunden. Er tanzte sofort mit dem nächstbesten weiblichen Gast.

Ich hatte einen Langzeit-Gesprächspartner gefunden, einen kahlköpfigen Kollegen von Carla, dem ich schon mal in der Redaktion begegnet war. Ich saß mit hochgezogenen Beinen in einem Sessel, er auf dem Teppich davor, und er sonderte ohne Pause ulkige Anekdoten aus der Grafik und ulkige Anekdoten aus seinem verflossenen Eheleben und ulkige Anekdoten aus seiner Bundeswehrzeit ab. Ich brauchte nur in regelmäßigen Abständen zu kichern oder zu quieken oder »Nein! Ich kann's nicht glauben!« oder so was zu sagen. Er stürzte sich gerade in ulkige Anekdoten aus seiner Schulzeit, als Jochen allen Gästen frischen Sekt einschenkte, Carla den Fernseher einschaltete und alle die große Uhr anstarrten: »... acht, sieben, sechs, fünf, vier, drei, zwei, eins – Prost Neujahr!«

Wir stießen miteinander an und küßten uns, wie's gerade kam und wie man nebeneinander stand. Carla drängelte sich zu mir durch und umarmte mich. »Schönes neues Jahr, Schätzchen!«

Dann begaben sich alle Partyteilnehmer auf den Riesendachgarten. Der kahlköpfige Graphiker holte meinen Mantel und legte ihn mir um die Schultern. Man bewunderte einträchtig das große Hafenfeuerwerk. Da es aufgehört hatte zu regnen, stiegen die Raketen aufs Schönste und entfalteten sich zu bunten Glühpunkten.

Plötzlich drängelte sich Christoph Buhrmeester neben mich. »Schönes neues Jahr, Frau Conradi! Wieder in so anmutiger Begleitung? Wo hast du denn die humanoide Lebensform gelassen, die dich neulich ins Theater begleitet hat?«

Ich übte sofort meine neue Kunst aus, nicht zurückzuschlagen, sondern freundlich zu lächeln. Schade um die ganzen Pointen, die mir einfielen.

Weil von mir nichts kam, peilte Christoph den armen Graphiker an: »Willst du nicht lieber mit einem Mann ins neue Jahr gehen, der etwas mehr Kopfputz aufzuweisen hat?«

Der Graphiker murmelte giftig etwas über langes Haar und schwache Potenz. Ich lächelte versonnen in eine golden explodierende Rakete. Dieses Verhalten würde auf die Dauer einen schönen Mund machen – und einen ausgeglichenen Gesichtsausdruck.

Ich schritt schwebend von dannen, zurück in die Wohnung, nahm mir vom Buffet noch zwei Lachshäppchen (Carla hatte wieder mal viel zu viel besorgt, ich sah mit Freude kommen, daß sie morgen anrufen und mich bitten würde, mir einen Teil des Übriggebliebenen abzuholen), griff meine Handtasche und verließ sanft und still das Gedröhne, Geschrei, Gelächter und Gequalme. Im Treppenhaus roch es nach Chlor: Das war der Pool im Keller. Ich drückte den Fahrstuhlknopf, wartete voller Engelsgeduld, alles immer lächelnd, öffnete die Fahrstuhltür und stieg ein. Kurz, bevor ich nach unten schweben konnte, wurde die Tür noch einmal aufgerissen, und Christoph Buhrmeester sprang an Bord, ungeduldig bemüht, sich seinen Mantel über den Anzug zu wurschteln. Damit hatte ich nicht gerechnet.

»Du bist ja wie Aschenputtel – kaum zwölf, und du verschwindest! Wird deine Kutsche gleich wieder zum Kürbis?«

Wenn ich ununterbrochen nur lächelte und nie ein Wort von mir gab, würde er mich schließlich für grenzdebil halten. Wie war das jetzt? Sachlich-liebevoll, liebevoll-sachlich. Nur keine Witzigkeiten! »Ich bin einfach müde und möchte nach Hause.«

Das verblüffte ihn derart, daß er zwei Stockwerke lang schwieg.

Dann fand er wieder Worte: »Du kannst das neue Jahr doch nicht im Bett beginnen – und dann noch allein! Oder wartet zu Hause jemand auf dich?«

Jetzt bekam er wieder nur ein liebes Lächeln. Ich hätte nie gedacht, daß die Sache so viel Spaß machen würde.

Wir waren im Erdgeschoß angekommen. Bevor ich aussteigen konnte, drückte Christoph schnell den Knopf für den siebten Stock. Ich hätte trotzdem entkommen können – es dauerte eine Weile, bis der Fahrstuhl begriff, was man von ihm wollte – aber ich blieb mit geheimnisvollem Lächeln stehen.

Ruckel – wir schwebten wieder nach oben.

»Du bist, glaube ich, die seltsamste Frau, die mir je begegnet ist.«

Ich fummelte an meiner Handtasche herum, weil ich einen Krampf in den Mundwinkeln bekam. Soviel Lächeln war ich nicht gewöhnt. Als wir wieder im obersten Stockwerk landeten, stieg Christoph zu meiner Verwunderung aus. Er hielt die Tür auf, gab sie mir in die Hand und bat: »Nicht loslassen, ja? Ich bin sofort zurück!«

Gleich darauf kam er wirklich wieder, in jeder Hand ein dreiviertelvolles Sektglas.

»Wir haben doch noch gar nicht miteinander angestoßen ...« Wir fuhren wieder nach unten.

»Noch mal frohes neues Jahr! Ich finde, wir sollten endlich Brüderschaft trinken. Ich heiße Christoph ...«

»Ich heiße Martina. Aber meine Freunde ...«

»Ja, hab ich gehört«, unterbrach er mich. »Also Entschuldigung, ich finde das scheußlich.«

Ich lächelte fragend, aber sanft.

»Tina, wie klingt denn das? Wie 'ne Comic-Puppe oder so was.«

»Was hältst du davon, wenn du einfach Martina zu mir sagst?« Ich drückte den Knopf mit der 7. Inzwischen hatte sich der Fahrstuhl daran gewöhnt, er sauste sofort nach oben.

Jetzt lächelte Christoph, zum ersten Mal, seit ich ihn kannte. »Ja, gut. Klingt zwar etwas brav und ernsthaft – aber gut: Martina ...« Wir tranken einen Schluck Sekt, und

Christoph küßte mich mit Eifer und Ausdauer. Gleichzeitig drückte er den Erdgeschoß-Knopf. Wir segelten abwärts.

Diesmal öffnete er die Tür. Er nahm mir mein immer noch halbvolles Sektglas wieder aus der Hand und stellte es neben seins unten auf die Treppe. Dann zog er mich hinter sich her auf die Straße und zu seinem Porsche.

»Ich zeige dir, wie ich wohne, ja? Wir trinken noch ein Täßchen Kaffee bei mir und dann bring ich dich nach Hause!«

Ich lächelte.

Er fuhr halsbrecherisch die Elbchaussee hinauf.

Ich sah mir sein nettes Profil von der Seite an. Er wußte es zwar nicht, der Ärmste, aber er war jetzt ein ÜO.

7.

Alles ist nur Illusion

Christoph war ein phantastisches ÜO, weil er sich von Anfang an blöde benahm. Hätte er das nicht getan, hätte ich nichts lernen können. Andererseits: Hätte ich nicht gewußt, daß er nichts weiter war als ein ÜO, hätte ich mich über ihn garantiert halbtot geärgert. Ich erwachte am Neujahrsmorgen, weil es über meinem Kopf regnete. Ich schlug die Augen auf und erinnerte mich nach und nach, wo ich war: richtig, in einem Gartenhäuschen!
Neben mir breitete sich eine braune Haarflut über die Kissen. Christoph hatte eins seiner ziemlich dünnen Ärmchen über die Bettdecke geklappt. Leider, mußte ich vor einigen Stunden feststellen, gehörte er zu den Männern, die angezogen attraktiver wirken als ausgezogen. Seine Schultern und die Brust sahen zu knochig und irgendwie zusammengeschoben aus, der Bauch war zwar flach, aber einfach specklos, keineswegs muskulös. Außerdem war sein Bauchnabel viel zu groß und die Brustbehaarung einseitig, was schlampig anmutete. Gesamtnote drei bis vier, höchstens.
Normalerweise ließ ich die Herrn gern etwas zappeln, bevor ich über Nacht blieb, mochte das nun in Mode sein oder nicht; da es in diesem Level jedoch darum ging, Machtkämpfe zu vermeiden, hatte ich auf das Zappelnlassen großzügig verzichtet. Daraus schloß Christoph messerscharf, daß ich hingerissen von ihm sein müßte, und sofort kam sein Charme ein bißchen von oben herab.
Entweder wegen der späten Stunde oder um dynamisch zu wirken, warf das ÜO mich, kurz nachdem wir sein Häus-

chen betreten hatten, aufs Bett und sich obendrauf. (Da spürte ich zum ersten Mal, daß er eher knochig als schlank war.) Er küßte wild und leidenschaftlich vor sich hin, während er uns hastig unsere verschiedenen Kleidungsstücke abpflückte. Als wir beide nichts mehr anhatten und ich anfing, darüber nachzudenken, wie so ein Geräteschuppen wohl beheizt wird und ob wir nicht gegebenenfalls noch ein Brikett auflegen oder den Strom etwas höher drehen könnten, murmelte er dicht über mir: »Was möchtest du jetzt gern machen, Frauenzimmer?«

Ich suchte eine Weile in meinem Gehirn nach einer witzlosen, sachlich-freundlichen Antwort, ohne etwas Passendes zu finden. Mir fielen nur lauter gepfefferte Frechheiten ein. Aber es stellte sich heraus: Die Frage war rein rhetorisch, eine Antwort wurde nicht erwartet.

Irgendwo krähte ein Hahn – die Gegend war tatsächlich eher ländlich. Ich knuddelte das Kissen unter meinem Kopf zusammen und blickte mich neugierig im Zimmer um. Das reinste Aquarium: Drei der Wände bestanden praktisch aus Verglasung und wurden deshalb von weißen Gardinen verhüllt. Die dritte Wand war aus Holz. Dahinter lag eine Zwergenkochnische ohne Fenster und ein Winzduschbad mit Toilette, auch ohne Fenster. (Und ohne Waschbecken, die Hände mußte man sich in der Kochnische waschen.)

Das Haus seiner Eltern stand weiter vorn im Garten und sah mächtig teuer und elegant aus. Als wir nachts vor der Garage hielten, im silbernen Porsche, dachte ich einen Moment lang: Donnerwetter! Bis ich begriff, daß nur der Porsche so dicht bei der Villa schlafen durfte, während wir uns durch nasses Gras und pieksendes Gesträuch zum Gartenhaus durchkämpfen mußten.

Plötzlich tirilierte gedämpft das Telefon in meiner Handtasche. Ich stand vorsichtig auf, griff mir die Tasche, hängte sie über meine Schulter, sammelte mein Kleid und meine Dessous vom Boden und huschte in das Duschkabäuschen.

»Hallo?« meldete ich mich flüsternd. Ich hörte zunächst nur unterdrücktes, krampfhaftes Schluchzen.

»Jenny?«

Schluchzen.

»Carla?«

Wildes Schluchzen. »Tina – ich lahahahaß mich scheihei-heiden!«

»Beate! – Was ist passiert?«

»Er hat ... Dieser Mistkerl ... Ich laß mich scheiden!«

Mir fiel auf, daß sie genauso flüsterte wie ich. »Wo bist du gerade?«

»Zu Hause.«

»Und wo ist Werner?«

»Im Bett. Er schläft. Ich geh hin und schneid ihm die Kehle durch! Das ist Notwehr! Das ist – ich bin ein Ausnahme – Ausnahmezustand ...«

»Beatelein ...«

»Er hat gesagt: ›Das bildest du dir doch bloß wieder ein, Beate!‹ Wörtlich! ›Das *bildest* du dir doch bloß *wieder* ein, Beate!‹ Als ob ich dauernd Wahnvorstellungen hätte! Tina, hab ich Wahnvorstellungen?«

»Nicht, daß ich wüßte. Was ist denn passiert?« Während ich zuhörte, sprühte ich mir Christophs Deo unter die Ach-seln und fing an, mich in dem engen kleinen Käfig, das Te-lefon zwischen Ohr und Schulter geklemmt, anzuziehen.

»Sagt der zu mir: ›Das bildest du dir doch bloß wieder ein‹!«

»Was denn bloß?«

»Moment – er ... Tina, er wacht auf ... Ich – ich muß auf-machen – schlußlegen ...« Klick.

Ich bürstete nachdenklich mein Haar mit der Kinderbürste

aus meiner Handtasche. Was das wohl sein mochte, das Beate sich in der Silvesternacht eingebildet – oder nicht eingebildet hatte?

Weil mir die Zahnbürste fehlte, spülte ich meinen Mund nur mit Mundwasser aus. Nachts hatte ich mich recht und schlecht mit etwas Watte und Christophs After-Shave-Milch abgeschminkt: Ich kann's nicht leiden, wenn ich mir nachts die getuschten Wimpern abbreche und morgens mit Augenringen in den Spiegel gucke wie der Waschbär auf meiner alten Ulmi-Postkarte.

Als ich aus der Tür in der Holzwand trat, begrüßte mich eine hellwache Kläffstimme: »Guten Morgen, Jungfer Martina! Haben deine Eltern an Martinsgänse gedacht, als sie dich getauft haben?« So schnell kriegte ich mein gelassenes Lächeln nicht aufs Gesicht. Ich hob den weißen Vorhang an einer Ecke hoch und blickte in den Garten. Der wilde Pladderregen hatte aufgehört und einem weichen Dauerregen das Feld überlassen. Sogar so naß und kahl wie jetzt sah der große Garten schön aus. Ich rang immer noch verzweifelt um Contenance. Irgendwann mußte ich mich ins Zimmer zurückdrehen. »Weißt du, meine Eltern hatten einen Sohn erwartet, der sollte Martin heißen. Ein paar Jahre später hofften sie dann auf den kleinen Michael. Das wurde meine Schwester Michaela.«

Christoph lachte. »Und den nächsten Sohn wollten sie Malte nennen, das wurde deine Schwester Malta.«

Ich puderte meine Nase und zog mir die Lippen nach. Ganz ruhig, Tina. Er ist nur ein ÜO. Es bringt gar nichts, ihm den Schädel einzuschlagen, nur einen Haufen Ärger. Wer nicht dein Freund ist, ist – nein, nicht eine dreckige kleine Ratte! Ist dein Lehrer. Du willst doch lernen. Du willst lernen, dich so zu benehmen, daß du dir andere Männer ranziehst als diesen …

126

»Paß mal auf, Christoph, ich ruf mir eben ein Taxi, dann brauchst du nicht aufzustehen, um mich zu bringen.« Ich holte mein Handy aus der Tasche und ließ den Worten die Tat folgen.

Er protestierte nicht: »Gut, ich hab auch nichts Richtiges für'n Frühstück da. Und meine Eltern wären, glaub ich, etwas überfordert, wenn ich dich am Neujahrsmorgen rein bringe. Außerdem braucht meine Mutter heute vormittag den Wagen selbst.«

Natürlich, er fuhr Mamis Auto. Hätte ich auch drauf kommen können, daß ein normaler Journalist nicht genug Geld für so eine Luxuskarre verdiente. Das alles hieß doch wohl, wenn ich nicht freiwillig gegangen wäre, hätte er mich sowieso rausgeschmissen?

»Schreib mir deine Telefonnummer auf, Frauenzimmer, vielleicht melde ich mich ja, wenn nichts Besseres anliegt. Da auf dem Schreibtisch ist 'n Zettel und 'n Filzstift …«

Ich schrieb ihm wirklich meine Telefonnummer auf, sogar die richtige. Ich ging zum Bett und gab ihm ein Küßchen auf den Kopf, sanft wie eine Taube. »Tschüs, Christoph, war schön mit dir …«

Er lächelte selbstzufrieden. »Leg's zu den anderen Dankschreiben in die Schublade!«

In welche Schublade? Die einzige Schublade in dieser Hütte war die Besteckschublade!

Bis ich im Taxi saß, war ich naß wie eine Ente.

»Schönes neues Jahr!« sagte der Taxifahrer gemütlich. Er kaute ein Salamibrötchen und hatte heißen Kaffee in einer Thermosflasche. Ich starrte beides mit derartigen Glubschaugen an, daß er ahnte, was ich wollte. Gleich darauf mampfte ich glücklich an einem Käsebrötchen und nippte vorsichtig an einem Pappbecher mit Kaffee.

»Sie sind der erste nette Mensch, der mir in diesem Jahr begegnet!« sagte ich wahrheitsgemäß zu dem Taxifahrer. Ich gab ein fürstliches Trinkgeld, und wir verabschiedeten uns vor Carlas Haus in Altona wie alte Freunde. Dann stieg ich in mein fröstelkaltes eigenes Auto um.

Zu Hause duschte ich ausführlich, erst warm, dann immer heißer, und dann: »Huschelbuschel!« – ziemlich kalt. »Huschelbuschelhuschelbuschelhuschelbuschel …« Es wirkte allen Ernstes. Es war gar kein Problem mehr. Ich konnte mich ganz gemächlich abtrocknen, weil meine Haut glühte.

Dann zog ich mir einen dicken Flanellschlafanzug an, den ich immer als Hausanzug benutzte, sowie Wollsocken, föhnte mein Haar trocken und sah auf die Uhr: zehn nach elf, um die Zeit durfte man doch am ersten Januar seine Großmutter anrufen? Ich konnte mir sowieso nicht vorstellen, daß sie die Silvesternacht durchgemacht hatte. Während ich mit ihr telefonierte, tuschte ich ein Aquarell für das Kinderbuch.

»Schönes neues Jahr, Ulmi – ich hab dich doch nicht geweckt?«

»Aber nein! Ich war schon mit David Fox und Heidrun auf einem Neujahrsspaziergang. In Ölzeug. Aber die Luft ist schön. Ein gutes neues Jahr auch für dich, mein Kind! Hattest du Spaß gestern abend?«

»Na ja. Ich bin bei diesem Christoph gelandet.«

»Über Nacht?«

»Über Nacht. Hätte ich nein gesagt, wär's ein Machtkampf geworden.«

»So betrachtet ist es allerdings brav. Und – wie fühlst du dich?«

Ich erzählte ihr die gesamte Begebenheit.

»Tina, du bist voller Bosheit! Du benimmst dich ja Männern gegenüber so, wie sich Männer seit Jahrhunderten Frauen gegenüber benehmen!«

»Ja!« sagte ich begeistert.

»Das ist aber nicht gut. Auf diese Art kannst du dir keinen wertvollen Partner heranziehen, weil du immer nur abwertest.«

»Ich hab ja gar nicht gesagt, was ich denke. Ich war fast die ganze Zeit nur sanft und brav.«

»Das reicht nicht. Solange du in Gedanken so zynisch und sarkastisch bist …«

»Was kann ich denn für meine Gedanken? Die kommen von selbst!«

»Dann mußt du sie wegschicken. Du mußt dein Denken disziplinieren.«

Ich stöhnte. »Ulmi, jeder Psychologe würde dir sagen …«

»Ich weiß!« unterbrach sie mich. »Tina, es geht um Liebe. Du mußt diesen etwas oberflächlichen und selbstverliebten Mann lieben, einfach um das Lieben zu lernen.«

»Wie kann ich den lieben? Ich finde ihn in keiner Weise sympathisch! Er ist nicht nur eitel und – vorsichtig ausgedrückt – seicht, er ist auch noch boshaft und gemein! Wenn ich ein anderer Mensch wäre, weicher und verletzlicher, dann hätte er mir heute morgen sehr weh getan! Stell dir mal vor, irgend so ein armes Mädchen verliebt sich ernsthaft in den Kerl, und er macht sie derartig nieder! Lieben! Ich kann ihn nicht ausstehen!«

»Du brauchst«, sprach meine Großmutter, »ihn ja nicht zu mögen. Du sollst ihn nur lieben.«

»Wie soll das denn funktionieren?«

»Das funktioniert sehr gut, wenn du dir klarmachst, worum es geht. Mögen hat mit Sympathie zu tun: Seid ihr seelenverwandt, teilt ihr Vorlieben und Abneigungen, verbindet euch viel. Mögen läuft über das Ego, es ist eine Emotion. Es überkommt dich nämlich ganz von selbst. Dadurch ist es passiv. Es hat aber nichts mit Liebe zu tun. Lieben ist immer aktiv, bewußt und gewollt. Christus hat gesagt: ›Liebet eure Feinde …‹«

»O bitte, Ulmi, nicht Christus!«

»Das war aber nun mal er, der das gesagt hat. Und er hat damit bestimmt nicht gemeint, daß du korrupte Politiker oder verlogene Priester oder brutale Verbrecher *mögen* sollst – mit denen kannst du dich ja schlecht seelenverwandt fühlen. Es geht nicht darum, ob sie dir gefallen oder ob du sie schön oder witzig findest. Du sollst wertfrei lieben. Das macht Gott auch mit uns. Wir können uns noch so dusselig benehmen, dieselben Fehler immer wieder machen, unsere Mitgeschöpfe ärgern und quälen – er liebt uns immer alle, wertfrei.« Ich hörte leise das gleichmäßige Schnurren von Safran. Sicher saß er auf Ulmis Schoß. »Das können viele Menschen nicht verstehen, weil sie nur vom Menschenverstand ausgehen und meinen, Gott müßte auf die böse sein, die Böses tun, sonst wäre er nicht gerecht. Dabei liegt seine Gerechtigkeit gerade darin, uns alle zu lieben, ohne Wertung.«

Ich radierte vorsichtig einen Rand weg. »Also – wenn mir bösartige Gedanken kommen, soll ich sie nicht genüßlich zu Ende denken, sondern wegschicken. Und ich soll Christoph Buhrmeester – ähh! – lieben, auch, wenn ich ihn nicht mag?«

»Richtig.«

»Ulmi, jeder normale Mensch würde dir sagen …«

»Ich weiß.«

»Du wirst noch eine Heilige aus mir machen!«

Ulmi lachte vor sich hin. »Ich glaube, die Gefahr ist gering …«

Den Nachmittag und Abend dieses ersten Januar verbrachte ich bei Carla. Sie rief mich an – das hatte ich ja erwartet: Ich dachte, ich sollte helfen, die restlichen Schnittchen zu verputzen. Statt dessen bat sie mich, ihr aufräumen zu helfen, ihre Wohnung und ihr Innenleben. Sie hatte sich so gegen vier Uhr morgens von Jochen getrennt.

Nachdem die Gäste weg waren, stritten sie erst mal weiter. Schließlich gingen ihm wohl die Argumente aus, denn er klebte ihr eine. Daraufhin holte Carla ihren Schlagring. Sie besitzt wirklich einen, den sie sich in einer Phase von Verfolgungswahn auf St. Pauli besorgt hat. Den rammte sie nun dem guten Jochen in den Magen, und daraufhin verschwand er, nur noch mühsam fluchend und sehr zusammengekrümmt. Frohes neues Jahr.

»Wenn ich mich doch bloß für Frauen erwärmen könnte! Ich würde sofort was mit dir anfangen, Tina.« Carla wischte leidenschaftlich ihre Küchenspüle.

»Wie schmeichelhaft, danke.« Ich saß auf dem Küchentisch und machte mich nützlich, indem ich leicht angetrocknete Räucherforellenhäppchen durch Verzehr vernichtete.

»Bist du gestern eigentlich wirklich mit Christoph Buhrmeester gegangen?« Carla war schwer verkatert und frühstückte heute nur saure Gürkchen.

»Ja. Er schläft im Gartenhaus seiner Eltern und fährt den Wagen seiner Mutter.«

»Ach, wie niedlich. Und trägt er noch Windeln, oder geht er schon aufs Töpfchen?«

»Oh, ansonsten ist er schon ein großer Junge.«

»Ein sehr großer Junge?«

»Na ja. Ein mittelgroßer Junge. Und in Verpackung attraktiver als ausgewickelt. Ich würde ihn nirgends mit hinnehmen, wo er in der Badehose auftreten muß.«

131

»Wieso tust du dir den überhaupt an? Der ist doch mindestens so doof wie sein Freund Jochen. Bist du verknallt in ihn?«

»Nein. Eigentlich kann ich ihn nicht leiden. Jedenfalls find ich ihn unsympathisch. Aber ich geb mir Mühe, ihn zu lieben …«

Carlas Gesichtsausdruck hätte jeden aus der tiefsten Depression gerissen.

»Versteh doch, Carla: Christoph ist für mich nur ein ÜO!« fügte ich mutwillig hinzu. Sie war zu komisch in ihrer Verständnislosigkeit.

»Ein was?«

Ich erklärte ihr Ulmis Theorien, so gut ich sie selbst verstand.

»Und wenn du dich auf diese Weise lange genug gequält hast, dann kommen wirklich tolle Männer auf dich zu?«

»So lautet der Vertrag.«

»Hoffentlich hast du das Kleingedruckte gelesen. Wenn das tatsächlich funktioniert, steig ich auch ein ins ÜO-Lieben!« versprach Carla. »Jedenfalls mußt du mir deine Großmutter vorstellen. Die scheint interessant zu sein …«

Als ich abends gegen halb neun nach Hause kam, rauchte Olli im Treppenhaus eine Zigarette, den Aschenbecher in der Hand. Er musterte mich finster.

»Sag bloß, du kommst jetzt erst zurück! Das muß ja eine ausgiebige Feier gewesen sein …«

Er hatte mich am vergangenen Abend doch gesehen, in meinem neuen rotbraunen Kleid und mit den goldenen Kämmen im Haar! Jetzt trug ich Jeans, einen dicken Pulli und einen Parka, hatte mein Haar mit einem Gummi gebändigt wie ein Bund Möhrchen und war kaum geschminkt.

»Fällt dir nicht auf, daß ich mich inzwischen umgezogen habe?«

»Was heißt das schon!« antwortete Olli patzig. Er drückte seine Zigarette im Aschenbecher aus und verschwand mit trotzig zurückgeworfenem Kopf wieder in seinem Bau. Ich wunderte mich, wem zuliebe er wohl im Treppenhaus rauchte? Seinen Gardinen zuliebe?

Kurz darauf rief Christoph an und lud sich bei mir ein: »Ich bin in dreißig Minuten bei dir! Wir ziehen ein bißchen durch die Gemeinde, wünschen dem Volk ein gutes Neues und – wie breit ist dein Bett?«

»Einszwanzig. Aber es ist nur eine Matratze.«

»Macht nichts. Dann bleibe ich heute nacht bei dir. Hast du was dagegen, wenn ich eine Zahnbürste und ein bißchen Unterwäsche bei dir stationiere?«

»Natürlich nicht, ÜO.«

»Was?«

»Nein, bring's ruhig mit. Hört sich an, als ob du eine etwas längerfristige Bekanntschaft mit mir planst?«

»Mal gucken – wenn du brav bist ...«

»Das trifft sich gut – ist nämlich ganz in meinem Interesse.«

»Eine längerfristige Sache mit mir?«

»Bravsein.«

Nachdem ich den Auflegeknopf gedrückt hatte, begann ich, Beates Nummer einzutippen, hörte aber mittendrin auf und ließ es bleiben. Ich wollte auf keinen Fall bei irgendwas Wichtigem stören – falls sie zum Beispiel gerade in diesem Moment mit ihrem Gatten klärte, daß sie sich was auch immer überhaupt nicht eingebildet hatte. Oder falls sie ihm gerade die Kehle durchschnitt.

133

Am vierten Januar schlug das Wetter um. Zuerst gab es Frost, dann schneite es zwei Tage und eine Nacht lang, und der Berufsverkehr brach zusammen. In meinem Zimmer herrschte eine seltsame weiße Dämmerung, weil die schrägen Fenster völlig zugeschneit waren.

Bis zum siebten Januar hatte Christoph dreimal bei mir übernachtet, meine gesamte Ingwermarmelade verputzt und verlangte nun einen Schlüssel für meine Wohnung. Ich dachte daran, daß Ulmi gesagt hatte: »Laß dich nicht ausnutzen oder niederrangeln. Zeig anderen deine Grenzen, aber freundlich« – und teilte ihm freundlich mit, ich hielte das für keine gute Idee. Da wurde mein ÜO aber böse! Er hätte nicht gedacht, daß ich so kleinlich und spießig wäre, brüllte er. Ich entgegnete liebevoll-sachlich, gerade ein Journalist sollte doch eine etwas bessere Menschenkenntnis besitzen. Seine Erwiderung lautete: »Du blöde Tante, du kannst mich mal kreuzweise! Das war's dann ja wohl mit uns …«, und er zwängte sich in seinen Mantel, um die Treppe hinunterzupoltern.

Ich warf ihm so freundlich-sachlich wie möglich seine Zahnbürste und seine Unterwäsche hinterher oder besser gesagt voraus: Sie landete schon auf den Erdgeschoßfliesen, als er noch auf der Treppe nach unten rannte … Später kam ich allerdings zu dem Schluß, ich hätte mehr Pluspunkte für's nächste Level gesammelt, wenn ich ihm seine Klamotten im Paket geschickt – oder einfach in meiner Wohnung liegengelassen hätte.

Am Nachmittag dieses Tages fuhr ich mit Carla nach Goden. Sie hatte mich die ganze Zeit bekniet, ihr endlich meine Großmutter vorzustellen, und nun war Ulmi informiert und erwartete uns.

»Sie wollte sogar Kekse für uns backen!« teilte ich Carla auf der Fahrt mit.

»Ich werde sowieso zu dick!« war die tonlose, freudlose, humorlose Antwort. Seit Silvester hatte ich Carla noch nicht einmal gluckernd lachen hören. Sie sah sehr bleich aus und trug zum dunkelgrünen Wollkopftuch eine spiegelnde Sonnenbrille. Ihr dunkelrot geschminkter Mund wirkte traurig und verletzlich in dem weißen Gesicht. Sie hatte ihr Haar ein wenig zu lange nicht nachgefärbt, da guckte ein graubraunes Streifchen am Ansatz hervor, und auch das wirkte sehr hilflos.

Ich zerbrach mir den Kopf, womit ich sie aufheitern könnte, aber mir fiel einfach nichts ein. Ich hoffte, daß Ulmi sie derart angriff, daß Carla dabei ihre Melancholie vergaß.

»Hast du irgendwas von Beate gehört?« – um die sorgte ich mich immer noch. Inzwischen hatte ich angerufen und Werner am Draht gehabt (demnach mit intakter Kehle), der so munter, harmlos und überheblich wirkte wie immer. Er hatte schon öfter vergessen, Beate meine Anrufe auszurichten. Diesmal also auch?

Carla drückte sich die Brille mit zwei Fingern fester auf die Nase und starrte in die schon leicht angeschmuddelte Schneelandschaft. »Warte mal – ja, vor ein paar Tagen. Geht ihr ganz gut, glaube ich.«

»Am Neujahrsmorgen hat sie mich ziemlich früh angerufen und war völlig außer sich, weil Werner sie aus irgendeinem Grund für nicht zurechnungsfähig erklärt hat.«

»Das tut er doch dauernd.«

»Es muß schlimmer als sonst gewesen sein. Irgendwas, was in der Silvesternacht passiert ist –?«

»Keine Ahnung. Mir hat sie nichts gesagt. Fahren wir noch lange? Ich muß mal …«

»Keine Angst, wir sind bald da.«

Der Himmel hing graugelb-verquollen herum und stippte fast am Boden auf. Hinter Pinneberg begann es wieder zu schneien, zunächst staubfein, später in unordentlich zusammenklebenden, großen Flocken, dicht an dicht. Carla machte mein Autoradio an – das brachte politisches Gerede, kindliches Gerede, kulturelles Gerede, Nachrichten und Wasserstandsmeldungen. Carla schob die letzte Kassette ins Gerät, das war immer noch Brahms, für meine Friedhofsfahrt. Sie schaltete entnervt ab. Brahms machte das öde Schneegestöber nicht fröhlicher, er wies nur darauf hin, daß die Landschaft wie von einem Leichentuch bedeckt war.

»Wir müssen alle sterben, ob wir wollen oder nicht ...«, sagte Carla mit leiser, dunkler Stimme. »Der eine früher, der andere noch früher.« Und gleich darauf: »O Gott, hast du Tampons bei dir?«

Das war zumindest eine befriedigende Erklärung für dies geballte Maß an Weltschmerz.

»In meiner Handtasche, im kleinen, vorderen Fach – allerdings nur einen. Wir sind jetzt wirklich gleich da ...«

Vor Ulmis Haus schippte jemand Schnee, denn jetzt hatte der Himmel fürs erste wieder dicht gemacht. Wir parkten am Straßenrand und bewegten uns mühsam über den Gartenweg. Gar nicht so sehr behindert durch den plusterigen Schnee als vielmehr durch Carlas schicke Neuneinhalb-Zentimeter-Stöckelabsatz-Pumps. Sie umklammerte mich mit beiden Armen, ich trug sie halb neben mir her.

Als wir etwas näher am Haus waren, erkannte ich Heidrun. Sie kam freudig ringelnd auf uns zu und schien zu grinsen – aber vielleicht kaute sie auch nur an irgendwas. Um den Hals trug sie einen Schal, doppelt geschlungen, im tintenblauen Ton ihrer Äuglein. Carla blieb stehen und starrte das Schwein an.

»Was ist das, Tina?«

»Das siehst du doch, ein Hausschwein. Hallo, Heidrun.«

Heidrun grunzte mit einem kleinen Quiekser hintendran.

136

Mit etwas Phantasie konnte man den Quiekser für ein Fragezeichen halten.

»Carla. Eine gute Freundin von mir.«

Heidrun grunzte.

»Nein, auch aus Hamburg. Das kann man doch an ihren Schuhen sehen!«

Carla kniff mich in den Arm: »Ich krieg gleich einen Schreikrampf! Hör auf, dich mit diesem Schwein zu unterhalten!«

Wir hoppelten also weiter auf das Haus zu. Unterwegs begegneten wir dem großen dicken Professor Fox in einer Steppjacke und mit Winterstiefeln. Seine roten Löckchen standen in alle Himmelsrichtungen ab. Er lächelte uns an und hörte für einen Augenblick mit dem Schneeschippen auf. Dieser Mann sah so englisch aus, daß es ans Groteske grenzte: hellgrüne, an den Winkeln nach unten laufende Augen, eine kurze, gerade, feine Nase und lange Pferdezähne.

»Sie sind bestimmt Ullas Enkelin Tina?« Er sah mich an. Ich nickte. Praktisch, wenn man der eigenen Großmutter wie aus dem Gesicht geschnitten ist.

»Ulla läßt sie grüßen und bittet Sie, nicht böse zu sein: Sie mußte plötzlich ins Krankenhaus, einer Freundin ging es schlecht …«

»Gretel!«

»Ja, Gretel. Jetzt kann ich Sie entweder ins Haus lassen, wenn Sie möchten – ich habe den Schlüssel – oder Sie können auch dorthin fahren …«

Ich kaute auf meiner Unterlippe herum. Ich wäre gern zu Gretel und Ulmi ins Krankenhaus gefahren, aber ich kannte ja Carlas Bedürfnisse …

»Komm, laß uns zu deiner Oma und ihrer Freundin fahren!« sagte Carla tapfer. »Das geht schon!«

137

Im Krankenhaus stürmte Carla sofort aufs Klo. Gretel lag in einem Vierbettzimmer, aber ganz allein. Ich hätte sie nicht wiedererkannt, hätte Ulmi nicht neben ihr gesessen. In meiner Erinnerung war sie drall und blond und rosig, ein Typ für tiefausgeschnittene Dirndl oder Friesentracht. Die Figur im Bett schien zum Wegpusten zart, und ihre kurzen, dünnen Haare schimmerten silberweiß. In ihrem linken Handrücken steckte eine festgeklebte Infusionsnadel, die an einem Tropf hing.

Beide Frauen drehten mir den Kopf zu, als ich eintrat.

»Schön, daß du da bist, Kind!« meinte Ulmi. »Wo ist deine Freundin?«

»Die kommt auch gleich. Hallo, Gretel! Jetzt hab ich in der Eile keine Blumen besorgen können …«

Gretel winkte ab und hustete mit dünnem Stimmchen. Ich hoffte, daß mir mein Entsetzen nicht anzumerken war. Was für ein schmächtiger kleiner Schatten! Als ob sie sich nach und nach auflöste wie ein Stück Seife …

Sie atmete pfeifend und sah mich aus tränenden Augen so sehnsuchtsvoll und eindringlich an, daß ich ganz verlegen wurde. »Ach, Ulla, genau wie du sieht die Tina aus! Weißt du noch, wie schön wir es damals hatten, trotz Krieg und Graus? Also genau dieselben Augen wie Ulla ihre! Ja, wir haben immer zusammengehalten …« Ulmi nickte bestätigend.

Es klopfte an der Tür, und Carla trat ein. Dabei merkten wir alle, wie dunkel es inzwischen geworden war, und Carla knipste, weil sie gerade neben dem Schalter stand, das Deckenlicht an.

Hell erleuchtet wirkte Gretel noch durchscheinender. Sie streckte die rechte Hand nach mir aus und lächelte mich an, und ich setzte mich auf ihre Bettkante, hielt ihre Hand und lächelte zurück. Während Gretel noch ein wenig in Erinnerungen grub und hauptsächlich mit Ulmi redete, drehte sie ihre knochige kleine Hand unruhig hin und her. Und da sah ich plötzlich die Narben an der Innenseite des Handgelenks. Ich hatte gar nicht darüber nachgedacht, wer die unglücklich liebende und Selbstmordversuche veranstaltende Freundin meiner Großmutter gewesen sein mochte. Nun wußte ich es.

Als wir später nach Goden zurückfuhren, sagte Ulmi leise: »Die Ärzte meinen, sie stirbt. Und ich glaube, sie haben ausnahmsweise recht.«

Obwohl es schon Viertel vor sechs war, tranken wir Tee und aßen die selbstgebackenen Kekse. Safran bekam gekochten Seelachs mit Quark und aß mit zierlichen kleinen Schmatzern sein Abendbrot.

»Jetzt haben Sie selbst soviel Kummer, da mag ich Sie gar nicht mit meinen Sorgen belästigen«, meinte Carla anstandshalber, bevor sie anfing, Ulmi all ihre verpatzten Liebesgeschichten seit Beginn der Pubertät zu schildern. Ich hörte mit dem größten Vergnügen zu. Einiges war sogar mir neu.

Ulmi saß in einem schottisch karierten Ohrensessel und strickte, wie es sich für eine gute Großmutter gehörte. Soviel ich sehen konnte, wurde es ein sportlicher Pullover mit Norwegermuster für Herrn Brömel, um den ihn sogar Olli Nickels beneiden würde. Jetzt wußte ich auch, wer dem Schwein einen Schal genau in seiner Augenfarbe gestrickt hatte.

Als Carla ihre Generalbeichte beendet hatte, zählte Ulmi ein paar Maschen, nahm links am Rand etwas ab und bemerkte dann: »Das ist ja alles ganz fürchterlich.«

Carla und ich nickten zustimmend.

»Wo«, fragte Carla, »kriege ich bloß einen Mann her, der mich wirklich liebt?«

139

Ulmi goß uns allen noch mal Tee ein, und Safran wischte seine Seelachsschnauze heimlich und als nette Geste getarnt an Carlas Rock ab.

»Um geliebt zu werden, müssen Sie lieben!«

»Na, ich weiß nicht …« Carla neigte noch mehr zum Widerspruch als ich. »Eine Kollegin von mir zum Beispiel, die wird seit Jahren von einem Mann vergöttert, aus dem sie sich sehr wenig macht. Der würde sich für sie beide Ohren amputieren lassen. Sie ist nie besonders nett zu ihm, und eigentlich geht er ihr sogar wahnsinnig auf die Nerven und tut ihr höchstens leid.«

»Das ist keine Liebe, das ist eine Leidensgemeinschaft«, sagte Ulmi. »Aber jeder, wie er mag. Jeder Täter wird immer ein Opfer finden, und jedes Opfer einen Täter. Wenn Sie gern jemand ohne Ohren um sich hätten, der Ihnen auf die Nerven geht …«

»Nein, nein.«

»Ihr Partnerschaftsverhalten wird durch zwei Dinge geprägt: durch das Bild, das Sie von sich selbst haben. Und durch das Bild, das Sie von den Männern an sich haben.«

»Oh. O je«, murmelte Carla bedrückt. »Ich hab ein ziemlich düsteres Bild von den Männern an sich …«

»Arbeiten Sie daran, daß es heller wird.«

»Wie denn? Meine Erfahrungen mit den Kerlen …«

Ulmi stieß ihre Stricknadeln klackend ein paarmal mit den Spitzen auf die Sessellehne. »Liebe Dame, Ihre Erfahrungen entstehen durch das, was Sie selbst für möglich oder wahrscheinlich halten! Üben Sie sich darin, Ihre Ansprüche herunterzuschrauben. Wenn Sie nicht soviel erwarten, können Sie auch nicht enttäuscht werden. Etwas mehr Nachsicht! Sie müssen zuerst lieben, dann werden die Menschen auch immer liebenswerter …«

»Andersrum wär's einfacher ... Wenn sie erst mal immer liebenswerter würden, könnte ich sie bestimmt auch mehr lieben.«

»Das bezweifle ich. Vielleicht sind viele der Männer, mit denen Sie zu tun hatten, ausgesprochen liebenswert – und Sie haben es nur nicht gemerkt, weil Sie die falschen oder zu hohe Ansprüche stellen. Übrigens – Sie kennen doch den Spruch, der besagt, wie man in den Wald ruft, so klingt es zurück? Die Weisheit ist viel tiefer, als man denkt. Alle Menschen sind sich gegenseitig immer ein Spiegel. Was Ihnen gegenübersteht, was Sie sich unbewußt heranziehen, das spiegelt Ihnen die eigenen Unarten. Oder die eigenen Stärken.«

Carla sang leise: »I'm looking at the man in the mirror ...«

Ulmi nickte: »Genau. Wenn wir andere ändern wollen, müssen wir genau das, was uns an ihnen stört, an uns selbst ändern. Wenn wir sie dann betrachten, zeigt uns dieser Spiegel etwas Schöneres. Was stört Sie am meisten an den Männern?«

Carla antwortete schnell: »Daß sie entweder zu schwach sind, zu anlehnungsbedürftig, oder viel zu herrschsüchtig.«

»Dann übertreiben Sie selbst auch in beide Richtungen. Das, was uns am meisten an anderen stört, piekt uns von innen. Bemühen Sie sich, mehr ins eigene Gleichgewicht zu kommen. Wenn Sie sich nicht mehr anlehnen und nicht mehr herrschen wollen, ziehen Sie andere Männer an.«

Carla seufzte. »Das klingt irgendwie zu einfach, Frau Conradi.«

Ulmi grinste breit. »Einfach? Fangen Sie erst mal an, Kind ...«

Dann wollte sie von mir wissen, wie denn die Sache mit Christoph liefe. Ich sagte, ich befürchtete, sie *sei* gelaufen. Und ich erzählte von seinem Begehren, einen Schlüssel zu meiner Wohnung zu besitzen – nachdem ich mich sowieso schon ziemlich ausgenutzt fühlte.

Ulmi fand, es sei mein gutes Recht, in solchen Fällen zu protestieren.

»Warum hast du ihn deine ganze Ingwermarmelade aufessen lassen?«

»Ich dachte, ich kriege schneller Punkte fürs nächste Level.«

»Blödsinn, du hast Punkte verloren, weil du zur anderen Seite übergekippt bist. Wildes Aufopfern hat nichts mit Liebe zu tun, außer in Romanen. Kein Wunder, wenn er immer mehr will! Du hättest ihm nett und liebevoll – eventuell witzig, aber ohne Bosheit – sagen sollen, daß es unhöflich ist, den Gastgeber auszuräubern.«

»Und die Sache mit dem Schlüssel?«

»Völlig richtig, ihm den nicht zu geben. Du solltest in einem solchen Fall erklären, warum nicht – ohne dich zu *rechtfertigen*. Das ist nämlich nicht notwendig. Ihm seine Sachen hinterherzuwerfen war leider eine emotionale Reaktion, kindisch und boshaft. Großer Punktverlust!«

Ich senkte den Kopf.

Carla starrte Ulmi fasziniert an. »War das wirklich so schlimm?«

»Schlimm ist das alles nicht. Es ist doch nur ein Spiel.«

»Das mit diesen ÜOs?«

Ulmi lehnte sich zurück und lächelte uns an. »Alles. Das ganze Leben – es ist nicht so wirklich, wie es scheint. Eigentlich ist alles Bluff, Illusion – ein großes Spiel. Man muß nur sehen, wie man ins nächste Level kommt.«

8.

Helden der Nacht

Am nächsten Tag rief Christoph zu meiner Überraschung an. Er tat, als wäre überhaupt nichts gewesen und schlug vor, wir sollten abends zur Eröffnung einer neuen In-Kneipe gehen.

Dort lehnte auch Jochen Bark, ganz in Schwarz, an einer Wand. Er krempelte bei meinem Anblick sofort sein T-Shirt hoch und zeigte mir den länglichen blaugrünen Fleck über seinem Bauchnabel: »Guck dir das mal an, was deine hysterische Freundin mit mir gemacht hat!«

»Das ist acht Tage her! Besserst du den Fleck regelmäßig nach?« fragte ich frech – schließlich war Jochen nicht mein ÜO, und Christoph drängelte sich gerade, weit weg, zum Tresen durch, um Bier für uns zu ergattern.

Jochen brummelte: »Ihr seid doch alle nicht ganz dicht, ihr Weiber!« und schob sich mürrisch aus der Kneipe.

In dieser Nacht hielt Christoph es für notwendig, mit einer Blondine zu flirten. Mir kam es nicht so vor, als ob sie ihm wirklich gefiele; es schien sich eher um eine pädagogische Maßnahme zu handeln, um mir klar zu machen, was er für ein begehrtes Prachtstück war.

Sie stand im Gedränge neben uns, ein hübsches kleines Ding mit Hasenzähnchen, kullerrunden Blauaugen und klitzekleinem Näschen. Christoph tippte ihr auf die Schulter und begann ein Gespräch des geläufigen Musters: »Kennen wir uns nicht – du bist doch Model?« Das stimmte sogar.

»Woher weißt du das?«

143

Nun, einer seiner Freunde – der Jimmy – hatte sie doch mal für ein Herrenmagazin fotografiert. Im Oktober, oder?
»Stimmt, das war im Oktober! Hast du noch mal was vom Jimmy gehört? Der ist ja irgendwie witzig ...«
Derart inhaltsreich ging es weiter. Ab und zu glitt ihr Blick ratlos über mein Gesicht. Gehörte ich nun zu Christoph oder nicht? Ich lächelte neutral. Sie redeten darüber, ob Christoph sie nicht mal interviewen sollte. Bald. Ich hatte so wenig Anteil an diesem Gespräch, daß Christoph halb mit dem Rücken zu mir stand. Ich schaute auf die Uhr: kurz vor zwei, kein Wunder, daß ich ständig mein Gähnen unterdrücken mußte. Es war laut, es war qualmig, es war langweilig. Ich prüfte vorsichtshalber, ob ich eifersüchtig war, und kam zu der Überzeugung: Nö. Ich kannte mal einen Mann mit leidenschaftlichen schwarzen Augen, der mir versichert hatte: »Wenn ich einen Hund besitze, der andere Menschen anwedelt oder sich sogar von ihnen streicheln läßt, dann erschieße ich diesen Hund!«
So was entsprach nicht meinem Naturell. Ich würde ihn einfach ins Tierasyl bringen und gut. Ich drehte mich um, sammelte im Vorbeigehen meine Jacke vom Garderobenhaken und verließ unbemerkt die Kneipe. Unbemerkt jedenfalls einstweilen von Christoph und Hasenzähnchen. Die hatten mir inzwischen nämlich alle beide den Hintern zugedreht bei dem, was sie für ein angeregtes Gespräch hielten.
Um nach Hause zu kommen, mußte ich schon wieder ein Taxi nehmen. Das neue Jahr war gerade etwas mehr als eine Woche alt, und ich hatte mich schon fast mit Taxifahrten ruiniert.
Ich lag im tiefsten Schlaf, als es wild an meiner Tür röhrte. (Trotz eindringlicher Bitten hatte mir keine erbarmungsvolle Seele einen Dingdong geschenkt.)

Ich kullerte fast von der Matratze. Auf meinem Wecker war's halb vier. Halb vier!! Und die Türklingel brüllte schon wieder. Ich torkelte verschlafen im Zimmer umher, raffte meinen neuen weißen Kimono um mich und öffnete – da gähnte mich nur das leere schwarze Treppenhaus an. Bedauerlicherweise stand ich direkt unter der Klingel. Als sie zum dritten Mal losging, hätte ich mich vor Schreck beinah übergeben. Ich begriff, daß die Haustür, unten, viele dunkle und kalte Kilometer entfernt am Fuß der Treppe, zugeschlossen war. Was jetzt? Zurück ins Bett, die Ohren zuhalten und den Klingler klingeln lassen, bis er tot umfiel? Die Klingel entklingeln? Wie machte man das?!
Ich griff nach meinem Schlüsselbund, knipste das Treppenhauslicht an und stolperte auf Gummibeinen nach unten. Auf halber Höhe hörte ich es noch einmal klingeln, lange und ausdauernd. Jetzt sollten eigentlich alle Nachbarn wach sein. Vielleicht würden sie sich zusammenrotten und gemeinsam den Mistkerl da unten erschlagen. Ich würde sie anfeuern.
Ich watschelte barfuß über die eisigen Fliesen im Erdgeschoß bis zur Haustür und schloß mit zitternden Händen auf. Sofort drängelte sich Christoph Buhrmeester ins Haus. Er knüppelte mich mit einer Bierwolke nieder.
»Siehst du, Martina – ich hab dir doch gesagt, du sollst mir einen Schlüssel geben!« fing er mit ein wenig schwerer Zunge an. »Sag mal, wieso bist du denn vorhin heimlich abgehauen, was soll denn diese zickige Art? Warst du vielleicht eifersüchtig, oder was?«
Aus irgendeinem Grund schaffte ich es diesmal nicht, zu lächeln. Ich dachte eigentlich nur darüber nach, was Carla wohl damals für ihren Schlagring bezahlt haben mochte. Außerdem froren mir die Füße an den Fliesen fest. Ich flüchtete zurück zur Treppe – die war nicht ganz so kalt,

145

sondern mit einer Art Linoleum beklebt. Christoph kam hinterher. Er wollte mich am Arm zurückziehen. Ich zerrte dagegen an.

»Wieso warst du denn eifersüchtig auf die kleine Maus? Darf ich nicht mal mit einer anderen Frau sprechen?« fragte Christoph zerrend. Er schien die ganze Szene sehr viel mehr zu genießen als ich. Er hatte auch Stiefel an.

Und dann sprach plötzlich die Stimme eines Erzengels durchs Treppenhaus: »Brauchst du Hilfe, Tina?«

Christoph und ich schauten betroffen nach oben. Da stand er, der Erzengel, auf der obersten Stufe der untersten Treppe, im pfefferminzfarbengestreiften Pyjama unter verwaschenem gelbem Bademantel, die Borstenhaare nach allen Seiten gesträubt, die dicken rosa Füße so nackt wie meine. Ich nutzte Christophs Überraschung, riß mich los und hoppelte hastig die Treppe hinauf, am Engel vorbei. »Danke, Olli! Wenn du kannst, schmeiß ihn bitte raus …«, flüsterte ich. Er nickte finster.

Wie anstrengend, ein Mann zu sein!

Ich hatte mich in den ersten Stock geflüchtet, verschränkte frierend die Arme und guckte hinunter. Olli tapste auf den leise schwankenden Christoph zu – jetzt stand auch er auf den Fliesen und bekam den Schock in die nackten Fußsohlen! –, schubste ihn Richtung Haustür und brummelte: »So, mein Freund, jetzt ist Schluß hier! Raus!«

Christoph hatte sich inzwischen gefaßt, kläffte wütend: »Komm doch her, du fette Schwuchtel, wenn du kastriert werden willst!« und schlug nach Olli. Der senkte nur den Kopf und schob Christoph weiter Richtung Haustür. Mir wurde klar: Wenn Christoph draußen war, würde er sicherlich wieder meine Klingel drücken. Und jetzt endlich kam mir auch die Erleuchtung, wie ich das verhindern konnte. (Wäre es mir früher eingefallen, hätte ich gar nicht aus meiner Wohnung gehen müssen!) Ich hetzte nach oben in meinen kleinen Wohnungsflur, riß die Tür des Sicherungskastens auf und knipste alle Sicherungsschalter um. So. Nun sollte die Klingel versuchen, zu knurren. Allerdings gab es jetzt auch kein Licht mehr – wozu auch? Ich wollte ja nur schlafen. Einen Radiowecker besaß ich nicht, eine Tiefkühltruhe auch nicht. Ich überschlug kurz im Kopf, ob irgendein Teil im Kühlschrank die Nacht nicht überleben würde, aber mir fiel nichts ein. Bevor ich die Wohnungstür schloß, lauschte ich noch einmal nach unten. Halblaut drang zu mir herauf in heiserem Gekläff: »Laß mich los, du dusseliger Neandertaler! Ich reiß dir dein Ding ab …« und in ruhigem Gebrumm: »So, da lang – hier ist der Ausgang, mein Lieber …« Ich schloß lächelnd die Tür und huschte unter meine Bettdecke.

Das nächste Mal wachte ich auf, weil an meine Wohnungstür geklopft wurde. Ich öffnete ungern die Augen, erkannte aber, daß helles Sonnenlicht durch die Fenster fiel und zog mir wieder den Kimono über, bevor ich öffnete. Da stand Olli, sauber gekämmt, soweit es seine kurze Borste zuließ, mit breitem Grinsen über einem gelb-schwarzen Norwegerpulli, eine Thermoskanne und eine prall gefüllte Bäckertüte in den Händen. Unter dem Arm klemmte ein Plastik-Klappstuhl.

»Morgen, Tina! Bißchen heißer Kaffee und ein paar frische Brötchen gefällig nach dieser Nacht?«

»Guten Morgen, mein Held!« Ich öffnete den Sicherungskasten und schaltete den Strom überall wieder ein. »Komm rein! Erzähl! Wie ist die Schlacht denn ausgegangen?«

Wir setzten uns ans Bügelbrett, frühstückten in aller Ruhe und amüsierten uns über Christoph Buhrmeesters Niederlage. Ich hatte Olli noch nie so lieb gehabt. Er schilderte wie ein Sportreporter jeden Griff, den sie in der Nacht getauscht hatten. »Weißt du, Tina, der Mann hat ja kein Gewicht – es ist fast peinlich, so einen zu verhauen. Außerdem war er angetrunken, das muß man schlußendlich auch in Rechnung setzen. Warum trägt der eigentlich so lange Haare?«

Ich tröpfelte Honig auf mein Brötchen. »Na, weil es hübsch aussieht.«

»Findest du?« Olli zog die Stirn in Falten und tastete mit einer Hand über seine Borste. Dann grinste er wieder. »Der kommt jedenfalls so bald nicht wieder, würde ich sagen. Außer …«

»Außer …?«

»Du willst ihn zurück.«

Ich kaute nachdenklich fertig. »Ich glaube, dieses ÜO ist abgehakt, Olli.«

»Ach so«, meinte er zufrieden. Vielleicht hatte er nicht ganz richtig zugehört. Oder er verband einen anderen Begriff mit ÜO. Oder er genierte sich, nachzufragen.

Wir hatten noch nicht zu Ende gefrühstückt, als die Türklingel wieder Laut gab. Wir tauschten einen besorgten Blick und gingen gemeinsam zur Tür. Vor uns stand eine schnaufende Kommode. Ich erkannte zuerst die bestiefelten Beine darunter und dann auch die Kommode selbst: »Oh, die ist von meiner Ulmi! Das ist aber nett, Herr Professor – kommen Sie bitte herein!«

David stellte das schöne Möbelstück im Wohnzimmer ab, schaute sich schwer atmend um und lächelte uns dann fröhlich an, die Hände in die Seiten gestützt.

»Moin, Moin!« sagte er.

Ich leckte meine klebrigen Hände ab – um ihm seine dann lieber doch nicht zu schütteln. »Das hier ist mein Nachbar Olli – er hat mich heute nacht vor einem Wüstling gerettet, und wir befrühstücken es gerade. Olli, das ist der Nachbar

148

von meiner Ulmi, Professor Fox, ich hab dir doch von ihm erzählt ...«

Ollis Gesicht leuchtete auf: »Klar, der mit dem Schwein! Wo ist das Schwein?«

»Heidrun fährt nicht gern Auto, ihr wird davon so leicht übel«, erklärte David. Wenn er lächelte, sah er ganz hübsch aus. Überhaupt stand ihm das Sonnenlicht gut, ich erkannte erstaunt dichte dunkelgoldene Wimpern. Ich hatte ihm ebensowenig Wimpern zugetraut wie seiner Sau.

Natürlich half der gefällige (und neugierige) Olli, die zweite Kommode nach oben zu bringen. Ich zog mich inzwischen im Badezimmer an – in Gegenwart von gleich zwei Männern fühlte ich mich doch ein wenig unterbekleidet.

»Möchten Sie auch eine Tasse Kaffee?« fragte ich David Fox gastlich und hausfraulich, als die beiden Kommode Nummer zwei keuchend absetzten. Dabei war es Ollis Kaffee!

»Nein, vielen Dank. Ich muß gleich weiter – in die Universitätsbibliothek ...«, erläuterte der Professor.

»Oh. Dann recht herzlichen Dank – und viele Grüße an meine Großmutter.«

»Werde ich ausrichten«, meinte er. Er nickte Olli und mir freundlich zu und trabte wieder die Treppe hinunter. Ich starrte ihm hinterher – vor allem seinen Gummistiefeln. Draußen schien die Sonne. Erwartete er, daß die Universitätsbibliothek überflutet war?

Olli und ich hatten uns gerade zur zweiten Runde Kaffee niedergelassen, als mein Telefon zwitscherte. Zu meiner Verblüffung kläffte es mir heiser ins Ohr: »Martina? Ich muß mit dir reden! Wann können wir uns sehen? Kann ich heute nachmittag mal rumkommen?«

Daß der Kerl den Nerv hatte, noch mal anzurufen! Ich bin ein ziemlich schlagfertiger Mensch, und mir fielen auf der

149

Stelle vier verschiedene, vernichtende Antworten ein. Ich preßte die Lippen fest zusammen. Moment mal. Wie war das? Ich warf alles zu schnell weg. Ich mußte lernen, Geduld zu haben. Wenn Christoph mein Spiegelbild darstellte, bedeutete das doch, ich war innerlich inzwischen bereit, länger durchzuhalten.

Ich äußerte also sachlich-freundlich: »Doch, das geht. So gegen vier?«

Olli musterte mich mißtrauisch über dem Rand seiner Tasse. Er witterte wohl, wer dran war.

Christophs Stimme klang erleichtert: »In Ordnung«, und nach einer kleinen Pause: »Finde ich gut, daß du jetzt nicht die Beleidigte machst, Frauenzimmer.«

»Bis dann!« schloß ich das Gespräch ab.

Olli schob inzwischen die Unterlippe vor und blickte immer düsterer. »Das war bestimmt dieser Schönling von heute nacht wieder, was? Ich weiß nicht, wieso Frauen so was immer wieder tun. Ihr laßt euch dauernd einwickeln. Ihr könnt einfach nicht loslassen! Du hast doch vorhin gesagt, der wär abgehakt!«

»Das dachte ich auch, wirklich. Ich hätte nicht erwartet, daß er sich noch mal meldet. Sieh mal, Olli, wenn er sich dazu überwindet, sollte ich auch darauf eingehen …«

Olli schraubte seine Thermoskanne zu, stand auf, klappte sein Stühlchen zusammen, grabschte beides und schlurfte mißmutig zur Tür. »Wer geht auf mich ein, möchte ich wissen?« brummelte er.

Christoph erschien Punkt vier mit zwanzig sehr langstieligen roten Rosen. Eine großzügige Geste im Januar. Er bewunderte die neuen Kommoden und gab sich überhaupt sehr zahm. Ich hatte mich sorgfältig auf das Gespräch vorbereitet: Um mein rechtes Handgelenk war ein Baumwollfaden gebunden, der mich daran erinnern sollte, friedlich zu bleiben.

»Also – warum bist du gestern bloß so plötzlich abgehauen?« setzte Christoph das Gespräch da fort, wo wir es nachts im Treppenhaus abgebrochen hatten. Sein Ton war jetzt aber weniger aggressiv.

»Ich hab mich gelangweilt und war müde.«

»Ach. Eifersüchtig warst du nicht?«

»Hätte ich denn *Grund* zur Eifersucht gehabt?«

»Kein Stück, nicht die Spur!«

»Na, siehst du.«

Darauf war er nicht gefaßt gewesen, er mußte sich erst mal sammeln.

»Und mußt du deshalb gleich mit dieser Schießbudenfigur schlafen?«

»Bitte –??!!«

»Na, du hattest den doch bei dir, diesen Dinosaurier – der kam doch noch warm aus deinem Bett, um mich aus dem Haus zu schieben wie so 'ne Dampfwalze ...«

»Wie kommst du denn darauf, daß Olli aus meinem Bett kam?«

»Wie soll ich schon darauf kommen? Er war bei dir, und ihr seid beide im Nachtgewand gewesen ...«

Ich lachte laut los. »Mensch, der wohnt einfach nur auf demselben Stock wie ich – du kannst froh sein, daß nicht noch mehr starke Bewohner dieses Hauses im Nachtgewand aufgetaucht sind, um dich rauszubefördern! Du hast doch alle aufgeweckt mit deinem Wahnsinnsgeklingel.«

»Ach so ...« Christoph sah tatsächlich erleichtert aus.

Ich konnte es nicht glauben: »Du hast gedacht, ich hol mir postwendend jemand andern ins Bett – und du hast mich trotzdem noch mal angerufen?«

Christoph zuckte mit den Schultern: »Wieso nicht? Ich

hätte es sogar verstanden, wenn du das aus Rache getan hättest ...«

»Aus Rache! Christoph, wir sind doch etwas älter als vierzehn ...« Aber ich fand ihn ziemlich rührend dabei.

Als ich eine knappe Stunde später völlig unbekleidet ins Badezimmer hüpfte, bemerkte ich erst wieder den Baumwollfaden um mein Handgelenk. Interessant: Ich hatte ihn gar nicht nötig gehabt, um friedlich zu bleiben.

Christoph ließ es mit dem Luxusrosenstrauß allein noch nicht gut sein, er schenkte mir am nächsten Tag eine Dingdong-Klingel. Und brachte das Gerät zwei Stunden lang unter fortgesetztem Fluchen an. Schließlich funktionierte es sogar. Wenn er schon keinen Schlüssel von mir kriegte, sagte Christoph, dann wäre es besser, ich hätte für den Fall der Fälle eine lieblichere Klingel – damit nicht alle Steinzeittypen des Hauses über ihn herfielen, falls er mal nachts rein wollte. Wenn Olli und er sich in den nächsten Wochen im Treppenhaus begegneten – was hin und wieder vorkam –, taten sie beide so, als bemerkten sie sich gar nicht.

»Was ist eigentlich mit Beate los?« fragte mich Jenny Mitte Januar. »Ich hab sie Anfang des Jahres angerufen, um ein gutes neues Jahr zu wünschen, und sie hat so geheult, daß sie kaum reden konnte. Seitdem habe ich sie nicht mehr erwischt ...«

Das ging mir genauso, und meine Besorgnis wuchs. Erreichte ich sie endlich selbst am Telefon, dann schien sie auszuweichen, hatte prompt kein bißchen Zeit und klang nicht so, als wollte sie mir je erzählen, was sich in der Silvesternacht so Grausiges zugetragen hatte.

Aber am 22. Januar hatte Iwana Geburtstag, und Iwana war mein Patenkind. Ich kaufte ein ganz besonders hübsches Bilderbuch und stand am 22. nachmittags mit meinem

152

schönsten Patentantenlächeln auf Wehrmanns Fußmatte. Natürlich öffnete mir Werner. Er sah winterblaß und verquollen aus. Ein paar kräftige Ohrfeigen rechts und links hätten ihm bestimmt zu gesunder Farbe verholfen. Er sagte zwar nicht: ›Was willst du denn hier?!‹ – aber er sagte genauso wenig: ›Herzlich willkommen!‹ Er trat nur stumm beiseite, damit ich ins Haus konnte. Iwana hopste in einem niedlichen Pilotenanzug auf mich zu, entriß mir das Buch und entschwand damit im Kinderzimmer. Werner rief ihr lustlos hinterher »Wie sagt man?«

Wir standen einen Augenblick beide wartend im Flur, es kam jedoch nichts mehr. Statt dessen tauchte Beate, eine Riesenkakaokanne stemmend, aus der Küche auf, zuckte bei meinem Anblick zusammen und schaute an mir vorbei, während sie leise behauptete: »Ach – das ist ja nett, Tina ...«

Werner verkrümelte sich in sein Arbeitszimmer – er hatte in der Wohnung ein Arbeitszimmer, dafür durfte Beate sich hauptsächlich in der Küche aufhalten –, ich folgte ihr ins Wohnzimmer, das bunt geschmückt und festlich gedeckt auf viele kleine Gäste wartete. Fedor saß auf dem Sofa und guckte in den Fernseher. Bei meinem Anblick sprang er auf und rannte auf mich zu, um mich zu knuddeln. Er ist zwar nicht mein Patenkind, aber wir mögen uns sehr. Ich hatte in der Manteltasche etwas für ihn: eine ganz besonders schöne Glasmurmel. Er drehte sie fasziniert vor seinen großen, klaren Augen.

Beate stellte die Kanne ab und rückte an den Täßchen herum. »Iwanas Freunde kommen gleich.«

Ich richtete mich ärgerlich auf. »Ich geh ja schon wieder! Sag mal, was hab ich dir eigentlich getan?«

Beate guckte verlegen im Zimmer umher und aus dem Fenster hinaus.

»Du behandelst mich nicht nur wie jemanden, der zuviel über dich weiß, sondern auch noch wie jemanden, der dich damit erpressen will!« stellte ich fest. »Ich vermute, du nimmst mir übel, daß ich am Neujahrsmorgen den Telefonhörer abgenommen habe?«

Sie trat schnell einen Schritt auf mich zu und sah sich dabei gehetzt um. Ich war neugierig, ob sie plante, mir den Mund zuzuhalten. »Tina – bitte! Vergiß doch einfach – ich meine … ich war noch ganz betrunken an dem Morgen. Ich hab doch nur Unsinn geredet …«

Fedor war hinausgelaufen, deshalb antwortete ich: »Du hast ganz und gar nicht ›nur Unsinn‹ geredet. Du hast zum Beispiel davon gesprochen, Werner abzumurksen, das ist doch sehr vernünftig …«

Sie hielt mir zwar nicht den Mund zu, aber sie krallte mir eine Hand in den Arm. »Tina, wenn du meine Freundin bleiben willst, dann vergißt du dieses Gespräch! Ich will nie wieder … Ich weiß nicht mal mehr, was da los war, was ich eigentlich hatte. Du weißt ja, ich bin manchmal derart durcheinander …«

»Ja, ich weiß. So sehr, daß du dir irgend etwas einfach nur einbildest.«

Wir sahen uns leider recht feindselig an. Dann klingelte es, und sie ließ meinen Arm los, um den ersten Gästen zu öffnen. Fedor gab mir an der Tür ein nasses Küßchen und eine Handvoll zerquetschter Kuchenkrümel. Der Rest der Familie Wehrmann schien kein Interesse daran zu haben, mich zu verabschieden. Ich kaute auf dem Weg zum Auto wütend die matschigen Kuchenkrümel.

Der Winter schleppte sich so hin. Jenny synchronisierte einen englischen Fernsehkrimi, Carla versuchte, Kokain zu schnupfen, bekam aber wilde Nieskrämpfe. Alle Experten versicherten ihr, das sei absolut albern, kein Mensch müsse von Kokain niesen. Daraufhin schluckte sie es, kotzte einen ganzen Nachmittag, bis Galle kam, und gab die Rauschgiftkarriere niedergeschlagen auf. Von Beate hörte ich nichts mehr (Jenny und Carla auch nicht). Ollis Blockflötenkünste steigerten sich, er übte neuerdings die Rhapsody in Blue, was sich unbeschreiblich anhörte. Er war mir auch nicht mehr böse wegen Christoph, nur ein bißchen beleidigt. Herr Brömel hatte seine Kur auf dem Lande verlängern lassen, besaß inzwischen einen grünen Schlafanzug, einen hellblauen Hausanzug, gemusterte Stricksocken, einen Fransenschal und eine bunte Strickmütze im Inka-Stil. Meine Finanzen schwankten zwischen heikel und trostlos. Das Sofageld von Vati hatte ich längst aufgegessen. Immerhin bekam ich jedesmal dann einen neuen Auftrag, wenn ich glaubte, die Miete oder das Telefon oder irgendeine Rechnung bestimmt nicht bezahlen zu können oder mein Auto aufgeben zu müssen.

Nach der kurzen weißen Woche Anfang Januar war es fortgesetzt naßkalt oder naßwarm oder nebelig oder regnerisch und jedenfalls überwiegend zu mild gewesen. Ende Februar, als es kein Mensch mehr brauchen konnte und alle sich auf den Frühling freuten, brach der Winter dann über Hamburg herein wie ein tapsiger, zu spät kommender Gast, der überhaupt nicht merkt, wie ungern er gesehen ist. Es gab klirrenden Frost und Pappschnee; viele Pflanzen, die auf das vorherige milde Getue hereingefallen waren, bekamen ernsthafte Schwierigkeiten.

Christoph und ich gingen mitten in der Nacht an der Außenalster spazieren und bauten Schneekatzen – was so ähnlich aussieht wie Schneemänner, bloß mit spitzen Ohren und Zweigen als Barthaare. Und für den Körper braucht man nur eine einzige große Kugel. Wir gingen etwas vorsichtiger miteinander um seit der Schlacht im Treppenhaus, und das war gar nicht so übel. Ohne Ulmis raffinierte Partnerschaftsschulung hätte ich das bestimmt nicht so hingekriegt.

»Macht Männern bloß nie Vorwürfe!« beschwor sie Carla (falls die mit in Goden war) und mich. »Geht lieber mit der Flinte oder mit dem Messer auf sie los als mit Vorwürfen! Sagt klar und sachlich, was ihr wollt und was euch nicht paßt – denkt vorher gründlich darüber nach, ob es wirklich nötig ist. Viel Gemecker kommt mehr aus der Emotion als aus der Logik. Das Allerschlimmste sind *versteckte* Vorwürfe – also Spitzen, Seitenhiebe, Winke mit Zaunpfählen. Genausogut könnt ihr euch einem Mann ständig schlampig und ungepflegt zeigen. Es killt die Liebe. Habt Nachsicht. Und paßt dabei auf, daß eure Grenzen nie verletzt werden.«

Irgendwann merkte ich, daß ich nachsichtiger geworden war. Nicht nur Christoph gegenüber – auch andere Leute gingen mir weniger auf die Nerven als früher. Das Tollste war: Ich ging mir selbst weniger auf die Nerven als früher! Nach und nach hatte ich Christoph auch ziemlich lieb. Wenn man ihn näher kennenlernte (oder wenn man voranschritt und sich aufs nächste Level zubewegte, wer weiß?) war er ein ganz netter Kerl. Merkwürdigerweise fand ich das, was mich anfangs vor allem anzog – sein Aussehen –, jetzt gar nicht mehr so erwähnenswert. Verliebt war ich sowieso nicht in ihn, und ich fand ihn in manchen Situationen nach wie vor unsympathisch weil kindisch, eitel, oberflächlich. Aber ich lernte allmählich, mich dadurch nicht stören zu lassen und mich zu bemühen, ihn einfach in aller Ruhe weiterzulieben. Überraschenderweise funktionierte es. Anfang März waren Christoph und ich eines Abends verabredet, und er kam nicht. Ich manükierte meine Fingernä gel, las die neue Fernsehzeitschrift von vorn bis hinten durch und rief schließlich bei ihm an – da kläffte nur der Anrufbeantworter. Jetzt suchte ich Rat bei berufener Stelle: »Ulmi – Christoph und ich wollten essen und ins Kino. Er hatte versprochen, mich um achtzehn Uhr abzuholen. Jetzt ist es halb neun. Wie würdest du dich an meiner Stelle verhalten? Seine Eltern anrufen? Krankenhäuser und Polizeiwachen? Seinen Freund Jochen? Potentielle Nebenbuhlerinnen?«

»Gibt es nichts Nettes im Fernsehen?« fragte Ulmi. »Oder möchtest du gern zu mir kommen? Wir könnten Schach spielen oder Scrabble …«

»Das klingt so, als ob du nicht glaubst, daß mit Christoph noch zu rechnen ist?«

»Ich glaube, er verläßt dich jetzt.«

Ich schwieg einen Moment bestürzt. Nicht, weil mir gerade das Herz brach – sondern weil ich befürchtete, versagt zu haben: »Ulmi – heißt das, er spiegelt mich, und ich kann immer noch nicht festhalten?«

»Ich würde das anders sehen. Da ihr beide noch nicht so reif seid, euch in aller Ruhe und in gegenseitigem Einvernehmen zu trennen, *mußte* einer von euch der erste sein, der geht. Und das bist diesmal nicht du.«

»Ist das gut?«

»Das ist gut. Ich glaube, du bist ihm über den Kopf gewachsen. Vielleicht weiß er das nicht und sucht andere Gründe. Ich glaube, du bist reif für ein neues ÜO!«

Ich schaute mir also etwas Nettes im Fernsehen an und ging seelenruhig zu Bett. Komisch – früher war es mir nie gelungen, so gelassen zu bleiben, selbst, wenn ich mich von weit größeren Rindviechern als Christoph trennte und eigentlich nur Erleichterung hätte spüren müssen.

Drei Tage später rief er an – ich kam gerade von einer Besprechung mit dem Kinderbuchverlag und war auf dem Weg nach Hause. Genau in dem Augenblick, als ich abnahm, öffnete sich der Himmel und spuckte große Flocken. Ich bat Christoph um zehn Minuten Pause, um einen vernünftigen Parkplatz zu suchen und zurückzurufen. Ich war sachlich, aber auf jeden Fall freundlich, und ich erwähnte mit keinem Wort sein Verschlampen unserer Verabredung am Freitagabend. Gleich darauf hielt ich im Schneematsch unter einem Alleebaum mit Blick auf drei trotzige Krokusse und wählte Christophs Nummer. »Martina – warum hast du mich eigentlich in den letzten Tagen überhaupt nicht angerufen?«

»Du hast mich doch auch nicht angerufen.«

»Schon, aber … Ich hatte ja auch meine Gründe.« (Woraus schloß er eigentlich, daß ich keine Gründe gehabt hatte?) »Was denn für welche, Christoph?«

»Mensch, ich weiß jetzt überhaupt nicht, wie ich das sagen soll! Das war ja nicht übel, die Sache mit uns … so nach den ersten Anlaufschwierigkeiten. Aber irgendwie … Erstens habe ich jemand kennengelernt. Alexa. Aber das ist es ja nicht vorrangig. Du weißt doch, eine Beziehung, die wirklich tipptopp ist, kann nicht von außen kaputtgemacht werden. hab ich jedenfalls mal gelesen. Weißt du, du bist so …«

Schweigen. Er rang offenbar nach Formulierungen. Ich betrachtete die kleinen Krokusse – ein gelber und zwei blaue. Sie wurden ziemlich schnell zugeschneit.

»Also – ich kann damit schlecht umgehen, daß du oft so gleichgültig bist. Ich glaube, dir geht nichts richtig unter die Haut …«

»Ich bin gar nicht *gleichgültig*, Christoph. Ich bemüh mich bloß um Gelassenheit.«

»Wozu soll das denn gut sein? Mir kommt es immer so vor,

als wär dir alles egal und ich sowieso. Frauen haben normalerweise viel mehr Emotionen – die flippen aus und heulen
rum und schmeißen mit Sachen ...«

»Ich hab dir doch bei deinem ersten Abgang wunderschön
deine Unterhosen vorausgeworfen! Durchs Treppenhaus –
weißt du noch?«

Christoph lachte kurz, aber dann druckste er weiter herum:
»Ja, das war dieses eine Mal ... Aber normalerweise ... Du
bist überhaupt nicht spontan! Da fehlt mir was, verstehst
du? Und deshalb würde ich gerne ... Also, ich hol' heute
nachmittag meine restlichen Sachen bei dir ab, in Ordnung?«

Ich überlegte, ob ich den Motor und die Scheibenwischer
anstellen sollte – meine Windschutzscheibe ließ kaum noch
Durchblick zu.

»Wann willst du denn ungefähr kommen? Gegen vier?«

»Ja, von mir aus gegen vier. Siehst du, schon wieder – es
macht dir überhaupt nichts aus!«

Die Krokusspitzen verschwanden jetzt in der weißen Verpackung. Das konnte ich durch eine der letzten Öffnungen
in der Windschutzscheibe sehen.

»Macht es *dir* denn was aus, Christoph?«

»Doch. Schon. Ich sage ja, irgendwie war das nicht übel mit
uns. Du bist ja ein sehr schönes Mädchen, mit deinem Bit-
terschokoladehaar. Im Bett war's wirklich okay. Man kann
sich gut mit dir unterhalten ...«

Woher weißt *du* das? fragte ich mich. Aber gleich darauf fiel
mir ein: Es war weniger seine Schuld gewesen als meine,
wenn wir uns kaum unterhalten hatten. Ich blockte etwaige
Gespräche ab. Aus Angst vor seiner Dummheit? Aus Angst
vor Nähe ...

»Gut, du kommst also heute nachmittag und holst deinen
Kram. Ich bin zu Hause.«

159

»Du bist nicht sauer, oder?« Christoph klang plötzlich etwas besorgt.

»Das hast du doch gerade beklagt, daß ich nie sauer oder sonstwas bin. Ich finde auch, es war gar nicht schlecht mit uns. Und ich freu mich, daß du so ehrlich sagst, was du empfindest und daß dir jemand anders begegnet ist. Ich kann verstehen, was dich an mir stört. Ich glaube, von deinem Standpunkt aus hast du recht.«

Draußen wurde es sehr hell. Die Sonne mußte durchgekommen sein.

»Danke, Frauenzimmer. Du bist schon ein komisches Mädchen. Irgendwie wie so 'ne Nonne oder so was. Außer beim Sex natürlich.«

»Wenn es dich glücklich macht, kann ich ja noch eine große Torte kaufen und dir heute nachmittag ins Gesicht klatschen«, schlug ich hilfsbereit vor.

Diesmal lachte er ausführlicher und vergnügter. »Laß das bloß sein – ich hab einen neuen Blazer an!«

Wir legen auf. Der Schnee rutschte schlapp von meiner Windschutzscheibe und hinterließ dicke, glitzernde Tropfen. Ich klimperte nachdenklich mit dem Autoschlüssel und sah in aller Ruhe zu, wie die drei Krokusse triumphierend wieder hervortauten. Die Sonne hatte schon viel zu viel Kraft um diese Jahreszeit, dagegen kam der Schnee nicht an.

Ein paar Tage später fuhr ich unangemeldet zu Ulmi. Das kam so: Gerda, meine Ballettlehrerin, wohnte in Heidgraben – eigentlich nicht weit von Goden, jedenfalls, wenn man's auf der Karte betrachtete. Gerda war seit zwei Wochen grippekrank, und ich hatte sie angerufen und gefragt, ob ich ein Band mit der Klimpermusik haben könnte, um in meiner Küche Pliés zu machen. Sie grunzte mit völlig verstopfter Nase, im Prinzip ja, aber sie könnte mir's nicht schicken, ich müßte es holen. Das tat ich. Ich brachte ihr ein Körbchen mit Grapefruit und Kiwis mit, um ihr Vitamin C aufzustocken. Sie betrachtete die Früchte aus verquollenen Augen. »Toll. Meine Heilpraktikerin sagt sowieso, ich bin total übersäuert. Ich darf allenfalls Bananen essen. Und Grünkohl. Hast du Grünkohl dabei?«

»Zufällig nicht«, bedauerte ich. Ich packte die Musikkassette in das Obstkörbchen und nahm alles wieder mit. Wenn Gerda so übersäuert war (so wirkte sie auch), dann würde ich mir die C-Vitamine eben selbst schmecken lassen.

Ja, und dann fuhr ich auf dem Rückweg an Appen vorbei. Ich *hätte* ja auch die Autobahn nehmen können … Ich machte mir selbst vor, munter und spontan zu denken: Schau doch mal, wie's deiner Großmutter geht! Aber es ist einfach nicht meine Art, unangemeldet irgendwo ins Haus zu schneien. Wahrscheinlich deshalb – nach ihrer Theorie, daß einem das begegnet, was man erwartet oder befürchtet – war sie gar nicht da. Ich stolperte mißmutig zum Auto zurück, mit zusammengekniffenen Augen gegen den grellen Frühlingssonnenschein. Weil ich so wenig sah, wäre ich beinah über Heidrun gestolpert. Wir quiekten beide vor Schreck. David Fox hielt mich am Arm fest – ich wäre sonst in eine Pfütze gesegelt.

»Danke schön – guten Tag, Herr Professor!«

»Können Sie das vielleicht lassen mit dem Professor? Das klingt ja widerlich. Sagt sonst kein Mensch zu mir. Sie können David sagen oder Herr Fox oder einfach Fox oder Sie da! oder Du da! oder Herr Nachbar!« Er ließ meinen Arm los und klang wirklich ein bißchen böse. Ich starrte ihn erschrocken an, und zu meinem Entsetzen merkte ich, daß mir Tränen in die Augen stiegen. Das sah er natürlich auch, ich war ja zur Genüge beleuchtet.

»Also, wenn Ihnen derartig viel dran liegt, dürfen Sie natürlich auch Euer Eminenz sagen. Sind Sie etwa in Österreich aufgewachsen?«

Ich mußte schon wieder lachen, und weil ich beim Lachen das Gesicht verzog, kullerten mir die Tränen links und rechts herunter. David holte aus der Jackentasche ein zusammengelegtes, gebügeltes Taschentuch hervor und reichte es mir kopfschüttelnd.

»Was ist denn los mit Ihnen?«

Ich wischte die Tränen weg, setzte mich mit einem Hopser auf die ziemlich hohe Steinmauer, die Ulmis Grundstock teilweise von Davids trennte, und schneuzte mir die Nase.

»Ich weiß auch nicht. Ich weine eigentlich sehr selten, wirklich.«

David setzte sich mit einem schwereren Hopser neben mich. Heidrun reckte ihre feuchte rosa Nasenscheibe nach oben und schnüffelte uns an.

»Weißt du was? Du sagst jetzt David und ich sag Tina, dann ist *das* Problem wenigstens aus der Welt! Aber du hast noch ein paar andere, oder?«

»Wahrscheinlich. Soll ich sie alle aufzählen? Vorhin hab ich jemandem ein Geschenk mitgebracht, das abgelehnt wurde – und Ulmi ist nicht da – und dann schnauzt du mich auch noch an …« »Und da weinst du nur? Warum erschießt du dich nicht? Irgendwas muß außerdem noch sein …«

Ich zupfte an einem knospigen Busch. »Vielleicht. Vor drei nein, vor vier Tagen hat sich mein Freund von mir getrennt.«

David musterte mich von der Seite. »Wenn dir das ganz zum Schluß einfällt, war's wohl nicht die größte Liebe deines Lebens?«

»Nein. Aber andererseits – erfreulicher als viele andere.«

»Dieser Nachbar von neulich? Oder der Wüstling, gegen den er dich verteidigt hatte?«

»Wie? Ach so ... Nein, der Wüstling.«

»Was war er noch außer wüst?« David zog meine Hand energisch von dem Busch zurück. Er hatte völlig recht: Ich machte die ganzen Knospen kaputt.

»Hübsch. Naseweis, sehr von sich überzeugt und auch wieder unsicher. Oberflächlich und eitel und trotzdem eigentlich ganz liebenswert.«

David krauste seine kurze feine Nase gegen die Sonne und kniff die goldenen Wimpern zusammen. »Warum hat er die Sache beendet?«

»Ich war ihm zu emotionslos. Ich hab nicht rumgeschrien und ihm nichts an den Kopf geworfen.«

»Das heißt, er hat gemerkt, daß du ihn nicht geliebt hast. Aber so, wie du ihn beschreibst, hat er dich wohl ebensowenig geliebt, oder? Wahrscheinlich ist er gewohnt, daß Frauen auf unordentliche Art in ihn verschossen sind, eine Menge Gefühlswirrwarr, dann ist jedenfalls was los. Was hast *du* eigentlich mit so einem Mann gewollt?«

»Tja ...«

»Ich verstehe. Er war hübsch. Darauf bin ich früher auch reingefallen – meine ersten Freundinnen waren Schönheiten.«

Ich drehte den Kopf und starrte ihn mit kugelrunden Augen an. So einem dicken, rothaarigen Neutrum hätte ich überhaupt kein Liebesleben zugetraut. Und dann auch noch mehrere? Und dann auch noch Schönheiten –?!

»Soll ich dir einen feinen Tee kochen?« bot er an. Wir rutschten zu Heidruns Befriedigung beide von der Mauer. Heute trug er seine Gummistiefel völlig zu recht, wir balancierten alle drei zwischen Pfützen und Matsch herum auf Davids Haustür zu. Sein Haus war ähnlich originellhäßlich wie das von Ulmi: verwinkelt und verbaut, sogar ein Türmchen gab es auf dem Dach. An den roten Backsteinen kletterte wilder Wein hoch, augenblicklich jämmerlich kahl, im Sommer bestimmt voll dichter Blätter.

David zog vor der Tür die Gummistiefel aus und tappte auf Ringelsocken in den Windfang. Ich durfte meine Schuhe anbehalten, aber Heidrun wurden mit einem bereitliegenden Handtuch die Füße und der Bauch abgerieben, bevor sie in das große Wohnzimmer trippelte. Ich schaute mich beeindruckt um: ein echter Steinkamin, hohe Bücherregale überall und alte Ledersessel – es sah ein bißchen aus wie in einem englischen Schloß.

»Das ist hübsch!«

David grinste erfreut. Ich folgte ihm in die Küche, über einige ziemlich unsinnige Stufen, die ein Zimmer vom anderen trennten. Er setzte Wasser auf und blickte nachdenklich aus dem Fenster: »Am besten trinken wir hier den Tee, dann sehen wir, wenn Ulla zurückkommt.«

Ich setzte mich auf einen der alten Holzküchenstühle. Heidrun ließ sich seufzend vor mir auf den Kacheln nieder, sitzend wie ein Hund. Ich streckte unsicher die Hand aus – ob sie gestreichelt werden wollte? – und krabbelte sie am Nakken und an den Ohren. Die warme, teilweise beinah nackte, teilweise borstige Haut fühlte sich seltsam menschlich an. Heidrun drehte den Kopf, betrachtete mich über die Schulter mit freundlichen Blicken und grunzte leise. Offenbar machte ich's richtig.

David stellte ein Waffeleisen auf den Tisch, rührte in kürzester Zeit den Teig an und zeigte mir, wie ich ihn in das Eisen schöpfen und backen mußte. Er selbst quirlte inzwischen eine Waffelfüllung aus Frischkäse, Eigelb und Honig zusammen. Heidrun durfte die Schüssel auslecken, als wir alles aufgegessen hatten. Sie bekam übrigens vorher schon ihre zweieinhalb Waffeln von Herrchen. Ich staunte, daß sie nach gar nichts roch – ich hatte immer gedacht, Schweine würden stinken.

Ich erzählte von meiner Au-pair-Zeit in England. David erzählte von seiner Schulzeit in England und wie seltsam es für ihn war, mit zehn Jahren plötzlich auf das Gymnasium in Pinneberg umgeschult zu werden. »Vater war aus Pinneberg und in seiner Jugend nach London ausgewandert. Seine Schwester Hanna wohnte mit ihrem Mann Jochen in diesem Haus hier. Mein großer Bruder war vierzehn und ich zehn, als Vater einer jungen Frau begegnete, einer Deutschen, die ihn an seine Jugendliebe erinnerte. Es stellte sich heraus, daß sie die Tochter der Jugendliebe war. Sie ging zurück nach Deutschland – nach Hamburg – und er hinterher. Ich weiß nicht, warum er mich mitnahm. Vielleicht war ich sein Lieblingssohn. Michael ließ er bei Mutter. Wir wohnten bei Tante Hanna und Onkel Jochen. De twee hebbt meist nix anners as Platt snackt. Ich mußte jeden Morgen mit dem Bus nach Pinneberg fahren und dort in die Schule. Ich sprach ganz gut deutsch, aber mit Akzent. Und ich war fett, sommersprossig und rothaarig. Alles keine guten Voraussetzungen, um beliebt zu werden. Ich glaube, ich bin meinem Vater immer noch böse. Wenn es wenigstens die Jugendliebe selbst gewesen wäre! Aber die Tochter der Jugendliebe – das ist doch geschmacklos, oder?«

»Wie ging es weiter? Hat er sie geheiratet?« fragte ich neugierig.

»Nein. Nur meine Mutter hat bald darauf wieder geheiratet. Mein Stiefvater ist ein netter, angenehmer Mann. Daddy rannte weiter hinter dieser Frau her. Sie war silberblond und hatte eine Stimme wie eine Glasharfe. Meine Mutter war rothaarig und stämmig und laut. Ich fühlte mich in ihrem Namen sehr beleidigt. Daddy hat sich für die blonde Zicke zum Affen gemacht.«

»Womit hat dein Vater eigentlich sein Geld verdient?«

David fuhr sich mit beiden Händen durch die Löckchen. »Geld verdient? Er hat kein Geld verdient. Er hat Schulden gemacht. Aber wenn du wissen willst, was sein Beruf war: Er war Komponist. Er hat Opern fabriziert.«

»Opern?« wiederholte ich ungläubig. »Wie hießen die?«

»Au, du stellst Fragen! Wie hießen die –? Ich glaube, eine hieß Die Hirtin und der Schornsteinfeger.«

»Hm. Davon hab ich noch nie was gehört …«

»Ich hab ja nicht behauptet, daß sie je aufgeführt wurde. Mein Vater war ein Verlierer. Do weetst woll ok nich, wo sik n' feine Dam to benehm hett?« fuhr er, zu Heidrun gewandt, fort. Sie hatte ziemlich laut gerülpst. Dann blickte er mich über den Tisch durchdringend mit seinen hellgrünen Augen an. »Die Sachen, die er komponiert hat, waren zum größten Teil wirklich nicht schlecht. Einige waren sogar gut. Aber Erfolg hängt nicht immer vom Produkt ab. Mir ist gerade eingefallen: Ich habe dich schon einmal weinen sehen.«

»Wen – mich?«

»Ja. Da war ich achtzehn. Du warst noch ein kleines Mädchen und bist bei Ulla zu Besuch gewesen. Hanna und Jochen waren weg an dem Abend. Ulla kam rüber und fragte, ob ich ihre Enkeltochter und ihr Fahrrad nach Hamburg bringen könnte. Ich hatte meinen Führerschein seit ungefähr drei Wochen. Das wußte Ulla nicht so genau. Ich hab dein Rad hinten auf Jochens Lieferwagen geworfen und dich und Ulla nach Hamburg gebracht. Ich bin fast gestorben vor Angst. Aber ich glaube, Ulla hat das nicht gemerkt.«

»Du warst das? Ich kann mich leider nicht erinnern, wie der

166

Nachbar aussah, der uns gefahren hat. Ich war zu traurig, um irgend etwas wahrzunehmen.«

»Du hattest damals ein großes Buch über Hunde in den Armen. Magst du Tiere gern?«

»O ja!« Ich killerte Heidrun unter dem Kinn und streichelte ihre großen Ohren. Eigentlich war sie süß. Auf jeden Fall machte es Spaß, mit ihr zu schmusen. »Ulmi hatte mir das damals zum Trost geschenkt – ich wollte so gern einen Hund haben. Leider hab ich das Buch ungefähr ein Jahr später gegen was anderes eingetauscht ...«

David goß uns beiden neuen Tee in die Tassen. »Gegen was?«

»Gegen echte Ballettschuhe. Ein Mädchen aus meiner Klasse hatte drei Paar! Zwei Paar weiße und ein Paar schwarze. Das schäbigste Paar weiße hat sie mir für das Buch gegeben. Ich war elf Jahre alt, und in dem Jahr sind meine Füße um drei Zentimeter gewachsen. Ein knappes halbes Jahr konnte ich in den verdammten Dingern tanzen, dann war's aus. Wie die Schwestern von Aschenputtel – ich hab meine Füße einfach nicht mehr reinquälen können.«

»Aber du warst glücklich, solange du darin getanzt hast?«

»Doch, das schon.«

»Dann bereu es nicht. Glück wird durch Dauerhaftigkeit nicht größer, obwohl das die meisten Menschen glauben.«

David stand auf, ging zum Küchenschrank, hielt sich daran fest und begann, in seinen Ringelsocken zu tanzen. Er stand im Frühlingssonnenlicht, gefiltert durch windbewegte Äste und Zweige vor dem Fenster, lachte mich an, vollführte eine Reihe perfekter Dégagés, die Knie und Fußspitzen weit nach außen gedreht, und setzte noch ein halbes Rond de jambe hinzu. Er sah aus wie eine surrealistische Figur oder eine Person aus Alice im Wunderland. Ich saß mit offenem Mund da.

»Wo hast du das denn gelernt?«

Er ließ den Küchenschrank los und steckte die Hände in die Hosentaschen.

»Mein Onkel – der Bruder meiner Mutter – hatte in London eine Ballettschule. Mein Bruder Michael und ich sind da rumgehüpft seit wir fünf waren oder so. Später, als ich wieder in England war, hab ich teilweise sogar Unterricht gegeben. Ich bin noch ganz schön gut, was?«

»Viel besser als ich.«

Ein Auto, ein kleiner weißer italienischer Flitzer, hielt vor Ulmis Gartentor, direkt hinter meinem. »Das ist Carlas Wagen ...«, sagte ich. Wir beobachteten, wie sie ausstieg, über den Gartenweg stöckelte und vergeblich klingelte. Ich zog meine Jacke an, die ich hinter mir über die Stuhllehne gehängt hatte.

»Danke für den Tee und die Waffeln, Nachbar Fox ... ich will dann mal ...«

»Kiek mol wedder in, Tina.«

Ich gab Heidrun einen Abschiedsknuddler und rannte nach draußen, um Carla abzufangen, bevor sie wieder einstieg. Sie war sehr erstaunt, mich zu sehen.

»Wo kommst du denn her?« fragte sie fast beleidigt. »Ich hab mich schon gewundert, weil dein Auto da steht und trotzdem keiner da ist ...«

»Ich weiß auch nicht, wo Ulmi ist. Ich hab mit ihrem Nachbarn Tee getrunken. Und was machst *du* hier?«

Carla schüttelte sich eine Zigarette aus der Packung, zündete sie an und inhalierte bis in die Knie. »Ich war gerade in der Nähe – relativ. Ehrlich gesagt, meine Therapeutin ist in Elmshorn.«

»Du hast eine Therapeutin? Was willst du denn dann noch mit meiner Ulmi?«

Carla seufzte Rauch aus. »Deine Ulmi hat viel bessere Tips

168

als meine Therapeutin. Aber die wird von der Kasse bezahlt ... Warst du bei dem Fettmops mit der Sau?«

»Du hättest mal sehen sollen, wie anmutig der Fettmops Ballett tanzt!«

»Um Gottes willen, nein danke. Da kommt deine Großmutter ...« Und das stimmte. Ein Taxi hielt gleich hinter Carlas Auto, Ulmi bezahlte und stieg dann aus. Sie sah ernst und traurig aus und ging langsam, beide Hände in den Manteltaschen, auf uns zu.

»Gretel ist tot«, sagte sie leise. »Kommt mit ins Haus, okay? Ich brauche jetzt einen starken Kaffee ...«

Nachdem meine Großmutter zwei Tassen Kaffee gekippt hatte, war ihr etwas wohler. Sie erzählte uns, Gretels letzte Worte hätten gelautet: »Wieso muß ich denn schon gehen?«

»Dabei«, meinte Ulmi, »war sie so selten glücklich. Sie hat wild herumgestrampelt und alles mögliche angerichtet, aber sie war selten Herr der Lage. Gerade solche Menschen hängen oft besonders stark am Leben.«

»Vielleicht, weil sie immer hoffen, das Schöne kommt noch«, überlegte Carla. Ulmi sah sie nachdenklich an. »Ja. Und dabei kommt es nicht. Man muß darauf zugehen.«

Carla hatte eine Liste mitgebracht, auf der festgehalten war, was sie bei Männern für gut und notwendig hielt. Zum Beispiel, daß sie smart sein sollten.

»Nun gut, einerseits ...«, murmelte Ulmi. »Aber andererseits ... denkt doch mal an die Einfalt!«

Carla und ich sahen uns groß an. »Wie bitte, Ulmi?«

»Die Einfalt ist im Grunde eine hohe Tugend. Habt ihr nie Märchen gelesen? Alte Volkssagen? Wißt ihr nichts über Parzival und den Heiligen Gral? Nur ein reiner Tor, ein Mann ohne List und Trug im Herzen, durfte den Gral hüten. Und im Märchen war es stets der jüngste und dümmste

169

von drei Brüdern, der die Prinzessin bekam. Der reine Tor, der Einfältige siegte, weil er nicht dem kalten Verstand, sondern seinem Herzen folgte. Inzwischen hat das Wort Einfalt einen sehr negativen Klang bekommen. Ein Einfältiger gilt nur noch als blöder Idiot. Ein Mann hat clever zu sein! Aber die erstrebenswertesten Männer sind oft einfältig.«

Carla und ich schnappten nach Luft.

»Und wo kriegt man einen her? Wo sind die?«

»Oh, es gibt sie noch hier und da. Man muß sie nur erkennen können.«

Beim Nachhausefahren dachte ich darüber nach. Wahrscheinlich kannte ich bereits eine Menge der erstrebenswerten reinen Toren. Ich hielt ganz schön viele Männer für blöde Idioten.

Im Treppenhaus war Olli Nickels gerade damit zugange, einen länglichen, eingepackten Gegenstand (eine große Stehlampe? Eine ausgestopfte Königsboa?) um die Treppengeländerbiegung und in seine Wohnungstür zu bugsieren. Er schwitzte und ächzte und brachte es, mit Schweiß auf der Stirn und vor Konzentration vorquellenden Augen, mühelos fertig, die Treppenhauslampe zu zertrümmern und seinen kleinen hellblauen Briefkasten abzureißen, bevor er das Ding in seine Wohnung bekam. Ich schaute ihm interessiert zu. Womöglich handelte es sich bei meinem Nachbarn um einen der vielfach verkannten einfältigen Gralshüter?

9.

Heilige Einfalt oder
Vom Wunder des Wünschens

Gral hin oder her, mir gefiel auf einmal der Gedanke, eine kluge Prinzessin zu sein, die den gutmütigen reinen Toren aus gerissenen und betrügerischen Kerlen herauserkannte. Olli war gar kein Trostpreis, er war der Hauptgewinn! Und was sprach eigentlich gegen ihn, von seinem hängenden Hosenboden, seiner etwas aufdringlichen Freundlichkeit und seinem mangelnden Taktgefühl mal abgesehen?

Zwei Tage später – am Samstagabend – zog ich mir ein hübsches Kleid an, schminkte mich nett, bürstete mein bitterschokoladefarbenes Haar (nachdem ich zwei Pfefferminzfäden ausgerupft hatte) und stiefelte zur gegenüberliegenden Wohnungstür, um zart und neckisch zu klingeln. Ein schwitzender Olli öffnete, ein Handtuch schürzenartig in die Hose geklemmt.

»Du, Tina? Nanu.« Die liebe Einfalt – er hatte manchmal eine Wortwahl wie aus einem Lustspielfilm der frühen Fünfziger.

»Ja, ich. Da staunst du. Ich dachte ... Du hast doch mal gesagt, wenn ich Lust habe, mit dir Mensch ärge dich nicht zu spielen oder Fernsehen zu gucken, dann soll ich einfach rüberkommen ...«

»Ja ja. Schon ...« Olli sah nicht ganz so glücklich aus, wie ich erwartet hatte.

»Sag bloß, du hast schon was Besseres vor?«

»Was Besseres ja so direkt nicht ... Wenn ich geahnt hätte … Du hast doch bis jetzt nie Lust gehabt, rüberzukommen!«

Nun war ich neugierig. Ich drängelte mich einfach an ihm vorbei in seine Wohnung. Sieh an, sieh an, der Tisch war für zwei gedeckt, mit Papierservietten und Kerzen!

»Na, Olli, wen erwartest du denn?« fragte ich mütterlich-amüsiert. (Was für eine blöde Idee von mir, ausgerechnet diesen Ritter der ulkigen Gestalt erobern zu wollen!)

»Kommt deine Friseuse?«

»Wer? Nein!« Olli wurde immer nervöser. Seine Dackelstirn schimmerte feucht.

»Was kochst du übrigens?« – denn in der Küche brodelte und dampfte es.

»Spaghetti.«

»Mmm! Wieso werde ich zu so was Schönem nie eingeladen?«

Olli fuhr sich mit dem Ärmel über die Stirn. »Jederzeit, Tina – das weißt du doch …«

»Jederzeit? Heißt das, wenn ich möchte, legst du noch ein Gedeck auf?«

Olli fehlten die Worte. Ich gab ihm ein Küßchen auf die Wange und ging lachend zur Tür, um zu verschwinden. Als ich sie öffnete, stand Ollis Gast vor mir, den Finger zur Klingel erhoben, mit wogendem Dekolleté unter dem geöffneten Mantel, die schimmernden Locken kleidsam über dem Kragen verteilt. Wir starrten uns eine Sekunde lang sprachlos an.

»Carla?«

»Tina?«

Ich erwog kurz die Möglichkeit, zu träumen, aber dazu war die Szene viel zu realistisch. Auch Carla hatte also nach Ulmis Ausführungen über den einfältigen Mann automatisch an Olli Nickels gedacht. Ich kämpfte einen leichten

172

Grimm nieder: Mußte Carla eigentlich dauernd meine Sachen benutzen? Meine Großmutter – meinen törichten Nachbarn?

Der Gastgeber stand hinter mir im Flur und beäugte die Szene ängstlich.

»Hallo, Carla! Tina hat gerade gefragt ... Würde es dir was ausmachen, wenn sie mitißt? Also, genug Spaghetti sind jedenfalls da ...«

Er lachte nervös.

Carla trat ein, wischte Olli mit den Fingerspitzen mein Abschiedsküßchen aus dem Gesicht und zuckte mit den Schultern: »Warum nicht? Wenn alle satt werden ...«

Ich schloß die Wohnungstür wieder und zeigte ein sonniges Lächeln. »Fein. Können wir noch irgendwie helfen, Olli?«

Olli schaute von mir zu Carla und wieder zurück. Jetzt schien er zu überlegen, ob *er* träumte.

Die Spaghetti waren richtig gut, weder zu al dente noch zu matschig, die Sauce ausgesprochen lecker, der Salat eine Sinfonie in Knoblauch. Rotwein gab's auch.

Ich beobachtete aufmerksam, wie Carla die schwarzen Oliven von Ollis Salatteller sammelte. »Hier ist noch eine – und hier! Wieso magst du die eigentlich nicht, Olli?«

»Warum kriegt Carla alle deine Oliven?«

»Oh – entschuldige, Tina! Sieh mal, hier ist noch eine ...«

»Ich wußte gar nicht, daß unser Tinchen schwarze Oliven mag.«

»Ich bin völlig verrückt nach schwarzen Oliven! Wie seid ihr zwei eigentlich dazu gekommen, euch zu verabreden?«

Sie schauten sich zögernd an, dann sagten sie im Chor: »Er/Sie hat mich angerufen ...«

»Ach!« sagte ich ironisch. »Nacheinander oder gleichzeitig?«

Carla gickelte. »Gleichzeitig, deshalb war erst mal dauernd besetzt, nicht, Olli?«

Olli goß Rotwein nach und wackelte mit dem Adamsapfel. Dann räumte er die Teller in die Küche.

Ich beugte mich über den Tisch und flüsterte: »Hör mal, das ist *mein* Nachbar!«

Carla flüsterte zischend zurück: »Sei doch nicht so zickig, Tina – ich lass dich doch auch immer meine Sauna benutzen.«

Olli brachte Tiramisu, auf drei Teller verteilt. Ursprünglich waren es wohl zwei Portionen gewesen.

»Wie schön, endlich mal figurfreundliche Mengen! Ich hab so fürchterlich zugenommen!« quiekte Carla. Daraufhin mußten wir natürlich automatisch ihre Wahnsinnskurven mustern.

»O ja, tatsächlich!« sagte ich.

Aber Olli äußerte beflissen »Mit so einer Traumfigur mußt du doch nicht Kalorien zählen oder so was ...«

Carla lächelte ihn schmelzend an: »Findest du? Du bist ja auch sehr gut gebaut, mein Lieber! Wo hast du die tollen Muskeln her?«

Sie knetete an seinem Oberarm herum. Olli blähte sofort den Bizeps auf.

»Ich mach Übungen ... mit Gewichten und so. Ich hab mir diese Woche erst eine lange Hantelstange gekauft, war ganz schön teuer!«

Aha. Das Geheimnis der ausgestopften Königsboa war gelöst.

Nach dem Essen lautete Carlas erste Frage natürlich: »Darf ich hier rauchen?« Zu meiner Überraschung antwortete Olli: »Naaajaaa ... Ich gewöhn's mir gerade ab. Ich rauche nur noch im Treppenhaus oder auf dem Balkon, weißt du. Wäre furchtbar nett von dir ...«

»Aber natürlich!« Carla ließ sich von Olli den Balkon zeigen. Ich kam hinterher und ließ mir auch den Balkon zeigen. Eine eisige, sternenklare Nacht. »Jetzt ist der Frühling bald hier!« behauptete Olli, und er sang laut in den Hof: »Veronika, der Lenz ist da!«

Als wir wieder ins warme Wohnzimmer strömten, öffnete unser Gastgeber die zweite Flasche Rotwein.

Er bedachte uns mit manch verschmitztem Blick. »Ihr beide seid wohl schon lange befreundet, was?«

»In Anbetracht unseres zarten Alters ganz schön lange, ja«, antwortete Carla.

»Und ihr habt wohl schon viele Sachen zusammen gemacht?«

»Doch, so dies und das«, sagte ich.

Olli blickte immer verschmitzter. »Ihr macht wohl *alles* zusammen?«

Ich begriff nicht gleich, aber Carla klärte mich auf: »Dein Nachbar will wissen, ob wir auf flotte Dreier spezialisiert sind.«

Ich starrte Olli streng an: »Das ist aber durchaus keine einfältige Frage, mein Lieber!«

Aus Olli kicherte der Rotwein: »Nein, ich weiß, ich bin ein ganz Durchtriebener!«

»Wir sind auf der falschen Party!« teilte ich Carla mit. Olli wurde unter unseren mißbilligenden Blicken ganz unruhig und fing an, von seinem Sohn Max zu reden, der ja nun bald zur Schule kam. Wir brachten ihn mit einiger Geduld von diesem Thema ab und nahmen den Flirt wieder auf, wobei wir aufpaßten, daß Olli nicht zu durchtrieben wurde.

Gegen eins mußte Carla unbedingt die nächste Zigarette

rauchen. Wir waren inzwischen bei der vierten Flasche Rotwein und wurden alle drei mehr oder weniger müde und anschmiegsam.

»Auf dem Balkon ist es so kalt – ich will lieber ins Treppenhaus!« erklärte Carla und zog los. Olli hinterher. Ich wollte diesmal taktvoll im Zimmer bleiben, aber er drehte sich um und zog mich an der Hand mit: »Komm, Tina! Treppenhaus!«

Wir setzten uns auf die oberste Stufe, Olli in der Mitte, einen Arm um jede von uns gelegt. Er wollte gern ›So ein Tag, so wunderschön wie heute!‹ singen, aber wir überzeugten ihn, daß es mitten in der Nacht war und deshalb nicht das passende Lied. Daraufhin meinte er, wenn es Nacht sei, wollte er ein Gutenachtküßchen. Carlas Mund war gerade von der Zigarette besetzt, deshalb wurde ich zum Küssen herangezogen. Irgendwann klapperten Carlas Stöckel neben uns – sie stand im Mantel da, leicht schwankend und teilte uns mit, sie hätte von Ollis Telefon ein Taxi angerufen, weil sie zu müde wäre, um noch selbst zu fahren. Und gute Nacht.

»Ob sie jetzt böse ist?« murmelte Olli hinter ihr her, bevor er weiterküßte. Nachdem uns die Treppenstufe zu hart wurde, überlegten wir: zu dir oder zu mir? Wir entschieden uns für Ollis Wohnung, weil seine Tür noch offen stand.

Als ich aus seinem Fenster nach unten guckte, sah ich Carla, die ins Taxi stieg. Sie sah auch von oben sehr attraktiv aus, weil man ihr von hier genau in den Ausschnitt sehen konnte. Ob sie wirklich böse war?

Triumph! Ich hatte gewonnen! Ich hatte Olli gewonnen! Es war ein harter Kampf gewesen, aber jetzt hatte ich ihn, den Hauptgewinn.

Als ich klein war – ich muß ziemlich klein gewesen sin,

denn Michi gab es noch nicht und Mami war noch auf den Beinen –, gingen meine Eltern mit mir zum Hamburger Weihnachtsdom – dem großen Volksfest des Nordens. Da gewann ich mit einem Losröllchen einen riesenhaften knallrosa Plüschaffen. Die Verlierer gafften mich neidisch an, und der Losverkäufer hielt eine heiser gegrölte Rede ins Mikrophon über »das große Glück von dem klein' Fräulein hier!« Ich konnte den Affen auf keinen Fall tragen, Vati war schon überfordert damit, er schwitzte und schimpfte. Das brach den schönen Dombummel ab, bevor ich überhaupt Zuckerwatte bekommen hatte. Wir suchten bloß noch verzweifelt unser Auto, und als wir es gefunden hatten, paßte der Affe nur mit äußerster Gewalt neben mir auf den Rücksitz. Ich hatte Angst vor ihm: Er hatte bösartige Plastikaugen und roch komisch. Ein paar Tage später schenkte Mami ihn unserer Putzfrau zu Weihnachten. Ich war heilfroh, als ich im Kinderzimmer wieder Platz hatte. Kann sein, er war der Hauptgewinn – aber was kann man schon mit einem fast zwei Meter großen, knallrosa Plüschaffen anfangen??

Am Sonntagmorgen um acht klirrte der Wecker von Olli Nickels. Ich spürte den Rotwein in der Schädeldecke. Wir hatten höchstens vier Stunden geschlafen. Ich wußte, daß Olli, wenn überhaupt, erst abends arbeitete. (Er war arbeitsloser Künstler und bezog Sozialhilfe. Aber hin und wieder spielte er in einem Tanzlokal in Winterhude Xylophon.) Warum also mußten wir um acht Uhr morgens am Sonntag so quälend geweckt werden? Das konnte doch hoffentlich nur ein Irrtum sein?

Mitnichten; Olli sprang so elastisch auf, daß Nickel umherhüpfte. Er hatte ihn mir in den frühen Morgenstunden folgendermaßen vorgestellt: »Schau mal Tina, das ist Nickel. Klein, aber emsig!«

177

»Wo willst du denn um Himmels willen hin?« fragte ich dumpf. Ich kriegte die Augen kaum auf.

»Heute ist mein Tag mit Max! Je früher ich komme, desto mehr hab ich von ihm! Er ist ja immer vor Tau und Tag wach. Ich hole ihn bei Jutta ab und darf ihn bis abends haben. Bist du so nett und machst die Betten, Tina? Und bitte, verschwinde innerhalb der nächsten Stunde, ja? Vielleicht hat Max Lust, zuerst in meine Wohnung zu kommen. Später wollen wir nämlich auf den Fernsehturm.«

Richtig. Hin und wieder hatte ich sonntags die Stimme des Knäbleins durch die Wand gehört, ohne darüber nachzudenken.

Olli duschte bereits und sang dabei: »Frischauf, Kamerahaden, aufs Pferd, aufs Pferd …«

Ich zog mich hastig an, machte Ollis Bett, griff mein Schlüsselbund und verdrückte mich in meine Wohnung. Wahrscheinlich würde Olli nicht mal merken, daß ich nicht mehr da war – vielleicht hatte er schon vergessen, daß ich jemals dagewesen war …

Ich zog mich sofort wieder aus und legte mich auf meine eigene Matratze. Ob Olli heute tief in der Nacht, als er angeschwipst und sinnlicher Laune war, wohl an seinen Sohn gedacht hatte? Was, falls wir statt zu ihm zu mir gegangen wären, wo es keinen Wecker gab? Bevor ich den Gedanken ergründen konnte, war ich schon wieder eingeschlafen.

Am Montagvormittag rief mich Carla aus der Redaktion an.

»Ich störe hoffentlich nicht dein junges Glück?«

»Carla – bist du eingeschnappt?«

Ihr Lachen klang völlig echt, das gute alte heisere Geglukker. »Im Gegenteil, ich bin dir dankbar! Ich weiß nicht, was mich geritten hat, mir fast diesen Goofy anzutun. Wenn du ihn mir nicht rechtzeitig aus der Hand geschlagen hättest –!

Wie ist er denn so, der letzte Gralsritter? Erzähl mal, das bist du mir schuldig.«

»Also, er weiß, wie's geht, soviel kann man sagen. Er hat's schließlich schon mal geschafft, Mäxchen Nickels herzustellen.«

»Das klingt ja zum Neidischwerden. Seid ihr eigentlich am Sonntag so gegen zwölf noch im Liebesrausch gewesen? Ich hab bei euch beiden geklingelt, als ich mein Auto abgeholt hab, aber ihr habt nichts von mir wissen wollen.«

»Meinen feinen neuen Dingdong höre ich nicht, wenn ich fest schlafe. Und Olli war zu der Zeit sicher schon auf dem Fernsehturm.«

»Bitte –?!«

»Mit Max. Gestern war Papi-Tag.«

»Was du nicht sagst! Und da bist du dem Kleinen nicht vorgestellt worden als potentielle neue Mami?«

»Hör auf!«

»Na gut. Ich rufe ja auch aus ganz anderen Gründen an. Mein Chefredakteur möchte, daß du in Zukunft ständig eine witzige bunte Illustration für die neue Kolumne machst. Einmal im Monat feste Knete! Wie klingt das?«

»Das klingt hervorragend.«

»Gut, dann stell ich dich jetzt mal ins Sekretariat durch, und du machst bei der Obertippse einen Termin beim Alten für den Vertrag, okay? Guck mal bei mir rein, wenn du hier bist. Aber bring bitte nicht deinen Nachbarn mit …«

Genau, was ich mir immer gewünscht hatte: einen Mann, den die anderen zum Wimmern finden.

Nachdem das Gespräch mit der Redaktion beendet war, rief ich ärgerlich meine Großmutter an: »Ulmi, warum hast du mich bloß Olli Nickels in die Arme getrieben?«

»Habe ich das?«

»Du hast die einfältigen, dusseligen Männer gepriesen.«

179

Am anderen Ende lachte Ulmi sich tot. »Von dusselig war bestimmt nicht die Rede. Ein reiner Tor ist doch kein Knallkopf.«

»Das hättest du vorher aber genauer ausführen müssen! Was mach ich denn jetzt mit diesem Menschen?«

»Ist er bösartig? Schadenfroh? Neidisch? Brutal?«

Ich dachte darüber nach, wie Olli neulich Christoph aus dem Haus geschoben hatte. Gehauen und geschimpft hatte dabei – ergebnislos – nur Christoph. Und immerhin war Olli mitten in der Nacht zu meiner Rettung auf den eisigen Fliesen herbeigeeilt.

Ich seufzte. »Nein, das kann man ihm alles nicht nachsagen. Vielleicht ist er doch so eine Art einfältiger Ritter, Ulmi.«

»Na also. Das könnte doch ein sehr nettes neues ÜO werden. Komm bald vorbei und erzähl mir mehr von ihm ...«

Ritter Olli klingelte abends an meiner Tür, das gutmütige Gesicht seriös gefaltet: »Wir müssen uns unterhalten, Tina!«

»Komm rein. Was ist passiert?«

Olli plumpste schwer auf den grünen Gartenstuhl beim Bügelbrett. »Was passiert ist? Na, du bist gut! Vielleicht hast du's vergessen – aber wir waren miteinander im Bett! Das Niveau unserer Freundschaft hat sich – ich sag mal: verlagert. Darüber müssen wir doch reden!«

Ich guckte ihn neugierig an. Mir waren noch nicht allzu viele Männer begegnet, die das Bedürfnis hatten, über so was zu *reden* – im Gegenteil.

»Na, dann leg mal los, Olli. Wo ist das Problem?«

»Wenn du mir bis jetzt zugehört hast, wenn ich dir was erzählt hab, dann müßtest du eigentlich wissen, wo mein Problem liegt!« behauptete Olli.

Ich war wirklich ratlos. Störte ihn meine Vergangenheit mit Christoph? Die Tatsache, daß mein Teddybär sich schon so lange auf dem Lande befand? Machte es ihm etwas aus, daß ich in meinem Alter noch nicht geschieden war? Hatte er seinem Sohn geschworen, bis zu dessen Volljährigkeit im Zölibat zu leben? Oder gab es noch dunklere Geheimnisse, die ich bis jetzt in meiner harmlosen Art übersehen hatte? War Olli vielleicht doch bösartig, schadenfroh, neidisch, brutal oder irgendwas Schlimmeres? Warum war meine Wohnungsvorgängerin Hals über Kopf in die Türkei geflohen?

Ich zuckte mit den Schultern. Olli stand auf, ließ sich zur Abwechslung auf der Matratze neben mir nieder und senkte den Kopf. Ein tiefer Seufzer erschütterte seinen Körper. Mein Herz klopfte wild. Inzwischen wirkte er auf mich wie ein Massenmörder kurz vor dem Geständnis. Was würde er mir sagen??!

Olli sagte mir: »Also, Tina – mein Herz ist nicht frei.«

»Dein –?«

»In meinem Herzen wohnt nun mal immer noch Jutta.«

»Warum gibst du dann Spaghetti-Partys für andere Frauen?«

Olli stöhnte. »Das weiß ich auch nicht …« Er begrub sein rundes Gesicht in den Händen: »Das ist der Trieb, Tina!«

Ich tätschelte tröstend seine Schulter. »Das ist doch alles nicht so schlimm, Olli. Außer uns weiß nur Carla davon, und die hält dicht. Wir beide vergessen es einfach sofort wieder. Wir tun so, als hätte sich das … äh … Niveau unserer Freundschaft überhaupt nie verlagert! Es wird einfach nie wieder vorkommen …«

Ollis Gesicht tauchte aus seinen Händen auf. »Nie wieder?« fragte er mißvergnügt, »warum nicht?«

»Weil … Na, ich denke, dein Herz gehört noch Jutta?«

181

»Schon, aber was nützt das? Sie bumst Nacht für Nacht mit diesem Bonzen! Soll ich deshalb etwa am Samenkoller zugrunde gehen?!«

»Ja, aber … Was willst du denn eigentlich?«

Olli lächelte unsicher. »Also, ich hab nichts dagegen, mit dir ins Bett zu gehen. Aber du mußt dir eben im klaren darüber sein, daß ich dich nicht richtig lieben kann. Obwohl ich dich schlußendlich sehr mag. Also, wenn dir das reicht …«

Dafür, daß er einfältig war, hatte er die Formel: ›Ich will Spaß, aber ohne Verantwortung‹ eigentlich ganz gut gebracht.

»Danke für deine Offenheit, Olli. Doch, ich denke, das reicht mir. Guck mal, ich liebe dich ja ebenfalls nicht so fürchterlich …«

»Nein?«

»Nein. Aber ich mag dich auch gern. Denk doch mal, wie viele Leute jahrzehntelang zusammen sind, die sich nicht ausstehen können! Mögen ist doch gar nicht schlecht …«

»Na ja …«, machte Olli. Er wirkte enttäuscht. »Wer wohnt denn in deinem Herzen, Tina? Etwa noch dieser langhaarige Kerl?«

»Wenn du's genau wissen willst, mein Herz ist zur Zeit gerade unbewohnt.«

»Warum kannst du mich dann nicht … Warum kann ich dann nicht?«

»Spinnst du? Willst du damit sagen, du möchtest gern, daß ich mich unglücklich in dich verliebe –?«

»Nein, natürlich nicht!« versicherte Olli. Er fing an, mein Strickjäckchen aufzuknöpfen. »Überhaupt nicht! Mögen ist gar nicht schlecht.«

182

»Ein Geschöpf ist etwas Geschaffenes, das sagt doch schon das Wort!« predigte Ulmi. »Deshalb sind auch Gegenstände Geschöpfe – von Tieren und Pflanzen ganz zu schweigen.«

»Haben sie denn auch eine Seele?« fragte ich skeptisch. Wir saßen in Ulmis Küche beim Tee. Ich drehte den Zuckerlöffel in den Händen und sah ihn forschend an. Ein hübscher Zuckerlöffel, keine Frage, rund, silbern, mit Schnörkeln und kleinen, eingearbeiteten Steinen im Griff. Aber wußte er, daß er ein Zuckerlöffel war?

»In gewisser Weise ist alles beseelt. Alles besteht aus Energie, mehr oder weniger verdichtet. Je dichter, desto materieller – was hast du eigentlich in Physik gelernt?«

»Nichts über die Seele. Das war in Religion.«

»Was du meinst, ist nicht Beseeltheit, das ist ja das Mißverständnis. Du meinst ein Ego. Ein Ich: Ich denke, also bin ich! Dabei wird auch immer noch angenommen, denken fände nur im Gehirn statt.«

»Tut es das nicht?«

»Nein. Bei sogenannten Lebewesen denkt jede Zelle. Das bedeutet immer noch nicht, daß da, wo keine Zellen sind, kein Denken stattfindet. Es ist eben eine andere Art von Denken als das, woran wir gewöhnt sind.«

»Wie denkt denn ein Zuckerlöffel?«

Ulmi nahm ihn mir weg und stopfte ihn energisch in die Zuckerdose. »Das kann ich nicht beantworten, weil ich keiner bin. Und wenn ich einer wäre, könnte ich es dir wahrscheinlich auch nicht beantworten, weil du es nicht verstehen würdest. Ich weiß nur soviel: Die Bewußtseinsenergie ist überall. Und wenn man mit den Gegenständen zärtlich und respektvoll umgeht, dann spiegeln sie das wieder. So, und jetzt erzähl mal von deinem neuen ÜO.«

Ich beschrieb Olli von innen und außen, so gut ich konnte. Ulmi nahm währenddessen ihr Strickzeug auf.

»Also, der wirkliche reine Tor ist er nicht, das wurde spätestens klar, als er versucht hat, sich moralisch abzusichern, okay? Aber er scheint doch ein ganz lieber Kerl zu sein. Ich halte vor allem eins für wichtig bei der ganzen Sache: Du hättest dich doch früher nie mit so einer Karikatur von Mann abgegeben?«

Ich spazierte zu Safran und Herrn Brömel hinüber, die beide auf der Fensterbank in der Sonne saßen. Ich dachte an Olli, den Trostpreis. Olli im tomatenroten Smoking. Olli mit der Blockflöte. »Ganz sicher nicht. Nie.«

»Siehst du. Das bedeutet, du bist in ein höheres Level gekommen.«

»Tatsächlich? In ein *höheres*?«

»Ganz sicher. Du wirst nicht mehr so stark von Vorurteilen und Eitelkeit beherrscht.«

Ich seufzte tief. »Wie schön. Davon mal abgesehen – darf man ÜOs eigentlich ablehnen, oder muß man jedes akzeptieren?«

»Das liegt völlig bei dir, mein Kind.«

Herr Brömel trug ein blauweiß-gestreiftes Matrosenhemd. Ich fragte mich, wie viele Schrankkoffer voller Klamotten er inzwischen besitzen mochte. Nahezu jedesmal, wenn ich Ulmi besuchte, ertappte ich ihn in einem neuen Dreß. »Sag mal, Ulmi, dich haben sie wohl als Kind nicht genug mit Puppen spielen lassen?«

Ulmi grinste mich mit ihrem gleichmäßigen, schneeweißen Gebiß an. »Doch. Aber die Lust dazu hab ich nie verloren.«

Mir fiel auf, daß Safran seine Augen gegen die grelle Frühlingssonne fest geschlossen hielt. Diese Möglichkeit hatte der arme Brömel nicht. Seine hellbraunen Knopfaugen tränten wahrscheinlich schon. Ich holte meine Sonnenbrille aus der Handtasche und setzte sie ihm auf. Etwas zu groß, aber absolut cool.

»Ich hab ein Problem damit, Olli abzuschütteln.«

»Nanu? Du warst doch früher nicht so zimperlich.«

»Ich weiß. Erstens will ich keine Punkte verlieren – vielleicht wieder in ein tieferes Level kommen. Und zweitens ... Du hast recht, er ist ein ganz lieber Kerl. Ich möchte ihm ungern weh tun.«

Ulmi legte ihr Strickzeug hin und lächelte mich an. »Das ehrt dich. Du bist also auch nicht mehr völlig mitleidslos.«

»War ich das?«

»Hast du das nicht gewußt? Also paß auf, wenn du den Mann im guten los sein willst, dann wünsch ihn dir weg.«

Ulmi fing an, den Teetisch abzuräumen, und ich half ihr dabei.

»Wie das denn?«

»Du wirst doch noch wünschen können! Du sagst zu dir selbst oder vor dich hin: Ich wünsche mir, daß Olli aus meinem Leben verschwindet!«

»Na ja, Moment – er ist ein sehr brauchbarer Nachbar. Ich hätte ihn nur gern als Liebhaber vom Hals.«

»Wo ist das Problem? Dann wünschst du dir also, daß er als Liebhaber aus deinem Leben verschwindet.«

»Reicht einmal wünschen?«

»Das kommt darauf an. Manchmal genügt ein einziges Mal. Hin und wieder muß man eine Sache jahrelang wünschen, bevor sie passiert. Und manchmal wirkt es überhaupt nicht.«

Ich stellte die Teetassen mit unmutigem Klirren ins Küchenbecken. »Warum denn nicht, verdammt noch mal?«

»Weil jemand gegenan wünscht, zum Beispiel, der stärkere Emotionen oder tiefere Ängste hat. Oder wenn dein eigenes Unterbewußtsein im Grunde dagegen ist und Vorbehalte hat. Entweder zu Recht oder zu Unrecht«, erklärte Ulmi und stöpselte das Becken zu, um heißes Wasser einlaufen zu lassen.

»Ich glaube nicht, daß Olli besonders wild dagegen anwünschen wird. Er hat zwar gesagt, er geht gern mit mir ins Bett, und es scheint ihm ja auch Spaß zu machen – aber ich glaube, maßlos wichtig ist ihm das nicht.«

»Macht es denn dir Spaß?« fragte Ulmi.

»Doch. Er ist nicht der Traum aller Träume, aber er gibt sich Mühe. Wie er selbst sagt, er ist sehr emsig. Trotzdem: Ich kann es auch bleiben lassen, und mein Unterbewußtsein schmachtet bestimmt nicht heimlich nach ihm! Was ist das übrigens für eine blöde Methode, wenn sie danebengehen kann? Dann brauch ich's mir ja gar nicht erst zu wünschen, wenn die Quote, daß es wahr wird, derart niedrig ist.«

Ulmi reichte mir eine saubere, nasse, brühheiße Untertasse zum Abtrocknen. »Wenn du es dir überhaupt nicht wünschst, dann kann die Situation noch ganz schön lange dauern. Und vielleicht steht er damit die ganze Zeit irgendeinem viel interessanteren ÜO im Wege«, gab sie zu bedenken.

Das klang überzeugend.

Auf der ganzen Heimfahrt wünschte ich mir, mal laut, mal leise, Olli Nickels möge aus meinem Leben verschwinden.

Die Sonne stand schon sehr tief am Himmel, und da ich, auf die Landstraße zu, nach Westen fahren mußte, tat mir das Gefunkel in den Augen weh. Leider hatte ich meine Sonnenbrille auf Brömels Schnauze vergessen.

Ich wollte gerade in meine Sitzbadewanne klettern, als es dingdongte. Ich zerrte mir seufzend den Kimono über und trabte zur Tür.

»Tina? Ich muß dringend mit dir reden!«

186

»O Gott, Olli, schon wieder? Wie viele ernsthafte Gespräche führst du eigentlich pro Woche mit deinen jeweiligen Gefährtinnen? Hast du das mit Jutta auch so gemacht? Dann würde ich nämlich verstehen, daß sie ...«

»Darf ich reinkommen, bitte?« unterbrach er mich.

»Olli, bitte ... Mein Badewasser wird kalt! Das ist sowieso nur ein Fingerhut voll, du weißt doch, das kühlt ganz schnell ab.«

»Dann sag ich's dir in der Wanne!«

»Wie bitte?«

»Na ja, du drin, ich draußen!« Olli marschierte flott voraus zu meinem Badezimmer. Ich schlug wütend die Wohnungstür zu, stürmte hinter ihm her – er saß bereits auf dem Klodeckel –, hängte den Kimono an die Tür und setzte mich in den kleinen warmen Tümpel. Schade, ich konnte in seiner Gegenwart nicht halb so genüßlich entspannen wie allein.

»Also!«

Seine braunen Rosinenaugen schimmerten angeregt. »Du hast so einen schönen Körper, Tina!«

Ich tauchte tiefer. »Und noch?«

»Ach so, ja. Also. Ich muß dir was sagen. Zuerst mal: Wie ich gestern abend schon gesagt habe, ich habe dich sehr, sehr gern! Und diese beiden Nächte mit dir waren wunderschön. Ganz was Besonderes. Ja.«

Der Boiler summte. Das Wasser plätscherte leise, weil ich die Zehen bewegte. Weiter weg brauste der Feierabendverkehr. Sonst war es still.

»Olli?«

»Hmh?«

»Was willst du denn nun loswerden?«

»Tja. Jutta hat sich völlig mit ihrem reichen Kerl verkracht. Das ist aus. Sie hat vorhin gerade angerufen. Tina, ich will

187

dir nicht weh tun – aber ab morgen bin ich wieder mit Jutta und Max zusammen.«

»Wo?! In deiner winzigen Bude?«

»Nein, nein. Ich werd versuchen, so schnell wie möglich eine Dreizimmerwohnung für uns zu finden. Und einen Nachmieter brauch ich auch, ich komm ja sonst nicht aus meinem Mietvertrag raus. Jutta und Max und ich werden erst mal bei meiner Schwiegermutter wohnen, die hat ein großes Haus in Ahrensburg. Ja. Das wollte ich dir sagen. Nun sag was dazu. Ist das sehr schlimm für dich?«

Ich seifte mir so gedankenverloren die Schultern und den Hals ein, daß die Schicht Schaum immer dicker und cremiger wurde. »Schlimm? Nein, nein. Olli – *wann* hat Jutta dich angerufen?«

»Heute.«

»Nein – welche Uhrzeit?«

»Na, eben gerade. So kurz vor halb sechs.«

Ich war völlig fertig. Kaum zwanzig Minuten gewünscht, und schon funktionierte die Sache! Mir entglitschte die Seife. Ich suchte sie im milchigen, duftenden Wasser. Olli suchte mit.

»Olli –! Was machst du denn da?!«

Er strich sich die Pulloverärmel hoch und tauchte mit beiden Armen unter: »Seife suchen!«

»Du kannst aufhören, hier ist sie. Olli – laß los!!«

Wildes Geplätscher. Sein Pullover wurde triefnaß.

»Aber – ich bin doch erst ab morgen wieder mit Jutta zusammen ...«

»Du bist kein reiner Ritter, du bist ein altes Schlitzohr. Wenn du nicht sofort abhaust, erzähl ich deiner Jutta, was du heute noch von mir gewollt hast!«

Olli grinste verschämt, schüttelte die nassen Arme über der Wanne ab und verließ meine Wohnung.

Ich rief sofort Ulmi an: »Es hat gewirkt! Ich habe ihn mir weggewünscht, und er ist verschwunden!«

»Wow, das ging fix!« lobte Ulmi. »Auf welche Art?«

»Seine Frau hat sich mit ihrem Freund gestritten und will wieder mit Olli zusammensein. Ab morgen. Aber eins verstehe ich nicht …«

»Nämlich?«

»Ich habs mir gewünscht, als ich von dir nach Hause gefahren bin. Und ungefähr zu dieser Zeit hat sie Olli auch angerufen … Soweit kann ich's ja noch begreifen. Aber … Die Frau hat den Streit doch nicht erst eben gehabt! Das war doch bestimmt, bevor du mir überhaupt von dieser Wunsch-Methode erzählt hast! Das paßt also von der Zeit her gar nicht … es muß es Zufall gewesen sein, oder?«

»Was das angeht, ist Zeit nicht kausal«, erwiderte Ulmi.

»Ähm … Wie war das gleich – was bedeutet kausal genau?«

»Ursächlich. Daß die Vergangenheit zeitlich vor der Gegenwart und erst recht vor der Zukunft liegt. Tatsächlich geschieht in gewisser Weise alles gleichzeitig. Das erfährt man erst ein paar Level später.«

»Aber – wenn alles gleichzeitig geschieht – wie kann ich denn dann meine Zukunft ändern?«

»Eben, *weil* es so ist. Das hast du doch gerade erlebt! Und jetzt such dir schön ein neues ÜO, ich muß für Safran ein Scheibchen Kabeljau dünsten.«

»Jetzt reicht es! Jetzt ist Schluß! Deine Großmutter hat ganz recht gehabt!« zischelte Jenny undeutlich, stark behindert durch ihre aufgeplatzte Oberlippe. Das war Anfang April, sie stand samt Köfferchen vor meiner Tür, kaum eine Viertelstunde nach einem Anruf, mit dem sie um Asyl gebeten hatte.

»Komm rein!« sagte ich und umarmte sie vorsichtig. »Ich hab Yogi-Tee gekocht, den magst du doch so gern? Semih hat neuerdings welchen …«

»Wer ist Seh-mich?« nuschelte Jenny, während sie eintrat.

»Mein türkischer Gemüsemann. Müssen wir dein Gesicht verarzten? Pflaster oder so was?«

»Nein. Der Arzt sagt, es heilt am besten ohne Verbände.« Jenny hob die Sonnenbrille vorsichtig von der unförmigen Nase mit den blutverkrusteten Nasenlöchern und betrachtete sich im Spiegel ihrer Puderdose – soweit sie sich durch den Schlitz ihres rechten Auges erkennen konnte. Das linke war derart zugeschwollen, daß es aussah wie eine gespaltene rote Billardkugel zwischen Augenbraue und Wangenknochen, glänzend durch die aufgetragene Salbe.

Sie tat mir wahnsinnig leid! Was hieß um Gottes willen, meine Großmutter hätte ganz recht gehabt? Was hatte Ulmi da womöglich angerichtet? Vor ein paar Wochen erst hatte ich Jenny zu ihr geschleppt, weil sie so schrecklich neugierig auf die interessante alte Dame gewesen war. Mußte ich das jetzt bereuen? »Hast du schlimme Schmerzen?«

»Jetzt gar nicht mehr. Vorhin hab ich noch gedacht, er hätte mir die Nase gebrochen. Der Arzt hat gesagt, das sähe nur so aus. Weißt du, das Üble ist – morgen hätte ich Probeaufnahmen gehabt! Die suchen eine Person für so eine tägliche Serie, ne ledige Mutter, ganz seriös, endlich mal keine Nutte oder so was … Na ja, das wußte Raoul natürlich. Er hat ja auch, während er auf mich eingekloppt hat, immer gesagt, daß er mir die Visage ein für allemal versauen wird, damit ich nur noch Klos putzen kann …«

»Was für fromme Wünsche!« Ich rührte seufzend Honig in den Yogi-Tee. Früher hatte es niemals einen Zweck gehabt, Jenny zur Gegenwehr zu raten. Weder sprühte sie ih-

190

rem Liebsten Reizgas ins Gesicht, noch ging sie zu einem Rechtsanwalt, um sich ihren Verdienstausfall von Raoul bezahlen zu lassen. Sie kehrte nur, sobald sie wieder kriechen konnte, zu ihm zurück.

Als hätte ich es ausgesprochen, nuschelte Jenny: »Ich geh nie wieder zu diesem Mann zurück. Gut, daß mir deine Ulmi den Rücken gestärkt hat. Tina, er hat mich rausgeschmissen, er hat mich in den Hausflur getreten und mir meine Kleider und den Koffer hinterhergeworfen ...«

Jenny hatte offensichtlich ganz andere Vorstellungen von einem gestärkten Rücken als ich: »Moment mal! Was heißt: er – dich?! Das ist doch deine Wohnung, soviel ich weiß! Der Mietvertrag läuft auf deinen Namen ... Du hast damals den Makler und die Kaution bezahlt ... Du hast vor einem Jahr alles renoviert ... Verdammt noch mal, ich habe mit diesen meinen sensiblen Künstlerhänden auch noch ein paar Wände getüncht – das hab ich doch nicht für diese toupetgekrönte Mutation gemacht!«

»Laß doch«, sagte Jenny großzügig. »Ich such mir was anderes. Hauptsache, ich bin ihn los. Ich fang noch mal ganz von vorn an ...«

Eigentlich fand ich das ja großartig. Was mich ein bißchen nervös machte, war nur die Tatsache, daß dieser Neuanfang ausgerechnet in meiner Wohnung stattfand. Sicher würde Jenny versuchen, eine eigene Bleibe zu finden. Aber sie war so gar nicht gewohnt, allein zu sein. Zuerst hatte sie mit ihrer großen Schwester zusammengewohnt. Dann mit dem blöden Regisseur. Und schließlich mit Raoul. Dann fiel mir noch etwas ein:

»Was ist denn mit deinen Möbeln?«

Jenny winkte ab: »Die lass ich ihm. Was soll's?« Sie blickte sich um. »Du wohnst doch selber fast ohne Möbel ...«

»Jennylein, fast ohne Möbel und ganz ohne Möbel ist zweierlei. Wo willst du deine Klamotten hinhängen? Worauf willst du schlafen? Wovon willst du essen?«

Jenny seufzte. »Ich kauf mir einfach auch ein Bügelbrett. Und ich werd Lotto spielen und so was. Rein astrologisch müßte ich zur Zeit gerade eine Glückssträhne haben.«

Ich betrachtete zweifelnd die Riesenwunde zwischen ihren Ohren, dem Kinn und dem Haaransatz. Wie ein typischer Glückspilz sah sie eigentlich nicht aus.

10.

Ein Geburtstag im Mai

Am Wochenende darauf machten Carla und ich zusammen einen Schönheitstag. Jenny traute sich noch nicht vor die Tür mit ihrem Boxergesicht, und Beate tat immer noch so, als hätte sie mit uns dreien selten und nur gezwungenermaßen zu tun gehabt.

Wir tranken Liter von Kräutertee und Gemüsesaft, arbeiteten uns stöhnend auf Carlas Dachgarten durch eine interessante neue Gymnastik aus einer Illustrierten, sonnten uns und knusperten eine Waschschüssel voller Salat mit Sprossen. Zwischendurch rauchte Carla verschämt und gierig ihre Zigaretten, den Rauch nur in Windrichtung vom Dachgarten pustend. Wir waren so aktiv, daß wir praktisch nicht dazu kamen, miteinander zu reden. Das wollten wir uns für die Entspannungsphase am Nachmittag aufheben.

Schließlich fuhren wir mit dem Fahrstuhl in den Keller, beide in Bademänteln, Kur in die Haare geknetet, Saunatücher über dem Arm. Ich freute mich auf den leise gluckernden Pool, der von oben und unten beleuchtet war und normalerweise menschenleer.

»Wegen Wartungsarbeiten geschlossen«, verkündete uns ein Pappschild, das jemand außen an die Tür zum Pool- und Saunaraum geklebt hatte. Carla wollte es nicht glauben und riß fast die Türklinke ab. »Was für eine Unverschämtheit! Und das am Wochenende! Wozu zahle ich eigentlich diese Irrsinnsmiete?! Ich will in die Sauna!« Sie rüttelte noch eine Weile, dann stampfte sie mit der Gummisandale auf und sagte grimmig: »Wir fahren jetzt ins Sunny-Fitneßcenter!«

»O nein!« Ich verschränkte mein Saunatuch vor dem Bauch. »Du weißt, ich geh in keine öffentliche Sauna! Dazu bin ich viel zu prüde! In der Sauna will ich mich entspannen, und ich kann mich nicht entspannen, wenn nackte Mannsbilder rumrennen. Dazu bin ich nicht unschuldig genug. Das regt mich auf …«

Carla zog mich am Bademantelärmel hinter sich her zum Fahrstuhl. »Bist du nun zu prüde oder zu verdorben? Das kannst du mir nicht antun, Tina! Du warst auch schon mal mit Beate im Sunny, das weiß ich ganz genau …«

»Sogar zweimal. Die ganze Lehrerclique treibt sich da rum. Daher stammt ja meine Abneigung. Ich bin geschädigt! Werner Wehrmann ohne alles ist ein Anblick zum Steinerweichen … Und dauernd trifft man Leute, die man von Beates Partys oder aus Beates Schule kennt, und mit denen man per Sie ist und die man bloß in voller Montur gesehen hat – nur, weil ihnen plötzlich ein rosa Gürkchen zwischen den Beinen baumelt, kann man sie doch nicht auf einmal duzen! Also, ich hab Probleme damit … Außerdem haben wir Haarkur auf dem Kopf …«

Carla schloß ihre Wohnungstür auf, rannte hinein und begann sich anzuziehen. »Wir binden uns Tücher um – Tina, ich versprech dir, wenn Werner wirklich da ist oder einer, den wir kennen, dann hauen wir wieder ab, ja? Da ist bestimmt nicht viel los heute, dazu ist zu schönes Wetter! Los, komm, sei kein Spielverderber!«

Das Sunny-Fitneßcenter war erfreulicherweise tatsächlich ziemlich leer. Wenn auch natürlich nicht so leer wie Carlas schöner Poolraum im Keller. Ich spähte mißtrauisch unter meinem Haarkur-Verdecktuch hervor. Um diesen Pool –

mit Mini-Wasserfall – herum stehen Liegestühle und Strandkörbe zwischen Riesenpalmen in Riesenkübeln. Ich konnte kein bekanntes Gesicht entdecken. Und auch sonst keinen bekannten Körperteil. Also gingen wir in die Umkleidekabine und entblätterten uns.

Kaum hatte Carla ihren Bademantel abgelegt, begann sie sich selbst angewidert in die Hüften zu kneifen und behauptete: »Guck mal – alles Fett und Cellulitis! O Gott, ich sollte was tun! Ich sollte *jeden Tag* Gymnastik machen und mich trockenbürsten und all das. Und nach dem Baden oder Duschen eiskalt abbrausen, damit mein cellulitisches Gewebe besser durchblutet wird. Aber ich sterbe, wenn ich kalt dusche!«

»Du mußt einfach das Zauberwort sagen.«

»Das Zauberwort?«

»Huschelbuschel. Wenn du beim Kalt-Duschen immer Huschelbuschel vor dich hin sagst, dann macht es überhaupt nichts mehr aus. Ganz bestimmt – ich hab es selbst probiert.«

»Huschelbuschel?« Carla öffnete die Saunatür. »Na ja, solange mich keiner hört ...«

Ich konnte es kaum glauben: Die Sauna war leer. Wir machten es uns auf den unteren Holzbänken bequem. »Das ist wirklich fast wie in meinem Keller!« freute sich Carla. »Siehst du, niemand bringt dich in Verlegenheit. Jetzt erzähl, was hat denn diesen Mistkerl dazu gebracht, Jenny fast zu massakrieren?«

»Ulmi hatte ihr geraten, stark und aktiv zu sein – nicht immer Opfer und passiv. Dann hat Jenny eine Telefonnummer in Raouls Anzugtasche gefunden und da stark und aktiv angerufen. Eine weibliche Stimme war dran, und Jenny hat losgeheult und ihr erzählt, daß sie schon lange mit Raoul zusammen ist und daß er ständig fremdgeht und daß sie es überhaupt nicht mehr aushält. Die weibliche Stimme hat sie getröstet und gesagt, sie hätte gar keine Absichten auf Raoul. Sie ist die Besitzerin von einem kleinen Theater in so einem Ostseebad. Raoul sollte bei ihr nur die Kulisse für irgendein klassisches russisches Landhausstück machen. Sie war unglaublich nett, sagt Jenny.«

»Das klingt doch sehr positiv.«

»Sie war leider zu nett. Nach dem Gespräch mit Jenny fand sie Raoul nur noch ekelhaft. Sie hat ihm den Job wieder weggenommen und ihm auch noch an den Kopf geschmissen, er wäre ein Widerling, so eine sympathische Frau wie Jenny zu betrügen. Da war er natürlich sauer auf Jenny. Er hat gebrüllt, wenn sie seine Karriere kaputtmachen wolle, dann würde er ihre auch kaputtmachen. Und dann hat er ihr Gesicht zermanscht.«

»War sie beim Arzt?«

»Ja, noch bevor sie zu mir kam. Knochen sind nicht kaputt, aber es werden vielleicht Narben bleiben. Jenny sagt, sie will warten, wie es aussieht, wenn es verheilt ist. Vielleicht läßt sie es dann abschleifen, mit Laser.«

»So was ist doch erzteuer!« empörte sich Carla.

»Sie spielt Lotto.«

»Na, dann ... Was meinst du – wie lange bleibt sie jetzt bei dir wohnen?«

»Ich weiß nicht. Im Moment macht es Spaß. Ulmi hat uns eine Matratze vermacht, da liegt Jenny nachts mitten im Zimmer und tagsüber stockt sie unser Sofa auf«, beschrieb ich.

»Jenny?«

»Quatsch, die zweite Matratze.«

Carla hatte eine Idee: »Könnte Jenny nicht bei deiner Ulmi wohnen? Die hat doch Platz genug.«

»Das geht deshalb nicht, weil die Verkehrsverbindungen so

schlecht sind. Bloß Busse, und die fahren ziemlich selten. Falls Jennys Agent plötzlich anruft und sie zu einem Casting muß, haben die längst jemand engagiert, bevor sie eintrifft.«
»Na und? Sie spielt doch Lotto.«
»Daran hatte ich nicht gedacht.«
Später amüsierten wir uns noch im römischen Dampfbad, schwammen mehrfach in dem schönen Pool und sonnten uns sogar auf dem Sonnendeck. Zum Abschluß gönnten wir uns eine Quarkfruchtspeise. Wir machten es uns mit den Bechern in einem der Strandkörbe bequem, ziemlich erschöpft nach diesem anstrengenden Tag, löffelten verträumt und lauschten der leisen Hawaiimusik. Aus irgendeinem Grund – vielleicht wegen Wartungsarbeiten? – hörte die plötzlich auf. Gleichzeitig konnten wir eine leise, sehr diskrete Männerstimme irgendwo hinter uns hören: »... so etwas hab ich noch nie erlebt, das kann ich dir versichern! Das war auf der großen Silvesterfeier bei Jobers. Wehrmann kam natürlich mit Beate. Er war schon angetrunken, glaube ich.«
Carla und ich wechselten einen Blick. Wir verhielten uns ganz ruhig.
Woher kannte ich diese kultivierte, versnobte Stimme?
»Da waren ein paar ziemlich ordinäre Mädels, ich weiß nicht, woher Jobers die kannte ... Eine vor allem, eine üppige Blonde, hat sich sofort in einen Flirt mit Wehrmann gestürzt, und er ging bereitwillig darauf ein. Ich habe mich möglichst taktvoll um Beate gekümmert ... Dann kam Mitternacht, wir haben uns alle zugetrunken – und Wehrmann war weg! Verschwunden! Ich wollte Beate beruhigen, aber sie ist nervös durchs ganze Haus ...«
Jetzt sprach er doch sehr viel leiser. Carla und ich spitzten die Ohren.

197

»Wir öffnen also eine Tür, ohne uns Böses zu denken, da spielt unser Werner doch gerade den amerikanischen Präsidenten! Blondie kniet vor ihm, voll dabei, und zwar so in Fahrt, ob du's glaubst oder nicht, daß sie nicht aufgehört hat, obwohl sie gehört haben muß, daß die Tür ging! Er hat das übrigens auch gehört und sogar den Kopf gedreht. Mich hat er nicht gesehen, weil ich hinter Beate stand. Er hat sich aber keinen Zentimeter bewegt. Na, und da sagt der doch zu seiner Frau – in einem ganz empörten Ton, als hätte sie sich wer weiß wie beklagt, dabei hat die keinen Piep rausgekriegt –, sagt der also: ›Das bildest du dir doch alles bloß wieder ein, Beate!‹ Hast du schon mal so was Freches gehört?«

Wir erfuhren nicht, ob der Gesprächspartner schon mal so was Freches gehört hatte, denn genau in diesem Augenblick wimmerte die Hawaiimusik wieder los.

Carla und ich starrten uns mit großen Augen an.

Hinter uns knarrte das Korbgeflecht. Ich schielte vorsichtig um unseren Strandkorb herum und erkannte den Erzähler nun, der gerade gesittet in den großen Pool stieg: Schulleiter Norbert Finn war das, natürlich. Er brachte mein moralisches Empfinden nicht durch irgendwelche nackten Tatsachen in Bedrängnis; er trug fast knielange Badeshorts in einem zur Hawaiimusik passenden Blumenmuster.

Carla und ich schummelten uns auf Schleichwegen zwischen den Kübelpalmen hindurch zur Umkleidekabine, fönten in Rekordzeit unser Haar halbwegs trocken, fuhren unzureichend abfrottiert in die Kleider und hetzten aus dem Sunny-Fitneßcenter, bevor Finn wieder an Land kam. Die Becher mit der halben Quarkfruchtspeise hatten wir einfach im Strandkorb stehen lassen. Auf der Rückfahrt schüttelte Carla den Kopf und murmelte: »Hätten wir ihr doch nie zu einer Anzeige geraten!«

Ich nickte bekümmert. »Carla – ich glaube, Beate will unter keinen Umständen, daß wir davon was wissen! Sie war drauf und dran, es mir am Neujahrsmorgen zu erzählen, aber dann ist es dazu nicht mehr gekommen, und jetzt bereut sie schrecklich, daß sie auch nur was angedeutet hat.«

»Wieso bloß?« wunderte sich Carla.

»Weil sie mit diesem Mann zusammenbleiben will – ja, warte doch mal, mich ärgert das auch, aber wir haben gut reden, so von außen! Beate hängt an den Kindern, und die Kinder hängen an Werner. Fedor ist noch so klein – dem tut das womöglich wirklich was, wenn Mami und Papi jetzt auseinandergehen. Jedenfalls ist es ihre Entscheidung, nicht darüber zu reden, und die sollten wir respektieren. Also, was wir da eben gehört haben – am besten gleich wieder vergessen. Und bitte, erzähl's bloß keinem, auch nicht Jenny! Niemandem! Du hast ja eben gesehen, durch was für verrückte Zufälle Gerede rumkommen kann.«

Carla nickte und fuhr eine Weile schweigend weiter. Dann begann sie plötzlich, zu kichern. Allmählich wurde ihr heiseres Gegurgel daraus. Sie konnte sich gar nicht beruhigen.

»Was ist denn mit dir los?« fragte ich ärgerlich. »Was ist denn *daran* komisch?«

»Alles!« brachte Carla mühsam hervor. »Sei nicht böse – aber das kann ich nicht vergessen, dazu ist es einfach zu grotesk! Dies Weib kniet vor ihm, ist voll dabei, ihm hängt wahrscheinlich die Garderobe um die Knöchel – Beatchen kommt rein, und dieser unverschämte Kerl schnauzt sie an: ›Das bildest du dir alles doch bloß wieder ein!‹ – was für ein geniales Arschloch!«

Ich starrte böse in den sonnigen Nachmittag und konnte es dann doch nicht verhindern, daß ich ebenfalls anfing, nervös zu kichern.

Der Frühling brachte eine Menge gutbezahlter Aufträge für mich. Jenny wurde ganz unruhig: »Du entwickelst dich noch zur Karrierefrau, Tina!«

So schlimm war's auch wieder nicht, aber mein Konto kam endlich mal aus den roten Zahlen, und meine Alpträume drehten sich weniger um Hunger, Lumpen und Not.

Da ich Jenny mit durchzufüttern hatte, geschah das wirklich zur rechten Zeit.

Ihr Gesicht heilte langsam ab. Eine Zeitlang wünschte sie sich: »So dick kann meine Unterlippe jetzt ruhig bleiben, guck mal, das ist sexy! Dafür lassen sich Filmstars teures Silikon einarbeiten!« Aber ihr Mund tat ihr nicht den Gefallen und schrumpfte nach und nach auf sein ursprüngliches Volumen zurück.

Natürlich sprachen wir viel – vor allem über ÜOs. Jenny glaubte, daß ich mir Olli zu schnell weggewünscht hätte. »Du hast unterschwellig ein schlechtes Gewissen, Tina.«

»Ich hab kein schlechtes Gewissen, Jenny!« widersprach ich.

»Ich sage doch auch nur: unterschwellig. Unbewußt. Du verdrängst es.«

»Nein. Warum sollte ich?«

»Weil du keine Schuldgefühle haben willst«, erklärte Jenny geduldig.

»Schuldgefühle? Verdammt noch mal, Olli ist nicht von mir verlassen worden, er hat mich verlassen … Falls man bei einer so kurzen Beziehung überhaupt davon reden kann. Es war schließlich nur ein Two-night-stand. Begreifst du? *Er* müßte die Schuldgefühle und das schlechte Gewissen haben! *Er* ist abgehauen …«

»Ja, aber doch deshalb, weil du ihn weggewünscht hast. Also liegt die Schuld bei dir. Hast du dir eigentlich auch diesen Christopher weggewünscht?«

»Christoph. Nein, hab ich nicht«, knurrte ich.

»Na, ich meine nur, weil du ja auch, von außen gesehen, nicht weiter traurig gewesen bist, als es aus war. Weniger als bei Jack …«

»Ich begreife nicht, was du willst. Sollte ich diesen Männern hinterherweinen? Die waren alle nicht so phantastisch …«

»Du hast Männern gegenüber nicht viel Gefühl, glaube ich«, meinte Jenny in traurigem Ton.

»Ulmi sagt, man muß zwischen Gefühlen und Emotionen unterscheiden. Hat sie dir das nie erzählt? Ich glaube, du sprichst von Emotionen – diese Empfindungen aus dem Bauch, die einen umhauen und die man nicht unter Kontrolle kriegt.«

»Das ist schon möglich. Warum hast du so was nie? Das ist doch nicht normal …«

»Ich habe meine Emotionen eben unter Kontrolle.«

Jenny sah mich lange an. Schließlich sagte sie: »Du kommst mir vor wie jemand, der beim Reiten nicht stürzt, weil er nie einem Pferd in die Nähe kommt. Oder als ob du behauptest, du würdest nicht ertrinken, und dabei gehst du nie in die Nähe von Wasser. Sei nicht böse, Tina, aber ich glaube, du kannst deine Emotionen nicht unter Kontrolle haben, einfach, weil du sie noch nie zugelassen hast.«

»Ja, vielleicht«, antwortete ich. »Wer weiß. Wahrscheinlich sollte ich sie einfach mal zulassen.«

Jenny machte sich voll Eifer nützlich. Sie kochte beispielsweise – »Tut mir leid, Tina, ich hab diese blöde Talkshow gesehen und ganz vergessen, daß ich das Zeug aufgesetzt hatte. Wir tun einfach Essig in den Topf, dann wird er wieder wie neu!« –, sie kaufte ein – »Guck mal, ist das nicht goldig? So eine kleine Vase kann man immer gut brauchen, ich glaube, sie war sogar ein bißchen herabgesetzt!« – und sie räumte auf. »Das waren Radiergummis? – Ach du lieber Himmel, ich hab das für alte Kaugummis gehalten. Den Müll hab ich leider schon runtergebracht.«

Manchmal gab es kurze Augenblicke, in denen ich mich fragte, ob es eigentlich wirklich so schwer zu verstehen war, daß Raoul sie verhauen hatte. Ihre Ungeschicklichkeit auf vielen Gebieten – zum Beispiel auch, wenn sie mir half, mein Seelenleben zu beackern grenzte ans Fabelhafte. Aber im allgemeinen macht es Spaß, mit ihr zusammenzuwohnen, sie war meine alte Jenny, und ich freute mich, sie bei mir zu haben.

Der Mai kam mit herrlichem Wetter, und meine Aufträge versiegten. Jenny sah wieder hübsch aus, bekam bessere Laune und versorgte sich auf meinem Küchenbalkon mit zarter Bräune. Sie plante, in den nächsten Tagen zu ihrem Agenten zu gehen und zu zeigen, daß sie für neue Aufgaben bereit war. Da erhielt sie einen Brief von ihrer Schwester – an die hatte sich Jennys Vermieterin gewandt, weil sie nicht wußte, wo Jenny steckte. Diesen Monat, klagte die Vermieterin, sei die Miete nicht termingerecht bezahlt worden. Sie habe seit Wochen keinen der Mieter erreicht und mache sich Sorgen. Kontonummer siehe Briefkopf.

Jenny weinte und versuchte, sich mit meinem Eierlikör zu betrinken. Wo sollte sie denn das Geld für die Miete hernehmen – sie suchte doch selbst eine Wohnung? (Ganz abgesehen davon, daß sie restlos pleite war.) Jenny war davon ausgegangen, daß Raoul, da er ja wohnen blieb – noch dazu mit ihren Möbeln! – die Miete überweisen würde.

Ich wollte an diesem Nachmittag zu Ulmi und stopfte die traurige Jenny in mein Auto.

Meine Großmutter, David, Heidrun und Safran saßen auf

Ulmis Terrasse unter blühenden Obstbäumen beim Tee, als wir ankamen. Safran hockte auf Ulmis Schulter wie ein Hexenkater und warf dem Schwein mißtrauische Blicke zu, das seinen Kopf auf Davids Knie gelegt hatte und zärtlich zu ihm aufblinzelte. Da Heidrun eine breite weiße Seidenschleife um den Hals und Kuchenkrümel im Gesicht trug, da in der Torte auf dem Tisch drei brennende Kerzen steckten und im Zuckerguß noch ... lichen ... kwunsch ... zu lesen war, schüttelte ich ihr das borstige rechte Vorderbein und gratulierte zum Geburtstag. Jenny bedanke sich bei Ulmi noch einmal überschwenglich für den Tip, stark und aktiv zu sein. Sonst wäre sie Raoul immer noch nicht los! Ich holte uns Tassen und Teller aus Ulmis Küche, und wir feierten mit. Jenny war ganz perplex über die gepflegte Haussau.

»Wie alt wird denn eigentlich so ein ...« – sie zögerte vor der diskriminierenden Bezeichnung Schwein –, »... so ein Tier?«

David streichelte Heidruns Kopf. »Das ist eine interessante Frage. Das wollte ich auch mal wissen. Ich habe einen Tierarzt gefragt. Der glaubte, so ungefähr acht Jahre. Dann fragte ich einen Zoologen. Der vermutete, um zwölf Jahre. Alle beide waren recht erstaunt über die Frage an sich.«

»Wieso?«

»Weil ein Schwein normalerweise genau so lange lebt, bis man es schlachtet.«

»Oh!« machte Jenny betroffen. Wir alle musterten Heidrun schuldbewußt.

David gab ihr noch mehr Torte, vor allem die Marzipanverzierung. Sie schmatzte zwar laut, aß aber sonst zierlich aus der Hand. David fuhr fort: »Ich hab sie als winziges Ferkelchen gekriegt. Das sollte ein Witz sein. Ich weiß nicht, was die Leute sich dachten, wohin ich sie hinterher wohl tun würde. Wahrscheinlich haben sie nicht weiter darüber nachgedacht. Alle fanden es seltsam, daß ich sie behalten habe. Ein Schwein gehört entweder in den Stall oder auf den Ladentisch. Als Heidrun noch klein war, hatte sie Probleme mit den Zähnen, und ich konnte keinen Tierarzt erreichen. Also hab ich in verschiedenen Büchern nachgeguckt, im Lexikon, in einem sogenannten ›Leitfaden der Tierkunde‹. Alles, was ich gefunden habe, waren Sachen, wie: ›Das Schwein ist einer unserer wichtigsten Fleischlieferanten. Das wohlschmeckende Fleisch wird frisch oder geräuchert verzehrt, Blut, Leber und andere Teile zu Wurst verarbeitet. Oberschenkel und Rücken liefern Schinken und Speck.‹ Also im Prinzip – Schwein: siehe Kochbuch. Allerdings kann man, wenn man was über Schweine wissen will, auch noch lesen: ›Die Borsten dienen der Herstellung von Bürsten und Pinseln, die Haut liefert gegerbt haltbares Leder.‹ Was ich gegen ihre Zahnschmerzen hätte tun können, außer sie auf der Stelle zu schlachten, hab ich nie erfahren. Ich hab ihr damals einen Schal um den Kopf gebunden mit Schleife oben.«

»Sie hat bestimmt ausgesehen wie Miss Piggy!« vermutete Jenny. »An die erinnert sie mich überhaupt ...«

»Nein«, widersprach David, »Heidrun ist weniger exaltiert und viel gutmütiger.«

Bei exaltiert und gutmütig fielen mir Raoul und Jenny und das Wohnungsproblem ein. Hatten Ulmi oder David gute Ratschläge? »Sie sollten unbedingt mit Ihrer Vermieterin sprechen!« sagte David zu Jenny. »Eventuell müssen Sie diesen Mann sogar anzeigen – denn sonst haften Sie für alles, was in der Wohnung geschieht, für die Miete sowieso, wenn der Mietvertrag auf Ihren Namen lautet. Vielleicht finden Sie ja auch einen Nachmieter. Wenn Ihr Freund die Miete nicht bezahlt, muß er ausziehen ...«

Jenny guckte traurig. »Ich hatte gehofft, es geht im guten«, erklärte sie.

»Im guten!« regte ich mich auf. »Du hast vor drei Wochen noch ausgesehen wir vor einen Laster gelaufen! Ich hatte Bedenken, ob du das Ganze überlebst! Wieso soll es denn für Raoul unbedingt im guten abgehen??!«

»Du hast ja recht ...«, seufzte Jenny und zupfte ihren Rock von den Knien, denn sie flirtete mit David und teilte mir später auf der Rückfahrt mit, er sei eine starke Persönlichkeit und überaus intelligent, hätte einen schönen Kopf, und das bißchen Körperfülle störe kaum.

Nachdem wir gemeinsam die Torte verputzt hatten, trug David seinen schönen Kopf und das bißchen Körperfülle zurück in sein Haus, Heidrun zottelte hinterher, und Jenny konnte sich von Ulmi ÜO-mäßig beraten lassen. Ulmi erklärte, daß es für Jenny sehr wichtig sei, sich klar darüber zu sein, was sie wollte und was sie nicht wollte, und das auch jeweils auszusprechen. Sie sei das typische Opfer und ziehe Täter an. Jenny nickte deprimiert, pickte sich Reste vom Zuckerguß vom Tortenteller und murmelte schließlich, jetzt werde der Mann ihres Lebens sowieso bald auftauchen, denn sie sei mitten in einer Glücksphase.

»Was soll ich der Vermieterin denn bloß sagen?« fragte sie auf der Rückfahrt. Das war, bevor sie anfing, mir von Davids Reizen zu erzählen »Findest du nicht auch, daß das ein ganz toller Mann ist?«

»Er ist sehr sympathisch«, stimmte ich zu.

Ein weiterer sympathischer Mann begegnete uns im Treppenhaus, als wir zu Hause waren: Olli Nickels, hinter ihm eine kleine, mollige Frau mit kurzem Wuschelhaar (zweifellos die unvergleichliche Jutta!) und Mäxchen, klein, drahtig und mit pfiffigen braunen Rosinenaugen. Olli guckte verlegen, sobald er uns erblickte, stellte aber tapfer vor: »Meine Frau Jutta – jedenfalls demnächst wieder – und Max, das ist meine Nachbarin Tina und ihre Freundin Jenny. Die ist Schauspielerin, ich hab sie in einem Theaterstück gesehen, im Winter …«

Jutta Nickels betrachtete uns mit arglosem Gesicht, Olli hatte wohl klugerweise auf große Geständnisse verzichtet. Dafür wirkte Olli alles in allem ein wenig düster, und er erklärte auch, warum: »Der Nachmieter, den ich eigentlich schon hatte, ist wieder abgesprungen, ich werde noch verrückt! Jetzt muß ich noch zwei Monate die Miete hier zahlen! Eine neue Wohnung haben wir auch noch nicht, meine Schwiegermutter kann das gar nicht mehr so gut ab, daß wir immer noch bei ihr wohnen. Es ist zum Verzw …«

Hier bemerkte er meine kugelrund aufgerissenen Augen und verstummte erschrocken.

»Olli! Jenny! – Ich weiß – ich hab – O Gott, das paßt doch phantastisch …«

Ich hüpfte im Treppenhaus auf und ab. »Versteht ihr das denn gar nicht?«

Gleich darauf fuhren wir in wilder Hatz an der Außenalster entlang nach Eppendorf und hielten vor der Tür des düsteren alten Schnörkelkastens.

»Wie hübsch! Das gefällt mir!« rief Frau Nickels anerkennend, sobald sie ausgestiegen war.

»Hoffentlich ist Raoul wirklich noch weg!« flüsterte Jenny, während sie mit zitternden Fingern die Tür aufschloß.

Mäxchen Nickels war ganz hin und futsch von dem ausgestopften Iltis, und Jenny schenkte ihm das Tier, obwohl seine Eltern entsetzt abwehrten.

»Was für schöne, große Räume!« rief Jutta und zog rücksichtslos die Samtvorhänge weit auf, daß es staubte. »Mensch, ich glaube, da passen unsere Jalousien dran!« Sie lief in den nächsten Raum. »Dies hier wird das Kinderzimmer!« stellte sie fest. Olli nickte bewundernd und voller Einverständnis und sagte stolz: »Jutta hat einen Blick für so was!«

»Gehört der kleine Garten dazu?« freute sich Jutta, und: »Wow, ist das ne riesige Küche! Die schönen alten Kacheln! Das ist ja traumhaft!«

Jenny packte bei der Gelegenheit mehrere Tüten und Beutel mit ihrem Hab und Gut voll. Wir fuhren wieder zurück, setzten uns alle in meine Wohnung, tranken Mocca (Mäxchen Saft) und beratschlagten.

Wir faßten folgende Pläne und führten sie auch aus:

1. wurden die beiden Vermieterinnen von dem Wohnungstausch informiert. Sie waren beide einverstanden, vor allem die Vermieterin von Jenny war entzückt, als Olli ihr anbot, ihr die Miete für den Mai noch am selben Abend in bar vorbeizubringen.

2. Die Umzüge sollten gleich am nächsten Tag stattfinden, Olli hatte drei super Kumpels, und der Kumpel, der am meisten super war, besaß einen Kleinlaster. Die anderen würden für eine Kiste Bier bestimmt schleppen helfen.

3. Eigentlich gehörten fast alle Möbel Jenny, aber die bekam sie nicht samt und sonders in die Einzimmerwohnung mit den schrägen Wänden. Deshalb verkaufte sie einen Teil davon an Olli und Jutta. Immer, wenn Olli meinte, das brauchten sie doch nicht unbedingt und das würde zu teuer, widersprach Jutta: »Mutti gibt bestimmt was dazu, wenn wir bloß endlich ausziehen …«

4. Würde alles, was Raoul gehörte, in einer Garage untergebracht werden, die einem von Ollis Superkumpels gehörte und sowieso nur für Gerümpel da war.

5. Wollten Olli und Jutta noch am selben Tag, an dem sie

einzogen, das Türschloß auswechseln lassen. Und das Türschild selbstverständlich auch. Sie besaßen nämlich noch ein schönes buntes aus Keramik, aus der Zeit ihrer Ehe, auf dem stand: *Jutta, Oliver und Maximilian Nickels.*

Jenny wollte unbedingt noch mal in die Wohnung gegenüber, obwohl die ja praktisch wie meine aussah, nur spiegelbildlich. Wir kamen alle mit. Es war so ungemütlich wie in jeder leeren Wohnung, aber Jenny war glücklich, richtete in Gedanken ein, freute sich, daß sie im Zimmer Abendsonne haben würde und auf dem Balkon Vormittagssonne und umarmte uns alle abwechselnd.
Ich fühlte mich ein bißchen komisch, als ich mit Olli und seiner ahnungslosen Jutta in dem Zimmer stand, in dem er mir Nickel, klein, aber emsig vorgestellt hatte. Die Erinnerung würde bestimmt schnell verfliegen, wenn Jennys Möbel erst eingezogen waren.
Dann trennten wir uns, denn morgen war Umzug, wir mußten früh aufstehen und Olli noch seine Kumpels alarmieren.
Zwei Tage später packten Jenny und ich aus und stellten um und putzten und räumten auf. Weil sie mein Türschild so schön fand, malte ich ihr auch eins, mit Schmetterlingen. Ollis hellblauen Briefkasten durfte sie behalten, und sie übernahm auch seinen Telefonanschluß. Der erste Anruf, den sie tätigte, ging an ihren Agenten, der sofort losschrie: »Wo bist du bloß gewesen? Ich habe eine phantastische Rolle für dich – ich war gerade drauf und dran, sie der Pohlmann zu geben!«
»Siehst du«, sagte Jenny verträumt, als sie auflegte, »ich habs doch die ganze Zeit gesagt: Jupiter im Trigon zu ganz vielen Planeten, die ich habe …«
»Wieso hast du Planeten?«

»Im Horoskop«, erklärte Jenny. Sie schaute mit weichem Lächeln aus dem Fenster. »Ach, es ist alles so wunderschön. Daß alles so gut geklappt hat! Daß wir jetzt nebeneinander wohnen! Das verdanke ich alles deiner Großmutter, dieser phantastischen Frau ...« Ich verzichtete darauf, sie daran zu erinnern, daß die Idee des Wohnungstauschs auf dem Mist von Ulmis phantastischer Enkelin gewachsen war.

»Aber Tina – wenn ich daran denke, wie der arme Raoul irgendwann demnächst nach Hause kommt, und dann paßt sein Schlüssel nicht, und dann sieht er das Türschild von Nickels ... Der muß doch denken, er ist in einem Alptraum!«

»Er hätte vor dem Einschlafen eben nicht so viel Unverdauliches essen sollen«, sagte ich mitleidslos. Dann fiel mir ein, daß ich lieber mitleidsvoll sein sollte, um mein Level zu verbessern, und ich fügte halbherzig hinzu: »Es wird schon nicht so schlimm werden. Wenn er klingelt oder die Tür einschlägt oder die Feuerwehr ruft, wird Olli ihn schon aufklären. Er muß Raoul ja auch sagen, wo sein Plunder geblieben ist.«

»Glaubst du, er wird böse auf mich sein?«

»Wahrscheinlich auch nicht böser als vorher«, beruhigte ich sie. »Komm, wir gehen rüber zu mir und ich mach uns Reis mit Kräuterrührei.«

»Ob Beate eigentlich inzwischen die Buchung für unsere Griechenlandreise gemacht hat?« fragte Jenny sich und mich, während sie ihr Rührei aß.

Richtig! Daran hatte ich überhaupt nicht mehr gedacht. Seit Carla und ich im Fitneßcenter die grausigen Erlebnisse der Wehrmanns in der Silvesternacht zu hören bekommen hatten, dachte ich dauernd darüber nach, wie ich mit Beate reden könnte. Ich wollte ihr gern vermitteln, daß ich sie nie wieder fragen würde, was passiert sei. (Ohne hinzuzufügen, weil ich's nun bereits wüßte.)

Ich rief sie am nächsten Tag an, bezog mich nur auf die Reise und verabredete mich mit ihr für den Nachmittag zum Eisessen am Bootsanlegesteg. Jenny würde bei ihrem Agenten sein, und das war mir ganz lieb, ich wollte gern allein mit Beate reden. Sie wirkte am Telefon weder herzlich noch förmlich, sondern irgendwas dazwischen. Jedenfalls ganz anders als früher. Immerhin war sie bereit, sich mit mir zu treffen.

Sie trug ihre gewöhnlichen kurzen Locken, ihre gewöhnlichen Jeans mit losem Hemd darüber – aber irgend etwas war anders. Nach einer Weile entdeckte ich, daß sie leicht (und sehr vorteilhaft) geschminkt war. Getuschte Wimpern, ein wenig Rouge auf den Wangenknochen und Perlmuttlipgloss. Außerdem trug sie Ohrringe, große Kreolen.

»Du hast dir die Ohren durchpieksen lassen?« fragte ich verlegen. Ich kam mir vor wie eine alte Tante, die anmerkt: Du bist aber gewachsen!

»Ja, schon vor einer Weile«, antwortete Beate. Sie bestellte auch Eiskaffee, lehnte sich zurück und betrachtete die Segelboote auf der Alster. Ich witterte verblüfft, daß sie neuerdings ein Parfum benutzte. Unsere saubergeschrubbte, stets natürliche Beate! Ich hätte zu gern gefragt, was passiert war.

»Ja, also unsere Griechenlandreise …«, fing sie selbst an. »Die hab ich gebucht, wie wir das abgemacht hatten, ich hatte ein Drittel angezahlt. Ich hab auch eine Rücktrittsversicherung gebucht, man weiß ja nie, die kostet nicht viel. Und gerade gestern hat sich herausgestellt, daß ich ausgerechnet Ende der Ferien – also Ende Juli – ein wichtiges Seminar mitmachen kann über verhaltensgestörte Kinder, in der Schweiz. Und das bedeutet leider, ich kann nicht mit

nach Rhodos. Es wäre also nett, wenn ihr mir die Anzah-
lungssumme rückerstatten würdet. Warte mal, ich habs irgendwo notiert ...«

Sie wühlte in ihrer Handtasche und hielt mir die Quittung
des Reisebüros unter die Nase. Ich schrieb ihr einen Scheck
über die Summe, sie steckte den Scheck ein, alles sehr ge-
schäftsmäßig. Nachdem ihr Eiskaffee serviert worden war,
holte sie eine flache Blechschachtel mit Zigarillos hervor
und zündete sich einen an. Sie fragte nicht mal, ob ich vielleicht auch einen haben wollte.

»Seit wann rauchst du die –?« Früher wäre es völlig normal
gewesen, Beate so was zu fragen. Jetzt hob sie sachte die Augenbrauen, als wollte sie sagen: Tz, tz, was für eine intime
Frage!

»Ich weiß nicht genau – seit Februar oder so.«

»Entschuldige, aber was sagt Werner denn dazu? Der ist
doch militanter Nichtraucher ...«

Beate lächelte kurz, nur mit dem rechten Mundwinkel.
»Wahrscheinlich hat er irgendwas dazu gesagt. Ich hab
nicht hingehört ... So, also, noch mal zu der Reise. Ich hab
im Reisebüro angekündigt, ihr würdet euch kurzfristig melden, um sie zu informieren, ob ihr nun zu dritt hinwollt
oder überhaupt nicht. Hier ist eine Karte von der Reisebü-
ro-Angestellten, mit der ich gesprochen habe. Meldet euch
da bitte, seid so nett.«

Sie schlürfte in Rekordzeit ihren Eiskaffee, schaute auf ihre
sportliche Armbanduhr und meinte: »Du, ich hab nicht
mehr so viel Zeit ...«

Nun wurde ich wütend, und wie das bei mir so ist, wurde
ich gleich ziemlich wütend. Ich sagte: »Ich begreife sowieso
nicht ganz, warum du persönlich gekommen bist. Die Sache mit dem Reisebüro hättest du uns doch auch brieflich
mitteilen und per Einschreiben schicken können!«

211

Für einen Augenblick geriet Beate aus ihrer kühlen Ruhe. Ihre getuschten Wimpern flatterten nervös. »Tut mir leid, Tina – ich glaube, wir haben nicht mehr so viel gemeinsam ...«

»Ich lach mich tot! Was haben wir denn jemals gemeinsam gehabt – außer unserer Freundschaft?«

Die Serviererin war gerade am Nebentisch. Ich zog sie am Schürzenzipfel und gab ihr einen Schein, interessierte mich nicht für das Wechselgeld, verabschiedete mich auch nicht von Beate, schnappte mir meine Handtasche und schlängelte mich in großer Eile zwischen den Tischen hindurch. Erst, als ich mein Auto aufschloß, schaute ich noch einmal zurück. Beate saß immer noch auf ihrem Stühlchen, obwohl sie ja ›nicht mehr so viel Zeit‹ gehabt hatte. Sie blickte mit gekrauster Stirn auf die Sonnenreflexe im Wasser und sah aus, als ob sie gleich losheulen würde. Ich wollte den Schlüssel, nachdem ich ihn endlich gefunden hatte, wieder einstecken, zu ihr zurück, sie umarmen und fragen, was denn bloß los sei – da hupte mich ein panischer Cabriofahrer an, der auf meinen Parkplatz lauerte und hinter dem sich bereits eine Autoschlange gebildet hatte. Also stieg ich ergeben ein und fuhr weg. Es hätte wahrscheinlich sowieso keinen Zweck gehabt. Beate war weit weg und wollte nicht erreicht werden.

Jenny wurde von ihrem Agenten sofort auf eine Riesentournee geschickt, in einem »Stück-mit-Musik«. Die Rolle hatte sie schon mal gespielt und brauchte sie nur wieder aufzufrischen. Übrigens dauerte diese Tournee bis Anfang August. Jenny konnte also auch nicht mit nach Rhodos. Es war wie bei den zehn kleinen Negerlein.

Ich half Jenny packen und erzählte ihr und Carla, die uns besuchte, wie die Begegnung mit Beate verlaufen war. Carla und ich hatten Jenny, unserer Verabredung gemäß, nie etwas über die Enthüllungen im Fitneßcenter berichtet. Während Jenny bekümmert vor sich hin murmelte: »Die arme Beate – was mag da nur passiert sein?« wechselten wir versteckt einen Blick.

Carla mußte dringend rauchen und wollte auf den kleinen Küchenbalkon, den sie schon zu Ollis Zeiten kennengelernt hatte. Aber dann hätten wir uns nicht miteinander unterhalten können. Also hängte sie sich mit ihrer Zigarette aus dem Fenster und dämpfte ihre heisere Stimme, wenn sie mit uns sprach, weil sie sonst die ganze Straße gehört hätte. »Egal, was passiert ist – Beate hat keine Lust, darüber zu reden«, meinte sie.

»Nicht nur das«, fügte ich hinzu, »sie hat nicht mal Lust, darüber nachzudenken, glaube ich.«

Carla drückte ihre Zigarette aus, warf sie lässig auf die Straße und kam auf ihren Zehn-Zentimeter-Stöckel-Sandaletten näher. Sie guckte in Jennys Koffer, sagte zu ihr: »Ich würde diese süße Bluse nicht so unter die Schuhe knautschen!« und zu mir: »Hättest du nicht etwas netter reagieren können – ich meine Beate gegenüber?«

»Hack bloß nicht auch noch auf mir rum – das tu ich selbst schon genug. Ich war eben in dem Augenblick wütend, weil sie so cool getan hat. Ulmi sagt, ich muß Nachsicht und Geduld üben. Das ist mein derzeitiges Level. Wahrscheinlich wird mein nächstes ÜO das auch von mir fordern …«

Carla und Jenny nickten verständnisvoll mit den Köpfen. Sie waren vollkommen bewandert in den Geheimnissen der Levels und der ÜOs.

»Vielleicht wird der Bösewicht in unserem Singspiel ja *mein* neues ÜO!« zwitscherte Jenny. »Bei so einer langen Tournee kommt man sich zwangsläufig näher. Er hat ganz dunkle, tiefliegende Augen, sehr dämonisch …«

»Ich hatte gehofft, du wärst für eine Weile bedient mit Bö-sewichtern und Dämonen!« mahnte ich streng.

Carla und ich entschlossen uns an diesem Abend, zu zweit nach Rhodos zu fliegen. Die Reisebüro-Angestellte nahm das zur Kenntnis, als ich sie am nächsten Vormittag anrief, bemerkte aber ironisch, die Rücktrittsversicherung laufe ja immer noch, falls wir's uns noch mal anders überlegen wür-den.

Einige Tage später rief mich ein Kinderbuchverlag an, für den ich ein Bilderbuch illustriert hatte. Sie waren von ei-nem Leser gefragt worden, ob ich vielleicht in seinem Haus ein Bild an eine Zimmerwand malen würde. Honorar Ver-handlungssache. Sie gaben mir seine Telefonnummer.

Die wählte ich und hörte erstaunt: »Zahnarztpraxis Dr. Pe-traschke, Sprechstundenhilfe Ute, guten Tag!«

Ich nannte meinen Namen und fragte, ob irgend jemand dort gern ein Bild von mir an der Wand hätte.

»Ob irgend jemand – was –?!«

»Ein Bild. An der Wand. Von Martina Conradi.«

»Sind Sie denn angemeldet?«

»Nicht, daß ich wüßte. Vielleicht sollten Sie mal Ihren Chef fragen.«

»Dr. Petraschke? Oder meinen Sie Dr. Fäustel? Der ver-tritt oft nachmittags. Der ist auch sehr gut.«

»Das freut mich. Dann fragen Sie doch einfach alle bei-de ...«

Sprechstundenhilfe Ute klang überfordert: »Moment, ich frage mal ...«

Ich wartete und ließ mir ein Liedchen ins Ohr klimpern. Dann meldete sich eine volle, warme Männerstimme: »Pe-traschke, guten Tag! Sind Sie Martina Conradi? Haben Sie die Zeichnungen zum Kleinen Botterbär gemacht?«

214

»Ja.«

»Wunderbar. Nett, daß Sie sich melden. Ich habe mein Haus kürzlich ausbauen lassen, und eine der Wände verlangt geradezu nach einem großen Bild. Da dachte ich, warum nicht ein Draufgemaltes statt ein Drangehängtes? So was hab ich mir schon immer gewünscht. Mögen Sie sich das mal angucken?«

»Ja, gerne! Wann und wo?«

»Können Sie vielleicht gleich heute abend?«

Er nannte mir seine Adresse in Klein-Flottbek: Elbchaussee!

Zwar die falsche Seite, also nicht direkt am Fluß, bemerkte ich abends, als ich aus dem Auto krabbelte. Aber um hier zu wohnen, braucht man ebenfalls etwas Kleingeld. Ich ging vorsichtig über den knirschenden Kiesweg, vorbei an weißen Laternchen, auf die entzückende weiße Villa zu. Fliederbäume und andere Blüten in rosa und weiß umbauschten sie wie kokette Locken. Die Amseln schmachteten luxuriöse Lieder.

»Heiratet Zahnärzte, Kinder!« hatte Vati immer gesagt. Vielleicht war es noch nicht zu spät, ihm diesen harmlosen Wunsch zu erfüllen. Ich hatte mich instinktiv – nach Anhören dieser interessanten Stimme – so schön wie nur möglich gemacht und kam in einem nagelneuen zartgelben Anzug daher, dem Resultat des lukrativen letzten Monats. (Na gut, aus einem Versandhaus, aber das sah man ihm wirklich nicht an!)

Als ich näher kam, drang noch ein anderes liebliches Geräusch, neben dem Vogelgesang, an mein Ohr: Im Haus kläffte es energisch und ausdauernd. Ich hob den Finger zur Messingklingel, poliert und blank wie Gold, als die Tür schon geöffnet wurde. Da stand er, der Mann meiner gewagtesten Träume, bemüht, einen wildgewordenen Rauhhaardackel zu bändigen: »Montag, nun sei doch mal ruhig, die Dame darf mich besuchen, die ist eingeladen! Entschuldigen Sie, der Hund gehört mir nicht, der ist nur heute bei mir in Pension ...«

Montag musterte mich mißtrauisch aus glänzenden dunklen Augen, beschnüffelte meine gelb-schwarz abgesetzten Ballerinas und begann dann, leutselig zu wedeln. Dr. Petraschke schüttelte mir die Hand und hieß mich willkommen. Er war atemberaubend schön. Nicht gerade riesengroß, das nicht, aber unglaublich schön.

Ich beglückwünschte mich, die flachen Ballerinas angezogen zu haben. Ein ebenfalls neues, selbstgenähtes schwarzgeblümtes Kleid hätte nämlich auch zur Diskussion gestanden für diesen Abend, und dazu hätte ich schwarze Pumps mit relativ hohen Absätzen getragen. Mir selbst ist es nicht so wichtig, ob ein Mann jedesmal mit der Stirn gegen den Pfosten rummst, wenn er durch eine Tür will, oder ob er nach oben greifen muß, um die Klinke zu erreichen – aber die Herren selbst haben da ihre eigenen Ansichten. Ich konnte öfter als einmal beobachten, wie die arglose Freundlichkeit in den Augen eines Mannes, mit dem ich mich im Sitzen unterhielt, spontan zu giftiger Abneigung wurde, sobald wir beide aufstanden.

Dr. Petraschke führte mich durch die Diele, durch das Wohnzimmer (hallenartig, ganz in Zartgrau), durch den Wintergarten in den neuen Anbau. Der kleine Dackel zottelte neugierig hinterher. Wie viele Personen mochten diesen Palast bevölkern? Neben dem Haus hatte ich eine Doppelgarage gesehen.

»Hier – diese Wand ist es. Ich habe sie einfach mit weißer Rauhfaser tapezieren lassen. Wäre das ein guter Untergrund?«

»Ja, unbedingt. Sowohl für Aquarell als auch für nahezu

216

jede andere Technik. Wie sind Sie eigentlich auf mich gekommen?« (Vielleicht würde er jetzt damit herausrücken, mein Buch sei ihm in die Hände geraten, als er seinen fünf Kindern was zu Ostern schenken wollte.)

»Tja, wie bin ich auf Sie gekommen ...« Dr. Petraschke öffnete eine große Terrassentür, um den Dackel hinaus- und die milde Abendluft hereinzulassen. Montag tobte mit fliegenden Ohren zwischen Fliedersträuchen und Rabatten herum.

Der Hausherr schaute bewundernd seinen herrlichen Garten an. Ich schaute unterdessen bewundernd den Hausherrn an. Eine leicht gebogene Nase mit schönen, länglichen Nüstern, ein relativ großer, voller Mund mit aufgeworfener Oberlippe, und das Schönste von allem: ein dicker, weicher, glänzender Schopf hellblonder Haare, perfekt fedrig geschnitten und brav links gescheitelt. Seine Figur, so weit ich sie sehen konnte, war untadelig; er trug graue Jeans und ein seidig fallendes, königsblaues T-Shirt. Beiden sah man an, daß sie bestimmt nicht aus einem Versandhaus stammten. Zahnarzt Petraschke war fast makellos schön – und trotzdem sehr männlich.

»Meine Schwester hat einen kleinen Sohn, und ich lese Tristan hin und wieder Gutenachtgeschichten vor, wenn sich's mal ergibt. Da war auch der Botterbär dabei, und ich war sehr angetan von den Illustrationen. Sie sind überhaupt nicht klischeehaft – ein bißchen altmodisch, sehr detailliert ... Also, mich hat das sehr angesprochen ...«

Das klang nicht unbedingt nach eigenen Kindern.

»Was möchten Sie denn für ein Motiv auf die Wand gemalt haben?«

Er steckte beide Hände in die Jeanstaschen und dachte nach. »Komisch – darüber hab ich noch nicht nachgedacht!

217

Eigentlich ist mir das auch ziemlich egal ... Was immer Sie wollen. Es wird bestimmt schön.«

»Vielleicht Portraits von Ihnen und Ihrer Familie?« schlug ich vor. Ich hätte nun mal gern gewußt, wie gebunden er war.

»Ja, vielleicht sogar das ...«, murmelte er. Nun war ich so schlau wie vorher.

Montag hopste hoch, stieß ausgelassene kleine Beller aus und schnappte nach Mücken. Dr. Petraschke schaute kurz auf seine Armbanduhr und dann auf mich: »Ich müßte jetzt mit dem Hund spazieren gehen. Haben Sie Lust, uns zu begleiten?«

Zehn Minuten später schlenderten wir nebeneinander her durch die Villenstraßen. Überall Blüten und blühende Bäume. Überall leidenschaftliches Vogelgezwitscher. Leises Gemurmel und Gelächter in den Gärten. Eine Katze, die unseren Weg kreuzte, versetzte Montag in schnatternden Zorn. Aber da er an der Leine hing, warf sie ihm nur einen gelangweilten Blick zu und verschwand unter einer Hecke.

Wir gingen zur Elbe hinunter. Jetzt bewegten wir uns nicht mehr in romantischer Einsamkeit: Etwa ein Drittel der Hamburger Bevölkerung hatte an diesem schönen warmen Maiabend dieselbe Idee gehabt. Wenn man nicht zu schnell und nicht zu langsam ging, trat einem keiner auf die Füße, und man wurde auch nicht angerempelt. Aus den vollbesetzten Restaurantgärten kam dichtes Gesprächsgesumm, manchmal Musik und das Aroma frisch gebratener Zwiebeln.

Montag schnüffelte mehr als ausgiebig an jeder Ecke, bis er sich entschloß, Beinchen zu heben – er hatte nach diesem langen Spaziergang zwar längst keine Munition mehr, aber das verschwiegen wir ihm taktvollerweise. Vielleicht war's bei meinem Begleiter auch nicht nur Taktgefühl, denn er schaute grundsätzlich jedesmal auffallend beiseite, wenn Montag das Beinchen hob oder sich sogar, angestrengt den kleinen Rücken durchgekrümmt, zu langwierigeren Übungen hinhockte. Ob Dr. Petraschke sich ekelte?

Während wir also wieder mal dastanden und den Dackel seinen Geschäften nachgehen ließen, wurde in meiner Reichweite ein Teller voll Maischolle mit Bratkartoffeln serviert. Daneben duftete ein Gurkensalat. Ein älterer Herr räusperte sich erwartungsvoll, griff zum Besteck und fiel ohne zu zögern über diese Köstlichkeiten her. Ich schluckte und schaute auf die Elbe. Sollte ich diesen märchenhaften Abend mit einem Traummann etwa abbrechen, um nach Hause zu fahren und mir ein Käsebrot zu machen? Ich verschränkte die Arme unauffällig vor meinem bösartig knurrenden Magen.

Der Traummann schien keinen Hunger zu verspüren. Vielleicht hatte er bereits sein Abendbrot verspeist, bevor ich kam?

Ich schob solche vegetativen Regungen energisch von mir und lauschte weiter, was Dr. Petraschke so erzählte. Er hatte mit den Kinderbüchern seines Neffen angefangen und war zu seinen eigenen Kinderbüchern übergegangen, an die er sich noch sehr gut erinnerte. Mir wurde klar, daß der gute Doktor nicht allein durch Goldplomben auf einen derart grünen Zweig gekommen war. Offenbar gehörten schon seine Eltern zu den Besitzenden. »Unser Kindermädchen hat uns damals meistens vorgelesen, vor dem Einschlafen. Petra, meine Schwester, war immer viel lebhafter als ich. Aber durch gute Geschichten konnte man sie ruhigstellen.«

»Ist Ihre Schwester jünger oder älter als Sie?«

Petraschke lächelte. »Wir sind Zwillinge. Wir hatten keine

anderen Spielgefährten als immer nur uns. Das ist zugleich ein Fluch und ein Segen. Ich erinnere mich noch an die Sommerferien in unserem Haus auf Lanzarote – vor allem in der Pubertät haben wir viel Unsinn gemacht ...« Er lachte plötzlich laut auf: »Der arme Gärtner! O Gott! Petra war so ein wildes Kind ... *Sie* hatte immer sehr viel Mut. sie ist auf die Bäume geklettert. Ich blieb unten stehen und rief: ›Sei vorsichtig!‹ Wir haben uns da ausgetobt, weil wir uns in der Schulzeit nicht mehr gesehen haben. Unsere Eltern hatten uns in widerliche Nobelinternate gesteckt, Petra in die Schweiz, mich in Süddeutschland. Sicher war es pädagogisch richtig, uns zu trennen, aber wir haben das sehr übelgenommen. Petra ist nebenbei später ausgekniffen, um zum ersten Mal zu heiraten. Das war einfach ein Protestakt, verstehen Sie?« Dr. Petraschke lachte. Ich lachte mit. Mir taten leider inzwischen schrecklich die Füße weh: Die gelbschwarzen Ballerinas gehörten gar nicht mir. Ich hatte sie von Jenny ausgeliehen. Sie war schon auf Tournee, und hätte ich sie fragen können, hätte sie mir die Schuhe ganz bestimmt geborgt, zumal sie phantastisch zu dem gelben Anzug paßten. Bloß ich trug keine Strümpfe, und meine kleinen Zehen, sowohl links als auch rechts, behaupteten schon seit einer Weile, zuwenig Platz zu haben. Vielleicht hatten sie sogar recht; Jennys Schuhgröße war siebenunddreißig – meine eigene achtunddreißig ...

Langsam verließen wir die überbevölkerten Wege und wanderten unter dem klaren hellen Himmel wieder zurück zu Petraschkes schönem Haus. Meine Zehen juchzten bei jedem Schritt. Mir war ganz elend vor Hunger. Durst hatte ich auch. Nichtsdestotrotz warf ich anmutig mein Haar zurück und lächelte schelmisch zu Dr. Petraschkes Lebenserinnerungen.

»Wollen wir uns noch ein bißchen in meinen Garten setzen?« fragte er. Montag warf sich nach unserer Ankunft zu Hause keuchend auf den Bauch, und ich hätte mich gern keuchend daneben geworfen. Aber ich stimmte natürlich zu. Sitzen war bereits ein Fortschritt und eine Linderung meiner Qual.

Der hinreißende Zahnarzt schob mir einen der weißen Gartenstühle zurecht und entschuldigte sich: »Ich komme gleich zu Ihnen – ich muß nur dem Hund ein Schälchen Wasser geben ...« Montag schlabberte so laut, daß es von der Küche bis in den Garten zu hören war. Als Dr. Petraschke zurück in den Garten kam, brach es hemmungslos aus mir hervor: »Könnte ich vielleicht auch ein Glas Wasser haben?«

Er schien ein Spürchen befremdet, nickte aber, verschwand wieder und stellte nach kurzer Zeit ein schöngeschwungenes, grünliches Glas mit unregelmäßigem Rand vor mich hin, zu zwei Dritteln voll Wasser.

»Danke sehr!« Ich trank sehr langsam, um meine Gier nicht zu zeigen. Es handelte sich tatsächlich um lauwarmes Leitungswasser. Nun, gesünder als kaltes. Und figurfreundlicher als Limo oder so was.

Während der Himmel sich langsam rosig zu färben begann, schilderte Dr. Petraschke mir, wie er als Kleinkind mit Buntstiften gemalt hatte und für ausgesprochen begabt erklärt worden war. Es mußte noch eine dicke Mappe mit diesen Bildern geben, seine Mutter hatte sie alle gesammelt.

Ich schlug hin und wieder unauffällig nach den Mücken, die meine nackten Knöchel umsirrten, machte ein aufmerksames Gesicht und räusperte mich laut, sobald mein Magen wieder mit Knurren loslegte. Was für ein prachtvolles Mannsbild! Nach Christoph, der mir wie eine Pizza vorkam, und Olli, eher die typische Currywurst, ein Kerl wie Kaviar. (Mir fiel selbst auf, daß ich nur noch in Nahrungsmittel-Metaphern denken konnte.) Diese klugen, länglichen grauen Augen! Diese angenehme Stimme! Wenn er nur ein etwas aufmerksamerer Gastgeber gewesen wäre ... Komisch eigentlich, bei einer Erziehung durch Kindermädchen und Nobelinternate – oder? Fiel es ihm denn gar nicht ein, mir wenigstens einen Kartoffelchip oder eine Erdnuß zu meinem Glas Wasser anzubieten?

Montag kam angewackelt, sprang mit seinen zierlichen Vorderpfoten auf mein Knie und grinste mich an. Sein Bart war ganz naß vom Trinken.

»Montag – runter! Sofort!« schimpfte der Zahnarzt. Da der Dackel ein Dackel war, würdigte er Petraschke keines Blikkes und kam auch nicht von meinem Knie.

»Lassen Sie ihn doch – das macht nichts!« versicherte ich und kraulte den runden Hundeschädel. Montag wedelte zufrieden im Takt.

»Es ist unhygienisch – ich mag das nicht. Er macht ja Ihre Hose schmutzig!« beharrte das Ersatzherrchen. Zwischen seinen wohlgeformten Augenbrauen stand eine kritische scharfe Falte. Er war wohl kein typischer Hundefanatiker. Schade.

Plötzlich befragte er wieder seine garantiert sehr wertvolle Armbanduhr: »Ach, jetzt ist es gleich zehn ... Mit Ihnen redet es sich gut. Aber ich bin gleich noch mit Bekannten zum Essen verabredet ...«

Ich starrte ihn perplex an. Das Wort Essen betäubte mich. Ich sammelte Atem, um freudig zuzustimmen, falls er nun fragte, ob ich nicht vielleicht ...

»Tja«, sagte er abschließend und stand auf. »Jetzt haben wir überhaupt nicht abgemacht, wann Sie hier anfangen? Am besten rufe ich Sie in den nächsten Tagen an ...«

»Ja, das wird das beste sein!« erwiderte ich heiser. Ich quälte mich auf kreischenden Füßen zur Tür, ließ mir freundlich die Hand schütteln und stand schon wieder auf dem feinen Kiesweg. Weißer Kies übrigens – deshalb hinterließen meine Füße Blutspuren, als ich barfuß darüberhumpelte, in jeder Hand einen Schuh. Aber das würde sicher keiner bemerken, es handelte sich ja nicht um Ströme von Blut, sondern um läppische kleine Fleckchen.

Ich fuhr barfuß nach Hause und wischte Jennys Ballerinas vorsichtig mit kaltem Wasser aus, während ich gleichzeitig zwei Bananen, eine Ecke Käse, zwei große Tomaten, einen kalten Brokkoliauflauf-Rest, drei Scheiben Kümmelbrot und alle pappigen Butterkekse, die noch in der Tüte waren, verschlang.

11

Vom Genuß der Askese

Nachdem mein Magen sich einigermaßen beruhigt und ich Pflaster um meine kleinen Zehen geklebt hatte, wählte ich Carlas Nummer.

»Ich wollte dich auch gerade anrufen!« rief sie. »Ich habe einen tollen neuen Mann kennengelernt. Er heißt Bruno.«

»Das macht doch nichts. Vielleicht ist er ja trotzdem nett«, tröstete ich.

»Wieso, so schlimm ist der Name nicht«, fand Carla. »Er hat unglaubliche Muskeln. Tätowiert ist er auch. Aber dabei sehr sanft und lieb. Kein Macho. Ich bin mächtig verliebt, du!«

»Wo hast du ihn her?« Ich hatte das Telefon mit ins Bad genommen und begann, mich abzuschminken.

»Er hat meine Fenster geputzt.«

»Du hast dich in einen Fensterputzer verknallt?«

»Er macht das aushilfsweise. Eigentlich ist er gerade arbeitslos. Außerdem hat er Abitur.«

Ich wischte mir die Wimperntusche mit einem großen feuchten Wattebausch ab und gab zu: »Das ist mehr, als ich von mir behaupten kann.«

»Wenn auch auf dem zweiten Bildungsweg.«

»Das spricht für seinen Fleiß.«

»Du mußt ihn unbedingt bald kennenlernen!« verlangte Carla. »Er ist sehr zärtlich …«

Ich schäumte mir das Gesicht mit Flüssigreiniger ein. »In welchem Zusammenhang steht die erste Bemerkung zu der zweiten?«

Carla kicherte. »In gar keinem. Warum hast du mich eigentlich angerufen?«

»Ich wollte dir mitteilen, daß ich wahrscheinlich einen neuen Job habe – Moment bitte …« Ich legte das Handy auf die Waschmaschine, spülte mein Gesicht ab und tupfte es mit dem Handtuch trocken. »So. Da bin ich wieder.«

»Was für ein Job? Heißt das, du kannst die Illustrationen für die Kolumne nicht mehr machen?«

»Doch, doch, doch. Die sorgen für meine Miete und das Auto! Aber ich werde wahrscheinlich einem bildschönen, superreichen, intelligenten blonden Zahnarzt ein Bild an eine Zimmerwand tuschen. An eine Zimmerwand in seiner Villa an der Elbchaussee.«

»Blond? Der ist für mich! Du machst dir doch nichts aus Blonden!«

»Er ist nicht mal einsfünfundsiebzig«, beruhigte ich sie, während ich mein Antlitz mit duftender Nachtcreme salbte.

»Ach soooo. Na, trotzdem, klingt nicht übel. Elbchaussee, hm? Darf man eigentlich Millionäre als ÜOs benutzen?« Carla klang ein kleines bißchen mißgünstig. Das war verständlich, und wenn ihr Fensterputzer noch so sehr Abitur hatte.

»Ich wüßte nicht, was dagegen spricht«, erwiderte ich heiter und humpelte aus dem Bad. »Also, um schonungslos aufrichtig zu sein – ich habe ihn eben kennengelernt und weiß kaum etwas über ihn. Kann sein, er hat eine Frau. Oder eine Liebste. Oder einen Liebsten. Keine Ahnung, ob ich ihm überhaupt gefalle. Alles, was ich weiß, ist: Er will, daß ich ihm ein Bild an die Wand male.«

»Aber er wird doch hoffentlich eine Riesensumme dafür ausspucken?«

Ich kratzte die frischen Mückenstiche an meinen Knöcheln.

»Weiß nicht. Darüber haben wir noch nicht gesprochen.«

»Paß bloß auf, Tina! Gerade reiche Leute sind oft erschreckend geizig. Laß dich nicht übers Ohr hauen!« empfahl Carla. Ich dachte gründlich über diese Warnung nach, als ich mir noch eine Dose Zuckermais aus der Speisekammer holte und auslöffelte. Ich ordnete sie schließlich ein unter ›Neid der relativ Besitzlosen‹.

Zahnarzt Petraschke meldete sich nicht bei mir. Eine Woche lang wartete ich umsonst darauf. Die Natur gab sich einer duftenden, rauschenden, wogenden Blütenorgie hin, die Amseln sangen halbe Nächte hindurch süß und klagend, der Mai triefte auf das Geschmackloseste vor sich hin, die typische Kulisse für eine fetzige Liebesgeschichte – und dieser Kerl rief nicht an! Vielleicht hatte er später an jenem Abend, als ich seine blöde Wand anguckte und mir die Füße kaputtlatschte, mit seinen Bekannten etwas Verdorbenes gespeist und war längst eingegangen.
Von Jenny kam eine Karte aus einem Tourneekaff in Thüringen: Guido, der Bösewicht aus dem »heiteren Spiel mit Musik« war jetzt ihr ÜO.
Ich probierte den gegenteiligen Trick, mit dem ich Olli so elegant aus dem Weg geschafft hatte und wünschte inniglich, Petraschke möge sich melden. Es fiel mir nicht schwer, mich immer und immer wieder auf diesen Wunsch zu konzentrieren. Aber es schien einer von denen zu sein, für deren Erfüllung man jahrzehntelang wünschen und wünschen und wünschen mußte, bis man krampflindernde Spritzen brauchte.
Als mir klar war, daß ich das Wünschen bleiben lassen konnte, rief ich noch einmal in der Praxis an. Wieder Sprechstundenhilfe Ute, wieder die Klimpermusik, wieder Petraschkes volle dunkle Stimme: »Das ist nett, daß Sie anrufen! Haben Sie sich entschlossen, das Wandbild zu malen?«

Gewitzt durch Monate der ÜO-Schulung, im reiferen Level, blaffte ich keineswegs: ›Was soll das denn heißen? Daß ich es machen würde, hatte ich doch längst gesagt! *Sie* wollten *mich* anrufen, Sie Knalltüte!‹

Statt dessen erwiderte ich freundlich-sachlich: »Ja. Wir müßten uns noch einmal über das Motiv unterhalten, den Termin ausmachen und über das Honorar reden.«

Petraschke sprach die ersehnten Zauberworte: »Schön. Am besten kommen Sie heute abend zu mir. Ist das möglich?«

Wir hatten uns diesmal schon um achtzehn Uhr verabredet, eine Stunde früher als beim ersten Mal. Ich rechnete mir deshalb solide Chancen aus, daß wir zusammen essen würden. Aber der mißtrauische Vernunftsmensch in mir brachte einen Apfel, ein großes Stück Salatgurke und drei frische, gewaschene Möhrchen in meinem Handschuhfach unter.

Diesmal drückte ich den polierten goldenen Klingelknopf unter dem polierten goldenen Schild Dr. P. Petraschke. Diesmal bellte es nicht im Haus. Nach einer Weile hörte ich durch meinen paukenartigen Herzschlag hindurch leichte Schritte auf den Fliesen. Die Tür öffnete sich. Eine Frau in meinem Alter stand vor mir, eine silberblonde Schönheit. Sie trug eine Art weißen Kaftan und goldene Sandalen an den perfekten Füßen. Ihr halblanges, dichtes, leuchtendes Haar fiel in einer mutwilligen, natürlichen Welle über eine Augenbraue.

Hoffentlich sein wilder Zwilling?

Sie lächelte mit perfekten weißen Zähnen (Kunststück! Als Zahnarztschwester!) und meinte: »Petraschke, guten Tag! Sie müssen Frau Conradi sein, gell? Mein Bruder hat gesagt, Sie sehen aus wie eine kleine Zigeunerin ...«

Klein! Der hatte es nötig – er war mit etwas Glück drei bis vier Zentimeter größer als ich.

227

Petra Petraschke war nicht nur schön, sie wirkte vielmehr ausgesprochen sympathisch, spontan und herzlich. Ob sie sich jedem so präsentierte? Oder nur potentiellen neuen Schwägerinnen? Sie zog mich ins Haus und in das hellgraue Wohnzimmer. Sie sprach einen zart bayrischen oder österreichischen Akzent, jedenfalls was Gebirgiges: »Setzen Sie sich! Möchten's was trinken? Peer muß jeden Moment nach Hause kommen ...«

Gastlich war sie, im Gegensatz zu ihrem Bruder, auch noch.

Ich nuckelte an einem Glas Apfelschorle – es gab also nicht nur lauwarmes Leitungswasser im Haus –, und Petra hatte sich gerade mir gegenüber auf ein zartgrau-gestreiftes Sofa gesetzt und den Mund aufgemacht, um was auch immer zu äußern – als die Haustür aufgeschlossen wurde und sie mit breitem Strahlen aufhüpfte: »Das ist Peer!«

»Ach ja, richtig, Frau Conradi! Das hatte ich inzwischen schon wieder vergessen ...« Diese Ehrlichkeit war umwerfend. Petra lachte und gab ihm einen kleinen Knuff mit der Faust.

»Dabei hat er heut morgen beim Frühstück noch dauernd davon geredet!«

Das hellgraue Telefon klingelte. Petra nahm den Hörer ab und ließ die großen, ebenfalls hellgrauen Augen im Raum umherwandern, während sie zuhörte.

»Mein Dorle ... – Ja, herrje, beruhige dich ... – Jessas! – Ach, du lieber Schreck! – Ja, ja, ich versteh ... – Ach, du guter Gott! – Nein, wie ist denn das möglich! – Aber natürlich, Liebling, ich komme sofort! Nein, das ist kein Problem – Wir sind zwar mit den Neuselmanns verabredet heute abend, aber Peerchen sagt der Elena ab – der hat sowieso was Besseres zu tun, hier ist eine ganz entzückende Brünette bei uns, mit der hat er sich neulich schon so

228

nett unterhalten.« Sie lächelte mir zu. – »Hat den armen kleinen Montag mitleidlos an der Elbe entlanggezerrt dabei – ja, so sind die Männer ... Ich komm denn sofort, mein Liebes, ich muß mich nur eben umziehen ... Bis gleich, Tschüssi!« Sie legte auf und erklärte: »Das war unser Dorle – völlig fertig, die Arme, weil dieser Ungar, wie heißt er denn, Schnabbibabbi, ich kann mir den Namen nicht merken, der ist wieder vom Weg abgekommen ... Ich muß gleich zu ihr – du kannst doch die Neuselmänner absagen, gell? Du willst doch bestimmt nicht allein hin? Du, ich nehm den Benz eben, sicher ist die Frau Conradi so nett und fährt dich zu Neuselmanns?«

Petraschke nickte, während der weiße Kaftan leichtfüssig aus dem Zimmer wirbelte. Ich nahm noch einen Schluck Apfelschorle. Seit ich in diesem Haus war, hatte ich einen einzigen Satz gesprochen, und der lautete: »Gern, irgendwas Kaltes ohne Alkohol, bitte.«

Der Zahnarzt setzte sich mir gegenüber und lockerte seine weiße Krawatte.

»Ein warmer Tag!« meinte er. Ich widersprach nicht.

»Tja, heute sind wir allein ...«, fuhr er fort. »Ich meine ohne den Hund. Der ist jetzt wieder bei seinen Besitzern. Ich bin ganz froh. Wenn man's nicht gewöhnt ist, kann so ein Tier doch recht lästig sein. Und wenn ich ehrlich bin: Ich mag Hunde nicht sehr ...«

Wieso mußte er eigentlich ganz ehrlich sein? Ich stellte mein Glas mit einem kleinen Knall auf den hellgrauen Marmortisch und schwieg weiter. Ich war unangenehm berührt. Wahrscheinlich hätte ich's noch sympathischer gefunden, er hätte gesagt: ›Ich mag Frauen eigentlich nicht sehr ...‹

»Im Grunde«, fuhr er nachdenklich fort, »mache ich mir überhaupt nichts aus Tieren. Ich finde sie meistens absto-

229

ßend: Sie sind selten wirklich sauber, sie riechen nicht gut ...«

Petra Petraschke huschte schon wieder durch das Zimmer, diesmal in einem lavendelblauen Kostüm mit großen weißen Knöpfen. Sie trödelte nicht herum, das mußte man ihr lassen. »Ich fahr dann los – ciao, ihr zwei!« Sie wuselte zu dem sitzenden Mann, gab ihm einen Kuß auf den Scheitel und fügte hinzu: »Ich weiß nun nicht, wann ich wieder komme, mein Peerchen ... Vielleicht erst in einigen Tagen ...«

»Ruf mich an, Petra! Und grüß Dorle von mir!« meinte Petraschke. Petra Petraschke verließ türenknallend das Haus, rumpelte gleich darauf mit der Garagentür und flitzte dann, sicherlich mit dem Benz, über den Kiesweg.

Peer schüttelte lächelnd den Kopf: »Das ist typisch Petra! Gut, dann wollen wir mal Familie Neuselmann für heute abend absagen. Sind Sie tatsächlich so nett und bringen mich hin? Es ist in der Nähe, kaum fünf Minuten zu fahren. Mein Jaguar hat nämlich immer noch Winterreifen drauf ...«

»Die Leute besitzen kein Telefon?« erkundigte ich mich.

Petraschke zog die Augenbrauen zusammen. Das machte sein Gesicht schlagartig sehr hart und abweisend. »Doch, natürlich haben sie Telefon. Aber wir hatten schon die Blumen gekauft, die möchte ich ihnen bringen, wenn ich erkläre, warum wir nicht kommen können. Dann werden sie bestimmt eher verzeihen, daß Petra zu ihrer Freundin mußte. So was läßt sich am Telefon schlecht erklären. Frau Conradi, wenn es Ihnen Umstände machen sollte, kann ich mir natürlich ein Taxi nehmen ...«

Der konnte vielleicht drohen! Früher, als ich noch ungeschult war, hätte ich (Verliebtheit hin, Verliebtheit her) gesagt: ›Na, so ein Pech, mein Mini hat auch noch Winterreifen drauf!‹ Andererseits hielt ich es für verfehlt, jetzt auf dem Plüschteppich auf die Knie zu sinken und händeringend zu wimmern: ›Nein, bitte, bitte, kein Taxi!‹

»Gut, dann fahren wir am besten gleich los, damit wir hinterher noch über das Wandbild sprechen können, ja?«

Die Neuselmanns wohnten im Hemmingstedter Weg, und der befand sich, wie Petraschke versicherte, ganz in der Nähe. Er hockte auf meinem Beifahrersitz, einen raschelnden, verpackten Riesenstrauß auf dem Schoß, und schmollte immer noch ein wenig. Zumindest klang seine Stimme nach wie vor etwas metallisch, und die Falte zwischen seinen Augenbrauen hatte er auch noch nicht wieder glattgezogen.

»Wir waren um acht Uhr verabredet – jetzt ist es kaum zwanzig nach sechs ... Sicher hat Elena noch nicht angefangen, zu kochen?«

Ich suchte schweigend den Hemmingstedter Weg und verfranste mich im Gewirr der kleinen, gewundenen Straßen. Petraschke wurde zunehmend nervös: »Wie sind Sie denn nun gefahren? Die Straße hier kenne ich überhaupt nicht ... Haben Sie keinen Stadtplan?« Bevor ich es verhindern konnte, riß er unwirsch meinen Handschuhkasten auf. Er staunte Apfel, Salatgurke und Möhrchen an: »Was ist das denn?«

Ich schlug wütend den Handschuhkasten zu – mein Beifahrer konnte knapp seine Finger retten. »Ich bin nachher noch mit einem Pferd verabredet. Ich meine: mit einer Freundin. Die hat einen Reitstall«, phantasierte ich. »Und da gibt es ein Pferd, das ich sehr gern mag ...« Ich überlegte noch, ob ich mein imaginäres Lieblingspferd zu einem Wallach oder einer Stute machen sollte – Sulaika wäre ein hübscher Name für eine weiße Halbaraberstute, oder? – als Petraschke mir mitteilte: »Pferde riechen so unangenehm

231

nach Salmiak. Petra ist nämlich auch mal eine ganze Weile geritten, als sie noch …«

Ich war durch Zufall in den Hemmingstedter Weg geraten.

»In welcher Nummer wohnen denn Ihre Neuselmanns?«

»Oh. Hier – stop! Hier ist schon ihr Haus!« Ich hielt am Straßenrand im Parkverbot, und Peer lief mit seinem Blumenstrauß los, befreite ihn hastig von seiner Papierhülle und verschwand hinter einer hohen Rhododendronhecke. Er kam überraschend schnell zurück, ohne Blumen natürlich und endlich auch ohne die Nasenwurzelfalte.

»So, das wäre erledigt. War noch rechtzeitig. Ich hätte natürlich nachher auch allein kommen können … Aber auf mich legen die nicht so großen Wert. Das sind eigentlich Bekannte von Petras zweitem Mann. Ich habe nebenbei gesagt richtig Glück gehabt, daß ich heute nicht bei den Neuselmanns essen muß! Elena wollte ausgerechnet Muscheln machen! So was Widerliches …«

Ich hatte die Elbchaussee wiedergefunden und wunderte mich, wie wir uns überhaupt hatten verfahren können. Der Weg war im Grunde völlig simpel. Komisch, daß Peer Petraschke ihn nicht besser erklären konnte.

»Wieso spricht eine Tochter aus althamburger Kaufmannsadel bayrisch?« hätte ich gern gewußt.

»Wer? Ach so, Petra … Ihr zweiter Mann ist aus Tirol, und beide haben ein paar Jahre in München gewohnt, das hört man wohl noch. Jetzt hätte ich im Grunde den ganzen Abend Zeit, Frau Conradi – schade, daß Sie noch reiten wollen …« Er schenkte mir ein Lächeln mit schiefem Kopf. Ob er wußte, wie unanständig gut er dabei aussah?

»Ach, ich bin nicht fest verabredet – mal sehen, vielleicht fahr ich gar nicht mehr zum Reitstall …«

Wieder saßen wir auf seiner Terrasse, umsirrt von fetten, gefräßigen Mücken. Ich liebe Tiere, sogar Ratten, Mäuse

232

und Schlangen. Aber ich hasse Mücken. Leider ist die Abneigung nicht gegenseitig. Wenn man ein Mückenkind fragt, was es sich zum Geburtstag wünscht, wird es mit leuchtenden Augen sirren: »Ein Viertelliter Tina-Blut!«

»Haben Sie darüber nachgedacht, was für ein Motiv ich Ihnen an die Wand malen soll, Herr Dr. Petraschke?«

»Eigentlich nicht. Die Farben – das weiß ich ... Etwas Warmes, Goldenes, Gelbes ... Im Raum hängen goldgelbe Gardinen, das haben Sie sicher gesehen, und die Polster auf den Rattansesseln sind mit demselben Stoff bezogen.«

»Etwas Goldgelbes also ... ein Maisfeld? Eine Riesenzitrone? Ein Königstiger?«

»Ihnen fällt schon etwas Hübsches ein. So ein bißchen naiv soll es sein, wie im ›Kleinen Botterbär‹ eben.«

Na gut. Wenn er sich partout raushalten wollte ... Aber über die Termine und das Honorar mußte er sich äußern!

»Wann ...«, fing ich an. Er unterbrach mich: »Wann immer Sie wollen. Sie rufen mich einfach an und sagen mir: ›Heute abend kann ich kommen und mit dem Wandbild anfangen.‹ Es geht leider nur abends, weil tagsüber niemand im Haus ist.«

Schade. Blieb die Frage nach der Bezahlung.

»Wieviel ...«

»Ach, darüber einigen wir uns bestimmt!« fiel er mir noch einmal ins Wort. Er schien überhaupt keine Lust zu haben, sich mit mir über das Bild zu unterhalten. Wozu war ich eigentlich hier?!

»Können Sie nicht schon ein bißchen anfangen?« fragte er plötzlich. »Ich möchte so gern zusehen!« Er war einfach süß, wenn er mit seinen großen grauen Augen so erwartungsvoll und bittend guckte.

Zehn Minuten später saß er auf einem der goldgelben Sofapolster, die Beine untergeschlagen, und beobachtete, wie ich mit Bleistift einen Fensterrahmen skizzierte. Ein altmodisches Fenster: oben abgerundet. Ein wenig Blattwerk von hohen Bäumen war links und rechts zu erkennen. Im Vordergrund deutete ich eine Mauer aus großen, unregelmäßigen Steinen an.

»So, das war's erst mal für den Anfang!« Ich warf ihm den Bleistift zu, den er mir geliehen hatte. Er fing ihn auf und lachte. »Das war toll! Ich bin überhaupt nicht kreativ, aber ich bewundere Menschen, die es sind.«

Mein Magen grummelte bedrohlich. Er wollte wohl zu verstehen geben, noch so einen Abend wie den vor acht Tagen würde er nicht mitmachen.

Ich hatte inzwischen darüber nachgegrübelt, ob ich beim letzten Mal nicht einfach hätte sagen sollen: ›Entschuldigung, ich habe Hunger!‹ Als ich nach Wasser fragte, hatte Petraschke mir Wasser gebracht. Vielleicht gehörte er zu den Menschen, die minutiös das erfüllen, worum man sie bittet. Womöglich hätte ich nur zu sagen brauchen: ›Ich möchte französischen Champagner und zwei gefüllte Kapaune!‹ und er wäre gerannt und hätte mir das alles serviert. Für diesen Abend hatte ich mir also vorgenommen, ganz ehrlich um das zu bitten, was ich brauchte. Vielleicht fand mein Magen, ich zögerte zu lange damit.

»Wissen Sie was? Ich habe Hunger, Herr Dr. Petraschke!«

Er starrte mich an als hätte ich etwas unerwartet Obszönes ausgesprochen.

»Hunger –?!«

»Ja. Es ist kurz nach sieben – um diese Zeit esse ich normalerweise Abendbrot. Sie nicht?«

»Nein. Ich hab keine normalen Essenszeiten, um ehrlich zu sein. Wir hätten bei den Neuselmanns ja ungefähr um halb neun gegessen … Uih, was machen wir denn nun mit Ihnen?« fragte er. Er sah völlig ratlos aus.

234

»Vielleicht machen wir mir – oder uns – einfach was zu essen? Sie werden doch auch noch irgendwas zu sich nehmen, bevor Sie schlafen gehen, oder?«

Peer Petraschke zupfte nachdenklich an seiner vollen Unterlippe. »Ich weiß nicht – manchmal esse ich überhaupt nichts, ehrlich nicht. Ich fürchte, wir haben kaum was im Kühlschrank.«

Ich konnte es nicht glauben. Wir pilgerten gemeinsam in die große Küche. Chrom und kleine weiße Kacheln, sehr hübsch. Der Hausherr öffnete den Brotkasten aus Chrom – leer, nicht mal Krümel. Er öffnete den riesengroßen Kühlschrank, und wir blickten beide hinein. Sehr sauber und ziemlich kahl: eine Whiskyflasche, eine Himbeergeistflasche, eine Mineralwasserflasche, eine Apfelsaftflasche, zwei Bierflaschen, eine Tüte Milch, ein Becher Buttermilch und ein Töpfchen Crème fraîche. Im Gemüsefach gruselte sich eine einsame Zitrone. Die Bewohner dieses Hauses schienen sich überwiegend flüssig zu ernähren. Wir schlossen die Kühlschranktür wieder.

»Haben Sie denn *großen* Hunger?« fragte Petraschke. Er sah besorgt und befremdet aus, und er sagte es im Tonfall von: ›Passiert Ihnen das öfter? Was meint denn der Arzt?‹

»Nein, nein!« wehrte ich ab. Mein Magen knurrte wütend dagegen an. »Nur eine Kleinigkeit ... Ein Süppchen oder ein Salat ...«

Petraschke starrte sorgenvoll aus dem Küchenfenster. Warum schlug er nicht vor, den Pizzadienst anzurufen? Oder, wenn er sich schon von mir herumkutschieren ließ, warum dann nicht in ein nettes Restaurant?

Möglicherweise, überlegte ich, ist die Konkurrenz sehr groß, und er hat kaum Patienten. Vielleicht ist das Erbe seiner Eltern aufgebraucht, er kann die Kosten für die Villa nicht mehr aufbringen, alles ist voller Hypotheken. Vielleicht erzählt er nur von seinem nicht fahrbereiten Auto, weil in Wirklichkeit die Garage leer steht? »Salat – das wäre wirklich nett!« stimmte er zögernd zu.

Ich lächelte ihn ermutigend an: »Dann hol ich mal eben das Zeug aus meinem Handschuhkasten …«

Ich bereitete aus der Zitrone, der Crème fraîche und etwas Süßstoff eine Sauce zu und raspelte die Möhren, das Gurkenstück und den Apfel auf einen großen Teller. Petraschke schaute genauso interessiert zu wie vorher, als ich die Skizze an die Wand malte.

Wir verputzten den Salat gleich in der Küche.

»Das schmeckt wirklich gut!« lobte der Zahnarzt.

»Macht Appetit, was?« fragte ich. Darauf reagierte er in keiner Weise. Für ihn schien das Thema Abendessen zufriedenstellend abgehakt.

Ich blickte von der silbernen Küchenuhr auf meine Armbanduhr. Noch konnte ich ohne Probleme gleich vom Auto aus Carla anrufen – sie wohnte gar nicht weit von hier – und mich mit ihr zum Essen verabreden. Entweder hatte sie etwas da, was sie mit mir teilen würde, oder wir gingen zusammen zu dem Chinesen in ihrer Parallelstraße. Ich könnte auch nach Hause fahren und mir irgend etwas zubereiten oder meinetwegen selbst den Pizzadienst anrufen. Wenn Petraschke nicht damit herausrücken wollte, wie hoch eigentlich mein Honorar sein sollte (im Moment verdächtigte ich ihn, nicht mal genug Geld für ein Knäckebrot aufzubringen), dann konnte ich diese idiotischen Verhandlungen hier auch abbrechen. Das war jetzt der zweite Abend, den ich mir hungrig um die Ohren schlug – wie Mami immer gesagt hatte: Außer Spesen nichts gewesen! Ulmi hatte erklärt, man dürfe jedes ÜO ablehnen … Ich würde mir Peer Petraschke einfach wegwünschen, bei Olli hatte das auch sofort funktioniert …

236

»Haben Sie eigentlich mediterrane Vorfahren? Conradi klingt italienisch …«, wollte Peer Petraschke plötzlich wissen.

»Wie? Nein, nein … Das kommt von Konrad und ist, glaube ich, althochdeutsch … Der kühne Rat oder so«, antwortete ich irritiert. Ich überlegte, wie ich mich verabschieden sollte. Am besten kurz und knackig.

»Sie sehen aber kein bißchen althochdeutsch aus!« behauptete er. »Diese Wangenknochen sind sogar richtig slawisch …«

Wieso fing er ausgerechnet dann an, zu flirten, wenn ich ihn mir wegwünschen wollte?! Jetzt griff er auch noch eine meiner Haarsträhnen und zog sie behutsam zwischen zwei Fingern durch. Wegwünschen! Ich würde ihn mir noch auf der Heimfahrt …

»Bitte, gehen Sie noch nicht!« flüsterte er dicht neben meinem Ohr. Woher wußte er überhaupt, daß ich das vorhatte? Ich schaute hoch und direkt in seine Augen. Eigentlich hatte ich immer grüne und schwarze Augen am liebsten gehabt, aber dieses kristallklare Grau sah wunderschön aus. Er gab mir einen zarten, kurzen Kuß auf den Mund.

Im Grunde war es dumm, jedes ÜO sofort abzuschmettern, bevor sich zeigte, was es an ihm zu lernen gab. Auf die Art konnte man ja nie in ein höheres Level kommen. Ich würde schon nicht verhungern durch so einen Diät-Abend …

»Du und dein Wuschibuschi!« trompetete Carla vorwurfsvoll. »Was für ein Quatsch!« Das war an einem heißen Tag Ende Mai, und wir fuhren nach St. Peter an die Nordsee. Ich wußte wirklich nicht, worauf sie hinauswollte:

»Wuschibuschi?«

»Du hast doch behauptet, wenn man das sagt, kann man problemlos eiskalt duschen …«

237

»Ach, du guter Gott! Wie kommst du denn auf Wuschibu-schi? Kein Wunder, daß es nicht funktioniert. Das richtige Wort lautet: Huschelbuschel. Du bist mir der richtige Zau-berlehrling!«

Carla wollte sich schieflachen. »Wie geht es denn mit deinem Millionär voran?« erkundigte sie sich gleich dar-auf und schaltete hektisch, weil sie sich nicht entscheiden konnte, ob sie nun einen lila Kleinbus überholen wollte oder nicht.

Ich ruckelte an meiner Sonnenbrille (Herr Brömel hatte sie letztendlich wieder herausgerückt) und antwortete: »Tja. Peer ist sonderbar. Aber sehr lehrreich.«

»Ich weiß nicht …« Carla überholte nun doch und wurde fast von einem beleidigt hupenden BMW gerammt, der früher als sie auf denselben Einfall gekommen war, »ich weiß nicht, diese ÜO-Sache – ich habe keine Lust mehr dazu. Das ist mir alles zu theoretisch. Wenn ich meine Be-ziehungen so sezieren soll, bin ich nicht mehr unbefangen. Ich kann mich nicht verlieren … Es tut nicht mehr so weh, das ist schon richtig. Aber ich glaube, ich will, daß es weh tut. Dann merke ich jedenfalls, daß ich lebe. Also mit Bruno ist das alles ganz wahnsinnig. Der ist so ungewöhnlich … Ich weiß sowieso nicht, was ich da lernen könnte. Mal prü-geln wir uns, und dann versöhnen wir uns wieder eine ganze Nacht und einen ganzen Tag …«

»War das vorgestern? Ich war in der Redaktion, um die Il-lustration abzuliefern, und du warst nicht da. Die Mieze im Zimmer neben dir glaubte, du hättest eine Drüsenentzün-dung oder so was. Und als ich versucht hab, dich anzurufen, ist keiner dran gegangen …«

»Sicher war das vorgestern … Und meine Drüsen waren auch entzündet, kann ich dir versichern! Der Mann ist nicht zum Lernen, der ist zum Erleiden oder Genießen. Der rei-

238

ne Wahnsinn. Ein Riesenklumpen Testosteron auf zwei Beinen. Ganz altmodisch.«

»Altmodisch?«

»Steinzeitartig. Wie macht sich denn dein Millionär im Bett?«

Das hätte ich eigentlich auch ganz gern gewußt.

»So weit sind wir noch nicht.«

»Ach so. Aber sonst – er ist doch scharf auf dich, oder? Er hat dich doch geküßt?«

»Ja. Ich meine – geküßt hat er mich. Einmal.«

»Einmal?!« Carla hätte vor Erstaunen fast die Abfahrt Tönning verpaßt. »Wieso nur einmal? Was geschah dann? Kam seine Frau dazu? Stürzte das Haus ein? Oder war's ein Abschiedskuß?«

»Nein. Er hat ihn mir nach dem Abendessen und vor dem Billard verpaßt.«

»Billard? Der hat einen eigenen Billardtisch, der reiche Lümmel? Erzähl! Und was gab's zum Abendessen? Hummer und Kaviar, was?«

Wir fuhren zwischen blümchengetüpfelten Weiden hindurch, auf denen Kühe und Pferde friedlich grasten.

»Nein, kein Fisch. Peer ist mehr für Rohkost. Wir haben uns mit dem Essen auch nicht so lange aufgehalten …«

»Sondern seid gleich zum Küssen übergegangen, und dann habt ihr euch auf den Billardtisch gestürzt, ja? Das nenn ich Leidenschaft!« kicherte Carla.

»Der Billardtisch ist im Keller«, erzählte ich unbeirrt.

Carla freute sich: »Das finde ich gut! Hat er auch eine Sauna im Keller? Und sein Swimmingpool ist vermutlich größer als meiner?« Ich bewunderte ihre selbstbewußte Art, den Pool der Mietergemeinschaft kurzerhand zu ihrem eigenen zu erklären.

»Peer hat gar keinen. Und auch keine Sauna.«

Carla sah mißtrauisch unter ihrer Sonnenbrille hindurch: »Ist der wirklich Millionär?«

»Er hat mir nicht seine Kontoauszüge gezeigt!« erwiderte ich ungeduldig.

Wir fuhren eine Weile, ohne zu reden, aber Carla war zu neugierig: »Und dann?«

»Ach, eigentlich gar nichts. Ich hab mit der Skizze für das Wandbild angefangen, und er hat zugeguckt, wir haben ein bißchen Salat gegessen … Dann hat er mich gebeten, noch zu bleiben und mir einen kleinen Kuß gegeben. Harmlos, aber lieb. Er hat mir ein paar nette Komplimente gemacht … Ich glaube, er mag brünette Frauen. Seine Schwester hat in der Richtung was angedeutet.«

»Seine Schwester? Die war auch dabei?«

»Sie war nur kurz da, sie fuhr gleich weg. Na ja, und nach dem Kuß hat Peer gefragt, ob ich Lust hätte, Billard zu spielen. Im Keller wär' eins. Da sind wir runtergegangen und haben gespielt.«

Carla sah mich zweifelnd von der Seite an: »Kannst du das?«

»Ein bißchen. Er hat mir auch einiges beigebracht. Es hat wirklich Spaß gemacht.«

»Drollig!« Carla schüttelte den Kopf. »Und eigentlich auch romantisch. Mal was anderes. Wann war das?«

»Vor drei Tagen.«

»Und wann siehst du ihn wieder?«

»Ich denke, ich werde am Montag anrufen und sagen, daß ich abends zum Malen komme. Peer hat gesagt, ich soll das allein entscheiden.«

»Wirst du viel Geld für das Bild bekommen? Oder verrechnet er es jetzt vielleicht unter Freundschaftsdienste –?«

»Das glaube ich nicht. Eigentlich ist es mir auch ziemlich egal, wieviel ich dafür bekommen werde«, erwiderte ich.

Aber das war gelogen. Mein Honorar war mir schon deshalb wichtig, weil ich von Peer Petraschke nicht ausgenutzt werden wollte.

Als wir ankamen, war die Nordsee verschwunden: Sie hatte sich zur Ebbe zurückgezogen. Carla legte sich auf eine blaue Decke in den Sand dicht bei den Dünen. Sie trug einen knappen weißen Bikini, und die vorbeischlendernden, badehosentragenden Herren schlenderten sehr viel langsamer, solange die blaue Decke in ihrem Blickfeld lag.
Ich spazierte ein bißchen über den festen, gekräuselten feuchten Boden, den das Wasser zurückgelassen hatte. Ab und zu hob ich eine Muschel oder einen hübschen Stein auf, rieb den Sand davon ab und warf sie dann wieder fort. Ich war sehr tief in Gedanken.
Irgendwann kaufte ich zwei eingewickelte Eis am Stiel und ging damit zu Carlas blauer Decke zurück. Sie knabberte hingebungsvoll den Schokoladenüberzug ab. Ich leckte nur an meinem, immer noch nachdenklich, bis mir plötzlich das geschmolzene Eis unter der Schokoladenkruste hervor auf den Busen und meinen roten Bikini tropfte. Natürlich hatte Carla sowohl feuchte Reinigungstücher als auch Papiertaschentücher in ihrer Korbtasche. Sie ist immer so praktisch.
»Du hast vorhin gesagt, du willst dich verlieren können. Und du merkst, daß du lebendig bist, wenn es weh tut?« knüpfte ich wieder ans Thema an. »Also, ich wußte bis jetzt gar nicht, daß du Wert darauf legst, dich zu verlieren ... Ich dachte immer, so was machen wir nicht, du und ich ...«
Carla lutschte den letzten Rest Eis von dem kleinen Holzspatel und steckte ihn dann so tief in den weichen Sand, daß er verschwand. »Stimmt, das hab ich früher auch nie gemacht. Ich habe eigentlich nie geliebt. Ich war ja im Grunde sogar nie richtig verliebt. Höchstens mal scharf auf je-

manden. Deshalb ... Deshalb will ich jetzt auch Gefühl pur. Kopfüber rein! Emotionen ausleben.«

»Und das geht auf Knopfdruck?« staunte ich. »Einfach so – durch den Entschluß, Emotionen auszuleben, entstehen welche?«

»Vielleicht ginge es nicht, wenn ich nicht gerade so einen interessanten und leidenschaftlichen Mann wie Bruno kennengelernt hätte«, räumte Carla ein. »Da wuchern die Emotionen ganz von selbst.«

Sie legte sich wieder zurück und schloß die Augen. Ich blinzelte gegen den Horizont: Da hinten, weit weg, glitzerte die Nordsee.

Wenn Jenny Träume deutete, spielte Wasser immer eine wichtige Rolle, und es stand für Gefühle. Träumte jemand von schmutzigem, trübem Wasser, dann hatte er häßliche, verdorbene Gefühle. Klares Wasser stand für reine, positive Gefühle. Wildbewegtes Wasser symbolisierte leidenschaftliche Gefühle. Und so weiter.

Jenny hatte zu mir gesagt: »Du kommst mir vor wie jemand, der behauptet, er würde nicht ertrinken, und dabei geht er nie in die Nähe des Wassers. Ich glaube, du kannst deine Emotionen nicht unter Kontrolle haben, einfach, weil du sie noch nie zugelassen hast.« War das wirklich so? Waren meine Emotionen wie die See bei Ebbe – gewaltsam zurückgehalten?

Sollte ich vielleicht einfach das Haltegummi durchschneiden und mich selbst ans Ufer branden lassen?

12.

Dackel und Dämonen

Im Juni stellte sich heraus, daß Carla auch nicht mit nach Griechenland fliegen würde, weil Bruno mit ihr eine Bergwanderung machen wollte. Ich wandte ein, für eine Bergwanderung benötige man doch höchstens ein Wochenende, und Carla sagte: »Hast du eine Ahnung! Wir wollen zum Himalaja ...«

Also sagte ich die Rhodos-Reise ab. Die Reisebüro-Angestellte betrachtete mich von oben bis unten, bevor sie mir die Anzahlung zurückgab – abzüglich der Summe für die Rücktrittsversicherung. Ich würde gern berichten, daß mir das Scheitern dieser Reise nichts ausmachte, weil Peer Petraschke sowieso mit mir nach New York wollte – oder weil Peer Petraschke mich sowieso mitnahm in sein Ferienhaus auf Lanzarote. Oder weil Peer und ich sowieso den Sommer in seinem Garten und unter seinem Billardtisch verbringen wollten. Dem war aber leider nicht so.

Gerade, als ich mich entschlossen hatte, meine Emotionen branden zu lassen, als ich anrief und Sprechstundenhilfe Ute mit sinnlich vibrierender Stimme klarmachte, ich könne noch an diesem Abend in der Villa an der Elbchaussee aufkreuzen und mit großen schöpferischen Dingen beginnen – da machte mir Sprechstundenhilfe Ute klar, Herr Doktor sei für eine Woche auf einem Seminar in Berlin. Seit gestern. Er melde sich aber einmal täglich – ob sie etwas ausrichten solle?

Ich verneinte deprimiert.

Daraufhin schlug sie mir wieder vor, mich im Notfall doch

einfach von Dr. Fäustel behandeln zu lassen, der sei eigentlich genauso gut.

Ich begriff, daß sie überhaupt nicht zugehört hatte und legte auf.

Bei seiner Sprechstundenhilfe meldete er sich also einmal täglich. Bei seiner Schwester wahrscheinlich auch. Bei mir natürlich nicht.

Was war ich denn schon für ihn? Eine Dekorateuse seines Wintergarten-Anbaus, eine Chauffeuse, eine Salat-Kaltmamsell, ein Billardpartner. Kaum hatte ich meinen Emotionen den Käfig geöffnet, fielen sie über mich her und drohten, mich zu zerfetzen.

Wie mies von diesem Mann, zu behaupten, ich könne jeden Tag mit der Arbeit anfangen und müsse das nur anmelden, wenn er doch wußte, daß er zunächst eine Woche nicht da sein würde.

Was hatte ich eigentlich davon, zu lieben und zu leiden und unterzugehen, wenn es überhaupt keinen Spaß machte?

Ich suchte in meinem Taschenkalender nach Adressen von Männern, die mich zu schätzen wußten.

Da wäre zum Beispiel Roland, ein gutaussehender, aber langweiliger dunkelhaariger Steuerberater. Er jaulte seit Jahren nach mir und erzählte seinen Freunden und Verwandten (die mich bestimmt gern lynchen würden), wie bezaubernd ich war und wie gut ich zu ihm passen würde. Roland pflegte großzügig zum Essen oder ins Theater einzuladen, verdarb aber häufig den Abend, weil er sofort nach dem Treffen anfing zu lamentieren: »Du triffst dich keineswegs mit mir, weil du mich wirklich magst, stimmt's? Eigentlich machst du dir nämlich nichts aus Männern wie mir ...«

Ich hätte mich gern für diesen Abend mit Roland verabredet, doch sein Telefon war dauernd besetzt.

244

Oder Folker, der Halbrocker. Er hatte mir auf der Autobahn geholfen, als mein Auto stehen geblieben war. Bisher war ich vor seinem ungewöhnlichen Erscheinungsbild zurückgeschreckt. Aber schlimmer als Olli Nickels in Tomatenrot war er auch nicht. Außerdem hatte Folker einen weiteren Vorteil: einen großen, freundlichen Mischlingshund! Ich tippte Folkers Telefonnummer ein und erfuhr: »Kein Anschluß unter dieser Nummer ...« Aha.

Vielleicht sollte ich überhaupt lieber Bernie, den Fotografen, anrufen. Der hatte mich im Supermarkt angesprochen, mir einen Heiratsantrag gemacht und mir versichert, ich sei die Frau seines Lebens. Ich war ein paarmal mit ihm ausgegangen und leider zu dem Ergebnis gelangt, daß er nicht der Mann meines Lebens sein konnte.

Aber das war damals gewesen – vor drei oder vier Jahren, vor ÜO-Schulung und so weiter. Was hatte ich damals von reinen Toren geahnt?

Ich wählte seine Nummer. Eine sehr weibliche Stimme meldete sich: »Sabine bei Bernie!«

»Hallo, hier ist Tina. Ist Bernie nicht da?«

»Nein, ist er nicht. Wer zum Teufel ist Tina?«

Ich überlegte, ob ich sie mit der Tatsache vertraut machen sollte, daß ich die Frau seines Lebens war, aber entschied mich dagegen. Sie klang sogar am Telefon gefährlich.

»Ich weiß nicht, kann es sein, daß ich falsch verbunden bin? Das ist doch die Telefonnummer von Bernie Groterjahn?« säuselte ich.

»Und wie du falsch verbunden bist! Du sprichst mit dem Telefon von Bernie Paal!« zischte Bernies neue Frau fürs Leben und schmiß den Hörer auf.

Danach hatte ich keine Lust mehr, zu telefonieren.

Ich machte mir überbackene Käsebrote und starrte durch das Balkonfenster in den hellen Sommerabend. Warum sollte ich auch kneifen? Ich war bisher aus jeder Partnerschaft abgehauen, sobald es zu unbequem wurde. Wenn ich es eine Weile mit Peer Petraschke aushielt, der schon unbequem und kompliziert war, bevor es überhaupt losging, mußte ich doch in ein höheres Level kommen?

Am nächsten Vormittag fuhr ich nach Goden, nachdem ich Ulmi angerufen und gefragt hatte, ob ich willkommen sei.
Ich war noch mißmutiger als am Vortag, denn mit der Post hatte ich die Mitteilung erhalten, daß Gerda mit ihrer Freundin Babs ein Restaurant eröffnen würde und deshalb die kleine Ballettschule für Dilettanten aufgelöst sei. Ein Restaurant! Wahrscheinlich mit Kost für Übersäuerte ...
Es war ein sehr heißer Tag, und ich fand meine Großmutter in einer Hängematte auf der Terrasse, Safran auf dem Bauch, einen weißen Tropenhelm auf dem Kopf. »Da ist meine Tina. Schön siehst du aus, Kind. Du hast Farbe bekommen.«
Ich zog mir einen Gartenstuhl heran und setzte mich dazu.
»Wo ist Herr Brömel?« fragte ich.
»Da oben auf dem Vogelhaus in der Ulme!«
Ich guckte nach oben und entdeckte meinen alten Teddybär rittlings auf dem Vogelhäuschen, in geblümten Bermudashorts und weißem Polohemd, eine Baseballmütze auf dem Kopf. Ich stand noch einmal auf und klaute ihm die Mütze, um sie selbst aufzusetzen, denn Brömel saß im Schatten. Ihm war sie ein bißchen zu groß, mir ein bißchen zu klein.
»Ulmi, ich hatte dir doch von diesem Zahnarzt, diesem Peer, erzählt?«
»Ja, das hast du«, Ulmi schaukelte leicht in der Hängematte. »Der schöne Blonde, der sich ekelt. Wenn du Johannis-

246

beersaft möchtest, mußt du ihn dir aus dem Kühlschrank holen.«

»Danke, jetzt nicht. Was meinst du damit – der sich ekelt –?«

»Klingt wie ein Indianername, nicht? Du hast mir geschildert, wie er nicht hinsah, wenn der Dackel sein Geschäftchen machte. Und wie er sich aufregte, als der Hund mit nasser Schnauze an dir hochsprang. Warte, da war noch irgend etwas. Richtig: Er fand Muscheln widerlich ...«

Bei ihrem Ton wurde mir unbehaglich. »Was ist denn daran so schlimm? Jeder ißt doch irgendwas nicht so gern.«

Ulmi streichelte nachdenklich Safrans Nacken. »Dieser Mann lehnt das Tier in sich selbst ab. Er hat Probleme mit sauber und schmutzig. Das ist nicht gut.«

»Glaubst du?« flüsterte ich bestürzt. »Meinst du, er ist kein gutes ÜO? Ich hatte mich gerade entschlossen, meinen Emotionen freien Lauf zu lassen ...«

Ulmi richtete sich auf, nahm den Helm vom Kopf und fächelte sich damit Luft zu. »Warum ausgerechnet deinen Emotionen, Lady? Wenn du schon was rauslassen mußt, dürfen es dann nicht Gefühle sein?«

»Vielleicht bin ich noch nicht so weit. Weißt du, ich habe doch nie gelernt, einfach sinnlos emotional zu sein wie jeder normale Mensch. Du hast selbst gesagt, was ich schon kann, brauche ich nicht mehr zu lernen, ich soll das tun, was ich noch nicht kann.«

»Diese Regel ist gut, solange man sie nicht übertreibt«, meinte Ulmi. Sie setzte sich den Helm wieder auf, schubste Safran sanft von ihrem Bauch und stand auf. »Du hast sicherlich auch noch keinen Massenmord begangen und solltest trotzdem vermeiden, dich mit dieser Tätigkeit vertraut zu machen. Du magst doch hoffentlich rote Grütze mit Vanillesauce? Komm mit in die Küche!«

Die rote Grütze war selbstgemacht und köstlich, und in der Küche saß es sich angenehm kühl, das Fenster war halb geöffnet, die schneeweiße Spitzengardine hob und senkte sich sanft im Luftzug. »Wie machst du das, Ulmi, daß du gar keine Fliegen im Haus hast?«

»Ich spreche mit ihnen«, erwiderte meine Großmutter. »Oder vielmehr: Ich rede mit dem großen Obergeist der Fliege und bitte ihn, seine Geschöpfe nicht in meinen Bereich zu lassen, weil ich sonst nach ihnen schlagen müßte oder Fliegenfänger aufhängen oder andere Sachen …«

»Siehst du! Du ekelst dich auch hier und da! Warum ist das denn bei Peer so schlimm?«

Ulmi blickte mich nur nachdenklich an und antwortete nicht. Ich seufzte.

»Hast du eigentlich schon alle Levels geschafft, Ulmi?«

»Alle? Wo denkst du hin? Dafür sind viele Leben nötig. Im Moment beschäftige ich mich gerade mit der Kunst des Sterbens.«

Ich saß erstarrt da. Die Pendelküchenuhr tickte langsam und gleichmäßig. Die Gardine wiegte sich sanft. Eine Fliege surrte vor dem Fenster herum, erinnerte sich vermutlich, daß der große Obergeist es verboten hatte, drehte bei und summselte davon.

»Sterben?!! Bist du krank –?!«

»Nicht, daß ich wüßte. Was hat das damit zu tun?«

»Ulmi, um Gottes willen! Wieso übst du dich im Sterben? Was – warum …«

»Hey, ich bin dreiundachtzig, da ist es Zeit, das zu lernen. Es kann schließlich jederzeit passieren. Tatsächlich rechne ich schon damit. Ich habe als Kind einige Male von meinem eigenen Grabstein geträumt, und aus dem ging hervor, daß ich nicht sehr viel älter werde. Das ist natürlich keine Garantie … Die Zukunft besteht aus Möglichkeiten, aus wahrscheinlicheren und aus unwahrscheinlicheren. Ich will nicht vom Tod überrascht werden ...«

Ich sprang nervös auf und tigerte in der Küche umher.

»Kind, wenn du schon rumrennen mußt, deck dabei doch bitte den Tisch ab.«

Ich stellte die Teller zusammen, legte das Besteck darauf, ging Richtung Küchenbecken und ließ alles mit Geklirr und Geschepper fallen. Es gab eine wundervolle Schweinerei. Ich hob die Scherben auf, warf sie in den Mülleimer, warf das Besteck ins Waschbecken, wischte die schlimmsten Flecken mit Küchenpapier auf und dann mit einem nassen Seifenlappen hinterher.

»Bitte, entschuldige, Ulmi ... tut mir schrecklich leid ...«

Meine Großmutter hatte interessiert zugesehen. »Macht nichts, ich hab diese Teller noch nie leiden können. Ich hab sie mal geschenkt bekommen und es nicht übers Herz gebracht, sie wegzuwerfen. Gut, daß du's getan hast. Warum bist du so nervös?«

Ich warf den Lappen aufgebracht ins Becken: »Soll ich das vielleicht großartig finden, daß meine Ulmi ankündigt, sie stirbt bald?« Ulmi schüttelte den Kopf. »Setz bitte Kaffeewasser auf und beruhige dich. Was hast du denn erwartet? Dachtest du, ich werde hundert?«

»Ich weiß nicht. Du bist doch so ... so gesund und rüstig! Ulmi, gehst du eigentlich zu Vorsorgeuntersuchungen?«

»Nein. Ich will nicht krank sein lernen, sondern sterben.«

Ich setzte mich erschöpft auf meinen Stuhl und riß mit beiden Händen nervös mein Haar zurück. »Wie kann man das lernen? Das passiert doch einfach – entweder kriegt man es mit, oder man verschläft es gnädigerweise ...«

»Nun, ich möchte es nicht verschlafen. Ich möchte es unbedingt erleben. Ich will dabeisein, wenn ich rübergehe. Ich hab schon meine Geburt verpaßt ...«

249

»Erleben! Und wenn du Schmerzen hast?« brüllte ich.

»Dann sind das meine Schmerzen, und ich will nicht darum betrogen werden! Ich will als Mensch sterben, nicht als Patient!« Jetzt wurde Ulmi auch recht laut.

Ich lief zu ihr und umarmte sie. »Aber ich will nicht, daß du stirbst!«

Sie hielt mich sehr fest. »Tina, sei doch nicht so dumm. Sterben gehört zum Leben. Ich freue mich darauf. Es wird bestimmt schrecklich spannend. Bitte, gönn mir das!«

»Ach, Ulmi ...« Ich blickte starr nach oben, um meine Augen nicht überlaufen zu lassen und biß einmal fest auf meine Oberlippe, bis sich der Heulreiz einigermaßen gelegt hatte. »Du wirst mir so fehlen! Wer soll mich denn beraten? Wer soll meine ÜOs sortieren und mir helfen, ins nächste Level zu kommen?«

Ulmi klopfte mir beruhigend auf die Schulter, stand auf und bereitete den Kaffeefilter vor. »Du selbst natürlich. Ich habs doch auch immer allein geschafft. Es ist ganz simpel: Was dir an anderen auf die Nerven geht, mußt du an dir selbst ändern. Wo dir Knüppel zwischen die Beine geworfen werden, machst du immer wieder denselben Fehler. Es geht nur darum, zu lernen –« Sie unterbrach sich, um leise die Kaffeelöffel abzuzählen. »Vielleicht hast du sogar recht damit, deine Emotionen einfach freizulassen. Es wird weh tun, aber vielleicht bringt es dich ein großes Stück weiter. Aus Fehlern lernt man am besten, und Schmerz ist das schnellste Pferd auf dem Weg zur Erkenntnis. Trinkst du auch zwei Tassen?«

Bevor ich nachmittags in mein Auto stieg, sah ich David und Heidrun langsam über die Landstraße auf mich zukommen. Sie wirkten, als hätten sie einen längeren Spaziergang hinter sich.

»Tag, Herr Proffffallo, du da ...«

»Hallo, du selber. Schon wieder traurig?« David steckte seine Hände in die Hosentaschen und betrachtete mich mit nachbarlichem Mitgefühl. Seine karottenroten Locken waren in der letzten Zeit etwas länger geworden und bedeckten die Ohren.

»Sieht man das so deutlich?«

»Ja. Tee?«

Ich lachte. »Nein, danke. Ich kann's ja auf der Stelle und ohne weitere Rituale beichten. Meine Großmutter trainiert, zu sterben, meine Ballettschule hat dicht gemacht, und ich bin schon wieder in eine Liebesgeschichte mit einem schönen Mann verwickelt. Das hat noch gar nicht richtig angefangen und beißt schon …«

»Das sind ja respektable Sorgen. Kannst du nicht zu einer anderen Ballettschule gehen?«

Ich schloß langsam mein Auto auf, warf meine Handtasche auf den Beifahrersitz und ließ die Tür weit auf, um die gespeicherte Wärme herauszulassen.

»Dazu bin ich zu alt und zu schlecht.«

David kniff skeptisch seine hellgrünen Augen zusammen.

»Schlecht?«

»Nicht moralisch. Tänzerisch. Ich kann nicht viel. Meine Lehrerin war gut für diesen niedrigen Leistungspegel. Außerdem war sie billig. Andere Schulen sind viel teurer …«

David rieb sich die Nase. »Wie oft bist du da hingegangen?«

»Einmal die Woche.«

»Ich biete dir an, bei mir Unterricht zu nehmen. Ab Mitte August ungefähr, bis dahin muß ich noch eine dringende Übersetzung fertig haben. Für eine uralte, dilettantische Tänzerin mit niedrigem Leistungspegel bin ich gerade gut genug. Ich habe einen mittelgroßen Raum im Haus mit einer Holzstange an der Wand und gutem Parkettboden.

251

Und ich berechne gar nichts, weil es mich selbst dazu bringt, einmal die Woche wieder aktiv zu sein und ein paar Kalorien wegzuschmelzen!« Er schlug mit beiden Händen klatschend auf seinen Wanst.

»Das ist – ach, das ist phantastisch!« Ich beugte mich spontan vor und gab David einen Kuß auf die Wange. Er war glatt rasiert und duftete gut. Wahrscheinlich hatte er sich erst am Nachmittag spaziergehfein gemacht.

»Gut. Dann wünsch ich dir viel Erfolg bei der Lösung deiner anderen Probleme. Freu dich doch einfach, daß Ulla sterben lernt. Viel zu viele Menschen sterben hilflos, tolpatschig, ängstlich und verzweifelt. Und laß dir von deinem schönen Mann nicht zu viel gefallen …« Er grinste und schlenderte seinen Gartenweg hinauf. Heidrun grunzte mir verabschiedend zu und hoppelte unregelmäßig schlenkernd hinterher.

Es widerstrebte mir, noch einmal in der Zahnarztpraxis anzurufen. Ich lief nicht gern hinter einem Mann her. Andererseits: Ganz offiziell sah die Sache ja so aus, als liefe ich nur hinter einem Job her. Warum eigentlich konnte Peer mich nicht mal anrufen? Hatte er schließlich noch nie getan. Na ja, ich hatte ihm auch nie meine Telefonnummer gegeben. Und der blöde Kinderbuchverlag rückte sie ja diskreterweise auch nicht heraus.

Wenn ich die Sprechstundenhilfe richtig verstanden hatte, würde Peer genau eine Woche in Berlin sein. Sollte ich mich jetzt wie ein Habicht auf ihn stürzen, sobald er zurückkam?

Ich konnte warten. Ich sonnte mich in Ruhe auf meinem Küchenbalkon. Ich putzte alle Fenster, auch bei Jenny. Ich suchte neue Aufträge, leider ohne Erfolg. Ich ärgerte mich, daß Beate sich zurückgezogen hatte, Jenny auf Tournee und Carla vollbeschäftigt mit ihrem leidenschaftlichen Bruno war.

Warten ist eine fürchterliche Beschäftigung. Die Zeit vergeht, wir werden immer älter, und nichts passiert. Die Hölle ist wahrscheinlich nichts weiter als ein riesiges Wartezimmer.

Ich besuchte und betelefonierte Ulmi so oft, daß sie schließlich meinte: »Tina, bitte laß es jetzt gut sein mit diesem Mann oder ruf ihn auf der Stelle an!«

Genau da merkte ich, daß ich ihn hinter mir hatte. Meine Emotionen waren tot, verwelkt, verwartet, verschwunden. Dr. Peer Petraschke interessierte mich nicht mehr. Er war mir gleichgültig. Ich ging an diesem Abend sehr zufrieden und erleichtert ins Bett. Am nächsten Morgen wachte ich auf und fühlte mich gräßlich – wie frischoperiert, verkatert und mit Sonnenbrand. Ich ertrug die Sonne nicht und das Vogelgezwitscher, ich hielt die lachenden Stimmen nicht aus, die vom Hof durch mein offenes Fenster hereindrangen.

Ich begriff, daß meine Emotionen am vergangenen Abend wohl nur einen Betriebsausflug gemacht hatten; inzwischen waren sie zurück, registrierten bestürzt, daß ich beschlossen hatte, die Sache mit Petraschke abzublasen und organisierten sofort Demonstrationen, Sprechchöre und Warnstreiks.

Ich stolperte im Nachthemd aus dem Bett und zu meiner Korbtasche, in dem das Handy ruhte.

»Zahnarztpraxis Petraschke, Sprechstundenhilfe Ute –?« – Klimperdidimper – warme, volle Stimme: »Frau Conradi! Was kann ich für Sie tun?«

Was erwartete er eigentlich? Daß ich dumpf erwiderte: ›Es ist der Weisheitszahn links unten, bitte, helfen Sie mir‹ –?

»Guten Morgen, Herr Dr. Petraschke. Ich habe jetzt Zeit

für das Wandbild in Ihrem Wintergarten. Wann kann ich anfangen?«

»Warten Sie —« Er blätterte hörbar in irgendeinem Kalender. Gleich würde er mir mitteilen, ich sollte im nächsten April noch mal nachfragen.

»Ah ja … Geht es am Dienstagabend? So gegen acht?«

»Ja, das geht.«

»Schön. Bis dann! Aufwiederhören.«

Ich legte auf, ohne mich groß zu verabschieden. Ich saß auf dem Teppichboden und fror, obwohl die Sonne mich anstrahlte. Na, fragte ich meine Emotionen, seid ihr nun glücklich? Das ist doch exakt, was Carla gepriesen hat: Es tut zwar weh, aber man merkt, daß man lebt …

Am Dienstagabend brachte ich ein Köfferchen voller Malutensilien mit. Ich trug meinen alten, grün-verwaschenen Overall voller Farbklekse, die nicht rausgingen, ebenso alte und bunte Turnschuhe und mein Haar in einem festgeflochtenen Zopf auf dem Rücken.

Diesmal öffnete Petraschke mir wieder selbst. Er lachte herzlich, als er mich sah. Keineswegs über mich, sondern über irgendeine Bemerkung eines der vielen Menschen, die gerade zu Besuch waren. Montag kläffte und kam angerannt, um neugierig an meinen Turnschuhen zu schnüffeln.

Um in den Wintergarten zu gelangen, mußte ich durch das hellgraue Wohnzimmer. Eine kleine Gesellschaft von zehn bis zwölf Leuten hatte sich hier ungezwungen auf den gestreiften Sofas und Sesseln verteilt. Natürlich kam ich mir vor wie der Klempner, als ich in meinem bekleckten Overall an ihnen vorbeimarschierte.

»Sie kommen doch zurecht?« fragte Peer mich freundlich. Er hielt ein Cocktailglas, in dem sich eine zartrosa Flüssigkeit befand.

Ich nickte. Daraufhin nickte er ebenfalls zufrieden und begab sich zurück zu seinesgleichen.

Ich öffnete mein Köfferchen und begann gleich darauf, meine erste Skizze zu vervollständigen. Zunächst colorierte ich den gesamten Hintergrund in Gelb, von sattem Dottergelb am Boden zu zartem grünlichen Blaßgelb ganz oben. Ich hatte ernsthaft geglaubt, auch dieses Mal würde der Zahnarzt wieder dabeisitzen und zugucken. Aber der einzige, der zuguckte, war Montag. Er verfolgte aufmerksam jede meiner Bewegungen, und immer, wenn ich ihn anschaute oder mit ihm redete, wedelte er lebhaft. Aus dem Wohnzimmer erklang in regelmäßigen Abständen wildes Gelächter. Irgendwer schien da ständig furchtbar komische Bemerkungen von sich zu geben.

Während ich arbeitete, bildeten sich in meinem Kopf immer neue Fragen. Zum Beispiel: Warum hatte Peer Petraschke so lange in seinem Kalender geblättert, um mich dann ausgerechnet an einem Abend herzubeordern, an dem er eine Party gab? Oder war es normal, daß bei ihm viele Leute herumlungerten? Wollte er mir klar machen, daß ich nicht zu seiner Gesellschaftsschicht gehörte? War es purer Zufall, daß die Freunde und Bekannten kurzfristig oder gar nicht angemeldet einfach hereinplatzten? War ich für ihn wirklich nur »die Frau, die augenblicklich unsere Wand beim Wintergarten bemalt«? Und falls ich das war, wieso war ich so dusselig und malte mir hier die Seele aus dem Leib, ohne ein vernünftiges Honorar festgelegt zu haben?

Der Untergrund trocknete schnell, meine erste Bleistiftskizze schimmerte durch. Ich deutete eine Frauengestalt hinter der Steinmauer an und eine Katze, die auf der Mauer saß.

»Ach, hier ist mein Schätzchen!« rief eine Frauenstimme

hinter mir. Schnelle Schritte klapperten zu Montag auf dem Rattansofa.

»Oh, ist das hübsch! Das wird ja entzückend!« rief sie, als sie das Wandbild bemerkte. Ich lächelte ihr zu. Ihre riesigen runden Augen glänzten unnatürlich stark. Wenn Petraschke wirklich was für Brünette übrig hatte, mußte er bis zum Wahnsinn in diese Frau verliebt sein. Da hatte ich keine Chance.

Er kam dann auch gleich, wie von meinen Gedanken gerufen. Diesmal trug er eine halbvolle Champagnerschale, und er hatte seine Jacke inzwischen ausgezogen und die Krawatte gelockert.

»Astrid – was machst du denn hier? Komm bitte mit, ich muß mit dir reden!« forderte er leise, aber energisch. Dem Wandbild schenkte er keinen einzigen Blick. Mir schon gar nicht.

Die beiden verließen den Wintergarten, Montag sprang vom Sofa und folgte ihnen. Ich hörte eine weitere Lachsalve aus dem Wohnzimmer, dann Petraschkes Stimme, leise, aber schneidend und deutlich: »Ich habe dir das schon mal gesagt: Ich will das Zeug nicht in meinem Haus! Wer das Gästeklo benutzt, kommt ja im Vollrausch wieder raus!«

»Ach, Peer …«

»Ja, ach, Peer! Bei Eckerström haben sie letztes Wochenende plötzlich eine Razzia gemacht, und jetzt muß er sehen, wie er sich da rauswindet! Astrid, ich will das nicht und damit Schluß! Du kannst dich auch ohne so was amüsieren. Oder du gehst woanders hin …«

Na gut, vielleicht war er doch nicht bis zum Wahnsinn in sie verliebt. Meine Stimmung hob sich ein bißchen.

Kurz vor Mitternacht packte ich mein Köfferchen zusammen, streckte mich gähnend, knipste das Licht im Wintergarten aus und ging Richtung Wohnzimmer. Zu meiner

Überraschung gab es hier nur noch Kerzenschein. Dabei fiel mir ein, daß auch schon seit einer Weile nicht mehr schallend gelacht worden war.

Ein unangenehmer, vierschrötiger Mann mit großen Geheimratsecken und lippenlosem Mund saß in der Mitte auf einem Sofa, die schöne Astrid lag vor ihm, den Hinterkopf in seinem Schoß, die Augen mit den langen, gefärbten Wimpern geschlossen. Der Geheimratseckige hielt ihre beiden Hände fest und murmelte über sie gebeugt in beschwörendem Ton: »Sag mir genau, wie er aussieht!« Alle anderen reckten rundum die Hälse.

Astrid seufzte und ruckelte hilflos mit dem Kopf hin und her, ohne die Augen zu öffnen. Dann antwortete sie wie ein Mensch, der im Schlaf spricht: »Er ist völlig behaart, am ganzen Körper. Und er hat Fangzähne …«

Eine der zuhörenden Damen stöhnte leise. Alle schienen höchst interessiert an der gebotenen Szene, bis auf Montag, der unter einem Glastisch schlief, und Peer Petraschke, der neben der Tür an der Wand lehnte und halb gelangweilt, halb spöttisch vor sich hin blickte. Als ich an ihm vorbeiging, flüsterte er mir zu: »Ganz behaart und Fangzähne – das kann sich doch nur um ihren Dackel handeln! Um den zu beschreiben, muß sie nicht in Trance in die Dämonenwelt befördert werden!«

Peer brachte mich zur Haustür und öffnete sie für mich.

»Danke, Frau Conradi. Tut mir leid, daß heute so viel los war – ich hätte mich gern mit Ihnen unterhalten. Nächstes Mal, ja?«

»In Ordnung. Ich brauche noch ungefähr zwölf Stunden. Rufen Sie mich an, wenn Sie wissen, wann es paßt?«

Ich drückte ihm meine schlichte kleine Visitenkarte in die Hand. Ha! Jetzt hatte er endlich meine Telefonnummer! Er steckte sie in seine hintere Hosentasche. Eine große blonde Welle fiel ihm über eine Augenbraue. Seine Augen glänzten auch, aber nicht so künstlich wie die von Montag-Frauchen Astrid, sondern nur durch das Licht der Garten-laternen. Er strich mir mit einer Hand leicht über meinen glattgekämmten Kopf, folgte dem Zopf und zog ganz leicht daran.

»Schlafen sie gut, Sie schöne Zigeunerin!« sagte er mit ver-träumter Stimme.

Ich knirschte über den Kies zur Elbchaussee hinunter. Ich war nicht unzufrieden – es wirkte doch ein wenig, als hät-te er seine High-Society-Genossen satt bis obenhin und schmachtete heimlich nach einem typischen Naturkind wie mir.

Außerdem fühlte sich mein Magen zum ersten Mal, seit ich diese Villa besuchte, gut; ich hatte nicht nur zu Hause ein nettes kleines Abendbrot zu mir genommen, ich hatte auch in meinem Malköfferchen, in Alufolie eingewickelt, eine kalte Gemüse-Blätterteigpastete mitgebracht und die so gegen 23.00 Uhr verspeist. Diesen Millionär würde ich bis auf weiteres nie wieder ohne solides Freßpaket besuchen.

Nun kannte Peer Petraschke also meine Telefonnummer, aber: Er rief mich nicht an.

Ich versuchte, nicht zu warten.

So was ist schwierig. Wenn ich das Geld besessen hätte, wäre ich einfach Hals über Kopf allein nach Griechenland gefahren, Lastminute, egal, ob Rhodos, Kreta oder sonst-was. Und mein Handy hätte ich zu Hause gelassen. Dann hätte dieser Kerl ein unbesetztes Telefon anrufen können. Ich besaß aber kein Geld. Und da Peer sich sowieso nicht meldete, wäre es sogar rausgeschmissenes Geld gewesen, denn er hätte es überhaupt nicht gemerkt.

Nach über zwei Wochen rief *ich* ihn an einem Freitag wieder an und bekam sofort einen Termin für den Samstagabend. Er schien erfreut, meine Stimme zu hören, sagte aber keinen Piep darüber, daß er ja schon immer hätte anrufen wollen oder wo ich denn solange gesteckt hätte. Vermutlich hätte er genauso reagiert, wenn ich nicht zwei Wochen, sondern sieben Jahre hätte verstreichen lassen.

Ich verstand plötzlich, was Christoph gemeint hatte, als er meine Emotionslosigkeit beklagte. Emotionen haben offenbar gern Gesellschaft.

Als ich am Samstagabend auf den goldenen Klingelknopf drückte, passierte gar nichts. Auch nicht beim zweiten, dritten, vierten Mal. Ich wollte es nicht glauben, ging ums Haus herum, schaute in die Fenster. Vor dem Wintergarten konnte ich durch die großen Glastüren gut das angefangene Wandbild betrachten. Ich ging zurück zur Vordertür und klingelte wieder. Ich vernahm laut und deutlich das vornehme Dingdong in der Villa, aber sonst blieb alles still und stumm. Da stiefelte ich mit meinem Malköfferchen voll Farben und Picknick zurück zu meinem Auto.

Ich weinte ein bißchen, als ich nach Hause fuhr, gleichzeitig aß ich meinen Mitternachtsimbiß, und gleichzeitig rief ich Ulmi an. Kein Wunder, daß sie zunächst nicht viel verstand.

»Ulmi –«, ich schluckte hinunter und kämpfte gegen die Tränen an, »passiert das, um mir zu zeigen, daß ich auf dem Holzweg bin, oder, damit ich etwas Bestimmtes lerne?«

»Das schließt einander nicht aus. Mir scheint, du lernst augenblicklich Demut.«

»Igitt!«

»Ich weiß, das hat keinen guten Klang mehr. Dabei ist es eine nützliche Tugend. Du weißt doch, wie beim Computerspiel: Du solltest so viele Tugenden wie möglich sammeln, um sie in jeder erdenklichen Lebenslage anwenden zu können. Das macht dich flexibel. Übertreib es nur nicht, indem du zu sehr zur anderen Seite kippst.«

Ich schluchzte und kaute und nickte, was Ulmi allerdings nicht sehen konnte. »Warum entzieht dieser Mann sich mir ständig?«

»Er spiegelt dir damit, daß du Angst vor ihm hast.«

»Angst?!«

»Ich denke schon. Du hast dir vorgenommen, deine Emotionen freizulassen. Du bist sehr verliebt, oder? Alles ist nicht mehr unverbindlich, sondern droht, weh zu tun, wenn es schiefgeht. Deshalb fürchtest du, daß es ernst wird.«

»Das heißt, wenn ich mich wirklich trauen würde, mich darauf einzulassen – volles Risiko – dann würde er nicht mehr wegrennen?«

»Vermutlich.«

»Was würdest du mir raten?«

»Entweder diese Geschichte konsequent abzubrechen. Oder geduldig weiterzumachen und zu schauen, was noch an Lernstoff drinsteckt ...«, empfahl Ulmi.

Ich entschied mich für den Lernstoff. Für den Lernstoff und für den geheimnisvollen, liebenswerten, wunderschönen Peer. Ich wollte keine Angst mehr haben. Leider klapperten mir vor Nervosität – würde es jetzt etwa wirklich losgehen? – die Zähne.

Ich ging früh zu Bett, im Mund den Geschmack von vierzig Tropfen Baldriantinktur auf Zucker.

Am Sonntagmorgen, ziemlich genau, als die Sonne aufging, jodelte mein Handy. Ich tastete danach – Gott sei Dank lag meine Korbtasche dicht neben meiner Schlafmatratze – und hielt es mir ans Ohr: »Ja?«

»Martina?« flüsterte eine Männerstimme. Ich riß erstaunt die Augen auf – Christoph? – und schielte zum Wecker: 4.09 Uhr!

»Martina ... Entschuldige, daß ich ... Tut mir so leid ... Ich mußte mit einem ... mit einem richtigen Menschen sprechen ...«, fuhr die Stimme fort.

Das war nicht Christoph. Ganz allmählich wurde mir klar, daß Zahnarzt Petraschke am anderen Ende flüsterte.

»Peer?« (Ich konnte doch eine anonyme Flüsterstimme nicht fragen: ›Sind Sie es, Herr Dr. Petraschke?‹)

»Ja. Ich bin so ... Ich bin ganz fertig, ehrlich. Kannst du zu mir kommen? Ich muß dich sehen – dein frisches Gesicht, ohne Schminke und Lüge ...«

Jetzt???!!! dachte ich. Andererseits wartete ich seit mehr als einem Monat darauf, daß dieser Mensch endlich anrief, endlich Interesse zeigte. Da sollte ich vielleicht, was den Zeitpunkt anging, nicht so pingelig sein.

»Ich fahre gleich los.«

»Ich warte!«

Ich stand auf und riß die indianischen Gardinen auf. Der Hof mit der Sandkiste und den drei Kastanienbäumen lag still da, vom Licht der Morgensonne wie mit frischgepreßtem Orangensaft begossen. Es sah wunderschön aus. Wenn ich nur nicht so todmüde gewesen wäre. Ich warf mein Nachthemd von mir und tapste ins Bad.

Als ich meinem frischen Gesicht ohne Schminke und Lüge morgens kurz nach vier beim Zähneputzen im Badezimmerspiegel begegnete, erstickte ich fast an der Zahnpasta. Ich flitzte sofort in die Küche, holte zwei Eiswürfel aus dem Gefrierfach und betupfte damit die Tränensäcke. Nach und nach schwoll alles ab. Meine Augen würden in einigen Stunden ihre natürliche Größe erreicht haben. Meine Nase glänzte und war etwas gerötet. Meine Lippen wirkten aschfahl und stumpf. Eins stand fest: Wenn ich mit diesem Gesicht bei Peer auftauchte, würde er mir die Tür vor meiner glänzenden Nase zuschmettern. Auf derart viel unverlogene Natur war er bestimmt nicht gefaßt.

Ich suchte hektisch im Badezimmerschränkchen, in Kommoden und alten Kulturbeuteln. Innerhalb einer Viertelstunde trug ich

1. eine Karottentagescreme auf, die eine natürliche warme Farbe verlieh, ohne wie Make-up zu wirken; färbte ich

2. vorsichtig meine Wangenknochen und ein wenig mein Kinn mit einem braunrosa Lippenstift, den ich sorgfältig verrieb; puderte ich

3. leicht meine Nase und die Stirn und klopfte den Puder sanft mit den Fingern ein; bog ich

4. meine Wimpern mit einer entsprechenden Zange hoch und tuschte sie anschließend mit Fettcreme. Das betonte sie, ohne wie Wimperntusche stumpf zu kleben. Außerdem rieb ich mir

5. etwas von dieser Fettcreme auf die Augenlider, was sie natürlich glänzen ließ.

Schließlich ummalte ich meine Lippen mit einem braunrosa Konturenstift, verteilte die Farbe mit der Fingerkuppe nach innen und gab mit einem Pflegestift leichten Glanz auf den Mund.

Das Ergebnis war zufriedenstellend. Ich sah frisch und hübsch, aber völlig ungeschminkt aus. Anschließend püsterte ich noch massenhaft Trockenshampoo in mein Haar und bürstete es wild nach allen Seiten.

Bei so viel Naturschönheit hätte ein aufwendiger Dreß nur gestört. Ich warf mich in eine Jeans und ein großes schwarzes T-Shirt, das Tendenz zeigte, von jeweils einer Schulter zu rutschen. Dann griff ich meine Tasche und huschte die Treppe hinunter und ins Auto.

Peer hatte nach mir gerufen! Er hatte geradezu gejammert! Er hatte gesagt: »Ich warte!« Vielleicht war er gar kein ÜO. Vielleicht war er der Mann fürs Leben?

Die Fahrt durch ein zu dieser Zeit absolut menschenleeres, sonniges Hamburg war seltsam unwirklich.

Kurz vor fünf knirschten meine flachen Sandalen wieder über den Kies. Ein bezaubernder Morgen – die ersten Bienen brummten schon in den gelben Rosen an der Hauswand herum. Das Haus selbst wirkte allerdings genauso ausgestorben wie am Vorabend. Aber diesmal öffnete Peer, bevor der Dingdong verklungen war. Da stand er, in ausgeblichenen Jeans und hellblauem Batik-T-Shirt, das Haar kleidsam verwuschelt, als hätte er mit behutsamer Hand darin gewühlt. Er lächelte schwach und schüttelte mir die Hand. »Das ist furchtbar nett, daß Sie gekommen sind, Martina ... wollen wir uns in die Küche setzen? Ich koche gerade Kaffee ...«

Ich folgte ihm also in die sonnige Küche und setzte mich auf einen Chromstuhl. Peer hantierte an der Kaffeemaschine herum, während er mit mir sprach: »Ich bin kurz vor dem Selbstmord, wissen Sie? Ich habe alles so satt – das Leben ist so kompliziert und häßlich und unerfreulich ... Wollen Sie vielleicht auch einen Kaffee?« Naiverweise hatte ich geglaubt, er bereite Kaffee für uns beide. Wie dumm von mir. Für einen kurzen Moment war ich versucht, die Demutsmasche auf die Spitze zu treiben und nur bescheiden mein Köpfchen zu schütteln. Dann fiel mir Ulmis Mahnung ein: »Kipp nicht zur anderen Seite über!« deshalb bat ich sachlich-freundlich: »Könnte ich Tee haben?«

Er sah genauso schockiert aus wie neulich, als ich ihm an-

263

vertraute, daß ich abends zu essen pflegte. Dann begann er nervös, in den verschiedenen Küchenschränken zu suchen: »Eigentlich müßte irgendwo Tee sein ... Petra trinkt manchmal welchen ...«

Ich stand auf und half ihm suchen. Wirklich gute Freunde dürfen auch mit in Küchenfächer gucken. Und wen rief man morgens gegen vier wegen Einsamkeit und Lebensüberdruß an, wenn nicht wirklich gute Freunde –? Ich fand Teebeutel, ich fand einen hübschen Becher, ich stellte den chromblitzenden Wasserkocher an und öffnete den silbernen Brotkasten. Diesmal war ein Paket Toast darin. Ich nahm zwei Scheiben, steckte sie in den Toaster, wandte mich mit herzlichem Lächeln an Peer und erkundigte mich: »Auch einen?«

Nein, er wollte nur Kaffee.

Wir saßen uns am Küchentisch gegenüber, er mit seinem Kaffee, ich mit Tee und zwei Marmeladentoasts, und verzerrten gemeinsam unsere Gesichter gegen die aufgehende Morgensonne. Komisch war das mit diesem Peer Petraschke: Am Telefon hatte er geklungen, als würde er mich, sobald ich bei ihm ankam, wild in die Arme reißen. Jetzt wirkte er, als ertrüge er höflich meine Gegenwart, weil ich nun mal im Haus zu tun hatte.

Ich stand auf und zog energisch die Küchengardinen zu. Es blieb hell, aber wir waren nicht mehr so geblendet.

»Was ist denn eigentlich gestern abend passiert? Wir waren um neunzehn Uhr verabredet, aber mir hat keiner aufgemacht ...« Ich umging immer noch die direkte Anrede. Er hatte mich am Telefon geduzt, nun sprach er mich mit Sie und Martina an, wie in einem alten Film. Ich wartete direkt darauf, daß er als nächstes *Fräulein* Martina sagen würde ...

Peer trank vorsichtig ein Schlückchen heißen Kaffee. »Ach,

mein Gott, gestern abend ... Ich bin nachmittags mit einer völlig kaputten Frau zusammengewesen ... Die hat Paranoia, soviel steht fest ... Danach bin ich lange spazierengegangen, allein ... Ich hab schon daran gedacht, Sie anzurufen und zu fragen, ob Sie nicht mitkommen wollen ... Das wäre schön gewesen ...«

Das wäre bestimmt schön gewesen. Vor allem hätte ich dann nicht vor seiner Haustür auch fast Paranoia gekriegt.

»Ich war im Klövensteen spazieren ... Kennen Sie den? Nein? Da sind auch Wildschweine, ein fürchterliches Viehzeug. Die werden von den Kindern oft mit ungekochten Nudeln gefüttert. Mir wird immer ganz komisch, wenn ich höre, wie die Makkaroni zwischen den kräftigen Zähnen krachen ... Wie Knochen ... Diese Frau, bei der ich gestern war, hat so dünne Hände ... Die Fingerknochen sind bestimmt nicht dicker als Makkaroni ...«

Wie interessant. Sollte ich ihm erzählen, daß ich ein sehr nettes Schwein kannte, das gern Marzipan und Waffeln fraß? Ihn fragen, ob er die kaputte Frau vom Vortag gern an die Eber verfüttern würde? Oder ihm meine eigenen Hände unter die Nase halten, um bestätigt zu bekommen, daß sie auch sehr schlank aussahen?

Er wirkte nicht so, als ob er Wert auf irgendeine Erwiderung meinerseits legte. Er plapperte einfach vor sich hin, einen Arm aufgestützt und die Hand in seinen blonden Schopf gewühlt.

»Wir waren zum Mittagessen verabredet, so fing es an. Gloria also, diese Frau heißt Gloria – wollte was kochen. Ich wollte das zwar nicht, aber na gut. Dann kam sie mit Spargel! Das Zeug riecht so unendlich ordinär ... Es ist doch auch nicht mehr Spargelzeit, stimmt's? Wir hatten mal ein Wirtschaftsehepaar ...«

»Ein was –?«

»Ein Wirtschaftsehepaar – er war Gärtner und auch für die Geräte zuständig, sie hat gekocht und aufgeräumt und sich um uns Kinder gekümmert ... Na, die aßen den ganzen Mai hindurch Spargel. Wenn ich nachmittags an ihrer Toilette vorbeiging ... Ich hasse Spargel! Ich sage also: ›Gloria, sei mir nicht böse, das kann ich nicht essen!‹ Da ging's schon los. Und es wurde im Lauf des Nachmittags immer schlimmer. Ich sah ihr Gesicht an – sie sieht im Prinzip sehr gut aus, aber sie war so dick geschminkt. Später hat sie geweint und geschimpft, da kam das ganze Make-up ins Schwimmen und ins Rutschen! Sie sah aus, als hätte jemand sie mit Obsttorte beworfen. Ich kenne diese Frau seit meiner Kindheit, ich kenne ihre Anfälle. Sie ist schön, das ist sie unbestreitbar. Aber viel zuviel Chemie im Gesicht!«

Peer lächelte mich über den Küchentisch hinweg an und machte mir wortlos ein Kompliment über meine Bioschönheit.

»Und dann sind Sie also alleine spazieren gegangen. Und dann?«

»Dann bin ich zum Hafen gefahren und in eine Kneipe. Da waren nur ältere Männer, die alle wie alte Seebären aussahen. Prachtvolle, verwitterte Gesichter. Da hab ich mich dazu gesetzt und getrunken. Später in der Nacht bin ich noch zu den Neuselmanns ...«

Ach! Schon wieder?

»... aber da war viel zu viel los. Wer nicht kokst, der raucht Pot, und wer nicht Pot raucht, der kokst. Nehmen Sie irgendwelche Drogen?«

»Ich trinke ab und zu mal einen Eierlikör«, erwiderte ich aufrichtig.

Er sah mich an und schwieg – entweder, weil er mit der Antwort nicht fertig wurde, oder – was ich eher annahm – weil er nicht richtig zugehört hatte.

266

»Dann kam auch noch Carting, das ist mein Anwalt. Der spielt gern den dämonischen Obermagier, die Damen lieben das. Ach, das ist alles so …« Peer schlug mit beiden Händen hart auf den Küchentisch, stieß seinen Stuhl zurück, stand auf und tigerte hin und her. Ich hätte mich fast am letzten Stück Marmeladentoast verschluckt. Bis jetzt war die Szene recht moderat gewesen.

Peer entrüstete sich weiter: »Es ist schmutzig, dekadent! Warum können wir nicht natürlicher sein, mit dem Einfachen zufrieden?« Ich blickte mich diskret in der Chromküche um und dachte an Oscar Wilde: ›Mein Geschmack ist ganz einfach: immer nur das Beste!‹ oder so ähnlich.

Peer Petraschke umarmte in seiner Verzweiflung über die Dekadenz der Menschheit, speziell der an der Elbchaussee, seinen Kühlschrank. Ich wischte mir ein paar Krümel von der Jeans und beschloß, abzuhauen ohne abzuwaschen. Wenn er jetzt statt mit mir schon mit dem Kühlschrank schmuste …

Ich nahm meine Tasche über den Arm und schlich zur Tür, aber Peer hörte mich und fuhr herum: »Wohin wollen Sie? Verlassen Sie mich jetzt auch schon?«

Wieso eigentlich auch –? Nach allem, was er mir erzählt hatte, war er ständig überall abgehauen, weil er dies und das nicht ertrug. Ich blieb zögernd stehen. Er kam auf mich zu.

»Wann malen Sie endlich Ihr Bild zu Ende, Martina?«

Ich guckte so lieb und unaggressiv wie möglich: »Ich fürchte, gar nicht.«

»Was? Wieso?!«

»Weil ich jetzt bereits viermal hier war, davon einmal vergeblich, obwohl ich meinen Malkrempel mitgeschleppt hatte, und noch immer keinen Pfennig dafür bekommen habe. Ich weiß bis jetzt noch nicht einmal, wie das überhaupt honoriert werden soll. Ich hoffe, niemand nimmt mir

267

das übel –« (es war wirklich schwierig, ganz ohne Anrede auszukommen) »– aber ich kann mir so was einfach nicht leisten.«

Er starrte mich fassungslos aus seinen großen grauen Augen an. Dann griff er sachte meine beiden Oberarme und fragte: »Würden Sie mich heiraten?«

Mir fiel mein naturschönes Kinn runter. »Damit Sie mich nicht zu honorieren brauchen?« Jetzt hatte ich ihn vor Schreck doch wieder gesiezt.

Er lachte. »Nein. Weil ich glaube, mit Ihnen könnte ich sehr glücklich sein. Ich fühle mich wohl in Ihrer Gegenwart ... Sie sind wie eine bezaubernde dunkle Blume.«

Er neigte den Kopf über mein Gesicht – na ja, sehr tief brauchte er nicht zu neigen, eigentlich kippte er's mir nur entgegen – und küßte mich wieder sehr zart und keusch auf den Mund.

13.

Aufbranden der Leidenschaft

Ich verbrachte den ganzen Sonntagvormittag mit Peer, und er küßte mich noch zweimal, allerdings ebenso jugendfrei wie vorher. Später fragte ich ihn, ob er auch anders küssen würde, und nachdem er eine Weile darüber nachgedacht hatte, antwortete er mit leicht verzerrtem Gesicht: »Meinst du, mit der Zunge? Das ist doch widerlich. Absolut unhygienisch. Dazu sehe ich tagtäglich zuviel Plomben, Karies und kaputtes Zahnfleisch, weißt du. Wenn man über die Mundflora einigermaßen Bescheid weiß ...«
Aber schließlich ging er wirklich dazu über, mich zu duzen, und ich brachte ihm auch bei, Tina zu sagen. Mittags lud er mich – doch! wirklich! – in eine Kneipe in Altona zu fettigen Bratkartoffeln mit trockenem Roastbeef ein, obwohl er sonst so heikel war. Aber er erklärte mir, das sei rustikal und erinnerte ihn an die Seefahrt. Irgendwo lag bei ihm die Sehnsucht nach klassischem Matrosentum vergraben. Ich glaube nicht, daß er dabei an Skorbut dachte.
Wir einigten uns darauf, daß ich am selben Abend mit Malzeug wiederkommen würde. Und das mit dem Honorar, versicherte Peer, würden wir bestimmt zu meiner Zufriedenheit regeln. Er kam nicht wieder auf den Heiratsantrag zurück, und ich schon gar nicht. Nach und nach meinte ich sowieso, ich hätte den nur geträumt.
Abends malte ich an der Wand. Peer saß – oder lag – wieder auf einem der Sofas und sah zu. Dazu hörten wir Mozart und unterhielten uns. Später spielten wir ein bißchen Billard, und dann zeigte Peer mir sein Schlafzimmer, das tat-

sächlich seidenbespannte Wände hatte, einen pfirsichfar-
benen Plüschteppich und ein ziemlich breites Bett mit Sei-
denhimmel, alles in Gold-Orange-Aprikosentönen. Wir
legten uns Arm in Arm auf das Bett. Peer begann, sehr behutsam mein Haar zu streicheln.

»Ich fühle mich so wohl und ruhig mit dir!« teilte er mir
flüsternd mit. »Richtig gesund. Ich habe häufig Angst-
zustände und nehme dagegen Pillen – seit heute morgen
hab ich keine einzige genommen, und ich fühle mich immer noch gut. Was meinst du, wollen wir zusammen durch
Italien fahren? Kennst du Venedig? Das ist märchenhaft
schön, es riecht nur nicht gut. Warst du schon mal in Flo-
renz? Das möchte ich dir alles zeigen! Ich kenne da ein
ganz hübsches Hotel, klein, aber edel, mit hervorragen-
der Küche, das wird dir bestimmt gefallen … Wir sollten
im September fahren. Italien ist am allerschönsten in der
Zeit zwischen Sommer und Herbst, alles so weich und
mild. Und das Meer bei Venedig ist noch ganz warm,
bloß ist alles viel ruhiger, weil die Saison dann vorbei
ist. Du kannst die schönsten Muscheln am Strand von Ca-
vallino finden, unglaubliche Gebilde, jede Art Muschel, die
der Herr in seiner Güte je erfunden hat, von schnecken-
hausförmig bis lang und platt und rosig-blau-grau schim-
mernd …«

Peer gab mir einen kleinen Kuß auf die Schläfe und einen
auf den Mundwinkel und einen aufs Schlüsselbein. Ich
schloß die Augen. Dann klopfte es an der Schlafzimmertür,
und wir fuhren hoch und auseinander. Mir war schon ein
paar Minuten vorher so gewesen, als hätte ich unten das
Schließen der Haustür gehört, aber ich hatte den Gedanken
als absurd beiseite geschoben. Petra Petraschke öffnete die
Tür einen Spalt und blickte ins Zimmer. Ihr schelmisches
Lächeln entgleiste, als sie mich bemerkte, fing sich aber

dann wieder: »Ach Gottchen – stör ich?! Du hast ja Besuch, Peerchen!«

Peer lächelte sie herzlich an. Er schien nicht im mindesten verstimmt. »Das ist schön, daß du kommst«, behauptete er sogar. Ich war mir da nicht so sicher.

»Ich kann ja gleich wieder gehen …«, bot Petra zögernd an.

›O ja‹, dachte ich.

»O nein!« rief Peer. »Bleib doch bitte! Was wollen wir machen? Billard spielen? Oder ein bißchen fernsehen?«

Wir entschlossen uns für ein bißchen fernsehen, denn Petra war interessiert an einer irischen Gruppe, die in einem dritten Programm vor sich hintanzte. Lauter Mädchen mit langen roten Locken und Männer mit schmalen Hüften, die nach keltischer Musik steppten wie die Verrückten. Dadurch, daß sie die Hände einfach hängen ließen, wirkte es, als tanzten die Beine und Füße völlig von selbst. Wirklich hübsch anzusehen, wenn man nichts Besseres zu tun hatte. Unter anderen Umständen wäre ich bestimmt begeistert gewesen.

Später unterhielten Peer und Petra sich über die Neuselmanns, die Gloschkes sowie Dorle und ihren ungarischen Schnabbibabbi. Ob Anwalt Carting, dieser Verrückte, ihr wohl helfen könnte?

Ich wurde sehr müde, immerhin war ich seit zwanzig Stunden auf den Beinen – denn ich hatte den Nachmittag damit verbracht, mein Haar zu waschen, meine Wohnung aufzuräumen und mein Bett frisch zu beziehen, obwohl das ziemlich frisch bezogen gewesen war. Schließlich wußte ich ja nicht, wie dieser ereignisreiche Sonntag ausgehen würde. Peer hatte den Nachmittag über geschlafen. Trotzdem war er es, der gegen zwölf gähnte und zu Petra und mir sagte »Verzeiht mir, ich muß jetzt schlafen gehen! Ich habe morgen früh eine ziemlich komplizierte Überkronung …«

271

Also standen Petra und ich auf. Sie, wie sich herausstellte, nur, um mich zur Tür zu bringen, denn sie wollte in der Villa übernachten. Beide Petraschkes gaben mir ein Küßchen auf die Wange, die eine links, der andere rechts. Dann fuhr ich nach Hause und warf mich frustriert, aber todmüde in mein knisterndes, duftendes, frischbezogenes Bett ...

Ende Juli kam Jenny endlich von ihrer Tournee zurück. Sie hatte sich mit einem Telegramm angemeldet, klingelte zuerst an meiner Tür und stand mir strahlend, den Koffer zu Füßen, gegenüber. Wir knuddelten uns, stürmten rüber in ihre Wohnung und packten gemeinsam unter wildem Geschnatter ihren Koffer aus.

»Ich muß dir ganz viel von Guido erzählen! Das ist vielleicht ein ÜO, sage ich dir! Kam mein Päckchen pünktlich zu deinem Geburtstag?«

»Ja, vielen Dank auch!«

»Du bist jetzt auch schon siebenunddreißig, was?«

»Sechsunddreißig, und hör auf mit so widerlichen Themen! Also, wie ist das mit Guido?«

»Er ist unwahrscheinlich lieb zu mir. Meistens. Aber er kann auch wirklich brutal sein. Er hat die ganze Brust voller Locken, und in Detmold hat er sich so mit einem Kneipenwirt geprügelt, daß er am nächsten Tag kaum spielen oder singen konnte. Da wäre er fast gefeuert worden. Also, Guido ist ganz, ganz zärtlich. Aber er küßt wie ein Tiger!«

Jenny genierte sich nicht, noch mehr ins Detail zu gehen. Nach knapp zwei Stunden wußte ich höchstwahrscheinlich mehr über Tiger-ÜO Guido als seine eigene Mutter. Wir hatten uns inzwischen in Jennys Sessel gepflanzt und aßen kalte Hühnerbeinchen, die sie vom Bahnhof mitgebracht hatte. Dazu tranken wir Sekt, den ihr ein Theaterintendant geschenkt hatte. Sie hätte roten bekommen können, ent-

272

schied sich aber für weißen, mir zuliebe. Das ist wahre Freundschaft!

»Und jetzt erzähl du – was ist mit deinem schönen Millionär? Bei den paar Telefongesprächen wird man ja nicht richtig informiert. Ist er leidenschaftlich, zärtlich und potent?«

»Zärtlich ja. Leidenschaftlich oder potent – weiß ich nicht.«

Jenny starrte mich verdutzt aus ihren schrägen Bernsteinaugen an: »Wieso? Ich denke, du bist seit fast sechs Wochen seine Freundin?«

»Tja.«

»Aber … wieso –?«

»Tja. Also zunächst hatte seine Schwester akuten Liebeskummer und mußte getröstet werden. Da ist er für einige Tage in ihre Wohnung in Harvestehude gezogen. In der Zeit haben wir nur telefoniert. Dann haben wir ein wunderschönes Wochenende bei ihm verbracht, nur wir zwei. Wir sind viel spazierengegangen, ich hatte schöne Sachen eingekauft und hab gekocht – Peer ißt auch sehr gern vegetarisch … Na, und wir haben viel geredet und etwas geschmust.«

»Ach. Also, ich kenne viele Frauen, die wären glücklich, wenn ihr Kerl mehr schmusen würde und weniger zur Sache käme. Andererseits … Tinalein, sag mal, ist der irgendwie – ich meine – fehlt dem was?«

»Es ist alles dran, falls du das meinst. An dem Wochenende war ich leider indisponiert …«

»Du meinst, du hattest – ja, aber, wen stört denn das?«

»Meine Güte, Jenny, er kann nun mal kein Blut sehen. Jedenfalls außerberuflich nicht.«

»Aha. Na gut. Und was kam euch sonst noch so dazwischen?«

273

Ich nagte am Hühnerknochen und dachte nach. »Warte mal – ich weiß die genaue Reihenfolge nicht mehr ... Also einmal hatte er den Dackel einer Freundin über Nacht da – ein süßer kleiner Kerl! – und der hatte leider Durchfall. Wir sind die ganze Nacht mit ihm raus – mal er, mal ich ... Und ich mußte zwischendurch auch mit warmem Seifenwasser rumputzen ...«

»Entschuldige, warum ausgerechnet du?!«

»Na, du hast es nötig!« schnappte ich wütend. »Du hast mir früher immer gepredigt, ich wäre Männern gegenüber zu kalt! Nun bin ich mal nett und hilfsbereit, da meckerst du auch. Glaubst du, ich lege Wert darauf, daß er tagelang einen beleidigten Magen hat? Da wisch ich doch lieber selber, mir macht das nicht so viel.«

»Doch, das kann ich verstehen.«

»Einmal war der Sohn seiner Schwester zu Besuch über Nacht, weil sie einen neuen Mann antesten wollte. Und der kleine Tristan ist dann, als wir uns gerade näherkamen, in Peers Schlafzimmer geplatzt ...«

»Sag jetzt bitte nicht, er hatte die ganze Nacht Durchfall?«

»Nein, nur Alpträume und Angst. Wir haben ihm was vorgelesen aus einem Auto-Katalog – und er hat zwischen uns geschlafen. Die Nacht darauf waren wir einfach zu müde. Und am folgenden Abend waren wir wirklich ganz kurz davor, glaube ich, und da sind ausgerechnet ein Haufen Freunde gekommen zu einer Spontanparty ...«

»Da ist aber auch der Wurm drin!« Jenny schüttelte den Kopf. »Warum mußtet ihr die denn reinlassen?«

»Er wollte ja gar nicht, wirklich nicht. Aber sie sind hinten rum in den Garten und haben geschrien, daß sie das Licht sehen. Da haben wir dann aufgemacht. Es war sogar ganz nett. Mit einigen von denen kann man sich recht gut unterhalten, wenn man sie von den blöden Themen wegsteuert.

Ja, was hat uns noch gehindert? Manchmal ist Peer todmüde, und das ist echt. Weißt du, er arbeitet wochentags oft von acht Uhr morgens bis halb zehn abends, und was er tut, erfordert wirklich große Konzentration. Ich hole ihn häufig ab und bringe ihn nach Hause. Dann merke ich im Auto schon, daß er halb schläft. Richtig, fünf Tage lang waren seine Eltern zu Besuch im Haus, die wohnen eigentlich am Luganer See …«

»Und in der Zeit habt ihr wahrscheinlich wieder nur telefoniert?« vermutete Jenny mitfühlend.

»Nicht nur. Er hat mich ihnen sogar vorgestellt – ich war einen Nachmittag zum Kaffee da!« erklärte ich. »Allerdings hat er nicht gesagt, daß ich seine Freundin bin …«

»Na ja, bist du das denn?«

»… sondern mich vorgestellt als die Künstlerin, die das schöne Bild im Wintergarten geschaffen hat. Das ist wirklich gut geworden! Ich hab Ulmi gemalt, wie sie nachdenklich über ihre Gartenmauer guckt, während sie gerade eine Pause macht beim Terrassefegen, den Kopf so in die Hand gestützt, sehr typisch, und Safran, der auf der Mauer sitzt. Peer sagt, er mag es sehr. Und seine Eltern waren wirklich nett. Er hat mich zur Tür gebracht und mir zugeflüstert, er wäre gern allein mit mir. Später an dem Abend hat er mich sogar noch mal angerufen. Am Telefon ist Peer manchmal enorm erotisch.«

»Ich muß mir unbedingt sein Horoskop angucken!« Jenny goß den Rest Sekt in unsere Gläser. »Wann hat der Mann denn Geburtstag?«

»Am zehnten September – ich hab mir sogar die Uhrzeit aufgeschrieben, die wußte er nämlich zufällig.«

»Eine Jungfrau – das macht ihn natürlich etwas kühl. Wie habt ihr übrigens *deinen* Geburtstag gefeiert?«

»Oh … In der Zeit waren seine Eltern da. Und da hat er's

275

ein bißchen vergessen ... Eigentlich hat er gar nicht mehr daran gedacht. Macht nichts, ich war bei Ulmi, die hat mir eine Kirschtorte gebacken ...«

»Arme Tina! Und ich dachte, so ein Millionär ... Na, egal. Was war denn, nachdem seine Mama und sein Papa abgereist sind?«

»Da war ich inzwischen leider wieder indisponiert. Und zuletzt kriegte Peer plötzlich ...« Ich kam unwillkürlich ins Kichern, »– er bekam eine Prostataentzündung ...«

»Er bekam eine was –?!« prustete Jenny.

Es war schön, endlich schallend darüber lachen zu können. »Jedenfalls hat ihm der Arzt jeden Geschlechtsverkehr strikt untersagt. Da durften wir dann ganz offiziell nicht.« Jenny wischte sich die Lachtränen samt Wimperntusche vorm Spiegel ab. »Und heute nacht könnt ihr nicht, weil du meinetwegen hier bist?«

»Nein. Peer ist in der Schweiz. In Mailand war eine Art Kongreß über Karies-Genforschung oder so was, auf dem Rückweg besucht er seine Eltern in Lugano ...«

Jenny, das schwarzfleckige Kleenextuch in der Hand, lachte schon wieder: »Die waren doch gerade hier?«

»Sie hängen sehr aneinander. Vielleicht ruft er mich heute abend noch an.«

Aber Peer meldete sich nicht, und inzwischen machte mir das nicht mehr viel aus. Ich war dran gewöhnt, daß er praktisch nie anrief, wenn er es vorher angekündigt hatte; sondern immer nur völlig unerwartet.

Ich fand auch, wir hatten nun genug von ÜO-Freuden und Sorgen geredet. Jenny mußte von ihrer Tournee berichten und mir die Kritiken aus den kleinen Provinzzeitungen zeigen, die wirklich positiv klangen. Ich mußte von Carla und ihrem Fensterputzer erzählen, mit dem sie jetzt im Himalaja in den Bergen herumkletterte und plante, sich bei dieser

Gelegenheit das Rauchen abzugewöhnen, weil sie beim Klettern wahrscheinlich beide Hände brauchen würde und deshalb keine Kippe halten konnte.

»Gibt es denn überhaupt Bergstiefel mit Zehn-Zentimeter-Absätzen?« fragte Jenny verschmitzt.

Ich schilderte, wie Raoul ungefähr Ende Juni spätabends bei Olli Nickels Sturm geklingelt und ihn aufgefordert hatte, sofort seine Wohnung zu verlassen. Olli hielt ihm den Mietvertrag der Familie Nickels unter die Nase, aber Raoul versuchte, den zu zerreißen. Als Jutta damit drohte, die Polizei zu rufen, verschwand Raoul. Doch das war nur die erste Runde: Er kam stark angetrunken und mit einem breitschultrigen Freund einige Stunden später wieder und randalierte im Treppenhaus. Diesmal rief Jutta den Notruf an, was Raoul und sein Begleiter hören konnten, weil das Telefon bei Nickels im Flur steht. Daraufhin verschwand Raouls Freund in der dunklen Nacht, während Raoul selbst Neigung zeigte, Olli aus dem Haus zu zerren. »Da mußte Olli sich mit ihm im Treppenhaus kloppen! Ist das nicht schicksalhaft? Nachdem er das fast genauso damals schon mit Christoph Buhrmeester erlebt hat?« fragte ich begeistert. Jenny nickte bedrückt und knautschte das schmutzige Kleenex in ihrer Hand. »Und dann?«

»Ja, also – du erinnerst dich doch, daß wir Olli von Raouls Toupet erzählt hatten?«

»Das hast *du* gemacht. Ich würde so was nie ...«

»Schön, also ich habs ihm erzählt. Im übrigen sah man das sowieso ganz deutlich, solange er eins trug ...«

Jenny blinzelte verwirrt: »Wieso? Trägt er jetzt denn keins mehr?«

»Nö. Aber das hat Olli erst gemerkt, als er versucht hat, es ihm abzunehmen. Raoul ist inzwischen mit einer wohlhabenden Gönnerin zusammen, die ihm eine Haartransplan-

277

tation bezahlt hatte. Aus Geschäfts- und Prestigegründen, schreibt Raouls Anwalt ...«

»Wieso Anwalt? Wem schreibt der das?« fragte Jenny noch verwirrter.

»Olli Nickels hat einen Brief von Raouls Anwalt gekriegt mit einer Schmerzensgeldforderung über fünfhunderttausend Mäuse. Weil er Raoul die frischimplantierten Haare zum größten Teil wieder rausgerupft hat. Aber Olli findet, wenn der Kerl so fragil ist, soll er nicht nachts friedliche Bürger zu Prügeleien provozieren, weil dabei nun mal Fetzen fliegen können. Demnächst gehen sie vor Gericht ...«

»Au weia!« Jenny raufte sich die blonden Locken. »Sind die Nickels mir jetzt böse?«

»Bestimmt nicht. Warum auch? Daß Raoul irgendwann auftauchen und vermutlich randalieren würde, wußten sie ja vorher. Sie sind sehr glücklich in der Wohnung. Außerdem hat Olli eine Rechtsschutzversicherung.«

»Na, Gott sei Dank. Aber Raoul ist mir bestimmt böse.«

»Sicher. Der hätte es netter gefunden, wenn du ihm die Wohnung mit deinen Möbeln überlassen und einfach weiter die Miete bezahlt hättest, ohne ihn sonst irgendwie zu belästigen ...«

Am Montagabend fuhr ich zum Flughafen, um Peer abzuholen. Sein Flugzeug hatte Verspätung, und ich wanderte in der Ankunftshalle umher und guckte zerstreut hierhin und dahin. Bei dahin blieb mein Blick an einer großen schlanken Frau in einem weißen Kostüm hängen, die mit wippenden braunen Locken schnell und energisch durch die Sperre schritt. Sie erinnerte mich dunkel an irgendwen, obwohl ... Da trat ihr ein sehr langer, sehr gutaussehender Mann im karierten Sommerjacket in den Weg, umarmte sie ohne Umschweife und küßte sie in Grund und Boden. Ich stand neidisch in meiner Beobachtungsnische. Der wirkte nicht, als hätte er sich je über die Hygiene der Mundflora Gedanken gemacht. Sie zauste seine Nackenhaare und küßte tapfer gegen an. Endlich verschnauften sie, lachten sich an und verließen Arm in Arm die Halle. Im Profil erkannte ich sie jetzt, vor allem erkannte ich ihre große marineblaue Handtasche, denn die hatte ich zusammen mit ihr gekauft. Beate Wehrmann war offenbar von ihrem Weiterbildungs-Seminar für behinderte Kinder zurück. Aber der sie da so heißblütig in Hamburg willkommen hieß, war ganz bestimmt nicht Werner Wehrmann gewesen ...

»Tina?« sagte hinter mir die volle, männliche Stimme von Zahnarzt Petraschke. »Schön, daß du mich abholst!« Er gab mir einen kleinen Kuß auf die Wange und lächelte mich an. Er sah phantastisch aus, gebräunter als vor der Abreise und sehr entspannt. »Ich hab mit Petra telefoniert, von Lugano aus, sie war ein wenig eifersüchtig, weil sie auch gern zum Flughafen kommen wollte. Sie besucht mich nachher noch kurz. Du hast doch nichts dagegen, wenn der kleine Tristan heute nacht noch mal im Gästezimmer schläft? Wolltest du bei mir bleiben?«

»Wenn du möchtest?«

Peer hakte mich unter und zog mich zum Hallenausgang. »Natürlich, warum nicht? Du störst mich so gut wie nie ...«, sagte er treuherzig. Ich überlegte müde, ob man diese Bemerkung, wenn man sie vorsichtig bügelte und die Ränder glatt schnitt, vielleicht als alternative Liebeserklärung benutzen konnte ...

Am Dienstagmorgen fing Peer wieder in seiner Praxis an, den Patienten im Mund herumzustöbern, und ich fabrizierte die neueste Illustration für die monatliche Kolumne. Es war sehr heiß und drückend, und die Sonne strahlte leicht verschleiert, nicht golden, sondern schwefelgelb. Gegen halb sechs Uhr nachmittags fuhr ich los, um Peer aus der Zahnarztpraxis abzuholen. Das war inzwischen zur Gewohnheit geworden. Falls ich nicht bei ihm übernachtete (was ja gar nicht so häufig vorkam) nahm er morgens ein Taxi in die Stadt. Meist wartete ich abends im Auto, bis er herunterkam und einstieg. Diesmal dauerte das aber ziemlich lange. Ich stieg seufzend aus, zog einen Parkschein und fuhr mit dem Fahrstuhl in den zweiten Stock zur Praxis hoch.

»Heiliger Strohsack!« rief Sprechstundenhilfe Ute, die antike Ausrufe liebte, »Frau Conradi, hat Herr Doktor Sie denn nicht erreicht? Hat Sie niemand informiert?«

»Worüber informiert? Ist unerwartet noch eine Wurzelbehandlung aufgetaucht?«

»Nein – ach, wie ist das möglich – nein, er ist ja längst zu Hause! Er wurde doch von der Polizei benachrichtigt, weil seine Alarmanlage ständig gedudelt hat und die Nachbarn sind schon ganz brägenklütterig geworden, und da stellt sich doch heraus, in der Villa ist eingebrochen worden!« Ute starrte mich aus ihren kugelrunden braunen Augen an.

»Nein!«

»Ja!! Und Herr Doktor ist natürlich gleich nach Hause. Ich hab alle Termine absagen müssen für den Nachmittag ... ja!«

»Danke«, sagte ich mit damenhaftem Lächeln. Ich fuhr mit dem Fahrstuhl wieder nach unten und stieg in meinen Wagen.

Peer pflegte zu erklären: »Ich hab einfach keinen Nerv fürs Autofahren in der Stadt!« Er besaß zwei große, bequeme, teure Wagen, ließ sich jedoch dauernd kutschieren, entweder von mir oder von Petra oder irgendwelchen Freunden oder Freundinnen. Dann doch lieber von mir. Auch, wenn er nie ein Wort über die Benzinkosten verlor.

Der Himmel hatte sich gelblichgrau bezogen, und im Westen bäumten sich kupferbraune Wolken auf, als ich vor der Villa hielt. Falls es hier vorher von Polizei gewimmelt haben sollte, konnte man jetzt nichts mehr davon erkennen. Das Haus lag lieblich und verschlafen zwischen den Büschen und Bäumen. Ich klingelte. Ich hatte nie um einen Schlüssel bitten mögen, denn ich erinnerte mich noch zu gut, wie ich Christoph meinen eigenen verweigert hatte. Wenn Peer mir nicht von selbst einen anbot ... Aber das tat er natürlich nicht.

Er öffnete mir mit bleicher, ernster Miene, bekleidet mit einem knöchellangen schwarzen Frotteebademantel, und sprach: »Ach, weißt du es auch schon?«

»Ute hat mich aufgeklärt«, sagte ich sachlich-freundlich. Ich dachte gar nicht daran, Punkteverlust zu riskieren, indem ich zeterte: ›Warum hast du mich nicht angerufen? Denkst du denn nicht daran, daß ich deinetwegen umsonst in die Stadt gefahren bin, und dann noch zur Feierabendzeit?! Du weißt doch wohl inzwischen, daß du mich jederzeit überall erreichen kannst, du Blödian!‹

»Guck mal, wie das hier aussieht!« klagte Peer. Er zeigte mir, daß die Einbrecher jedes einzelne Schubfach im Wohnzimmer und in der Diele aufgezogen, den Inhalt rausgerissen und durchwühlt hatten. Es sah wild aus. Darüber hinaus waren die hellgraugestreiften Sofas teilweise aufgeschlitzt worden, aber flüchtig und ohne wirklichen Genuß, kam mir vor. Das tröstete Peer jedoch keineswegs: »Ist das zu fassen? Allein der Stoff hat achttausend Mark pro Stück gekostet – das ist reinster Vandalismus! Die waren wütend, weil sie kein Geld gefunden haben! Den kleinen grauen Fernseher haben sie mitgenommen und eine

Kamera, und dann war ja schon die Polizei da, weil die Nachbarn reagiert hatten ... Leider sind sie trotzdem entkommen ... Den Safe haben diese Unmenschen nicht einmal entdeckt ... Übrigens, entschuldige bitte meinen Aufzug, ich hab gerade geduscht. Ich komm mir richtig besudelt vor!«

Von wegen besudelt: Überall auf den hellen Möbeln saßen schwarze Punkte, als hätte das Zimmer eine Hautkrankheit. »Was ist das denn?«

»Die Kripo hat hier ein dunkles Pulver hingepinselt, um Fingerabdrücke zu finden. Das muß jetzt abgeseift werden. Und alles muß aufgeräumt werden ...« Peer saß auf einem der aufgeschlitzten Sofas und schaute sich verzweifelt um: »Ich hab ziemliches Kopfweh, seit ich hier bin. Hilfst du mir?«

Ganz kurz amüsierte ich mich bei dem Gedanken, wie er wohl reagieren würde, wenn ich jetzt antwortete: ›Nein, ich geh lieber ins Kino und komm zurück, wenn's wieder gemütlich aussieht ...‹, dann krempelte ich die Ärmel hoch und zog quietschgelbe Gummihandschuhe an.

Wir arbeiteten seit ungefähr einer Stunde angestrengt – und Peer drückte sich nicht, muß ich lobend erwähnen; denn er hatte offensichtlich wirklich Kopfschmerzen –, als plötzlich die dicken schwarzen Wolken aufrissen und eine dunkelrote Sonne durchließen. Peer und ich blickten uns überrascht an. Der Raum war in ein unangenehmes, bedrohliches Licht getaucht.

»Das sieht aus wie Blut!« bemerkte Peers brüchige Stimme. Ich blickte ihn sprachlos an. Wie bekam er es bloß fertig, seinen Patienten Zähne zu ziehen oder das Zahnfleisch zu beschneiden, ohne in Tränen auszubrechen oder zitternd unter den Schreibtisch von Sprechstundenhilfe Ute zu kriechen? Der Privatmensch Peer schien mit Zahnarzt

Petraschke wenig zu tun zu haben, das merkte man ja schon an ihren unterschiedlichen Stimmen.

Er tat mir leid, und ich rollte die Gummihandschuhe ab und ging zu ihm, um ihm tröstend eine Hand auf die Schulter zu legen. Das rote Licht wurde blasser, dunkelte fast zu schwarzer Nacht, dabei war doch noch früher Abend. Ein Blitz zuckte auf, ziemlich schnell gefolgt von blechernem Theaterdonner.

Nun geschah, womit inzwischen niemand mehr gerechnet hatte. Peer stand auf, zog mich an einer Hand hinter sich her die Treppe rauf in sein Schlafzimmer und schritt zur Tat! Endlich, zusammen mit einem gewaltigen Gewitter, brandete unsere Leidenschaft hoch!

Das allererste, was er unternahm, war: Er holte ein Gummi aus seiner Nachttischschublade und streifte es sich diskret, verborgen im Dunkel seines Bademantels, über. Daß er noch nicht in der allervergnügtesten Laune sein konnte, entnahm ich dem umständlichen Gewurschtel mit beiden Händen, als versuche er, einen Regenwurm in eine Zellophantüte zu stopfen. Dann legte er sich seufzend auf seinem schönen Seidenbett zurück und überließ erst mal mir die Initiative. Ich zog mich möglichst leise aus, bedauerte lebhaft, keinen langen Bademantel zur Verfügung zu haben, legte mich vorsichtig neben ihn und widmete mich der Initiative.

Wenn jemand die Augen fortgesetzt geschlossen hält, nicht etwa, um das Fühlen mehr zu genießen, sondern um bloß nichts sehen zu müssen (Die Blitze? Oder mich?!), dann stört das ein bißchen. Wenn jemand selbst in dieser Situation nicht die Hygienelosigkeit der Mundflora vergißt und auch sonst deutlich vor jeder Art von Hygienelosigkeit Angst hat (ich war kurz davor, zu fragen, ob ich ihm nicht die gelben Gummihandschuhe holen sollte), dann peitscht das die Sinne nicht gerade auf. Wenn jemand völlig stumm Liebkosungen erträgt und nur hin und wieder leicht zusammenzuckt (als ließe er eine ärztliche Untersuchung über sich ergehen und hoffe tapfer, es sei nun bald vorbei), dann kommt man sich eigentlich nur lästig vor.

Auf dem Höhepunkt unseres Sinnentaumels – nämlich, als wir das Schlafzimmer betraten – orgelte der Donner majestätisch über uns hinweg. Er ließ aber bald gelangweilt nach und verknurrte in der Ferne.

Wer will es mir verdenken, daß ich mich nicht getraute, allzu intim zu werden? Peer nahm schließlich meine Hand und schubste sie ungeduldig nach unten. Er hatte völlig recht: Das war bitter nötig. Als er endlich halbwegs soweit war – und wenn ich sage halbwegs, dann meine ich halbwegs –, unternahm er den beherzten Versuch, zur Sache zu kommen. Unter Zuhilfenahme unserer vier Hände gelang das sogar. Wir machten Liebe. Ungefähr acht Sekunden lang. Dann holte Peer einmal scharf Luft, erstarrte – und rutschte beiseite.

Ich schaute mit großen Augen in den rauschenden Regen, der die Blätter der Bäume herunterdrückte. Weiter weg hüstelte noch ein wenig Donner. Ich begann zu frieren. Peer fror wahrscheinlich nicht, denn er hatte die ganze Zeit den Bademantel angelassen.

Er seufzte noch einmal, wie zu Beginn unseres romantischen Intermezzos, und dann sagte er: »Bist du so nett und läßt mich zuerst unter die Dusche? Dann können wir den Rest aufräumen, und vielleicht spielen wir hinterher ein bißchen Billard, was meinst du? Damit dieser scheußliche Tag ein einigermaßen nettes Ende nimmt ...«

14.

Hochzeit in der Heide

Mitte August kam Carla aus dem Himalaja zurück. Ihre Beziehung zu Bruno, dem Fensterputzer, hatte ein wenig gelitten durch Krätzemilben und vereiterte Fußblasen infolge des Abenteuerurlaubs.

»Außerdem will der Knabe *dauernd*!« gurgelte ihre heisere Stimme empört ins Telefon. »Zum Verrücktwerden! Ich bin bestimmt nicht frigide, aber tagsüber klettern und marschieren und jede Nacht Verrenkungen im Schlafsack – ich wußte nicht mehr, an welcher Stelle ich den schlimmsten Muskelkater hatte! Zum Schluß kriegte ich glücklich ne Hautreizung, du weißt schon wo, aber davon hat er auch keine Notiz genommen. Der sagt doch unerschüttert, er brauche täglich mehrmals Sex, damit seine Bauchspeicheldrüse vernünftig arbeitet. Hast du so was schon mal gehört? Kann das stimmen? Sind die Kerle nicht fürchterlich in ihrem Egoismus?«

»Peer ist in dieser Beziehung ausgesprochen rücksichtsvoll«, stellte ich völlig wahrheitsgemäß fest.

»Beneidenswert!« rief Carla. »Na ja, ein Zahnarzt ist natürlich feinfühliger und beherrschter.«

Ich überlegte, ob ich den beherrschten Zahnarzt zitieren sollte: »Die körperliche Liebe wird in unwahrscheinlichem Ausmaß überschätzt seit der sogenannten sexuellen Revolution. Inzwischen bilden viele Menschen sich ein, mindestens einmal in der Woche Sex gehöre zur Fitneß mit dazu.« Nein, das verriet ich lieber niemandem. Oder sollte ich Carla anvertrauen, daß ein Billardtisch ihn bedeutend

285

mehr erregte als ein Frauenkörper? Früher hätte ich so etwas selbstverständlich getan, und wir hätten uns kaputtge-
lacht. Inzwischen bereute ich schon, Jenny mit Peers Prostataentzündung amüsiert zu haben. Es war eindeutig nicht
loyal ihm gegenüber. Das gab Minuspunkte. Lachen konnte ich mit meinen Freundinnen auch über andere Sachen,
ohne mein ÜO bloßzustellen.

»Mit dem hast du wirklich Glück, Tina. Ich glaube nicht,
daß die Sache mit Bruno noch lange läuft. Auf der Rückrei-
se fing er schon an, fremdzugucken. Aber was noch schlimmer ist: Mit unserem Chef hier läuft es vielleicht auch nicht
mehr lange!«

»Ich wußte gar nicht, daß du mit dem was hattest?« Carla
brüllte vor Lachen, dann hörte ich, wie sie eine Zigarette
anzündete.

»Oh! Ich dachte, das wolltest du dir abgewöhnen?«

»Hör bitte auf – meine Nerven flattern sowieso, ich kann
jetzt keinen Entzug brauchen. Es sieht so aus, als sollte der
Alte gefeuert werden. Und wenn das passiert, fliege ich mit,
jede Wette. Ein neuer Chefredakteur bringt seinen eigenen
Stab mit, das ist nun mal so. Einige wird man behalten, Ältere, Leitende teilweise, solche, die mit dem Alten nicht so
viel zu tun hatten … Aber ich bin doch nur durch ihn hier
gelandet! Ich weiß wirklich nicht, was ich dann machen soll.
In die Elbe springen? Stütze beziehen?« Carla sog wütend
und tief Rauch ein und blies ihn eine Weile später energisch von sich. Ich erwartete geradezu, ihn durch die Lö-
cher im Hörer sprudeln zu sehen. »Ich halte dich auf dem
Laufenden!« versprach sie, »Wir müssen uns auch bald sehen!«

»Komm Freitag einfach mit zu Michis Hochzeit«, schlug
ich vor. »Deine Schwester heiratet? Die kenn' ich doch
kaum …«

»Na und? Die feiern in der Heide mit Tausenden von Leuten, da fällst du gar nicht auf. Dann lernst du auch mal Peer kennen!«

»Ja, mal gucken«, erwiderte Carla. Es hörte sich an, als sei sie mit ihren Gedanken ganz woanders.

Peer und ich hüteten an diesem warmen Spätsommerabend den kleinen Tristan. Wenn ich ehrlich sein wollte, müßte ich zugeben, daß ich lieber den kleinen Montag gehütet hätte. Peers Beziehung zu Astrid war jedoch nicht mehr so übertrieben gut, seit ich immer öfter in der Villa an der Elbchaussee aufkreuzte. Zwar war nie offiziell verkündet worden, ich sei nun die Hauptfrau, aber es lief allmählich darauf hinaus.

Petra verabschiedete sich in einer Parfumwolke. Sie gab Peer ein dickes und mir ein sparsames Küßchen und entschwebte in einem bodenlangen, weißgrün gemusterten Chiffonabendkleid, dessen Dutzende von Röcken um ihre Knöchel wippten.

Peer wollte ein bißchen Billard spielen, aber Tristan wollte malen – mit mir zusammen. Ich packte die Filzstifte aus, unterdrückte jede Art von Frust und lächelte innig: »Was wollen wir denn malen?«

»Ein schönes Bild von coolen Autos!« piepste Tristan wie jedes Mal. Ich hätte ihm nette Hoppelhäschen oder Miezekatzen malen können, Zwerge und Elfen oder von mir aus den kleinen Botterbären in jeder Lebenslage. Aber er wollte Porsches, Ferraris und Lamborghinis, und die konnte er selbst viel besser darstellen als ich. Er malte vor sich hin, ich guckte zu, verbiß mir das Gähnen und lobte hin und wieder: »Toll! Fein machst du das! Und was ist das jetzt für ein Auto?« Für einen noch nicht Sechsjährigen zeichnete er tatsächlich nicht übel, wenn auch etwas einseitig: In jedem

Auto saß ein dunkelhaariger Mann und starrte mit bösen schwarzen Glotzaugen übers Steuer.

»Papi!« erklärte Tristan, mit dem Finger auf die identischen Fahrer tippend. Wie Peer mir versichert hatte, besaß Petras Geschiedener (dritte Ehe) wirklich so einen Wagenpark. Ich versuchte, Petra behutsam darauf aufmerksam zu machen, daß Tristan seinen Papi vermißte – dem war nämlich wegen irgendwelcher Streitigkeiten das Besuchsrecht entzogen worden. Petra winkte kurz ab: »Tristan vermißt nicht Heinz Trexler. Der vermißt nur die Autos.«

Wahrscheinlich hatte sie recht.

Tristan war ein bildschönes Kind mit großen braunen Augen und silberblondem Haar. Er war gut erzogen, höflich und freundlich, aber merkwürdig distanziert, nicht nur mir, sondern auch Peer und seiner Mutter gegenüber. Wenn ich an Fedor und Iwana dachte, die kicherten, glucksten, prusteten und wieherten praktisch den ganzen Tag über gar nichts. Tristan lachte so gut wie nie. Ich äußerte das Peer gegenüber, als der Kleine nach einer gehörigen Portion Tom und Jerry, Werbefernsehen und dem Anfang eines Fliegerfilms endlich im Gästebett lag: »Vielleicht fühlte er sich seinem Namen verpflichtet? Bedeutet Tristan nicht der Traurige?«

Peer zuckte die Schultern. »Keine Ahnung. Ich glaube nicht, daß Petra groß darüber nachgedacht hat, was es bedeutet. Sie hat ihn bestimmt so genannt, weil Tristan gut zu Trexler paßt. So wie Peer und Petra zu Petraschke.«

Ich behielt natürlich für mich, daß ich diese Art der Konsonantenverknotung für eine Zumutung hielt. Wie konnte man ein hilfloses Baby mit einem derartigen Namen strafen, bevor man wußte, ob es nicht einen Sprachfehler haben oder im Erwachsenenalter ständig angetrunken und nicht Herr seiner Zunge sein würde?

»Heute wollen wir lieber keusch sein, sonst kommt der Kleine womöglich wieder im falschen Augenblick reingestürmt«, schlug Peer zartfühlend vor, als ich meinen Kopf an seine Schulter legte. Ich knabberte wie ein Kaninchen in rasender Geschwindigkeit ein paar Salzstangen auf – die hatte ich mitgebracht –, um meine Nerven zu beruhigen und nichts Unpassendes zu sagen. »Ich wollte nur ein bißchen schmusen«, entschuldigte ich mich, als ich mich wieder unter Kontrolle hatte. Peer legte mir sofort den Arm um die Schultern und zog mich dichter an sich heran. »Ich weiß, daß du kein Schmuddelkäfer bist. Mein Gott, wir müssen schließlich nicht ständig übereinander herfallen wie die Tiere!«

Als er das sagte, bestand unsere »Beziehung« seit ziemlich genau zwei Monaten. In dieser Zeit waren wir dreieinhalbmal übereinander hergefallen. Das halbe Mal wurde durch ein Telefongespräch aus Lugano zerfleddert.

Nach und nach begriff ich endlich den angeblich urweiblichen Grundsatz, daß Schmusen viel schöner ist. Mit Peer auf jeden Fall! Ich hatte inzwischen meine schwarze und farbige Unterwäsche in eine andere Schublade aussortiert – sogar die zartrosa- und die champagnerfarbene – und trug nur noch schneeweiße, kochbare Baumwollhöschen. O nein, ich war kein Schmuddelkäfer. Ich wollte ins nächste Level, und wenn ich über Sagrotan, Zölibat, Verklemmtheit und Tenside dorthin kriechen mußte.

Als Petra ihr Söhnchen am nächsten Morgen abholte, fragte ich sie nach der Bedeutung seines Namens. Sie zupfte Tristans Kragen zurecht. »Tristan heißt nicht der Traurige, weil es nicht aus dem Lateinischen kommt, Tina. Der Name ist keltisch und bedeutet: ›Tumult, Lärm, Waffengeklirr‹!« Sie strahlte mich an, ein Auge fast verborgen unter der blonden Welle, und zog den Kleinen hinter sich her zur Tür: »Sag Servus, Tristan!«

»Tschüs, Tina! Tschüs, Peer!« murmelte Tristan artig, aber freudlos. Er wirkte nicht im geringsten lärmig oder tumultartig. Er selbst hätte vermutlich sowieso am liebsten Daimler geheißen.

Peer blickte seiner Schwester und dem Kind aus dem Küchenfenster mit verschränkten Armen nach: »Ein lieber kleiner Kerl, findest du nicht? Ich bin gern Onkel. Als Vater wäre ich total überfordert. Willst du eigentlich eigene Kinder, Tina?«

Ich setzte mich vor Schreck auf einen Küchenstuhl. Lief das auf einen zweiten Heiratsantrag hinaus, vorausgesetzt, ich konnte Unfruchtbarkeit nachweisen? »Ich weiß gar nicht … Eigentlich …« Ich durchforstete mein Gehirn verzweifelt nach einer Erklärung, die sympathisch und gescheit klang, Peer beruhigte, was meinen Drang nach Vermehrung anging, und trotzdem völlig außen vor ließ, daß die biologische Uhr bei mir sowieso bald ausgetickt hatte.

»Eigentlich wollte ich immer gern einen Hund mit Schlappohren!« brachte ich endlich heraus.

»Wunderbar!« meinte Peer zufrieden und streichelte sanft meinen Nacken. »Dann müssen wir sehen, daß wir uns neue Bekannte mit Hund anschaffen, den wir ab und zu bei uns haben dürfen …«

Fünf Straßen neben meiner Wohnung gab es einen großen Platz, auf dem meistens Kinder auf Rädern oder anderen Fortbewegungsmitteln der kleineren Art kreischend umhersausten. Montags und donnerstags war hier Wochenmarkt. Wenn ich irgend konnte, schlich ich mich mit meinem Weidenkorb am Arm schnell an Semihs Gemüseladen vorbei, um ihn nicht zu kränken, und tauchte zwischen den

Verkaufsständen mit Obst und Gemüse, Geflügel und Ei-
ern, Blumen und Pflanzen, Billigjeans und Baumwollklei-
dern aus Pakistan unter. Am Tag vor Michis Hochzeit kaufte ich große Mengen Kartoffeln, Gurken, Zwiebeln und
grüne Äpfel, denn meine Schwester hatte mich gebeten,
meinen weltberühmten Kartoffelsalat mitzubringen. Hier
begegnete ich Jenny, ebenfalls mit Korb. »Tinalein, ich hab
dein Horoskop mit dem von deinem Peer verglichen ...
Wann hast du denn mal Zeit?«
Ich starrte sie erschrocken an. Tinalein sagte sie eigentlich
nur, wenn sie voll Mitleid und Zartgefühl war.
»Ist es so schlimm?«
»Na ja ... Komm, wir trinken einen Saft!« – denn wir standen gerade vor einem wunderbaren neuen Stand, der frische Säfte anbot. Jenny ließ sich Äpfel und Karotten pres-
sen, ich entschied mich für ein Glas Tomaten-Karotten-
Rote-Beete-Saft. Wir bekamen jeder von dem netten Saft-
Mädchen noch einen Teelöffel Weizenkeimöl ins Glas:
»Sonst nimmt euer Körper das Karotin nicht auf!« – und
stießen an.
»Also, Tinalein ... Er hat da so eine Mars-Saturn-Sache,
ganz blöd ... Saturn auch noch im Steinbock ... alles völlig
unterkühlt ... Dazu der Aszendent in den Fischen genau in
Opposition zum Mond in der Jungfrau, mit Konjunktion
mit dem Mondknoten!« Jenny schaute mich tiefbeküm-
mert an. »Das paßt, ganz ehrlich gesagt, nicht sehr gut zu
dir. Du hast so ein lebensfrohes Horoskop ...«
»Wie viele Wochen gibst du ihm noch?«
»Ach, Tinalein ...«
Ich knallte mein leeres Glas auf den Tresen und leckte mir
den Saftbart ab. »Hör auf, Tinalein zu sagen! Kommst du
mit zu Michis Hochzeit oder nicht?
Jenny zögerte. »Wann doch gleich?«

»Freitag – morgen. Du kannst deinen Guido gern mitbringen ...«

»Ach – morgen sind wir bei seinen Eltern zum Kaffee! Das tut mir leid ...«

»Macht nichts. Also dann ... ich will noch ein paar Sachen einkaufen!«

»Du bist doch nicht böse, Tina?«

Ich klopfte ihr lachend auf die Schulter. »Nein, ich bin dir dankbar. Es hat bestimmt ganz schön viel Zeit gekostet, Peers Horoskop auszurechnen und mit meinem zu vergleichen ...«

»Hat es auch!« sagte Jenny ein bißchen beleidigt. Aber dann mußte sie auch lachen.

Auf der Fahrt zur Hochzeit erzählte ich Peer ein wenig von meiner Familie. Nicht viel und mit Vorsicht – aber etwas *mußte* ich einfach über Michi, Sebastian und »den Hendrik« erklären, und vor allem hatte ich einige Worte über das Ungeheuer zu verlieren dem durfte Peer nicht unvorbereitet begegnen!

»Meine Großmutter ist etwas skurril ...«, fing ich zögernd an, als wir in den Elbtunnel eintauchten.

»Wieso skurril? Hat sie Altersschwachsinn oder so was?« fragte Peer beunruhigt.

»Bestimmt nicht. Sie wird nur hin und wieder ein bißchen ärgerlich ... Sie hat eine ausgeprägte Meinung über alle möglichen Faktoren des Lebens, und das ist teilweise recht originell ...«

Peer nahm endlich seine Sonnenbrille ab, nachdem er durch sie hindurch eine Weile die gekachelten Tunnelwände studiert hatte, was ein düsteres Bild ergeben mußte. Er sagte: »Alzheimer geht häufig mit Verfolgungswahn einher.«

292

Früher hätte ich spontan geantwortet: ›Ja, und blonde Menschen sind anfälliger für Kleptomanie als Brünette, aber was hat das mit meiner Großmutter zu tun?‹ Statt dessen schaltete ich sanftmütig in den zweiten Gang, weil vor uns ein Gemüse-LKW trödelte, und antwortete meinem ÜO sachlich-freundlich »Oh, sie hat ganz bestimmt kein Alzheimer. Sie hat auch keinen Verfolgungswahn. Sie weiß sehr genau, was sie will. Ihr Kurzzeitgedächtnis ist genauso gut wie ihr Langzeitgedächtnis. Sie ist nur sehr energisch und hat oft ungewöhnliche Ansichten.«

Peer schwieg, bis wir wieder ans Sonnenlicht kamen. Dann setzte er sich seine Brille mit einem unbehaglichen Seufzer wieder auf. »Na, ich werde ja sehen …«

Hinter uns, teils im Kofferraum, teils auf den Rücksitzen, schaukelten die Mammutschüssel Kartoffelsalat, unser Übernacht-Gepäck – wir würden in einem benachbarten Wochenendhaus von Michi und Sebastian schlafen – und ein großer, schleifenverzierter Karton. Als sich herausstellte, daß Peer mich tatsächlich zur Hochzeit meiner Schwester begleiten wollte, fragte ich ihn, ob er sich dann am Geschenk beteiligen würde. Michi wünschte sich von mir ein schönes Teeservice. Wenn Peer was dazu gab, könnte es ein noch schöneres werden. Obwohl Peer, vorsichtig ausgedrückt, für fremde Leute (jeden außer sich selbst) nicht so gern Geld ausgab, meinte er zu meiner Überraschung sofort: »Natürlich. Kauf etwas wirklich Edles. Du kennst doch ihren Geschmack? Wir machen dann halbe-halbe.«

Das fand ich sehr großzügig, und ich kaufte erfreut ein wunderschönes Service aus graublauem Porzellan, mit winzigen Geishas auf kleinen Brücken oder unter kleinen Trauerweiden oder an einem kleinen Goldfischteich oder ein Tier streichelnd, das ich in meinem Leben noch nie gesehen hatte, am ehesten eine Züchtung aus Windhund und

Elch. Trotz dieses höchst sonderbaren Tieres war das Geschirr bezaubernd, und ich freute mich, Michi etwas so Schönes schenken zu können.

Ich bog bei Dibbersen von der Autobahn ab, an Buchholz vorbei immer nach Süden. Dadurch hatten wir die Sonne schräg von vorn, und Peer litt. Zwar sonnte er sich ganz gern im Liegestuhl, eingeölt und in entsprechender Kleidung (nämlich fast gar keiner), aber noch lieber ging er auf die Sonnenbank, weil das Zeit sparte und er den Wind regulieren konnte, wie er wollte, anstatt eigenwilligen Böen ausgeliefert zu sein oder windlos zu schmachten. In meinem Wagen eingesperrt und vom Hemd bis zu den geflochtenen italienischen Slippern elegant hellgrau gekleidet – sogar mit Weste und silbergrauem Schlips, trotz der Hitze! – hielt er die Temperatur überhaupt nicht aus.

»Ich hasse den Sommer!« stieß er hervor. Die Sonnenblenden gaben nicht viel Schutz, und das Gebläse säuselte entweder wirkungslos vor sich hin oder riß uns fast die Ohren ab, je nach Einstellung.

Wie brachte ich den schönen, verdrossenen Mann neben mir in bessere Laune? Wir fuhren gerade durch einen Ort, der den erfrischenden Namen ›Wintermoor an der Chaussee‹ trug, und hier stand ein fülliger, rotgesichtiger Mann am Straßenrand und zeigte dünne, wadenlose weiße Stockbeine in kurzen bunten Hosen und weißen Socken zu Sandalen. Ich wies im Vorbeifahren mit dem Kinn darauf: »Guck mal, so hättest du dich anziehen sollen! Dann wäre dir jetzt kühler …«

Peer mußte wirklich lachen. Und wir unterhielten uns eine Weile angeregt über die männliche Unsitte, im Sommer Bein zu präsentieren.

»Lieber schwitze ich mich tot!« bemerkte Peer zufrieden, und ich nickte anerkennend. Denn wenn er auch, wie ich wußte, besonders hübsche Beine besaß, war das doch noch lange kein Grund, wie ein spielendes Kleinkind herumzulaufen. Mir ist sowieso ein Rätsel, wieso vor allem Männer mit besonders häßlichen und besonders weißen Beinen das Bedürfnis zu verspüren scheinen, sie ihrer Umwelt zu präsentieren.

Zum Schluß fuhren wir durch wogende Kornfelder und raschelnden Mais, an einer Schafherde vorbei auf das winzige Dörfchen Kammoor zu.

»Ich muß dir was sagen!« verkündete Peer plötzlich, und ich dachte: ›O Gott, was kommt jetzt wieder?‹ »Ich hab eben drüber nachgedacht«, fuhr er fort, »was du für eine erstaunliche Frau bist. Du machst nie Vorwürfe, weißt du das eigentlich? Ich hab noch nie eine Frau kennengelernt, die nicht dauernd auf einen einhackt und meckert und nörgelt – aber du tust das nie. Eben, als ich über die Hitze gejammert hab, hätte jede andere Frau gesagt: ›Na ja, mein lieber Peer, du mußt dich ja immer fahren lassen! Warum sind wir nicht in einem von deinen Wagen unterwegs? Du hast in beiden Klimaanlage und getönte Scheiben, größer und bequemer sind sie auch!‹ – aber so was machst du nie. Das ist ganz wunderbar. Bei anderen Frauen zuckt man immer zusammen, sobald sie Luft holen, um was zu sagen. Bei dir braucht man nie Angst zu haben, daß man fertiggemacht wird ...« Und er nahm meine Hand vom Steuer und küßte sie, als wir eben vor der niedlichen kleinen Kirche hielten und einige Leute neugierig zu uns hinsahen. Ich lächelte ihn sanft und bescheiden an, während meine Lebensgeister Cancan tanzten. Welch Triumph der höheren ÜO-Schulung! Und ich kletterte glücklich aus meinem unbequemen, aufgeheizten kleinen Auto. Genau das, was Peer gerade anderen Frauen in den Mund legte, hatte ich selbstverständlich die ganze Zeit über gedacht ...

Die Kirchenglocken bimmelten wild, und jetzt kam auch der blumengeschmückte Kleinbus mit Braut und Bräutigam. Michi hatte ein milchweißes langes Kleid an mit kurzen Puffärmeln und einem rüschenumschmeichelten Dekolleté. Ihre hellen Locken flossen ihr um Schultern und Rücken. Sie trug keinen Schleier, nur einen dicken bunten Blumenkranz im Haar. Michis Haut wird nie braun, sie hat im Sommer nur rosige Bäckchen und einige zarte Sommersprossen unter den blauen Augen. Ich war sehr stolz auf sie. Sebastian trug auch Weiß. Beide strahlten. Sie schienen immer noch so penetrant glücklich zu sein wie seit jeher. Ich umarmte meine kleine Schwester. Sie ist einen halben Kopf größer als ich und sieht nur neben Sebastian zierlich aus.

Fast gleichzeitig – wir sind eine pünktliche Familie – hielt Vatis großer Kombi neben der Kirche. Ich rannte hin und warf mich ihm rücksichtslos in die Arme, knapp vor der Nase der Braut, und er knuddelte mich und gab mir einen Kuß auf die Nase. »Schön siehst du aus, Tinchen, so knusperbraun und ganz in Rot – darf ich deine Schwester jetzt auch begrüßen?«

Ich stellte Vati und Juliane Peer vor, und dann stellte ich Peer Michi und Sebastian vor und einigen Leuten, die ich kannte und Sebastians Eltern – und dann mußte getraut werden.

Vier bis fünf weißgekleidete – zugegebenermaßen besonders hübsche und niedliche – Kinder, vom späten Baby- bis zum frühen Vorschulalter, trugen kleine Körbe und warfen großzügig mit Blütenköpfen um sich. Die Orgel spielte, Braut und Bräutigam (seit dem frühen Morgen auf dem Standesamt übrigens Herr und Frau Conradi, Sebastian wollte endlich seine Wolke los sein) folgten den Blumenstreuimpfen. Wir anderen schritten langsam hinterher.

Ich weiß den Inhalt der Predigt leider nicht mehr. Alle sagten, sie sei ausgesprochen hübsch gewesen. Ich war zu sehr damit beschäftigt, Peer zu besänftigen, dem ein nichtblumenstreuendes Kind gegen das hellgraue Hosenbein getreten war. Er versuchte, leise fluchend, den dunklen Fleck mit beiden Händen aus dem Stoff zu reiben. Das tretende Kind saß schräg hinter uns im Mittelgang auf einem Stuhl (denn die Kirchenbänke reichten nicht für die Masse Publikum) und ließ immer noch bedrohlich die Beine mit den schmutzigen Schuhen baumeln. Darüber hinaus hatte Peer gehorsam – weil der Pastor dazu aufforderte – zu einem der schwarzen Liederbücher gegriffen, die auf der Holzleiste vor uns lagen. Aber am hinteren Deckel klebte ein undefinierbarer, kaum getrockneter Schleim, weshalb er es mit Gepolter wieder von sich warf. Während er mit in mein Buch sah, murmelte er wütend vor sich hin: »Gehen die Leute hier in die Kirche, um sich ihrer Drüsenprodukte zu entledigen?«
Ulmi war nicht in der Kirche, sie hielt nicht viel von Religionen. Es hatte eine Weile gedauert, bis ich das begriff. Zunächst meinte ich, meine Großmutter sei eine überzeugte Christin, weil sie hin und wieder Jesus zitierte. »Gott lächelt über Religionen!« sagte Ulmi, und: »Religionen sind wie Politik, ein Vorwand, um sich anderen Menschen überlegen zu fühlen und sie anzufeinden.« Deshalb erschien sie auch nicht zur Trauung. Auf meine Bitte hin hatte sie das Michi gegenüber aber taktvoll damit begründet, daß es in ihrem Alter und bei der Hitze zuviel für sie sei, an der ganzen Hochzeit teilzunehmen, sie käme gern zum Feiern.

Michi und Sebastian wohnen mitten in der Heide, in einem Zwei-Zimmer-Küche-Bad-Haus mit Fensterläden, teilbarer Tür und Reetdach. Sebastian hat das mal von irgendeinem Verwandten geerbt, ursprünglich sollte es ein Wochenendhaus sein. Es ist sehr märchenhaft und paßt gut zu ihnen, weil sie ja selbst sehr märchenhaft aussehen. Sebastian erklärte einigen Gästen, daß er anzubauen gedenke, weil »der Hendrik« im Januar oder Februar ein Brüderchen oder Schwesterchen erwarte.

Richtig – wo steckte die bleiche Obstmade eigentlich? Ich fragte Michi nach ihrem Sohn. Sie schaute mich erstaunt an: »Der Hendrik? Der hat doch Blumen gestreut! Da läuft er!« Und sie zeigte auf ein wonniges Knäblein mit langen blonden Locken und großen blauen Augen, der – immer noch einigermaßen weißgekleidet – mit den anderen Stöpseln umhertobte. Ich war platt! »Der hat sich aber verändert!«

»Findest du?« fragte Michi überrascht. »Na klar, sie wachsen, aber damit rechnet man doch ...«

Vor dem Häuschen standen lange Bänke und Tische in Reihen, mit unterschiedlichem Geschirr gedeckt und mit Blumen geschmückt. Ich holte meinen weltberühmten Kartoffelsalat aus dem Kühlkasten auf dem Rücksitz meines Autos. Peer holte gleichzeitig die Riesenkiste mit dem japanischen Teeservice aus dem Kofferraum und überreichte sie dem Brautpaar. Sebastian, sein Vater und Vati öffneten im Akkord Sektflaschen und füllten die Gläser, damit alle anstoßen konnten.

Ein schöngeistiger Hochzeitsgast mit Fischaugen machte die Umstehenden darauf aufmerksam, daß Michi und ich nebeneinander wie Schneeweißchen und Rosenrot aussähen.

Eine junge Dame mit weiß-silber-blond-gesträhntem Haar und auffallend schmalen Augen, ich glaube, eine Bekannte von Sebastian, verwickelte Peer in eine Diskussion über Kunststoffkronen und Porzellanfüllungen. Ihre Augen be-

298

teten ihn an, und er sah ja auch wirklich prachtvoll aus in seinem leichten hellgrauen Anzug mit grauweiß-karierter Weste.

Vati war gerade mitten in einer netten, langweiligen Rede auf das Brautpaar, als David Fox' kleiner Lieferwagen neben dem Reetdachhäuschen hielt. Er half Ulmi fürsorglich hinaus und schleppte dann mit zwei hilfreichen Hochzeitsgästen ihr Geschenk von der Ladefläche, eine Holztruhe mit geschnitztem Deckel und der Inschrift: Hochzeit Inge & Jürgen Ahrens, 1798. Eine reizende kleine Truhe und echter Familienbesitz. Eine Anke Ahrens war die Großmutter von Opa Conradi gewesen. Michi und Sebastian freuten sich sehr.

Interessanterweise war es nicht nur Ulmis erste Begegnung mit Sebastian, sondern auch mit Michi – wenn man davon absieht, daß sie sich einmal getroffen hatten, als Michi noch in Mamis Bauch saß. Sie umarmten sich alle, und Ulmi machte gleich weiter und umarmte Vati und Juliane und mich. Ich stellte ihr Peer vor, der dafür sein Plomben-Gespräch unterbrach. Ulmis große dunkle Augen musterten ihn eindringlich. Ich merkte, daß er unsicher und verlegen wurde, denn er fummelte an seiner Krawatte herum und strich sich das Haar aus dem Gesicht.

Ulmi setzte sich am Tischende neben das Brautpaar, trank ihnen mit Sekt zu, lauschte dem Ende von Vatis Rede und ließ sich von Sebastian Essen holen. Sie steckte in einem braunen Spitzenkleid und hatte Granatohrringe angelegt. Sie wirkte würdevoll, respekteinflößend – und attraktiv, trotz ihres Alters.

Davids Anblick hingegen ließ mich zusammenzucken. Seine Locken waren noch länger geworden und kringelten undiszipliniert hierhin und dahin. Er hatte ein weißes Leinenhemd an, daß locker über seine Taille fiel. Soweit – so gut.

Er trug jedoch wahrhaftig kurze Hosen! In Gärtnergrün. Na schön, seine Beine sahen weder zu dünn noch zu dick aus im Verhältnis zu seiner übrigen Figur also ganz schön stämmig und muskulös – vielleicht, weil er schon als Kind Ballettübungen gemacht hatte. Aber sie waren schneeweiß! Wie der ganze übrige Professor. Wären nicht seine roten Haare und die stachelbeergrünen Augen gewesen, hätte man ihn für einen Albino halten können. Wenigstens kam er heute nicht in Gummistiefeln, sondern in olivgrünen Tennisschuhen oder so etwas Ähnlichem. Peer und ich wechselten einen amüsierten Blick.

Michi schien am Anblick des Professors nichts zu stören. Sie bedankte sich charmant bei David, nahm seine Gratulation entgegen und nötigte ihn an den Tisch uns gegenüber. Er widersprach eine Weile – er habe doch nur Ulmi beziehungsweise die Truhe abliefern wollen, er sei durchaus nicht für eine Feier gekleidet – wie wahr! –, und er habe zu Hause noch zu tun. Aber sie packte ihm bereits den Teller voll, unter anderem mit meinem Kartoffelsalat, und als er die Gabel in der Hand hielt, war es sowieso zu spät.

Erst als David nach einer Portion Nudelsalat, einer Portion Kartoffelsalat, zwei kalten Fleischklößchen und einem großen Röllchen Räucherlachs voll Meerrettichcreme aufschaute, erblickte er mich, und er schien sich zu freuen. Dann guckte er mit einer gewissen Neugier meinen Begleiter an. Ich stellte sie einander vor.

David nickte Peer zu: »Herr Doktor!«

Und Peer nickte zurück: »Herr Professor!« Sie waren beide nicht ohne Ironie.

»Wo ist denn deine Gefährtin?« fragte ich David.

»Heidrun? Der wird beim Autofahren doch immer übel!«

»Ihre Frau?« fragte das hellgesträhnte Mädel, das es fertiggebracht hatte, auf der anderen Seite neben Peer zu sitzen,

300

»Aber kann man denn da nicht medikamentös was machen?«

»Nicht meine Frau. Meine Sau«, stellte David höflich richtig und tat sich noch mehr Fleischklößchen und etwas Selleriesalat auf seinen Teller. Peer und die Blondine – sie hieß übrigens Sarah – starrten ihn wortlos an. Nachdem sie sich erholt hatten, wandte sich die unerschöpfliche Sarah mit leichter Hand einem neuen Gesprächsthema zu: Sollte sie sich in diesem Leben noch vermehren? Heiraten, so hübsch diese Feier ja sei, wäre inzwischen dazu nicht mehr nötig. Aber ein eigenes Kind –?

Peer sagte: »Ich würde es nicht tun. Ich *werde* es nie tun. Ich bitte Sie, in diese Welt noch Kinder setzen! Außerdem ist die Erde sowieso überbevölkert, der Papst kann sagen, was er will. Noch ein paar Jahrzehnte, und die Schlacht um die letzten Nahrungsmittel und das Trinkwasser geht los. Wenn ich Glück habe, erlebe ich das nicht mehr. Warum soll ich ein Kind fabrizieren, das so was mitmachen muß?«

David kaute langsam und blickte Peer groß ins Gesicht. »Welche Zeit schwebt Ihnen denn als günstig vor, um darin zu leben?«

Peer zuckte die Schultern. »Was weiß ich? Jede andere. Die gute alte Zeit zum Beispiel. Bevor es Pestizide gab und genmanipulierte Lebensmittel und Massenarbeitslosigkeit und diesen Anstieg von Gewaltverbrechen. Irgendeine Zeit, in der die Menschen noch gesund lebten, sich gesund ernährten, in der sie Respekt voreinander hatten, anstatt sich gegenseitig totzuquälen, in der sie nicht so egoistisch waren …«

»Sie meinen vermutlich nicht die Zeit der Weltkriege?«

Peer sah indigniert aus, und auch Sarah kniff beleidigt ihre schmalen Augen noch schmaler zusammen. »Natürlich nicht!«

»Gut. Also das neunzehnte Jahrhundert? Überall grundsätzlich Kinderarbeit, keine Krankenversicherungen. Eine bedeutend kürzere Lebenserwartung als heutzutage!« David schien allmählich ärgerlich zu werden, er sprach in ungeduldigem Ton. »Das können Sie auch nicht gemeint haben. Warten Sie, was gab es davor? Gesunde Ernährung, sagen Sie – die bekamen, je weiter Sie in der Geschichte zurückgehen, allenfalls die ganz Privilegierten. Gegenseitiger Respekt? Wo finden wir den? Im Dreißigjährigen Krieg? Bestimmt nicht, da waren die Menschen völlig abgestumpft, die Greuel und Folterspäße der Landsknechte strotzten vor Sadismus. Vielleicht in der Ära der Hexenverfolgung, wenn sich ganze Dörfer und Städte reihenweise gegenseitig anklagten und totquälen ließen? Vielleicht die Zeit der Leibeigenschaft und Sklaverei? Oder die großen Jahrhunderte der Pest?«

Peer, Sarah und ich starrten David erschrocken an.

»Meinst du damit, die Vergangenheit war noch viel schrecklicher als die Gegenwart?« fragte ich.

Peer sprach, bevor David antworten konnte. »Ich habe einen kleinen Neffen, der hat Hautallergien und Asthma – die Luft ist derart belastet – das Ozonloch klafft ständig weiter! Das werden Sie doch zugeben?«

Ich sah Peer erstaunt an. Ich hatte ihn noch nie so grün erlebt.

David seufzte und schob seinen Teller von sich. »Das gebe ich zu. Früher hatten die Kinder keine Hautallergien und kein Asthma. Sondern Flöhe, Läuse und die Schwindsucht. Haben Sie sich mal mit der Kindersterblichkeit der vergangenen Jahrhunderte in unseren heutigen Wohlstandsländern befaßt?«

»Nein, nicht direkt. Sie finden also, wir haben es besser denn je?« David sah erst mich und dann Peer an – Sarah schien er nicht weiter zu bemerken. »Ein bißchen besser denn je. Viele Probleme, die unsere Vorfahren hatten, kennen wir nicht mehr – dafür haben wir nagelneue. Alte Seuchen sind ausgerottet worden – dafür gibt es aktuelle. Aber wenn es früher häufig ums nackte Überleben ging, geht es heute vielfach um das Bewußtsein und das Bewußtwerden des Einzelnen. Daß viele zur Zeit besonders an sich selbst denken, daß sie sich selbst verwirklichen wollen, hat damit zu tun, daß ihnen dieses Gefühl neu ist. Die Menschen auf diesem Planeten werden langsam erwachsen. Sie beginnen, über viele Dinge nachzudenken, die sie früher kaum wahrgenommen haben. Gesunde Ernährung – Menschenwürde – Gleichberechtigung und Individualisierung. Könnten Sie wirklich in die gute alte Zeit zurückgehen und da versuchen, mit einem antiken Menschen über diese Themen zu reden – er würde kein Wort verstehen. Frauen und Kinder und unterlegene Geschöpfe jeder Art sind jahrhundertelang mißhandelt und mißbraucht worden, und es ist nicht weiter aufgefallen. Vielleicht sind wir gerade in der Pubertät. Geben Sie uns ein wenig Zeit …«

Peer klopfte sich ein paar Brotkrümel von der Hose und erwiderte: »Okay, dann bin ich dafür, mit der Nachwuchsproduktion erst dann zu beginnen, wenn die Menschheit erwachsen geworden ist!«

David lächelte schief. »Jo. Weest Se blots försichtig«, sagte er. Er trank seinen Sekt aus, schaute auf die Uhr, nickte uns kurz zu und stand auf, um sich von Ulmi, Michi und Sebastian zu verabschieden. Die verwickelten ihn aber noch in ein längeres Gespräch. Ich konnte nicht hören, worüber sie sprachen, nur sehen, daß sie sich offenbar bestens amüsierten. Endlich stieg David doch in seinen Lieferwagen und fuhr weg. Er drehte sich nicht mehr nach uns um.

Nach dem Essen bauten Sebastians und Michis Freunde in

affenartiger Geschwindigkeit aus Holzbohlen, die sie nebeneinanderlegten und verankerten, einen Tanzboden. Dann setzten sich alle Instrumentekundigen hin, der Klampfenvater, ein Geiger, ein Flötenspieler und – wirklich! – einer mit einer Art Dudelsack, und spielten Polka. Zuerst tanzte das Brautpaar allein – na ja, ziemlich allein, denn der Hendrik und ein verrückter kleiner Terrier sprangen ihnen zwischen den Füßen herum und brachten sie fast zu Fall. Das wurde erst besser, als jemand den kleinen Hund einsammelte und Sebastian sich seinen Sohn auf die Schultern setzte. Dort durfte er mittanzen. Und bald tanzten viele Hochzeitsgäste neben ihnen.

»Möchtest du?« fragte Peer. Ich wußte, daß er nur höflich sein wollte. Wo geschwitzt und gedrängelt wurde, war nicht sein Platz. Ich schüttelte den Kopf.

»Aber ich!« rief diese Sarah und zerrte Peer hinter sich her zu den Holzbohlen. Er sah verwirrt aus, versuchte jedoch, der Polka und der Sarah gerecht zu werden.

Ich setzte mich zwischen Vati und Ulmi, einen Arm um jeden gelegt. Ehrlich gesagt: Ich war schon etwas beschwipst.

»Geht es euch gut? Seid ihr glücklich?« fragte ich. Beide lächelten mich an. »Ihr seht euch so ähnlich!« fügte ich euphorisch hinzu, und da lächelten sie sich gegenseitig an.

»Wir haben uns sehr gut unterhalten«, stellte Ulmi fest und fegte energisch ein paar Haare oder Fusseln von Vatis Jackettschulter. »Dein Vater ist erwachsen geworden.«

Darüber mußte Vati lachen, und er beugte sich vor und küßte Ulmi auf die Wange. Ich war froh, daß sie sich so gut verstanden. Als Vati mit Juliane tanzte, fragte ich: »Was hat sich an meinem Vater verändert, Ulmi?«

Sie schaute sich erst mal um, ob uns keiner zuhörte. Dann meinte sie leise: »Eigentlich nichts. Aber er ist mein einziger verbliebener Sohn. Und ich lebe nicht mehr sehr lange.

Ich habe ihn nicht genug geliebt, glaube ich. Es ist nur vernünftig, wenn ich jetzt noch eine ordentliche Portion Liebe über ihn gebe.«

Ich war enttäuscht: »Das heißt, du bist nur aus Rationalitätsgründen so nett zu ihm? Das finde ich berechnend! Wenn er dich durch sein Verhalten oder durch irgendeine unerwartet charmante Seite umgestimmt hätte ...«

Ulmi seufzte. »Du verwechselst schon wieder Gefühl mit Emotion. Warum soll ich überrumpelt werden? Es ist besser, bewußt zu lieben, glaub mir.«

Michi und Sebastian ließen sich lachend und schnaufend auf ihre Bänke fallen, füllten ihre Gläser neu und stießen mit den Umsitzenden an. Eine wohlmeinende Seele wünschte dem Brautpaar: »Bleibt man so, wie ihr seid!«

Ulmi funkelte den Sprecher zornig an. Ich streichelte beruhigend ihre Hand, und so knurrte sie leiser als vorgesehen: »Absolut idiotisch! Wir haben uns doch nicht auf der Erde verkörpert, um zu bleiben, wie wir sind!«

Inzwischen spielte die Patchwork-Kapelle ›Summertime‹, und die Paare tanzten eng und langsam. Peer hielt Sarah weder zu fest noch irgendwie unsittlich (hätte mich auch gewundert), aber sie hing mit geschlossenen Augen an seiner Schulter.

»Wie findest du ihn?« fragte ich Ulmi.

»*Gorgeous!* Er sieht wirklich blendend aus. Aber er sollte nicht zuviel mit dieser Frau zusammenhängen.«

»Ach, Ulmilein ... Peer ist kein Schürzenjäger oder so was.«

Ulmi schüttelte den Kopf: »Kind, ich behaupte ja nicht, daß er hinter ihr her ist. Aber sie will was von ihm.«

»Ja und? Soll ich jetzt vielleicht eifersüchtig sein? Entschuldige, dazu bin ich zu selbstbewußt. So eine Tante kann ihn mir bestimmt nicht wegnehmen«, erklärte ich überzeugt.

305

»Was hat das eine mit dem anderen zu tun? Ich habe sehr selbstbewußte Menschen kennengelernt, die äußerst eifersüchtig waren. Und schüchterne, komplexbeladene Geschöpfe, denen dieses Gefühl fremd war. Daß Eifersucht unabdingbar mit Selbstwertgefühl zu tun haben muß, ist so absurd wie der Penisneid!« kläffte Ulmi. Ich blickte mich verlegen um. »Kannst du bitte etwas leiser sprechen?«

Ulmi grinste, dämpfte aber wirklich ihre Stimme: »Du sagst, so eine Tante kann ihn dir nicht wegnehmen. Davon ist ja auch nicht die Rede. Aber solltest du zulassen, daß sie in dieser Weise an ihm klebt? Sie führt ihn vor, und damit führt sie dich vor. Wenn eine Fliege auf deinem Pudding umherspaziert, sagst du dann auch: ›Das ist mir ganz egal, laß sie doch, sie kann ja nicht mit der Puddingschüssel davonfliegen?‹«

Ich trank Ulmis Sektglas leer und stemmte mich hoch: »Du hast recht. Wo ist die Fliegenklatsche?«

Aber als ich auf die Tanzfläche zusteuerte, kamen mir mein Pudding und die Fliege gerade entgegen. Sie schienen nicht in völliger Harmonie. Peer äußerte leise, aber schneidend: »Dafür habe ich nicht das geringste Verständnis, tut mir leid!« Und Sarah schimpfte ein Spürchen lauter: »Sie sind wohl kein Mensch, sondern eine Maschine, was? Sie haben wohl in Ihrem ganzen Leben noch nicht aufstoßen müssen? Ist denn das zu fassen …!« Damit steuerte sie auf einen anderen Tisch zu, wo sie laut und wohlwollend begrüßt wurde. Peer zog mich an der Hand hinter sich her und klagte: »Sie hat irgendwas mit Zwiebeln gegessen, einfach abstoßend!«

Ich lächelte ihn tröstend an. Ich hatte schließlich gesehen, wie sie Gabel um Gabel meines Kartoffelsalats voll roher Zwiebel in sich hineinstopfte. Mir selbst kam kein Häppchen davon über die Lippen. Ich blieb innen und außen wohlweislich fortgesetzt sauber und geruchsneutral ...

Die Feier dauerte bis drei Uhr morgens. Danach sollten Peer und ich in einem reizenden, pavillonartigen Wochenendhaus schlafen. Er schlief auch, denn er schmeckte den Mücken nicht. Ich verbrachte die Nacht kämpfend, mückenplattschlagend (und das noch möglichst lautlos), mich vom Scheitel bis zur Sohle unter der Bettdecke versteckend und nach Luft und Kühlung japsend wiederauftauchend – nur, um das erfreute Sssssssssirrriiiissssss auf mich zukommen zu hören. Irgendwann gegen acht Uhr morgens waren sie satt und begaben sich zur Ruhe. Ich kratzte wütend die frischen Stiche und fiel in einen unruhigen Halbschlaf – denn die Sonne drang durch die dünnen Gardinen und heizte den Raum bereits wieder auf.

Endgültig wach wurde ich gegen neun, weil sich jemand in meiner Nähe verzweifelt und ergebnislos räusperte – jemand, der einen schrecklichen Frosch im Hals zu haben schien.

Ich trat im Nachthemd vor die Tür in einen schmetterlingsdurchflatterten, tautropfigen Spätsommermorgen, setzte mich auf die kleine, bereits durchwärmte Holztreppe und bemerkte die große Wildtaube auf einem Baum gegenüber, deren Gurren ich für Halsprobleme gehalten hatte. Ich gähnte, kämmte mich mit den Händen und versuchte herauszufinden, ob ich eigentlich sehr traurig oder ein bißchen glücklich war. Da knarrte hinter mir die Tür, und Peer erschien, reizvoll verwuschelt, gleichmäßig gebräunt, nur in einer Schlafanzughose. Seine klaren grauen Augen blickten mich ungewöhnlich aufmerksam an. Er strich mir sanft über die Schulter und sagte mit seiner vollen, warmen Erfolgreicher-Zahnarzt-Stimme: »Weißt du was? Ich glaube, ich liebe dich, Tina!«

15.

Das kleine Teerosenfest

Einige Tage nach Michis Hochzeit lagen Jenny und ich auf ihrem Balkon und bräunten uns. Dieser Sommer zeigte sich überwiegend heiß und sonnig – gut, daß wir uns das Geld für Rhodos gespart hatten.

Ich schilderte Michis große Feier, und Jenny erzählte vom Besuch bei Guidos Eltern. »Zuerst war alles ganz schön, Tina. Die Eltern waren nett, und ich war nett, und am nettesten war Guido. Auf der Rückfahrt hatten wir Krach. Bevor ich deine Ulmi kannte, hätt ich ja gesagt, Guido war schuld, und er war so gemein ...«

»Und er war gar nicht gemein?«

»Doch. Aber ich war schuld. Ich hab ihn provoziert, gemein zu sein. Ich glaube, er war mir zu nett. Deine Großmutter sagt, daß ich gerne Opfer bin. Zuerst war ich ganz schön sauer, daß sie so was behauptet hat. Aber ich glaube, es stimmt. Ich mache dumme Sachen, und ich sage dumme Sachen, damit ich eins reinbekomme. Und je mehr jemand anders sich schuldig macht, desto unschuldiger bin ich. Deine Ulmi sagt, wenn man die Sache auf den Gipfel treibt, läßt man sich ermorden. Dann ist man völlig unschuldig. Sie sagt, es liegt sehr viel Genuß im Unschuldigsein, und es kann richtig süchtig machen. Ich glaube, sie hat recht. Als mir das plötzlich klar wurde, hab ich das Guido erklärt. Ich hab gesagt: ›Paß mal auf, vergiß, worüber wir uns eben gestritten haben. Darum geht's überhaupt nicht. Ich will dich nur zum Täter machen.‹ Zuerst hat er gedacht, ich will ablenken. Aber ich habs ihm genau erklärt, und er fand das beeindruckend. Wir hatten ein unwahrscheinlich gutes Gespräch, den ganzen Abend. So nahe waren wir uns noch nie.«

Ich seufzte neidisch. Ich wünschte, ich könnte auch mal mit Peer über die Thesen meiner Großmutter plaudern, und wir würden uns dabei näherkommen.

Jenny fuhr fort: »Und später ist noch was Schönes passiert. Du weißt doch, daß Guido für zwei Wochen nach München muß ab Montag? Da wird was nachgedreht für diesen Krankenhaus-Krimi. Ich war schon ganz traurig, weil ich dann alleine bleiben muß, und da ruft gestern abend meine Schwester an und fragt, ob ich zwei Wochen mitkomme auf so ne Wellness-Kur im Sauerland. Sie sagt, allein ist es so langweilig, sie bezahlt auch alles. Genau ab Sonntag! Paßt das nicht gut?«

Ich war ein Spürchen beleidigt, weil Jenny meinte, mit mir Tür an Tür wäre sie ohne Guido alleine. Aber bitte, wenn sie Wellness mit ihrer wohlbetuchten Schwester vorzog …

An diesem Abend fühlte ich mich schön. Ich war noch brauner als vorher, aber nicht zu braun. Mein Haar liebt Sonne, egal, was Frauenzeitschriften oder Friseure darüber schreiben und reden, die raten, es zuzubinden und wegzustopfen, damit es nicht ausdörrt. Mein Haar dörrt nicht aus, es wird voller und glänzender und glücklicher, wenn es besonnt worden ist.

Ich zog ein einfaches, aber sehr vorteilhaftes selbstgenähtes Kleid aus Madraskaro an und Sandaletten mit ziemlich niedrigen, spitzen Absätzen. Dann fuhr ich Peer abholen. Wir gingen in ein griechisches Restaurant zum Essen, saßen draußen in der Wärme unter vielen anderen Menschen und tranken leichten Rotwein.

Ich dachte gerade, daß ich mich gut fühlte und daß mit Peer allmählich alles etwas einfacher wurde, als er sagte: »Das ist jetzt schon das dritte Mal, daß ich dich zum Essen einlade! Wann revanchierst du dich denn mal?«

›Wenn ich auch Millionär bin‹, dachte ich, und ich sagte »Wie wäre es mit nächsten Samstag? Du bist in aller Form zum Abendessen eingeladen! In meiner Wohnung auf dem Balkon, abgemacht?«

Später fuhren wir noch zu den Neuselmanns, denn Erwin feierte seinen Vierzigsten, und Peer mußte sich kurz sehen lassen. Das Geschenk würde Petra mitbringen, sie hatten sich auf halbe-halbe geeinigt. (Ob dies der richtige Moment war, Peer darauf aufmerksam zu machen, daß er mir noch nicht die Hälfte des Geldes für das sündhaft teure Hochzeits-Teegeschirr gegeben hatte? Vielleicht nicht. Sicher konnte ich das ein anderes Mal besser anbringen.)

Bei Neuselmanns war einiges los. Es handelte sich um eine Gartenparty großen Stils.

Als ich das Buffet sah, fragte ich mich, warum Peer sich eigentlich die paar Münzen für unser griechisches Nachtmahl aus dem Herzen gewrungen hatte. Hier wären wir wahrhaftig satt geworden.

Anwalt Carting steuerte seine glänzende, gezackte Stirn auf uns zu, drückte meinen Oberarm, wie um zu prüfen, ob ich schon schlachtreif sei, und erzählte gleich darauf einen entsetzlich obszönen Witz von einem Schwulen und einem schwachsinnigen fetten Knaben. Ich schnappte nach Luft über soviel Zynismus, während Peer sich erbleichend wegdrehte und zu seiner Schwester flüchtete. Ich wäre gern hinterher gegangen, aber Carting hielt mich immer noch am Arm fest und versuchte, seine kleinen intensiven Augen in meine zu bohren: »Sie sind medial begabt, wissen Sie das?«

»Wie kommen Sie denn darauf?«

»Ich spüre so was.«

»Ich glaube, da verspüren Sie sich«, widersprach ich und zog an meinem Arm. Er hielt fest.

»Ihre Weiblichkeit ist doch nicht befriedigt. Doch nicht bei diesem Mann!« Er wies mit dem Gesicht in Peers Richtung. »Erzählen Sie mir doch nichts!«

»Ich erzähle Ihnen ja gar nichts. Aber was hat denn die von Ihnen vermutete Unfähigkeit von Dr. Petraschke mit meiner Medialität zu tun?«

»Ich *vermute* nichts. Ich *weiß* es. Ich kenne einige der Damen, die er bisher frustriert hat. Und keine von denen besaß Ihre sinnliche Ausstrahlung. Wenn Sie mit Peer Petraschke zusammen sind, dann fehlt Ihnen immer noch ein Mann für das Stück unter der Bettdecke!« behauptete er. »Wenn Sie Ihre Sexualität wirklich ausleben würden, mit dem richtigen Mann, könnten Sie Magie bewirken, von der Sie bisher nicht zu träumen wagten.«

Ich brachte mein Gesicht dichter an seins. Das hatte er nicht erwartet, denn er zuckte zurück. Er hatte seinen Monolog eines dämonischen Spießers geheimnisvoll geraunt, und ich sprach auch leise: »Wer unter allen Sterblichen, lieber Herr Carting, könnte denn wohl dieser Mann sein?«

Darauf antwortete er vorsichtshalber nicht. Er starrte mich mißtrauisch an. Ich blickte zunächst ein Weilchen geheimnisvoll, dann stieß ich ihm ganz plötzlich den kurzen, spitzen Absatz meiner Sandalette auf den Fuß und riß gleichzeitig den kleinen Finger seiner klammernden Hand mit einem scharfen Ruck nach oben. Jede Kette hält nur so gut wie ihr schwächstes Glied – seine ganze Klammerhand hätte ich nie im Leben entfernen können, den kleinen Finger jedoch bekam ich mit Leichtigkeit ab, und der Schmerz in seiner Sehne ließ ihn auf der Stelle loslassen. Er jaulte nicht richtig, aber es wurde ein ziemlich lautes Atemholen.

»Keine Feindschaft!« sagte ich begütigend. »Ich verstehe Ihr Dilemma. Es muß schrecklich sein, mit einem derart unsympathischen Gesicht herumzulaufen.«

Als ich auf Peer und Petra zuging, konnte ich Cartings Haß im Rücken spüren. Der Ärmste hatte sich verrechnet: Meine Sanftmut und Geduld einem ÜO gegenüber bedeutete ja nicht, daß mir bereits alle Zähne ausgefallen waren.

Dann kam der Samstag. Er war so heiß, sonnig und samtig wie jeder Sommertag vorher. Ich begann am frühen Nachmittag mit den Vorbereitungen.

Ich wollte ein kleines Teerosenfest geben, weil Peer gelbe Rosen so gern mochte. Ich stellte Jennys kleinen runden Eßtisch – mit ihrer Erlaubnis natürlich, sie verbrachte die letzte Nacht vor der Reise nach München beziehungsweise in die Wellness sowieso bei Guido – und zwei ihrer zarten Stühlchen auf meinen Balkon. Damit war er vollgestellt, ich mußte von der Küche aus servieren.

Ein weißes Bettlaken wurde zur malerisch aufstippenden Tischdecke. Ich dekorierte mit einer flachen Schale, in der gelbe Rosen und Teelichter schwammen, deckte mit Jennys edlem Rosenmusterporzellan und Wein- und Sherrygläsern.

Ich malte eine Speisekarte, auf der ich in feiner Schreibschrift und mit gelben Rosen verziert das Menü des Abends aufzeichnete:

312

Sherry

Klare Fleischbrühe
mit Pfifferlingen

Wiener Schnitzel
mit Prinzeß-Erbsen
und Bratkartoffeln

dazu Cidre

Eis von Teerosen

Mocca

Amaretto

Das waren größtenteils Peers Lieblingsgerichte, zumindest lauter Sachen, vor denen er sich bestimmt nicht ekelte.
Die Fleischbrühe hatte ich seit gestern fertig, ich köchelte darin jetzt nur noch vorsichtig die Pilze und etwas Petersilie und schmeckte sie ab. Paniertes Schnitzel aus Putenfleisch war über jeden Verdacht erhaben, innen eventuell blutig auszusehen. Bratkartoffeln liebte Peer aus einem mir unerfindlichen Grund mehr als alle anderen Kartoffeln, auch mehr als Nudeln oder Reis. Hauptsache, sie waren schön knusprig und natürlich ohne Zwiebeln hergestellt. Ich hatte im Lauf der letzten Zeit eine Meisterschaft darin entwickelt, nicht zu viel Öl in die Pfanne zu gießen, die Pellkartoffeln in der genau richtigen Stärke hineinzuschneiden und jedes einzelne Kartoffelstück rechtzeitig umzudrehen, damit beide Seiten hellbraun wurden. Das erforderte soviel Zeit und Konzentration, daß man unmög-

lich gleichzeitig etwas anderes machen konnte. Ich stellte die Bratkartoffeln also in aller Ruhe am frühen Nachmittag her, ließ sie, ungesalzen und ungepfeffert, in der Pfanne stehen und plante, sie kurz vor acht Uhr noch einmal zu erhitzen und zu würzen.

Die Erbsen hatte ich bei Semih gekauft und ihn halb wahnsinnig gemacht, weil ich in seinen Erbsenkisten ungefähr ein Pfund aus ziemlich dünnen, aber nicht zu dünnen Schoten zusammensuchte. Das gab zwei kleine Portionen extrafeiner Erbsen. Ich dünstete sie fast fertig und ließ sie bis zum völligen Garen einfach stehen. An diesem Abend kam es mir nicht auf die geretteten Vitamine an, sondern auf den Gesamteffekt.

Blieb das Roseneis. Die Idee hatte Carla in einer Zeitschrift gefunden und mir vorgelesen. Ich kaufte dazu Vanilleeis in der Familienpackung, arbeitete einige Tropfen Rosen-Aromaöl ein sowie einige Tropfen gelber Speisefarbe und stellte es wieder kalt. Dann nahm ich zwei besonders perfekte gelbe Rosenköpfe, tauchte sie in geschlagenes Eiweiß und Puderzucker und trocknete sie im Backofen bei fünfzig Grad. Die würden später das Eis krönen.

Amaretto liebte Peer, und Cidre trank er lieber als Wein. Jenny brachte mir selbst ihre kleine orientalische Mocca-Maschine, die damals noch Raoul gekauft hatte.

»Du siehst so glücklich aus. Freust du dich auf heute abend?«

»Ja. Und außerdem – gestern hat Peer gesagt, er möchte bis in alle Ewigkeit mit mir zusammenbleiben. Er meint, er kann sich kaum noch vorstellen, ohne mich zu leben. Er braucht mich, um sich wohl zu fühlen ... Und er hat auch noch mal gesagt, daß er im September mit mir nach Italien will. Wir wollen seinen Geburtstag in Venedig feiern.«

»Ach, Tina, wie schön!« Jenny strahlte. »Das freut mich so

für dich. Also sind unsere ÜOs vielleicht bald keine ÜOs mehr, was? Liebst du ihn?«

Ich kaute am Daumen. »Doch, ich glaube schon. So nach und nach – wenn man sich ständig liebevoll benimmt, dann überzeugt das irgendwie das Innenleben, glaube ich. Außerdem: Er hat eine Menge Macken, aber er ist nicht böse oder gemein oder so was. Ich kann ihn immer mehr verstehen, und ich finde ihn nicht nur schön, sondern oft rührend. Wenn ich früher einen Mann rührend fand, dann hieß das, er war für mich ein Würstchen. So ist das mit Peer aber nicht ...«

»Ich verstehe!« sagte Jenny. Ihre Augen schwammen in Tränen. Aber sie weint sowieso sehr leicht, deshalb klappt das auch so gut, wenn's der Regisseur von ihr fordert.

Ich befestigte über der Balkontür drei hellgelbe Lampions. Jenny sah sich bewundernd alles an. »Das muß ich auch mal mit Guido machen, solange das Wetter noch so schön ist. Diese Balkons sind ja die geborenen Speisezimmer, weil sie direkt neben der Küche liegen.«

»Dann solltest du lieber ein Sektfrühstück geben. Du hast es da abends schon zu dunkel!« gab ich zu bedenken.

Wir blickten beide zur Sonne, die auf meinem Balkon in wenigen Stunden für einen romantischen, rosaroten Hintergrund sorgen würde.

Dann verabschiedeten wir uns aufs herzlichste. Jenny nahm gleich ihren Koffer mit, sie würde am Sonntagmorgen von Guido zum Bahnhof gebracht werden.

Ich bezog zum zweiten Mal, seit ich ihn kannte, ausdrücklich für Peer Petraschke mein Bett. Diesmal nahm ich meine beste Bettwäsche, Nachtigallen in Blütenzweigen, wirklich schön und gar nicht kitschig.

Dann duschte ich und zog mich für den Abend an: die gelbe Hose vom Anzug, den ich bei unserer ersten Begegnung getragen hatte. Dazu ein ärmelloses, sehr tief ausgeschnittenes schwarzes Hemdchen. Ich föhnte mein Haar und fabrizierte einen klassischen Nackenknoten. Links und rechts hinter meine Ohren steckte ich je zwei aufgeblühte gelbe Rosen. Ich schminkte mich so naturverbunden wie möglich, ohne langweilig auszusehen.

Kurz vor acht erwärmte ich die Suppe, stellte den Sherry und den Cidre auf den Tisch, zündete die Kerzen in den Lampions und die schwimmenden Teelichter an und schaute träumerisch in die untergehende Sonne.

Ich glaube, daß ich schon um Viertel nach acht unruhig wurde. Peer war ein pünktlicher Mensch.

Andererseits, beruhigte ich mich, meldete er sich ja hin und wieder keineswegs, wenn ihn etwas auf- oder abhielt. Wie am Tag des Einbruchs ...

Was aber konnte ihn aufgehalten haben? Am Samstag schlief er lange, sonnte sich ein wenig und spielte Billard ...

Ich guckte unter alle Deckel in der Küche, auf die reizende Deko auf dem Balkon, auf mein hübsches Spiegelbild. Um halb neun rief ich bei Peer an – da ging niemand ans Telefon. Vermutlich war er unterwegs.

Um Viertel vor neun rannte ich zum Briefkasten, weil mir einfiel, daß ich den noch gar nicht inspiziert hatte. Vielleicht lag ein Telegramm von Peer darin?

Das nicht; aber ein Brief, der mir mitteilte, daß der Kalenderverlag, für den ich so viele Illustrationen gemacht hatte, pleite gegangen war. Mein letztes Honorar von denen stand noch aus – das konnte ich wohl vergessen. Ich zerknüllte das Papier und rief wieder bei Peer an, mit demselben Ergebnis wie vorher.

Was für eine eindrucksvolle Wiederholung! Versetzte mich nicht der gute Christoph, das Ur-ÜO, ganz genauso

316

am Ende unserer Beziehung? Bedeutete das, Peer hatte sich einer anderen zugewandt, weil er meine Emotionslosigkeit nicht mehr ertrug? Wohl kaum; das war bestimmt nicht sein Problem. Aber was sonst?

Sollte ich Ulmi anrufen? – Petra Petraschke? – die Neuselmanns? – Anwalt Carting, um den Fall durch Magie zu lösen?

Um halb zehn verspeiste ich ein bißchen von dem raffinierten Essen. Ich kann guten Gewissens sagen, daß es hervorragend gelungen war. Ich schluckte die Fleischbrühe mit den Pilzen, vertilgte ein kaltes Schnitzel, ließ die Bratkartoffeln stehen und aß von den halbgaren Erbsen. Das Eis interessierte mich nicht.

Die Kerzen brannten nieder. Es wurde kühl auf dem Balkon. Eine schöne Mondsichel guckte seitlich ums Dach herum.

Ich räumte den Tisch ab, ließ Geschirrspülwasser ins Küchenbecken laufen, nahm die Rosen aus meiner Frisur und wusch ab. Dann transportierte ich den Tisch und die Stühle in Jennys Wohnung zurück. Warum mußte sie auch ausgerechnet heute verschwinden, wo ich doch eine Schulter zum Schluchzen gebraucht hätte oder eine liebe Stimme, die tröstende, unrealistische Vermutungen aussprach? Ich hätte natürlich Guidos Nummer im Telefonbuch suchen und sie anrufen können. Um sie kurz vor dem Urlaub aus der Abschiedsumarmung ihres Liebsten zu scheuchen und ihr die Ohren vollzujammern? Nein.

Ich legte das Bettlaken, das zum Tischtuch befördert worden war, wieder zusammen und rief ein letztes Mal bei Peer an. Da war es elf.

Später zog ich mir eine Strickjacke über und saß den größten Teil der Nacht versteinert auf meinem grünen Klappstuhl auf dem Balkon, während die Mondsichel immer kleiner und blasser wurde.

Ich trank nach und nach den Cidre aus, danach die halbe Flasche Sherry und zu guter Letzt den Rest Amaretto, obwohl ich den überhaupt nicht mochte. Dann wurde mir zur Strafe übel, und alles drehte sich zähflüssig um mich herum. Ich versuchte, auszurechnen, was mich dieser Abend gekostet haben mochte. Die Lampions, die Servietten … Als ich begriff, daß mich die dreißig gelben Rosen praktisch ruiniert hatten, zumal nun auch noch der Kalenderverlag ausfiel –, konnte ich endlich weinen.

Ich wachte am anderen Morgen bei hellem Sonnenlicht gegen halb elf auf, weil mein Dingdong Besuch verhieß. Ich taumelte ins Bad, bürstete mein Haar zurecht, gurgelte mit Mundwasser und zog mir, als ich realisierte, daß ich völlig unbekleidet herumstand, den weißen Kimono über, bevor ich dem neuesten Dingdong entgegeneilte.

Ich öffnete Petra Petraschke. Sie trug einen naturfarbenen Leinenanzug zu genau gleichfarbigen Wildlederschuhen und ein wohldosiertes Lächeln im perfekten Gesicht. Ich kam mir auf der Stelle vor wie eine Schlampe – und das war nicht fair dem sauberen weißen Kimono gegenüber.

»Darf ich reinkommen?« fragte Petra. Ich trat schweigend zurück, und sie kam hinter mir her. Mir fiel ein, daß der grüne Klappstuhl – der einzige, der mir verblieben war – noch auf dem Küchenbalkon stand, und ich holte ihn und stellte ihn Petra hin, bevor ich mich auf mein zerwühltes Bett setzte. Wenigstens war es ganz frisch mit meiner Nachtigall-Wäsche bezogen.

»Sie waren gestern abend mit meinem Bruder verabredet, gell? Er hat mich recht spät in der Nacht angerufen. Er war reichlich außer sich.«

Ich starrte sie an. Wieso war er außer sich gewesen – und nicht auf meinem Balkon?

»Sie müssen das verstehen, Tina. Peer ist über alle Maßen sensibel. Er ist seit Jahren in therapeutischer Behandlung. Er nimmt das Leben schwer. Sie haben ihm einerseits enorm gutgetan ...«

Ich nickte. Das hatte er mir gegenüber auch behauptet!

»Andererseits befürchtete er wohl, von Ihnen abhängig zu werden. Ihnen dürft ja aufgefallen sein, daß Peer ein sehr ungewöhnlicher Mann ist. Er ist außerordentlich attraktiv, das kann jeder sehen, das sagt jeder, das ist unbestreitbar!«

Ich bestritt es ja gar nicht.

»Und er ist nun mal sehr wohlhabend. Von einem Mann, der so schön und so reich ist, kann man nicht auch noch erwarten, daß er simpel und nett ist und einen unkomplizierten Charakter sein eigen nennt.«

Nein?

»Mein Bruder hatte seit jeher – ich kann ja sicher offen sprechen – Probleme mit der Sexualität. Was das angeht, lebt er ein wenig in der Vergangenheit. Wissen Sie« – Petra zeigte in einem kleinen Lächeln ihre prachtvollen Zähne –, »er mochte schon als Kind nicht Onkel Doktor spielen. Zu meinem Leidwesen. So ist das nun mal. Ich weiß nicht, ob er homosexuelle Neigungen hätte, wenn er sie je zuließe. Am ehesten glaube ich, daß ihm der ganze Sex gestohlen bleiben kann. Er praktiziert ihn wohl nur aus Pflichtgefühl und weil es die Gesellschaft nun mal erwartet.«

»Aber ...«

»Aber das stört Sie nicht? Das glaube ich Ihnen nicht. Sie sehen aus wie eine heißblütige Frau. Ich sehe beispielsweise nicht so aus und bin es trotzdem. Ich könnte mir nicht vorstellen, mit einem Mann auf die Dauer zusammenzusein, der keine Lust hat, mich zu beglücken!« sagte Petra Pe-

319

traschke sanft und kratzte mit dem Fingernagel ein Fleckchen von ihrem Hosenbein. »Und ich denke, das können Sie auch nicht. Andererseits wird Peer verrückt bei dem Gedanken, eine Frau erwarte auf die Dauer, daß er ihr ›beiwohnen‹ muß. Das hat er mir selbst so gesagt. Er will Ihnen also – erstens – nicht weh tun, indem er Ihnen die zu beanspruchende körperliche Liebe vorenthält. Andererseits muß er sich – zweitens – dazu jedesmal selbst vergewaltigen. Und drittens: Er fürchtet, sich über kurz oder lang gefühlsmäßig zu eng an Sie zu binden. Wodurch Dilemma eins und zwei erst richtig zum Tragen kämen. Und aus all diesen Erwägungen heraus ist er heute morgen sehr früh in unser Haus auf Lanzarote geflogen. Er bat mich, Sie zu grüßen, Ihnen sein Bedauern auszurichten, verbunden mit der Bitte, ihn zu vergessen und sich nie wieder an ihn zu wenden.«

Ach so. Nie wieder.

»Oh, stimmt ja, ich möcht Ihnen das Wandbild bezahlen. Ich glaube, daran hat Peer bisher nicht gedacht?«

Sie knipste ihre naturfarbene kleine Glattledertasche auf, holte ein Scheckbuch heraus und betrachtete mich forschend unter ihrer hellen Haarwelle hervor. »Was hatten Sie denn abgemacht?«

»Nichts«, brachte ich heiser hervor. »Und ich will auch nichts dafür.«

»Das ist dumm von Ihnen. Wir müssen alle leben, und Sie haben doch Arbeit dafür geleistet. Peer hat zwar angeordnet, daß während seiner Abwesenheit die ganze Wand übertüncht wird … Er könnte die Erinnerung schwer verkraften, das ist ja verständlich. Aber deshalb müssen's doch Ihre Leistung bezahlt bekommen …« Sie schrieb emsig einen Scheck voll, nahm ihn aus dem Heftchen und legte ihn aufs Bügelbrett. Dann reichte sie mir die Hand: »Ich habe

320

Sie gern gehabt, Tina. Für einen Augenblick haben Sie meinen Bruder bestimmt glücklich gemacht. Für Sie ist die Trennung sicher positiv, auch, wenn es Ihnen wahrscheinlich zunächst nicht so vorkommt. Sie hätten sich mit der Zeit in unserer Welt garantiert zu Tode gelangweilt. Ich wünsche Ihnen alles, alles Gute!« Sie schüttelte energisch meine Hand und marschierte mit fröhlichem Gesichtsausdruck zur Tür. Sicher war sie erleichtert, es nun hinter sich zu haben. »Ich finde allein hinaus. Nehmen Sie's halt nicht so schwer …«

Sie schloß die Wohnungstür leise hinter sich. Ich blieb auf dem Bett liegen und starrte an die Decke.

Irgendwann stand ich auf, um etwas zu trinken. Ich betrachtete den Scheck von Petra Petraschke. Sie war erstaunlich großzügig. Komisch, warum hatten diese Zwillinge bestimmte Eigenschaften so strikt unter sich aufgeteilt, daß einer alles und der andere gar nichts bekam?

Ich legte mich im Kimono wieder auf mein Bett. Das war nicht klug von mir, denn ich schwitzte in dem langärmeligen Ding, und jetzt zerknitterte ich es auch noch. Aber ich brachte nicht die Energie auf, mich um- oder auch nur auszuziehen.

Ich verspürte nicht mehr das Bedürfnis, mit irgendwem zu reden. Nicht mit Ulmi, nicht mit Jenny oder Carla oder Michi oder Vati. Nicht mal mit Herrn Brömel. Was Ulmi behauptet hatte, stimmte nicht. Es war nicht wichtig oder notwendig, zu reden. Eigentlich fand ich überhaupt nichts wichtig oder notwendig.

Ich mußte vor mich hinlachen, als ich an Ulmis feine Theorien über Übungsobjekte und Liebes-Level dachte. Ich hatte wohl wirklich eine ganze Weile daran geglaubt. Absurd genug.

Wer weiß: Hätte ich mich Christoph gegenüber völlig normal gegeben – Machtkämpfe ausgefochten, rumgezickt, Eifersucht gezeigt, geschmollt oder ihn mit Vorwürfen überschüttet –, vielleicht wären wir noch zusammen. Na gut, na gut, nicht restlos glücklich. Aber vielleicht auch nicht besonders unglücklich.

Und hätte ich Peer nicht mit soviel Geduld und Nachsicht behandelt, dann wäre er vielleicht nicht so zurückgeschreckt. Diese Engelhaftigkeit mußte normalen Menschen ja unheimlich sein. Wer benahm sich denn schon so! Ich hatte es doch selbst häufig als krankhaft empfunden, wie Michi und ihr Sebastian sich ansäuselten und nach Jahren noch Händchen hielten. Normal war's, sich mißzuverstehen, sich zu nerven, schlechte Laune hin und wieder aneinander auszulassen – und trotzdem zusammen zu sein, manchmal sogar gern. Aufs und Abs, wie im wirklichen Leben.

Wäre ich doch der hartgesottene Krieger geblieben, der ich war! Ein wenig einsam zwar, sogar in der Zweisamkeit, aber vergleichsweise unverwundbar. Das Dümmste, was ich in meinem ganzen Leben getan hatte, war, meine Emotionen frei zu lassen. Das war ja schlimmer als die Büchse der Pandora! Allerdings konnte ich Ulmi das nicht anlasten – der Tip kam von Carla. Ulmi wollte, daß ich *Gefühle* zuließ. Vielleicht würde das sogar noch stärker weh tun …

Ich trank noch mehr Wasser, und abends aß ich geistesabwesend die kalten Bratkartoffeln und das zweite Schnitzel. Nachts konnte ich nicht schlafen. Mir ging so viel im Kopf herum. »Du machst nie Vorwürfe, so wie andere Frauen!« hatte Peer gesagt. Dadurch hatte er sich ernsthaft in mich verliebt. Und weil er sich ernsthaft in mich verliebte, mußte er sich von mir trennen. Was hatte ich falsch gemacht? Ich hatte alles zu richtig gemacht, das war der Fehler …

Der Montag kam voll von goldenem Sonnenschein, als sei das Leben ein Spaß. Vormittags klingelte mein Handy, und Carla berichtete mit tonloser Stimme, jetzt sei's passiert: Ein neuer Chefredakteur sei da, sie und viele mit ihr gefeuert. »Ich bekomme zwar eine größere Summe«, erklärte sie, »aber das reicht von hier bis dahinten! Schlechte Zeiten für neue Jobs, wenn du Mitte Dreißig bist. Mal gucken, was ich mache. Und wie geht's dir? Deine Kolumnenillustration kannst du natürlich auch vergessen, die Kolumne fliegt raus. Bis bald – ich melde mich!«

Mittags hielt ich es in meiner Wohnung nicht mehr aus. Ich zog eine Leinenhose und ein T-Shirt an, nahm mein Schlüsselbund und tappelte langsam die Treppe hinunter. Ich hatte mich weder geschminkt noch gekämmt, ich trug keine Papiere bei mir und kein Geld.

Ich wußte selbst nicht genau, was ich vorhatte. Ich glaube, ich wollte zunächst nur ein wenig auf der Straße umhergehen, vielleicht zum Marktplatz, auf dem heute gar kein Markt stattfand. Ich setzte mich dort auf eine kleine Mauer und sah eine Weile den Kindern auf ihren Inline-Skates zu. Dann stand ich auf und ging langsam weiter. Ich machte kleine und mühsame Schritte wie eine alte Frau. Mir taten die Beine weh. Aber in gewisser Weise tat mir alles weh, und ich hustete auch ab und zu ein wenig.

Ich ging weiter und weiter und weiter, am Alsterfleet entlang, über mehrere Straßen, davon einige mit Kopfsteinpflaster, zu einer sehr kleinen und bescheidenen Parkanlage. Ich setzte mich auf eine Bank und guckte mir den gelbversengten Rasen an. Es hatte viel zu lange nicht geregnet.

Ich saß sehr lange dort, und plötzlich setzte sich ein Mann neben mich und schaute mich von der Seite an. »So eine hübsche Frau so ganz allein! Ich bin der Ulf«, sagte er.

Ich drehte den Kopf. Ein gewöhnlicher, schmächtiger

Mann mit schütterem Haar und schiefen Zähnen. Seine braunen Augen rollten lebhaft und neugierig, wie bei einem jungen Hund. Als ich ihm mein Gesicht zuwandte, lächelte er charmant. Das hätte er bleiben lassen sollen; es stand ihm nicht.

»So ganz allein?« wiederholte der Ulf und legte den Arm auf die Lehne hinter meinem Rücken.

»So ganz allein«, bestätigte ich. »Aber jetzt nicht mehr. Jetzt sind Sie ja da.«

»Ja, jetzt haben wir uns gefunden!« meinte er. Er streichelte recht unbeholfen meine Schulter.

»Aber es sieht leider so aus, als wäre ich im Level abgerutscht«, teilte ich ihm bedauernd mit.

Daraufhin lachte er schallend und verkündete: »Wer abrutscht, darf noch mal!«

»Das scheint mir auch die Quintessenz dieser gnadenlosen Schulung zu sein!« stimmte ich bereitwillig zu.

Ulf befragte seine Armbanduhr, durchdachte irgend etwas, schnalzte dann zufrieden mit der Zunge und forderte mich auf: »Gehen wir!«

Ich überlegte, ob ich fragen sollte, wohin. Aber dann fand ich, daß es mir absolut gleichgültig war. Als er aufstand und auf recht kurzen Beinen munter vorausmarschierte, kam ich langsam hinterher. So gelangten wir zu einem gelbgeklinkerten Wohnhaus. Ulf holte einen Schlüssel hervor, öffnete die Haustür und zog mich an der Hand hinter sich her zu einer Parterrewohnung. Die schloß er ebenfalls auf und schob mich in den Flur. Es war ziemlich dunkel, roch nach kaltem Zigarettenrauch und angebranntem Essen.

Ulf drehte sich um und faßte reichlich grob unter mein T-Shirt. Dabei murmelte er: »Jetzt kriegst du, was du haben willst!«

In diesem Augenblick wurde mir klar, wieso ich überhaupt mit dem Kerlchen mitgegangen war. Ich hatte mich selbst wie einen fetten Regenwurm an einen Angelhaken praktiziert, um Zoff an Land zu ziehen. »Allerdings! Jetzt krieg ich endlich, was ich haben will!« Ich schlug ihm mit aller Kraft ins Gesicht. Es war ungemein erleichternd.
Darauf war er in keiner Weise gefaßt. Er stolperte und fiel mit dem Rücken gegen die Wand. Ich griff zum Schalter neben mir und knipste das Flurlicht an. Ulf glotzte verschreckt. »Mach keinen Scheiß, das geht böse aus! Du kannst jetzt nicht abhauen!« murmelte er unsicher.
»Natürlich kann ich abhauen. Ich bin nicht sehr stark, aber ich kann erstaunlich gemein werden«, erklärte ich. Wir blickten uns in die Augen. Ich wartete darauf, daß Ulf mich angriff. Er wirkte eigentlich nur entsetzt.
»Dann geh doch!« meinte er schließlich. Ich hakte meine Fingernägel hinter sein linkes Ohr und knüllte es zusammen. Er kniff die Augen zu und hielt still. »Meine Frau kommt sowieso gleich!« stieß er hervor. Er wehrte sich nicht einmal. Er ließ seine Arme einfach hängen.
Ich schüttelte sein Ohr. »Großartig! Deine Frau kommt gleich, und du bringst Mädels mit nach Hause!«
Wie Ulf wohl mit dem armen Ding verfahren wäre, für das er mich ursprünglich hielt? Sicher nicht sehr nett. Dafür durfte er schon ein Ohr verdreht bekommen. Andererseits: War ich vielleicht der Rächer der Bedrängten?
Ich ließ ihn los und verließ den Flur und das Treppenhaus und die Straße. Ich irrte eine Weile umher, kam wieder in bekanntere Gegenden und stieg in ein Taxi, um nach Hause zu fahren.
Während der Szene im Wohnungsflur hatte ich interessanterweise kein einziges Mal gehustet, aber jetzt im Taxi hörte ich mich an wie Doc Holliday. Darüber hinaus begann

ich, zu zittern. Ich versuchte, es zu unterdrücken. Der Fahrer betrachtete mich mißtrauisch im Rückspiegel.

›Das ist die Strafe‹, dachte ich. ›Ich bin ein böses Mädchen. Ich lauere armen, unbedarften kleinen Männern auf, um sie in Prügeleien zu verwickeln, nur, damit ich mich lebendig fühlen kann.‹

»Ich muß das Geld erst aus meiner Wohnung holen!« erklärte ich dem Taxifahrer, als wir vor der Haustür hielten. Daraufhin kam er finster blickend mit bis ganz nach oben. Nachdem er weg war, hustete ich weiter, ich konnte gar nicht mehr damit aufhören.

Ich fragte mich, ob ich Keuchhusten hatte? Schwindsucht? Oder die Pest – fing die nicht auch so an?

Auf jeden Fall wurde es rapide schlimmer. Ich kriegte zwischen den Hustenanfällen kaum Luft, mir tat die Kehle weh. Außerdem fror ich, ich schnatterte geradezu. War der Sommer schon vorbei? Ich schaute erstaunt aufs Thermometer, das zeigte fünfundzwanzig Grad. Dann stopfte ich mir ein Fieberthermometer unter die Zunge, das zeigte neununddreißigkommaacht ›Gar nicht so wenig‹, dachte ich beeindruckt. Wahrscheinlich eine Sommergrippe.

»Du gehörst ins Bett!« sagte ich zu meinem Spiegelbild im Badezimmer. Ich gehorchte. Im Bett, dick mit Nachtigallen zugedeckt, fror ich derart, daß es mich vor Zittern aufbäumte. Vielleicht Malaria? So, wie Mücken auf mich flogen, hatte möglicherweise ein Tropenmoskito von meinen Qualitäten gehört und sich nach Hamburg eingeschifft wie einst Nosferatu nach Wisborg ...

326

16.

Hitze im Kokon

Meine Krankheit war langwierig und erschreckend. Mich erschreckte sie jedenfalls, wenn ich gerade mal klar denken konnte. Entweder zitterte ich – meine Hände eiskalt, mein Gesicht brühheiß – wenn das Fieber stieg. Oder ich schwitzte fürchterlich und literweise. Davon weichten nicht nur mein Hemd und mein Laken durch, sondern sogar die Matratze. Wenn alles richtig patschnaß war, begann ich meistens wieder zu frieren. Das war außerordentlich unangenehm. Manchmal gelang es mir, das nasse Hemd auszuziehen und wegzuschleudern, mich abzufrottieren, ein neues Hemd anzuziehen und sogar meine Unterlagen mit meinem Föhn einigermaßen zu trocknen, bevor es wieder losging.

Aber meistens lag ich hilflos schnatternd in einer Pfütze und schaffte es gerade eben, mir ein Handtuch um den Kopf zu wickeln.

Dazu kam der Husten, der weder besser noch schlimmer wurde – viel schlimmer konnte er allerdings kaum werden. Er riß mich hin und her und trieb mir Tränen in die Augen. Als ob ich nicht schon genug Flüssigkeit verlor!

Ganz selten war mir weder kalt noch heiß, und dann wickelte ich mich in den Kimono, torkelte aufs Klo oder in die Küche, um mir zu trinken zu holen. Ich hatte längst meine Selterskiste geleert und bediente mich an der Wasserleitung. Wie romantisch und beziehungsreich: Leitungswasser war schließlich das erste, was Peer mir kredenzt hatte ... Wenn ich mich kurzfristig in diesem Zwischenzustand be-

327

fand, machte ich mir Sorgen, weil ich so schwach wurde. Meine Kräfte schmolzen dahin wie Butter in der heißen Pfanne, und das war ja kein Wunder. Ich aß wenig – erstens mangelte es mir an Appetit, und zweitens gab es kaum noch etwas Eßbares in meiner Wohnung. Die Reste des feinen Menüs vom Samstag hatte ich längst verspeist, bis auf die Rosen vom Eis, die gammelten auf dem Küchentisch vor sich hin. Sonst gab es kaum Vorräte, ursprünglich hatte ich am Montag einkaufen wollen. Mein Brot war schimmelig geworden – vielleicht schwitzte es auch? –, die Kartoffeln und ein paar Eier aus dem Kühlschrank mochte ich nicht roh essen, und um zu kochen hatte ich weder genug Kraft noch genug Zeit zwischen den Fieberanfällen. Einmal schaffte ich es, mich in Jennys Wohnung rüberzuschleppen. Gut, daß mich keiner sah, wie ich mich mit nassem, strähnigem Haar, wild hustend, an der Wand, am Treppengeländer und an den Türpfosten festklammerte! Bei Jenny fand ich voller Dankbarkeit noch ein halbes Paket Toastbrot und ein ganzes Päckchen Knäcke, außerdem zwei Büchsen mit Spargel- und Gulaschsuppe. Bedauerlicherweise nützten mir die Suppenbüchsen nichts, denn – auch wenn sich das seltsam anhört – ich schaffte es inzwischen nicht mehr, den Büchsenöffner hineinzutreiben. Also mußte ich von Wasser und Brot leben.

Meine Wohnung kam mir merkwürdig fremd vor. Überall auf den Möbeln hingen Handtücher zum Trocknen.

Aus irgendeinem Grund war meine Armbanduhr stehengeblieben – hatte meine eigene Kraftlosigkeit die Batterie erschöpft? Weil ich zwischendurch immer wieder einschlief und mal bei Tag, mal bei Nacht erwachte, ahnte ich bald nicht mehr – so ähnlich wie Robinson Crusoe –, was für ein Datum wir hatten. War schon Freitag oder noch Mittwoch?

Irgendwann geriet ich in Panik über meinen Zustand. Mir fiel ein, daß meine Zigeunergroßmutter sich auch fast ihr gebrochenes Herz kaputtgehustet hätte, und ich wollte einen Notarzt herbeitelefonieren. Da merkte ich, daß mein Handy verschwunden war. Vorher hatte ich noch getrotzt, weil mich gar keiner anrief, und beschlossen, mich selbst bei niemandem zu melden, bis ich tot war. Das hatten sie dann davon. Nun hoffte und flehte ich, irgendwer möge mich anrufen, damit ich durch das Klingeln mein Telefon finden könnte, meine Verbindung zur Außenwelt. Ich kroch eine Weile auf allen vieren umher, um es zu suchen, aber der nächste Schüttelfrost trieb mich ins Bett zurück. Dann plötzlich stand Ulmi mit einem Arzt neben mir. Er trug funkelnde Brillengläser und einen puscheligen weißen Backenbart, öffnete ein Ärztetäschchen, holte ein Stethoskop hervor und begann, mich abzuhören. Er nickte zufrieden und sagte irgendwelche beruhigenden Worte zu Ulmi, die daraufhin auch beruhigt aussah. Währenddessen verwandelte der Arzt sich aber in Anwalt Carting, und der ritzte mir mit einer kleinen Dessertgabel irgendwelche Zeichen in die Stirn, so daß mir mein Blut in die Augen tropfte. Ich wischte es weg, konnte jedoch immer noch nichts sehen, weil die Sonne mir grell ins Gesicht schien. Gleich darauf merkte ich: Das war nicht die Sonne, sondern die helle Lampe, die über Peers Billardtisch hing. Er selbst stand halb über den Tisch gebeugt, das Queue zwischen den Fingern, die hellen Augen konzentriert auf einen Ball geheftet, und schüttelte sein Haar mit einer typischen, ungeduldigen kleinen Bewegung zurück.

Ein Mädchen reichte mir Farben und Pinsel und zeigte mir, wie ich weiße Wände mit Bildern zu verzieren hätte. Ich gab mir große Mühe; ich malte Heidrun, das Schwein, in einem türkisfarbenen Bikini in einer Hängematte vor Palmen oder Semih, meinen Gemüsemann, in lachsfarbenen Boxershorts und Ulf von der Parkbank in schwarzen Shorts, beide in einen Faustkampf verwickelt. Immer, wenn ein Bild fertig war, tünchte das Mädchen es gewissenhaft mit weißer Deckfarbe wieder zu.

Olli Nickels hob mich hoch und trug mich in meinem feuchten Nachthemd durch einen Ballsaal, in dem schöne Menschen in Abendkleidung herumstanden. Petra Petraschke betrachtete kopfschüttelnd das, was von mir übriggeblieben war, und meinte zu Elena Neuselmann: »Sie hätte sich mit uns sowieso zu Tode gelangweilt, gell?«

Jenny stand über einem eisernen Hexenkessel, rührte darin, füllte ein Schälchen ab und versuchte, mir gekochte Fledermäuse und Babyhände einzulöffeln. Sie erklärte, das sei die Strafmahlzeit für Menschen, die aufs unterste Level zurückgerutscht waren. Ich wollte nichts davon essen, war aber zu schwach, mich zu wehren. Deshalb weinte ich, als ich diese Suppe aß.

»Ach, Tinalein, Schatz, warum weinst du denn? Bitte, iß doch ein bißchen davon, das wird dir guttun!« bat Jenny. Sie klang selbst recht weinerlich. Sie frottierte mein Haar und meine Schultern und deckte mich mit einer leichten Decke bis zum Hals zu. Nach einer Weile sah ich ein, daß ich nicht träumte.

»Jenny?«

Sie beugte sich über mich. Ein paar Tränen kippten über ihren unteren Lidrand und trafen meine Decke. »Tina! Bist du ganz wach?«

»Ich glaube schon …«, krächzte ich. Es tat weh, zu sprechen. »Wie kommst du hierher, Jenny?« Ich blickte mich um, bemerkte, daß ich in ihrer Wohnung lag – wenn auch offenbar nicht in ihrem Bett, sondern auf meinen Matratzen – und verbesserte mich: »Wie komme ich hierher?«

330

»Olli Nickels hat dich rübergetragen ...«, erzählte sie. »Komm, iß noch einen Löffel, ja?« Ich schnupperte mißtrauisch, kam zu dem Schluß, daß es sich wohl doch nicht um Fledermaus-Babybrühe handelte, sondern um eine sehr leckere Hühnersuppe, und schlürfte, während Jenny berichtete, Löffel um Löffel. Sie war vorgestern von ihrem Wellness-Kurhotel aus dem Sauerland zurückgekommen. Vor ihrer Abreise hatte sie, wie gewohnt, versucht, bei mir anzurufen, um ihre Rückkehr anzukündigen. Sie bekam aber immer nur zu hören, der Teilnehmer sei zur Zeit nicht erreichbar. Das beunruhigte sie sehr, und nachdem sie an meiner Wohnungstür ein paarmal geklingelt hatte, schloß sie einfach auf. (Wir besaßen wechselseitig Schlüssel zu unseren Wohnungen.) Sie fand mich bewußtlos zwischen Handtüchern, Bettlaken und verwurschtelten Nachthemden auf dem Boden. Just in diesem Augenblick erschien Olli Nickels, um uns vom Ausgang seines Prozesses zu berichten: Der hatte überhaupt nicht stattgefunden, die Anwälte einigten sich darauf, daß Raouls ausgerupftes Neuhaar und die gestörte Nachtruhe der Nickels sich gegenseitig aufhoben, die Anwaltskosten trug jedoch Raoul.

Olli schleppte mich in Jennys Wohnung, während sie die Matratzen hinterher zerrte. Die trocknete sie allerdings erst mal in der Sonne auf den Balkons, erst auf ihrem, dann auf meinem. Solange bettete sie mich selbstlos auf ihr eigenes Bett: allerdings mit zwanzig Badelaken und einem Plastikmüllsack zwischen den Matratzen und mir.

»Olli meinte, du müßtest in ein Krankenhaus, aber ich weiß doch, wie du darüber denkst ... Ich hab bloß einen Notarzt angerufen. Die haben behauptet, der käme sofort. Dreieinhalb Stunden später war er da! Inzwischen hatte ich dir kalte Wadenwickel gemacht, und du hast Fliedertee getrunken – kannst du dich daran erinnern?«

331

Konnte ich nicht. Bis zu der Hühnerbrühe herrschte bei mir getränkemäßig Amnesie.

»Als der Arzt endlich da war, hatte ich deine Temperatur auf siebenunddreißigkommasieben Grad runtergekriegt, und du hast mit rosigen Bäckchen ganz ruhig geschlafen. Da hat er gemeint, ich soll man ruhig weitermachen mit den kalten Wadenwickeln. Er hat gesagt, es werden viel zuviel Antibiotika gespritzt, und davon kriegt die Menschheit Allergien. Und daß er sich wünscht, er hätte was anderes studiert. Ich hab ihm Kaffee gekocht, bevor er wieder los ist. Aber jetzt sag mal, Tinalein, seit wann bist du denn krank? Wieso hast du mich denn nicht angerufen? Ich hatte dir doch die Nummer vom Hotel noch auf einen Zettel geschrieben! Oder warum hast du niemand sonst um Hilfe gebeten? Olli war schwer beleidigt, er sagt, er wäre doch sofort gekommen. Die Hühnersuppe hat übrigens Jutta Nikkels gekocht und heute morgen gebracht, gute Besserung hat sie gesagt. Du hast ja so abgenommen, Schatz, du bist nur Haut und Knochen!«

»Das Rezept für *die* Diät hättest du wohl gern?« nuschelte ich. »Welches Datum haben wir eigentlich?«

»Den fünften September.«

Ich schwieg erschüttert. Ich war mehr als zwei Wochen lang krank gewesen.

»Jenny, wir müssen Ulmi anrufen, die macht sich bestimmt Sorgen! Und vielleicht Carla …«

»Und Peer?«

»Nein. Den nicht.«

Jenny sah mich kummervoll an, ohne nachzufragen.

Carla beteuerte, sie hätte sich auch schon gewundert, daß von mir nichts zu hören war. Sie hatte aber angenommen, Tina sei mit ihrem Millionär auf Reisen. »War sie das etwa nicht?«

Ulmis Leitung war besetzt.

Ich lag eine Weile wach, blinzelte in die Nachmittagssonne und hörte zu, wie Jenny eine neue Rolle probte. Übrigens mußte ich nicht mehr husten – vielleicht schon seit einer Weile nicht. Jenny behauptete, sie hätte mich kein einziges Mal husten hören, nur keuchen und schwer atmen.

»Tina, es tut mir so leid, aber wir haben ein Problem ...«

Jenny mußte ab Donnerstag früh zu Proben ins Theater. Ob ich dann schon allein bleiben konnte?

Wir riefen noch einmal bei Ulmi an. Mit Jennys Telefon, weil sie meins auch nicht finden konnte.

Diesmal meldete meine Großmutter sich. »Frau Conradi, hier ist Jenny. Tina war sehr krank. Sie haben sich bestimmt schon Sorgen gemacht. Jetzt geht es ihr aber besser. Ich geb sie Ihnen mal ...«

»Hallo, Ulmi ...«

»Guten Tag, mein Kind. Ich wußte, daß du krank warst. Ich bin bei dir gewesen, mit Dr. Bottolt.« Sie klang weniger energisch als sonst. Hatten wir sie geweckt?

»Mit wem?«

»Mit dem Hausarzt meiner Eltern.«

»Oh! Mit dem – wieso? Bist du in Hamburg gewesen?«

»Gewissermaßen. Und Dr. Bottolt hat dich abgehört und gesagt, das ist nur eine Reinigung, du wirst wieder gesund.«

»Hat er eine Brille und einen weißen Backenbart?« fragte ich verwirrt. Daran konnte ich mich ja tatsächlich erinnern. War das doch kein Traum gewesen? Schließlich hatte ich auch gemeint, ich hätte Olli und Jenny nur geträumt.

»Keine Brille, sondern einen Kneifer. Das trug man damals.«

»Der ist wohl sehr alt?«

»Er ist seit zweiundvierzig Jahren tot, Kind. Aber ist trotzdem immer noch ein guter Arzt.«

333

Ich blickte auf Jenny, die nichts hörte und mich ermutigend anlächelte. Ich lächelte schwach zurück. »Das hat sicher mit deinem neuesten Level-Studium zu tun, Ulmi?«

»Natürlich.«

»Peer hat – er ist weg. Ich hab alles verpatzt, Ulmi …«

»Das glaube ich nicht. Warte erst mal ab, was sich weiter ergibt.«

»Der wird sich nie wieder melden, ich bin ganz sicher. Peer bin ich los …«

»Natürlich. Ich meinte auch nicht, daß die Quälerei mit diesem Mann noch mal von vorn anfängt. Aber ich denke, du hast eine Prüfung bestanden.«

Ich seufzte. »Ulmi, ich zweifle an allem. An der ÜO-Lehre – und an dir …«

»Du wirst wieder glauben, Tina. Du bist mutig. Mut ist die wichtigste Voraussetzung für Glauben. Feiglinge brauchen Beweise.«

»Ich hätte jetzt aber auch mal gern einen Beweis!« schluchzte ich unbeherrscht. Jenny reichte mir sofort ein Papiertaschentuch, wie eine Operationsschwester den Tupfer.

»Beweis wofür?« fragte Ulmi.

»Na ja, daß du nicht spinnst zum Beispiel. Entschuldige, ich bin völlig kaputt! Ich weiß überhaupt nicht mehr, was ich denken soll … Übrigens hab ich noch ein Problem. Im Moment bin ich bei Jenny, die pflegt mich ganz lieb. Aber ab übermorgen muß sie ins Theater, um zu proben. Könnte ich vielleicht zu dir kommen?«

Nach einer kleinen Pause antwortete Ulmi: »Ich werde mit David sprechen. Er holt dich sicher morgen ab und bringt dich hierher. Iß mal ein bißchen mehr Fleisch in der nächsten Zeit. Entspann dich, nimm viel Flüssigkeit zu dir,

möglichst auch Milch und Buttermilch. Ach ja, und Johanniskrauttee, hat Dr. Bottolt gesagt. Bis morgen!«
Ich legte auf und fragte Jenny, ob sie Johanniskrauttee hätte. Ein Arzt, ein alter Freund meiner Großmutter, hätte das empfohlen. Ich fügte nicht hinzu, daß der gute Dr. Bottolt seit zweiundvierzig Jahren tot war. Jenny regte sich sowieso viel zu leicht auf.
»Jetzt habe ich deinen interessanten Millionär nicht kennengelernt! Ich werde nie erfahren, wie er aussah!« meinte sie betrübt. Sie fragte taktvollerweise immer noch nicht, wieso alles kaputtgegangen war.
»Warte mal –«, ich stemmte mich mühsam auf einen Ellbogen hoch, »geh doch bitte mal rüber zu mir und guck, ob du in meiner Korbtasche einen Abholzettel für Fotos findest von der Drogerie an der Ecke ... Wenn die was geworden sind, kannst du dir Peer auf Michis Hochzeit angucken.«
»Gut, dann kauf ich auch gleich diesen Johannisbeertee!« Jenny zog ihren Blazer über.
»Johanniskraut. Warum ziehst du eine Jacke an? Ist es nicht mehr so warm?«
Jenny lächelte. »Wir haben schönes Wetter, aber schon ein bißchen herbstlich. Bis gleich!«
Ich blickte aus dem Fenster, nachdem sie gegangen war, und entdeckte, daß einige der Kastanienblätter sich wirklich gelblich färbten. Und die Sonne wirkte milder, ein wenig verschleiert. Dann schlief ich wieder ein.
Später trank ich den Johanniskrauttee, während wir beide die Hochzeitsfotos betrachteten. »Was für ein süßes Kleid! Wie phantastisch deine Schwester ausgesehen hat – und du hier auch – ach, und da ist deine Großmutter – ist das dein Vater? Mit seiner Frau, nicht? Die sieht nett aus ... Oh, hier ... der Blonde, das ist bestimmt dein Zahnarzt ...«
Jenny reichte mir Foto um Foto auf die Bettdecke. Ich hielt

335

sie zitternd hoch. So ein Foto kann ganz schön schwer sein. Peer lächelnd und Peer lachend und Peer träumerisch und Peer im Profil, neben ihm die schmaläugige Sarah. Nur viermal auf vierundzwanzig Bildern. Warum hatte ich ihn eigentlich nicht öfter fotografiert? Beim Billard, in seinem Garten, an der Elbe? Warum, vor allem, ihn nie portraitiert? Ich dachte wohl, das hätte Zeit ... Ich konnte ihn natürlich aus dem Gedächtnis portraitieren. Wenn ich klug war, ließ ich das hübsch bleiben und tünchte ein paar Eimer weiße Deckfarbe über meine Erinnerung.

»Der ist zu schön, um wahr zu sein!« stellte Jenny fest. »Das tut ja richtig weh, den anzugucken. Warum ist der Zahnarzt und nicht beim Film? Sag mal ganz ehrlich, Tina: Ist der schwul?«

Ich zuckte mit den Schultern und warf das letzte Bild auf die Decke. »Falls er es ist, dann weiß er es selbst nicht.«

Jenny sammelte alle Fotos ein und steckte sie in den Umschlag zurück. »Na, aber du lernst auf jeden Fall meinen Guido kennen! Heute abend kommt er ...«

Aus diesem Anlaß versuchten wir gemeinsam, mein Haar durchzukämmen. Es war völlig hoffnungslos.

»Das ist«, erklärte Jenny, »als hättest du dir über zwei Wochen lang fünf- sechsmal am Tag die Haare gewaschen und jedesmal nicht ausgekämmt, sondern nur durcheinandergewuschelt. Da sitzen überall so feste Knoten und Nester ... weia, Tina, ich reiße hier ganz viel aus!«

»Aua!!! Das brauchst du mir nicht zu sagen, das merke ich.«

»Du hättest, als du anfingst, krank zu werden, alles durchkämmen und dir zwei feste Zöpfe machen müssen.«

»Ich hätte vieles anders machen sollen«, erwiderte ich traurig. »Und was tun wir jetzt? Mir den Schädel rasieren?«

Wir banden erst mal ein buntes Seidentuch um die fettigen, zotteligen Knäuel auf meinem Kopf.

336

Abends zeigte das Fieberthermometer nur noch siebenunddreißigkommavier Grad. Ich schwitzte aber immer noch sehr, bei der kleinsten Bewegung. Ins Badezimmer zu gelangen kam mir vor wie eine mühsame Expedition. Das Laufen tat weh, und wenn ich wenige Schritte gegangen war, fühlte ich hinterher in den Beinen starken, sehr schmerzhaften Muskelkater.

Guido erschien mit drei Langusten, einem Becher frischer Mayonnaise und breitem Lächeln und fand, ich sehe doch recht gut aus, dafür, daß ich so lange krank gewesen war. Kein sehr guter Lügner übrigens. Jenny war strikt – und sehr zu recht – dagegen, meinem entwöhnten Magen Langusten mit Mayonnaise anzutun. Sie fütterte mich mit Kartoffelmus und weichgekochten Möhren.

Guido wirkte trotz seiner aparten Augen sehr undämonisch, überraschend nett und humorvoll und erfreulich verliebt in Jenny. Wir unterhielten uns ein bißchen, aber dann schlief ich einfach weg. Jenny erzählte mir am nächsten Morgen, sie hätten sich ungeniert auf ihrem Bett der Liebe hingegeben, zwei Meter von mir entfernt, weil ich so tief ratzte.

Am nächsten Morgen wachte ich erst spät auf. Ich fühlte mich besser als seit Ewigkeiten. Ich verputzte zwei Milchbrötchen mit Honig, badete in Jennys kleiner Sitzbadewanne und konnte ihr einigermaßen tatkräftig dabei helfen, mich anzuziehen. Sie schüttelte bekümmert den Kopf: »Tinalein, man wird dich für magersüchtig halten – oder für sonstwas-süchtig!«

Das war mir vor dem Badezimmerspiegel schon aufgefallen. Ich sah hochinteressant aus, mit Schlagschatten im Gesicht, zentimeterweit vorstehenden Wangenknochen und gefährlich tiefliegenden Augen. Am meisten Kummer machte mir mein Haar. Ich setzte mich hin und arbeitete ein bißchen mit dem Kamm an dem feuchten Zeug, aber es hatte gar keinen Zweck. Jenny band mir wieder das Seidentuch um.

David holte mich kurz vor zehn ab. Er erschien mit verwehten Locken und in einem karierten Flanellhemd. Er sah aus wie ein großer dicker kanadischer Holzfäller. Jenny hatte mir ein wenig Unterwäsche, Kosmetikkram, zwei meiner Nachthemden und ein paar Hosen und Shirts zum Wechseln in meine Reisetasche gepackt. Außerdem meinen Ballettbeutel. Ich hoffte, wenn es mir besser ging, etwas trainieren zu können.

David schaute sich an, wie ich versuchte, auf meinen sehr unsicheren Beinen, ans Geländer geklammert, die Treppenstufen hinunter zu kommen. Dann trug er mich. Er mochte wild aussehen, aber er roch gut. Jenny hastete mit Tasche und Beutel hinterher und mit der großen Pralinenschachtel, die sie mir als Wegzehrung zugedacht hatte.

»Bin ich nicht zu schwer?« fragte ich David besorgt, als wir ungefähr die Hälfte der Treppe geschafft hatten.

»Du bist leichter als jeder meiner Aktenordner!« beruhigte mich David. »Sehr rücksichtsvoll von dir, so abzuspecken, bevor ich dich schleppen muß.«

Er legte mich in seinem Lieferwagen auf den Rücksitz und deckte mich mit einem leichten Plaid zu. Jenny winkte uns hinterher wie einem Treck, der in ungewisse Zukunft zieht. Ich hatte mich noch einmal innig bei ihr bedankt und ihr versichert, sie wäre eine hervorragende Mutter. Leider ließ das ihre schrägen braunen Augen gleich wieder überfluten; ich hatte überhaupt nicht daran gedacht, daß sie eigentlich gern Babys gehabt hätte und immer noch unter ihrer Abtreibung litt.

David blickte in den Rückspiegel, während er anfuhr. »Du siehst dramatisch aus. Wie eine Spanierin im letzten Akt einer düsteren Tragödie.«

»Du meinst, bevor sie ihren Liebsten erwürgt und sich selbst in ihren Dolch stürzt?«

»Ja, so ähnlich. Ulla sagt, du warst sehr krank. Was ist passiert?«

»Tja, was ist passiert? Ich hab einfach Fieber bekommen und Husten.«

»Einfach Fieber und Husten? Eine kleine Erkältung? Und gleichzeitig eine energische Schlankheitskur gemacht, den Guinness-Rekord im Schwitzhüttensitzen gebrochen und dabei täglich Kokain genascht? Tina, wenn ich frage, was ist passiert, dann meine ich: *Was ist passiert?*«

»Du erinnerst dich an Peer – diesen blonden Mann, mit dem ich bei der Hochzeit meiner Schwester war?!«

»Natürlich. Hast du ihn erwürgt und dann versucht, dich in deinen Dolch zu stürzen?«

Ich mußte lachen. »Ich hab überhaupt keinen Dolch! Und ihn konnte ich nicht erwürgen, weil er erst mal weit weg geflogen ist, bevor er mir ausrichten ließ, daß es vorbei ist.«

»Mir fiel schon bei der Hochzeit auf, daß er einen starken Selbsterhaltungstrieb besitzt. Das heißt also, deine Abwehrkräfte lagen sich gerade jammernd und schluchzend in den Armen, als das Virus fragte, ob jemand zu Hause sei?«

»Ja, vielleicht. David, ich hab einen Mann gehauen …«

»Ich denke, er ist vorher weggeflogen?«

»Nicht Peer. Einen Ulf. Ich kenn ihn eigentlich gar nicht. Ich glaube, ich bin nicht normal, weißt du? So was macht man nicht! So was macht man einfach nicht!«

David warf wieder einen kurzen Blick in den Rückspiegel und wartete ab.

»Der war … Ich hab …« Ich weinte plötzlich los.

David schaltete vor einer roten Ampel in den Leerlauf und rieb sich die Nase. »Na endlich. Ich dachte schon, ich seh dich nie wieder weinen«, meinte er. Er reichte mir ein großes, gebügeltes Herrentaschentuch nach hinten. »Hier – das reicht eine Weile. Und hier –« er suchte im Handschuhfach in einer raschelnden Tüte und reichte mir einen großen Schokoladentoffee: »Das tröstet. Also erzähl mal – wen hast du vermöbelt und warum?«

Ich beichtete die ganze Geschichte. Und da ich nun mal dabei war, auch noch, wie die Sache mit Peer gescheitert war. Und wie sie angefangen hatte. Ulmis ÜO-Schulung und das nächste Level. Während wir über die Autobahn fuhren, fügte ich noch meine vorherigen Partnerschaftspleiten, in denen ich zumindest immer Sieger geblieben war, hinzu.

»Faszinierend!« fand David. »Warum hat Ulla mir das Prinzip nie erklärt?«

»Vergiß es. Es funktioniert nicht!« sagte ich mürrisch.

»Ich wäre da nicht so sicher. Was du erlebt hast, hat dich doch sehr viel weiter gebracht. Du sagst ja selbst, du bist von einem herzlosen Krieger zu einem verwundbaren Menschen geworden. Das ist großartig.«

»Was ist daran großartig?!« wollte ich empört wissen.

»Verwundbar zu sein ist schrecklich! Als ich kein Herz hatte, konnte es mir nicht weh tun.«

David begann im Falsett zu singen: »Owner of a lonely heart – 's much better than an owner of a broken heart …« Es klang sogar gut.

Ich lehnte mich zurück. Die Sonne kämpfte sich ein bißchen durch den Dunst. Es war schön, zu Ulmi transportiert zu werden, und David war ein netter Kerl. Vielleicht war es doch nicht so übel, am Leben geblieben zu sein.

Als wir von der Autobahn abbogen, wollte David seinen Betrachtungen noch etwas hinzufügen: »Dein Peer …«

»Nicht *mein* Peer!« unterbrach ich sofort. »Wenn schon, dann einfach nur Peer!«

»Von mir aus. Einfach nur Peer hat doch genau diese Ansicht vertreten – daß es gefährlich ist, zu fühlen oder sich Gefühlen hinzugeben. Der Mann ist bis zum Stehkragen voller Angst. ›In diese Welt kann man doch keine Kinder setzen!‹ Ich vertrete keineswegs die Ansicht, daß jeder verpflichtet ist, sich zu vermehren – aber aus ihm sprach die typische Spießerfeigheit. Ich verachte das.«

Wir fuhren zwischen abgeernteten Kornfeldern hindurch. An einem Baum sah ich grüne Birnen. Bald blühte die Heide – wenn sie es nicht schon tat. Ich nahm mir vor, Michi zu besuchen, sobald ich dazu in der Lage war. Ich liebe die Heide, wenn sie blüht.

Bevor wir ankamen, war ich schon wieder eingeschlafen. David weckte mich, als wir auf dem Krögenbarg vor seinem und Ulmis Haus hielten. Ich streckte mich gähnend. »Danke, David, daß du mich abgeholt und zu meiner Großmutter gebracht hast!«

David stieg aus, nahm meine Tasche, gab sie mir in beide Hände, legte den Ballettbeutel obendrauf und klemmte mir die Pralinenschachtel unter den Arm, bevor er mich aus dem Wagen hob. »Ich bringe dich nicht zu deiner Großmutter. Die kann dich zur Zeit nicht pflegen. Es geht ihr selbst nicht so sehr gut. Ich hab dich zu mir geholt ...«

Er stapfte tatsächlich über den Gartenweg auf sein Haus zu. Heidrun hüpfte ihm vergnügt vor den Füßen herum. Zweimal hätte sie es fast geschafft, uns zu Fall zu bringen.

»Zieh bitte den Schlüssel aus meiner Brusttasche!« bat David. »Und schließ die Tür auf.«

Gleich darauf warf er mich auf das Sofa vor dem Kamin und sich selbst in einen Sessel daneben. Er atmete schwer. »Du allein wiegst überhaupt nichts. Aber in der Tasche ist so dies und das, stimmt's?« Ich zog mühsam etwas unter mir hervor, auf das ich geworfen worden war: Herrn Brömel in Polohemd und Kniehosen! »Ulla glaubte, du könntest ihn gut zum Gesundwerden brauchen«, erklärte David. Und nach einer kleinen Verschnaufpause stand er auf und sprach die Worte, die ich von ihm erwartet hatte: »Jetzt mach ich uns erst mal Tee …«

Ich begriff nicht ganz, was mit Ulmi los sein sollte. War sie krank? Nein. Brauchte sie selbst Pflege? Eigentlich nicht; David bekam alle paar Tage einen Einkaufszettel von ihr und brachte ihr Lebensmittel. Konnte ich sie nicht besuchen? David kratzte sich hinter einem Ohr und befand, er wollte zur Zeit eigentlich weder ihr *meinen* – noch mir *ihren* Anblick zumuten. »Wenn du etwas kräftiger bist, Tina. Vor allem mußt du essen …«
Aber ich rief Ulmi an. Ich schilderte ihr, wie mein letztes ÜO vor mir geflüchtet war und meine einseitige Prügelei mit Ulf, dem Jämmerling.
»Deswegen hab ich jetzt ein schrecklich schlechtes Gewissen.«
»Ein Gewissen? Seit wann denkst du christlich?« Ihre Stimme klang matt.
»Na, soviel lernt doch wohl jeder über Moral und Schuld.«
»Kind, die Schuld und das Gewissen, das schlechte – das sind Dinge, die sich der Teufel ausgedacht hat, als ihm die Galle weh tat. Er hat es dann dem Christentum in die Schuhe geschoben, und er hat es sehr geschickt gemacht. Mit der Schuld werden arme Menschen seit Jahrtausenden drangsaliert. Zum Schluß bedeutet aktives Leben bereits, sich schuldig machen. Dieser Kerl – Ulf, oder? – hat sich etwas wie dich herangezogen, um zu lernen. Und du hast ihm ein paar hinter die Ohren gehauen und warst sein Lehrer. Das war brav. Vielleicht ist er vorsichtiger bei dem nächsten armen Mädchen, das sich nicht so gut wehren kann.«
»Das ist tröstlich«, murmelte ich dankbar.

Am Abend nach meiner Ankunft in Davids Haus nahm ich meinen Kamm aus der Handtasche und versuchte noch einmal, mein Haar auseinanderzubekommen. Mir wurden bald die Arme lahm, und ich ließ sie weinend sinken. David, der im ans Wohnzimmer grenzenden Arbeitszimmer an einer Übersetzung saß, bemerkte das und nahm mir den Kamm aus der Hand, um es selbst zu versuchen. Dann holte er eine Papierschere aus einer Schublade und kam, damit klappernd, auf mich zu. »Tina, etwas anderes ist damit nicht mehr zu machen.«

Ich wollte mich nicht anstellen und nickte. Während David mir das Haar abschnitt, liefen die Tränen über mein Gesicht. Seit meiner Krankheit heulte ich öfter als Jenny. Schnippschnippschnippel … David nahm immer mehr weg, hier noch was und dort noch ein Zipfelchen – er trat zurück und hin und her, um es von allen Seiten anzugucken und weiter nachzubessern. Zum Schluß legte er zwei große Hände voll verfilzter dunkler Haare in meinen Schoß. »Es sieht sogar niedlich aus, ich schwör's dir!«

Ich tastete ängstlich meinen Kopf ab; es fühlte sich schrecklich an! »Oh, David, ich hatte immer langes Haar, mein ganzes Leben lang! Das ist ein Alptraum! Ich kann kurzes Haar nicht ausstehen!«

David klopfte mir auf die Schulter, bevor er ins Arbeitszimmer zurückging: »Das Zeug hat die Eigenschaft, zu wachsen!« versicherte er.

Obwohl er emsig am Computer schrieb (mit einer halben Hornbrille bestückt), dabei dicke Bücher durchwälzte und mit bunten Lesezeichen sprenkelte, obwohl er nicht selten für Ulmi einkaufte, bereitete er nebenbei unsere täglichen Mahlzeiten zu (auch für Heidrun), mal abgesehen vom Tee, zu dem oft Waffeln gebacken wurden. David kochte recht gut, mit einer Vorliebe für Mehlandickungen und

Teigwaren. Überbackenes liebte er. Wir aßen sogar ›Pork-Pie‹ – Schweinefilet, mit Pilzen und Zwiebeln geschmort, in Blätterteig – hielten das jedoch im Gespräch vor Heidrun geheim, ebenso wie den Speck beim englischen Frühstück mit Spiegeleiern, gebratener Tomate und geschmorten Pilzen auf Toast. David freute sich, wenn ich mächtig futterte.

In den ersten Tagen schlief ich viel, bis zu sechzehn Stunden. Ich hatte keine große Lust, zu lesen oder fernzusehen, tat aber beides, weil ich noch weniger Lust zum Nachdenken verspürte. Leider kam mir trotzdem immer wieder zum Bewußtsein, daß alles weg war. Haare weg, Peer weg und damit Bemühung für und Glaube an eine Methode, perfekte Partnerschaft zu lernen, alle Geldquellen verschwunden … Gut, ich bekam noch ein Honorar für die letzte Kolumnen-Illustration, ich hatte noch Petra Petraschkes Scheck. Aber wovon sollte ich im übernächsten Monat meine Miete bezahlen? Wie konnte ich mein Auto weiterfinanzieren? Wovon sollte ich leben? Darüber hinaus fand ich mich häßlich. Nicht nur abgemagert und kahl – ich sah alt aus, erledigt, kaputt. Das Leben war vorbei.
Am 10. September goß es Bindfäden. Wie das Wetter wohl gerade in Venedig sein mochte? Um diese Jahreszeit, hatte Peer mir versprochen, herrscht dort Tag und Nacht eine weiche, zartviolette Dämmerung. Ich legte meinen Kopf mit den paar verbliebenen Fusseln Resthaar ans Fenster, starrte in den Regen und weinte wieder ein bißchen. Heidrun stupste tröstend mein Knie an. Wir hatten uns in den letzten Tagen inniger angefreundet. Sie bekam immer die Marzipanstücke aus Jennys Pralinenschachtel, denn ich mag kein Marzipan, und Heidrun schwärmt dafür. Ich beachtete sie diesmal aber nicht. Jetzt wurde es schon wieder

früher dunkel, vor allem bei schlechtem Wetter. Ich blieb sitzen, ohne Licht zu machen, und legte auch kein neues Holz auf das Feuer. Ich ließ den Kamin verhungern.

Dann kam David vom Einkaufen. Er sang vor sich hin – er sang grundsätzlich viel, Volkslieder, Schlager oder zum Beispiel die Marseillaise – knipste im Flur und in der Küche und schließlich im Wohnzimmer Licht an, streichelte Heidrun, die ihm entzückt entgegengerannt war, belebte das Kaminfeuer und fragte: »Was ist denn jetzt schon wieder los, Tina? Warum hängst du da im Dustern an der Scheibe?«

Ich zuckte mit den Schultern, ohne mich umzudrehen. »Nichts Neues. Ich fühl mich einfach mies, das ist alles ...«

»Warum? Bekommst du nicht genug zu essen? Schlägt oder beleidigt dich jemand? Bist du obdachlos? Unheilbar krank?«

»Ja, ich weiß schon. Ich müßte glücklich und dankbar sein. Bin ich aber nicht. Heute ist Peers Geburtstag.«

»Herzlichen Glückwunsch. Liebst du ihn noch so sehr?«

»Ich weiß gar nicht genau, David. Vielleicht, ja. Ich habe mir ja solche Mühe gegeben, ihn zu lieben ...«

»Warum?«

»Na, du weißt doch, die ÜOs und die Levels. Ich wollte grundsätzlich lernen, zu lieben. Ich bin wahrscheinlich zum größten Teil so fertig, weil es nicht geklappt hat.«

»Ich weiß nicht, was du willst – es hat doch geklappt. Du hast ihn geliebt. Du liebst ihn sogar noch. Wenn das nicht ein typischer Fall von Operation gelungen, Patient tot ist! Und jetzt mußt du lernen, deine zerzausten Emotionen wieder glattzubekommen. Vielleicht geht das nur, wenn du sie sauber abschneidest – wie dein Haar.«

»Hattest du eigentlich nie Liebeskummer?« fragte ich ärgerlich.

345

»Doch!« sagte David. »Hatte ich. Allein wegen meiner Frau Mary bin ich fast verrückt geworden.«

»Du warst verheiratet? Hattet ihr – hast du Kinder?«

»Ich hätte vielleicht beinah eins gehabt. Vor langer Zeit war ich sehr jung und sehr dumm, und ich verliebte mich in ein irisches Mädchen, eine Ballettänzerin. Du konntest nicht mit ihr über die Straße gehen oder in eine Kneipe, ohne daß die Leute ihr nachblickten. Sie trug eine Wolke dunkelroter Haare um ihr feines weißes Elfengesicht. Sie warnte mich gewissenhaft. Sie prophezeite, sie würde mich unglücklich machen und riet mir, rechtzeitig abzuhauen. Ich fand das lustig. Wir haben geheiratet, und sie wurde schwanger …« David trat neben mich und blickte mit zusammengekniffenen Augen in die Dunkelheit. »Ich war sehr glücklich. Mary ging oft zur Beichte, aber ich hab mir nichts weiter dabei gedacht. Dann hatte sie einen Autounfall … Ein Polizist kam zu mir und brachte mir taktvoll bei, was passiert war. Mary hatte das Baby verloren. Das war der erste Schock an diesem Tag. Ich war schrecklich traurig, aber auch erleichtert, daß Mary nichts passiert war. Sie befand sich noch im Krankenhaus zur Untersuchung. Ich fuhr sofort hin. Dort hab ich begriffen, daß sie den Unfall hatte, weil sie stockbesoffen gefahren war. Der zweite Schock an diesem Tag. Der dritte kam gleich darauf, weil sie mir – vielleicht in Ermangelung eines Priesters – gebeichtet hat, wieso sie sich betrank: Sie hatte so ein schlechtes Gewissen, weil sie mich betrog. Nicht nur mit *einem* Mann, sondern mit einer ganzen Mannschaft. Und das schon von Anfang an. Sie sagte, sie könnte das Bedürfnis nun mal nicht unterdrücken. Insofern wußte sie auch nicht so genau, von wem das Baby gewesen war, das sie gerade verloren hatte. Mir fehlten die Worte. Ich glaube, mir fehlten sogar die Gedanken. Ich hatte nie etwas geahnt. Ich hatte nie etwas geargwöhnt. Mary hat sich anschließend sofort scheiden lassen ...«

»Ich denke, sie war katholisch?«

»Eben; ich schätze, sie wollte sich damit selbst bestrafen. Wir sind amtlich geschieden, aber nach den Kirchengesetzen nicht. Sie wollte immer gern in ein Kloster gehen, schon als Kind. Ihre Eltern waren dagegen. Jetzt lebt sie in einem katholischen Heim für Behinderte in England als Pflegerin. Vermutlich fühlt sie sich ganz gut, solange sie sich nur schlecht genug fühlt. So ist das. Nun sag was dazu, aber was Kluges.«

»Also, ich gebe zu: Wenn ich von deiner Tragödie höre, schmeiß ich meine Tragödie weg. Und du bist ja seitdem wieder ganz munter geworden.«

David lachte. »Einmal im Jahr – am Tag meiner drei Schocks – besauf ich mich traditionell. Du bist eingeladen, mitzusaufen im nächsten April. So, und jetzt mach ich erst mal was zu essen für meine beiden Damen. Heidrun, hilfst du mir in der Küche?« Das Schwein trippelte eifrig hinter ihm her.

Ich hörte ihn mit Töpfen klappern und Wasser aufsetzen. Er sang aus vollem Halse: »Mariken, kak den Haberbrei, Mariken, kak den Haberbrei, un sla de Eier in de Pann entwei, Dideljuppjuppjupp, Heidallalla, Dideljuppjuppjupp, Heidallalla ...«

347

17.

Begegnungen im Traum

Nach dem zehnten September änderte sich das Wetter. Das Regen-und-Sturm-Programm landete fürs erste in der Schublade. Abgesehen von Morgennebeln kam der Sommer zurück mit strahlendem warmen Sonnenschein und tiefblauem Himmel. Ich lag im Halbschatten auf der Terrasse, Heidrun neben mir. Wir beobachteten David, der im Garten arbeitete. Er zupfte Unkraut und sammelte welke Blüten ab und beschimpfte die Ameisen, weil sie auf seinen Rosenknospen Blattläuse ansiedelten, um sie später zu melken. »Guck dir das an – Agrar-Ameisen!« sagte er wütend.

Ich gähnte, denn meine Schläfrigkeit hielt immer noch an. »Kann ich dir helfen, David?«

»Wenn du möchtest. Wenn einige Morde dich nicht überanstrengen. Komm, setz dich hier hin, ja? Und sammle alle Blattläuse ab und zerquetsch sie. Die dicken Hellgrünen und die Schwarzen mit den Flügeln. Alle. Und die Ameisen, die sie hier hinpacken oder ihren Saft sammeln, zerdrück bitte auch …« David hockte sich daneben an einen anderen Rosenstrauch und ging, mit finsterer Miene unter seinem Gartenhut, ebenfalls dem Absammeln und Zerquetschen nach.

Ich suchte in den Blättern herum. Gerade da, wo es frisch und zartgrün nachwuchs, saßen dicke Blattlaustrauben. Die Blattläuse hingen bewegungslos und stumpfsinnig da – vielleicht käuten sie gerade wieder –, umwieselt von flinken, dynamischen, geschäftigen Ameisen-Cowboys.

»Ich mag sie nicht zerquetschen, David. Ameisen sind nützlich, hat meine Bio-Lehrerin immer gesagt.«

»Das Märchen kenn ich. Kill sie! Keine Gnade!«

»Aber sie können nichts dafür. Sie tun nur ihren Job ...«

»Meine Rosen tun auch nur ihren Job.«

»Und die Blattläuse können erst recht nichts dafür – die werden doch von den Ameisen gezüchtet. Guck mal, die haben gar keinen eigenen Willen. Die sind wie Rindviecher!«

»Und wenn sie noch so wenig wissen, was sie tun, möchte ich doch gern meine Rosen verteidigen.«

»Du solltest mit der großen Ober-Ameise verhandeln«, schlug ich vor.

David schaute unter seinem Hut auf. »Wie meinst du das?«

»Frag Ulmi. Sie hat mit der großen Ober-Fliege gesprochen, und seitdem traut sich kein Brummer, auch nur einen Fuß in Ulmis Haus zu setzen. Ich habs selbst gesehen ...«

David dachte nach. »Wie fühlst du dich, Tina? Meinst du, du kannst einen Besuch bei deiner Großmutter machen? Dann rufe ich sie an und frage mal, ob es ihr recht ist ...«

Kurze Zeit später gingen David, Heidrun und ich durch die kleine Holzpforte aufs Nachbargrundstück. Die vielen Obstbäume im Garten von Ulmi waren voller Äpfel, Birnen und Pflaumen in unterschiedlichen Reifestadien. Gelbe und rote Äpfel, gelbe und braune Birnen, gelbe und blaue und violette Pflaumen. Und eine Menge grüner Früchte, die noch eine Weile brauchen würden.

Wir läuteten an der Tür, die altmodische Bimmel schepperte durchs Haus. Es dauerte ein Weilchen, bis Ulmi öffnete. Wir hatten uns zuletzt vor etwas mehr als drei Wochen gesehen, bei Michis Hochzeit. Jetzt zuckten wir beide bei unserem Anblick zurück. »Ach, Tina – dein schönes Haar! Was für ein Jammer!« rief Ulmi. Ihre tiefe Stimme klang noch heiserer als sonst. Ihre großen dunklen Augen lagen tief im Schädel, unheimlich sah das aus. Die lange, überschlanke Hand, mit der sie vorsichtig meinen Kopf streichelte, war eiskalt.

»Ich koche Tee!« verkündete David. Er ging voraus in die Küche und setzte sofort Wasser auf. Ulmi und ich nahmen am Küchentisch Platz, der jetzt schon ein wenig Nachmittagssonne abbekam. »Ulla, bring mir vor allen Dingen bei, wie ich mit der großen Ober-Agrarameise sprechen kann!« bat David. Ulmi sah ihn verblüfft an, aber wir erklärten ihr, worum es ging.

»Ach so, das«, sagte sie. »Das ist ganz einfach. Du stellst dich in deinen Garten, möglichst da, wo am meisten Ameisen sind, und dann rufst du sie, die große Oberameise. Du wirst sie wahrscheinlich vor deinem inneren Auge sehen. Erschrick nicht, sie ist sehr groß! Und dann mußt du ihr sagen, was du willst.«

»Und wenn sie mir antwortet, was ich will, ist ihr piepegal?«

»Was würdest du denn tun, um sie zu vernichten?«

»Ich würde Gift kaufen und kochendes Wasser in ihre Gänge gießen …« David goß das sprudelnde Teewasser sehr anschaulich in die Kanne und kontrollierte die Zeit auf seiner Armbanduhr. »Und mir eine riesige Herde hungriger Marienkäfer anschaffen oder vielleicht ein oder zwei Ameisenbären …«

»Das wäre Heidrun sicher nicht recht!« vermutete Ulmi und streichelte dem Schwein den Kopf. »Aber du kannst dem Großen Geist der Ameise das ja schildern und ihm raten, vorher mit seinem Volk zu verschwinden. Das wäre ein gutes Argument.«

David zog den Filter aus der Kanne und servierte den Tee, nur für Ulmi und mich. »Eine vorgehaltene Waffe ist immer ein gutes Argument«, meinte er. »Dann geh ich jetzt verhandeln.«

Er steuerte aus der Küche. Ich rief hinterher: »Zieh dich vorher um!«

David blieb stehen: »Wieso?«

»Na ja – den Strohhut kannst du aufbehalten. Aber zieh lange Hosen an!«

David blickte an seinen nackten, stämmigen Beinen hinunter. »Weshalb?«

»Damit der große Geist der Ameise Respekt vor dir hat und dir zuhört, anstatt sich totzulachen.«

»Sind meine Beine komisch?« fragte David erstaunt.

»Nackte Männerbeine sind immer komisch!« versicherte ich ihm.

»Aber – es ist heiß draußen! Mindestens vierundzwanzig Grad!« protestierte er.

»In der Wüste sind oft mehr als vierzig Grad, und die Berber hängen trotzdem nicht in Badehosen auf ihren Kamelen, sondern sind in alle möglichen Tücher gewickelt!« belehrte ich ihn unnachgiebig. »Und da wir gerade dabei sind: Du solltest auch nicht so oft Regenstiefel tragen. Außer vielleicht bei Regen.«

David seufzte und verließ die Küche. Ulmi grinste mit ihrem großen weißen Gebiß. Dann musterten wir uns gegenseitig, und dann fragten wir im selben Augenblick: »Warum bist du so dünn?«

»Ich hab durch das Fieber und den Husten abgenommen«, erklärte ich zuerst.

Und Ulmi: »Es zehrt ein bißchen, wenn man sich mit Sterben beschäftigt. Ich bin in letzter Zeit häufig außerhalb meines Körpers. Das mögen die Zellen auf die Dauer nicht so gerne.« Ich trank einen Schluck heißen Tee, um mich nicht aufzuregen. Ulmi beobachtete mich genau: »Kind,

351

versteh doch bitte, womit ich mich beschäftige. Ich mache keinen Selbstmord! Ich gewöhne mich nur daran, im Jenseits unterwegs zu sein. Das ist sehr nützlich.«

»Ich hoffe, du sagst so was nie, wenn normale Menschen dich hören können?«

»Ich werde mich hüten. Warum hältst du mich für verrückt? Du selbst hast gerade David geraten, sich mit einem großen Insektengeist zu verständigen. Warum findest du das eine in Ordnung und das andere nicht?«

»Ich weiß es ja auch nicht – wie soll denn das funktionieren – Sterben lernen? Wie machst du das? Hältst du so lange die Luft an, bis dir die Sinne schwinden?«

»*Piffle!* Es geht doch nicht um die Mechanik. Ich habe angefangen mit Träumen. In Träumen sind wir ja gewissermaßen schon im Jenseits unterwegs.«

»Ach?«

»Sicher. Es kommt darauf an, sich darüber klar zu werden, *daß* es ein Traum ist. Zuallererst widmest du deinen Träumen Aufmerksamkeit. Aufmerksamkeit ist immer die Eingangstür zur Liebe. Du erinnerst dich nach dem Aufwachen genau. Du schreibst alles auf, was dir einfällt. Du nimmst deine Träume ernst, und du nimmst sie wichtig. Du sagst nie: ›Was hab ich da wieder für einen Quatsch zusammengeträumt!‹ Und eines Tages – oder eines Nachts – merkst du plötzlich: Hey, ich träume ja gerade! Es ist schwierig, dieses Bewußtsein nicht gleich wieder zu verlieren. Entweder wirst du zu wach oder zu schläfrig. Das muß ausbalanciert werden. Und wenn du geübter bist, kannst du deine Träume selbst gestalten. Du kannst herumreisen, durch die Luft fliegen, Verstorbene rufen, mit denen du sprechen möchtest …«

»Aha! Sleeping Crow zum Beispiel?«

»Natürlich. Seit einigen Wochen begegne ich ihm, jede

Nacht. Er führt mich in die jenseitige Welt ein und zeigt mir alles. Und von den Träumen abgesehen habe ich gelernt, meinen Körper zu verlassen und in der Astralwelt spazieren zu schweben. Auf die Art habe ich dich besucht, als du krank warst. Plötzlich erschien dieser Dr. Bottolt und sprach mich darauf an, daß meine Enkelin krank sei und schlug vor, dich zu untersuchen. Du hast ihn doch mit mir an deinem Bett gesehen, oder? Mit seinem Backenbart und dem Kneifer. Dabei hatte ich dir niemals von ihm erzählt.«

»Das stimmt. Ich hab viel drüber nachgedacht. Vielleicht hast du von ihm geträumt. Vielleicht hast du aufgefangen, daß es mir schlecht ging. Und vielleicht hab ich dann durch eine Art Querschaltung deinen Traum gesehen ...«

Ulmi zuckte die Schultern und suchte sich eine Schokoladenwaffel aus der Keksdose. »Wenn du meinst, das macht es für dich annehmbarer.«

Ich blickte mich in der Küche um. Die weiße Spitzengardine und die kleine, eifrige Pendeluhr sahen so vertraut aus. Aber irgend etwas fehlte: »Wo ist eigentlich Safran?«

»Ich weiß es nicht, Tina. Er ist schon seit neun oder zehn Tagen verschwunden.«

»Hast du ihn vielleicht mit ins Jenseits genommen und dort vergessen?«

»Das wäre immer noch die bessere Möglichkeit. Vielleicht begegne ich ihm aber aus einem anderen Grund auf der anderen Seite. In der Gegend von Appen gibt es Katzenfänger ...«

»Katzenfänger?« fragte ich. »Was wollen die mit Safran? Ihn verkaufen?«

»Sehr wahrscheinlich. Aber nicht an Katzenfreunde, sondern an Tierlabors oder an Menschen, die ihre Kampfhunde trainieren wollen.«

Ich schwieg entsetzt. Ulmi schaute grämlich aus dem Fenster. »Ich hätte vielleicht besser auf ihn aufpassen müssen. Aber er war immer ein Outside-Kater. Und ich bin zur Zeit nicht sehr kräftig.« Sie seufzte einmal tief und schob dann das Kinn vor: »So, und du glaubst also nicht mehr an die ÜO-Schulung und auch nicht mehr an mich?«

»Ich weiß nicht. Eine Weile habe ich sehr fest daran geglaubt. Aber jetzt … Wenn ich denke, es war alles Quatsch, was du erzählt hast, dann ist es nicht so schlimm, daß ich Peer auch wieder verloren hab. Dann könnte ich mir sagen, es ist eben Zufall. Dann wäre es nicht so ein Unglück.«

Ulmi blickte immer noch nachdenklich aus dem Fenster. »Wo liegt denn für dich eigentlich das Unglück?«

»Daß ich es verpatzt habe natürlich.«

Jetzt lächelte sie mich an. »Du meinst, weil der Mann abgehauen ist, war es kein kitschiges Happy-End, und das gehört nun mal zu einem guten Schluß? Du bist ja süß. Stell dir vor, er hätte dich wirklich geheiratet! Seine Schwester hat dir ja deutlich ausgemalt, wie das geworden wäre – um Demut zu lernen, mußt du dein Leben doch nicht als Märtyrerin beschließen. Im Gegenteil, ich glaube, besser hättest du es nicht lösen können: Das Level ist erreicht, sonst würde er dich nicht so hoch einschätzen – und trotzdem noch mal entkommen.«

»Das heißt, ich habs gar nicht falsch gemacht? An den Gedanken muß ich mich erst mal gewöhnen … Das würde ja bedeuten, ich bin noch im Rennen?«

Ulmi lachte. Es klang recht dünn gegen ihr früheres Gelächter.

»Ich glaube sogar, du hast es bald geschafft.«

»Wirklich? Ich muß zugeben, Jenny haben deine Tips geholfen. Und David meint, ich sei verletzlich geworden, und das wäre doch sehr erfreulich. Sicher hab ich eine Menge dazugelernt. Beispielsweise, daß ich mir wohl immer die falschen Männer aussuche ...«

»Bravo! Das ist eine Erkenntnis. Weißt du auch, inwiefern?«

»Ich bin wohl zu sehr nach dem Aussehen gegangen.«

Ulmi schob mir die Keksdose hin. »Hier, iß, um Himmels willen! Jede Kalorie kann dir nur guttun. Du meinst also, du hast dir bevorzugt hübsche Männer ausgesucht, richtig? Mir ist darüber hinaus aufgefallen, daß du sie nicht gerade nach ihrer Intelligenz ausgewählt hast.«

»Was?! Aber Ulmi – Peer ist Doktor! Er ist Zahnarzt – er hat studiert, er ...«

»Na und? Das ist doch keine Garantie für Grips. Das bedeutet nur, er kann gut lernen. Ich habe ja nicht wirklich mit ihm gesprochen, aber ich denke, ich habe ihm angesehen, daß er keine Intelligenzbestie ist.«

Ich schnappte nach Luft.

Ulmi schüttelte den Kopf: »Ich behaupte ja nicht, daß er dumm ist. Aber eine Geistesgröße ist er auch nicht. Und das war bisher keiner deiner Männer. Du hattest es nicht auf deiner Wunschliste – noch nicht einmal auf deiner Negativ-Wunschliste, Tina. Ich erinnere mich an: ›Er sollte potent sein und nicht zuviel quasseln.‹ Frag dich selbst, warum du keinen Wert drauf legst, daß dein Partner intelligent ist.«

Die Antwort kam prompt, und ich sprach sie aus: »Die meinen immer, sie haben recht. Und dann bestimmen sie den Kurs. Das ist unbequem.«

Ulmi lachte in ihre Tasse. »Immer noch Machtkämpfe, merkst du das? Du konntest dich sanft und geduldig geben, weil du dich tiefinnerlich überlegen fühlen durftest. Sobald du meinst, ein Mann ist dir intellektuell ebenbürtig, wirst du nach wie vor kratzbürstig sein, fürchte ich. Das bedeutet: Dein letztes Level sind die gescheiten Männer. Mit denen mußt du auch im Guten auskommen – ohne dich unterkriegen zu lassen, versteht sich.«

Ich wischte mir neue Tränen ab. »Ich will gar keinen Mann mehr, Ulmi. Ich hab sie alle so satt … Und du merkst ja: Ich kann's einfach nicht lernen, richtig mit ihnen umzugehen. Ich kann's nicht!« Ich stampfte im Sitzen mit dem Fuß auf.

»Als dein Vater ein kleiner Junge war, hab ich versucht, ihm Radfahren beizubringen. Er wollte nicht, er hatte Angst – das war mein großes, schweres schwarzes Damenrad, wir hatten kein anderes. Alle Kinder lernten damals, so zu fahren. Nach dem Krieg gab es keine Kinderräder. Ich lief neben ihm her, er strampelte wild und dann krachte er wieder mit dem Rad hin und ich hob beide auf. Alexander hat geheult und mit dem Fuß aufgestampft und mich angeschrien: ›Ich kann nicht radfahren! Ich kann's einfach nicht!‹ – und ich habe jedesmal zu ihm gesagt: ›Ich weiß. Deshalb sollst du es ja lernen!‹«

Ich putzte mir mürrisch die Nase. »Mal sehen. Wenn's mir wieder besser geht vielleicht …«

Ulmi brachte Heidrun und mich zur Tür. »Kannst du allein laufen, Tina, oder soll ich David anrufen, damit er dich abholt?«

Ich umarmte ihre große, dünne Gestalt. »Ich möchte es gern allein versuchen. Paß auf dich auf, Ulmi. Sei bitte vorsichtig mit dir …«

»Das gilt für dich genauso! Übrigens muß ich sagen – wenn man sich an den Schock gewöhnt hat, daß dein Haar ab ist, sieht es ausgesprochen hübsch aus und steht dir gut! Vielleicht solltest du es so lassen …«

Ich wackelte unsicher über den Gartenweg zurück zu David. Ich fand ihn immer noch bei den Rosen, in der Nähe der Terrasse. Ich ließ mich auf den Liegestuhl plumpsen.

Heidrun ließ sich auf die warmen Terrassensteine davor plumpsen.

»Hat es funktioniert? Hat das große Ameisendings mit sich reden lassen?«

David nickte. »Ich habe ihr meine Drohungen an die Fühler geworfen – wenn sie nicht alle sofort abhauen, gibt es Krieg mit Gift und kochendem Wasser.«

»Und?«

»Sie hat gesagt, sie braucht Bedenkzeit. Sie muß mit ihrem Volk sprechen. Bis dahin soll Waffenstillstand sein.« David betrachtete sorgenvoll eine Knospe. »Und bis sie sich alle geeinigt haben, vertilgen ihre Blattläuse weiter meine Rosen ...«

David spielte hin und wieder Schach mit mir. Er besaß ein wunderschönes altes Brett und ungewöhnliche Figuren aus Persien. Die Türme waren beispielsweise auf die Rükken kleiner Elefanten montiert. Ich spiele nicht gut, aber David brachte mir bei, meine Gedankengänge zu sortieren, so daß es uns beiden allmählich immer mehr Spaß machte. Manchmal versuchte Heidrun, sich einzumischen und schubste plötzlich ein paar Figuren mit ihrer feuchten Steckdosennase um. Und einmal fraß sie den ganzen Rest der Pralinen auf, auch die ohne Marzipan, und zerkaute die Schachtel. »Sie hat Probleme«, erklärte mir David. »Sie ist einerseits eifersüchtig, daß du jetzt die erste Dame im Hause bist. Andererseits mag sie dich. Das ist ein Seelenkonflikt!«

Er kaufte mir neue Pralinen, obwohl ich heftig protestierte – ich wußte schon jetzt nicht, wie ich ihm je seine grenzenlose Gastfreundschaft und Pflege danken sollte. Aber dann nahm ich sie doch an und teilte wieder schwesterlich mit Heidrun. Wenn sie ungezogen war, sang David ihr vor:

»After all the things I told you – and the promises that you gave – Oh, why can't you behave?«

Übrigens nahm ich sie immer öfter in Schutz. Sie war ein nettes, freundliches, unkompliziertes Schwein. In der letzten Zeit lief sie mir hinterher. Vielleicht, weil ich inzwischen das Kochen übernommen hatte und immer mal wieder leckere Stückchen vom Küchentisch fallen ließ ...

Ich wurde kräftiger. Ich schlief nur noch acht bis neun Stunden pro Nacht. Ich konnte immer länger stehen und gehen. Mein Spiegelbild sah nach und nach auch nicht mehr nach einem Katastrophenfall aus.

David zeigte mir den Raum mit Parkettboden, an dessen Wand die Ballettstange befestigt war, und wir begannen vorsichtig mit dem Training. Mir fiel auf, daß David mehr davon zu verstehen schien als Gerda. Vielleicht war sie auch nur gelangweilter gewesen. Er korrigierte ständig – das war hart, aber lehrreich. Ich fand es höchst sonderbar, daß ein solcher Wonneproppen soviel Anmut entwickeln konnte, und ich musterte ihn nachdenklich, wie er nach der Übungsstunde dastand und sich seine roten Locken und den Nacken frottierte. Seine Figur, unter T-Shirt und Trainingshose, blieb ein fülliges Rätsel. »David – wieviel an dir ist eigentlich Muskeln und wieviel ...?«

»Fett?« David lachte. Ich hatte kürzlich entdeckt, daß er dabei ein nettes Grübchen neben dem linken Mundwinkel bekam. »Ich habe überhaupt kein Fett, meine Dame. Das ist alles Chitin.«

Ich kramte in den Lexikonseiten meines Gehirns herum. »Chitin? Daraus sind Hummerschalen, oder?«

David legte sich das Handtuch um den Nacken und machte noch ein paar freihändige Pliés. »Es ist Panzermaterial für Krebstiere und Insekten – für alles Zarte, Empfindliche. Ich hab mir schon als kleiner Junge ein dickes Fell angefressen, damit die Tritte des Schicksals nicht so weh tun.«

Das schöne Wetter hielt an, und abends dämmerte es lange und genießerisch in den schönsten Farben von Zartpink über Violett bis Dunkelrot, wie es nur im Herbst dämmert. David, Heidrun und ich gingen dann oft ein wenig durch die Felder spazieren und pflückten Haselnüsse. Die feuchte, nach Erde duftende Luft war köstlich. Ich fragte mich, warum ich eigentlich in einer Großstadt wohnte. Wer zwang mich dazu?
Ulmi besuchte ich auch hin und wieder, nicht nur, um die Lebensmittel abzuliefern. Sie wurde leider nicht kräftiger, im Gegenteil. Das schien ihr jedoch wenig auszumachen. Als es mir deutlich besser ging, fing ich an, mit Davids Auto nach Appen oder Mooreege oder nach Uetersen einkaufen zu fahren, für Ulmi mit. Ich hatte noch nie einen Lieferwagen gesteuert, aber es klappte ganz gut.
Eines Tages brachte ich Ulmi ihre Möhren und Kartoffeln und Eier und Waschpulver und was sie sonst noch so zu ordern pflegte. Zu meiner Überraschung stand sie in einem Indianergewand in der Küche, ihr Haar nicht wie sonst zum Knoten gesteckt, sondern offen über den Schultern. Ich fragte zunächst nicht, was das sollte. Ich dachte, das würde sie mir schon erzählen. Sie bat mich, ein Stückchen mit ihr spazierenzugehen – und ich freute mich, daß sie sich plötzlich kräftiger zu fühlen schien. Tatsächlich bemerkte ich jetzt, daß ihr Gesicht runder und frischer aussah als in den letzten Tagen.
»Bist du im Jenseits Safran begegnet?« erkundigte ich mich. Sie schüttelte bekümmert den Kopf. Sie sah sich immer wieder suchend um, als erwarte sie noch jemanden. Schließlich blieb sie stehen und spähte mit gekrauster Stirn

suchend in alle Richtungen. »Schade. Ich hatte gehofft, ich könnte dir Sleeping Crow vorstellen, aber es funktioniert wohl nicht …«, bemerkte sie niedergeschlagen. Dann warf sie mir einen ärgerlichen Blick zu und fügte leiser hinzu: »Vermutlich störst du das Ganze, weil du einfach nicht genug daran glaubst!«

Ich tätschelte ihr begütigend und schuldbewußt den Arm, und wir spazierten zurück. »Ich komme mit zu David – seit du mir die Einkäufe bringst, habe ich ihn nicht gesehen!« verkündete meine Großmutter. Ich überlegte kurz, was der Professor wohl zu Ulmis Outfit sagen würde, tröstete mich aber damit, daß ihn mit seiner Lebenserfahrung wenig erschüttern konnte.

Als wir das Haus betraten, schlummerte Heidrun leise schnarchend vor dem Kamin, den rosigen Bauch mit der Doppelknopfreihe nach oben gedreht. Wir riefen beide nach David, ohne damit das Schwein zu wecken.

»Komisch – sollte sie Kognakbohnen gefressen haben? So tief schläft sie selten!« sagte ich.

David zeigte sich nirgends. Wir stiegen die Treppe hinauf, und Ulmi öffnete ganz selbstverständlich seine Schlafzimmertür.

»Aber du kannst doch nicht –!« protestierte ich erschrocken. Wir spähten beide ins Zimmer. David lag in seinem Bett, einen fülligen, muskulösen nackten Arm halb über den Augen, und schlief ebenso tief wie Heidrun. Am hellichten Tag! Er schnarchte bloß nicht.

»Ist hier Gas ausgeströmt?« flüsterte ich beunruhigt. »Das ist ja wie bei Dornröschen …« Ulmi schloß die Tür behutsam wieder und lächelte mich an. »Bist du denn nicht müde?« fragte sie leise.

Gleichzeitig wurde mir bewußt, daß ich geradezu im Stehen einschlief, mir fielen mit Macht die Augen zu.

»Ich bringe dich ins Bett!« hörte ich undeutlich, und ich nahm nur verschwommen wahr, wie Ulmi mich zu Davids Gästezimmer schob, in dem ich die letzten zwei Wochen geschlafen hatte. Ich bemerkte keineswegs, ob ich mich selbst auszog oder ob Ulmi das übernahm, ich begriff nur, daß ich plötzlich in meinem Nachthemd im Bett lag, während Ulmi schelmisch grinsend in dem altmodischen Ledersessel am Fenster Platz nahm.

»Ulmi – was soll das?! Was ist hier los?!« rief ich ungeduldig, indem ich mich bemühte, die Schläfrigkeit abzuschütteln. Ich riß gewaltsam die Augen auf – und es war dunkel im Zimmer! Mein Herz klopfte wild. Ich hatte tatsächlich Angst. Mit zitternden Fingern suchte ich den Knipser der Nachttischlampe. Der funktionierte. Der große Wecker behauptete, es sei halb drei Uhr. Ich schluckte. In dem Ledersessel befand sich niemand. Ich stand auf und tappte barfuß zum Fenster, zog die Gardine beiseite und blickte hinaus. Nacht – tiefschwarze Nacht!

Also nur ein Traum, oder? Natürlich; Ulmi in diesem Indianergewand und mit losem Haar, kräftig genug, um spazierenzugehen – nur ein Traum, ganz klar. Ich kicherte unsicher vor mich hin. Außerdem war ich durstig.

Ich schlich barfuß zur Tür und öffnete sie vorsichtig, tappte die Treppe hinunter durch das Wohnzimmer zur Küche. Als ich das Wohnzimmerlicht anknipste, wachte Heidrun mit einem kleinen Abschlußschnorchler auf und blinzelte mich irritiert an. Sie lag genauso vor dem Kamin, wie ich es eben in meinem Traum gesehen hatte. Was für ein drolliger Zufall! Aber vielleicht war es ihre Gewohnheit, so zu liegen, und ich hatte das unbewußt öfter beobachtet … Sie schluckte ein paarmal laut und entschloß sich, weiterzuschlafen.

Ich goß mir in der Küche ein Glas Milch ein und trank es

hastig aus. Dann machte ich mich auf den Rückweg. Ich bemerkte Herrn Brömel auf dem Kaminsofa und klemmte ihn mir unter den Arm, denn ein Teddybär sollte nachts in einem vernünftigen Bett ruhen.

Als ich an Davids Tür vorbeikam, zögerte ich. Ich wollte zu gern … Ich würde nur ganz schnell … Bloß, um zu sehen, ob …

Das Flurlicht war ziemlich schwach und würde ihn hoffentlich nicht wecken?

Ich drückte die Türklinke in Zeitlupe herunter und öffnete dann die Tür Zentimeter für Zentimeter, bis das Licht auf Davids Bett fiel.

Wahrhaftig – David lag noch genauso da – einen Arm halb über dem Gesicht! Konnte das Zufall sein? Auf welche Art er im Bett zu liegen pflegte, hatte ich mir bestimmt noch nie angeschaut, weder bewußt noch unbewußt! Ich wollte die Tür ebenso vorsichtig wieder schließen – als er aufwachte und mich anstarrte.

»Tina –?!«

»Entschuldige!« flüsterte ich. Meine kurzen Haare sträubten sich vor Verlegenheit. »Tut mir leid – schlaf weiter, ja? Ich hab nur geträumt!« Und ich machte die Tür hastig und laut zu, bevor ich mit Brömel zurück in mein Bett stolperte.

»Was war das gestern nacht mit deinem Traum?« fragte David beim Frühstück, mich über seine halbe Brille und die Zeitung hinweg musternd.

»Oh! Das … Ich glaube, Ulmi wollte mir was beweisen. Über Astralwandern und so …«, stotterte ich verschämt. Ich erwartete keineswegs, daß David sich mit dieser verworrenen Antwort zufrieden geben würde, doch er tat es. Er biß in seinen Toast und meinte ein paar Minuten später: »Drollig, du hast richtig altmodische lange Nachthemden, nicht? Ich dachte, so was mit Rüschen und Spitzen gibt's

362

überhaupt nicht mehr. Ich hab Frauen immer nur in Schlaf-anzügen oder in Big-Shirts erlebt, falls sie nachts überhaupt was trugen ...«

»Die hab ich alle selbst genäht. Ich liebe lange Nachthem-den, aber es gibt wirklich kaum noch welche zu kaufen. Ich glaube, die meisten Frauen meinen, sie verheddern sich darin!« erläuterte ich.

David sah schmunzelnd auf. »Du mußt dir allerdings klar darüber sein, daß der Eindruck einer Frau im langen Nachthemd, der das Haar über die Schultern wallt, ein an-derer ist als der eines kleinen Waisenmädchens mit Spat-zenfrisur – zumal, wenn sie einen Teddybär unter dem Arm hat ...«

Ich schmollte, aber mehr automatisch. Im Grunde dachte ich darüber nach, wen David wohl zuletzt im Schlafanzug oder ohne gesehen hatte.

»Hast du eigentlich schon länger keine Freundin?«

»Seit – warte mal –, seit über einem Jahr.«

»Und was tust du?«

»Bitte?«

»Ich meine – wie schaffst du das. Ich meine ...«

»Du meinst den Libido-Stau? Sind teddytragende Wai-senkinder eigentlich berechtigt, solche Fragen zu stellen? Was, glaubst du, hat der Graf von Monte Christo getan?«

»Wer?« fragte ich verwirrt. »Ach so, der aus dem Buch ...«

»Der war vierzehn Jahre lang eingekerkert. Was war mit seinen animalischen Bedürfnissen?«

»Och ...«

»Siehst du? Übrigens glaube ich, daß die Sexualität zur Zeit ein bißchen überschätzt wird.«

»Dasselbe hat Peer auch gesagt.«

»Der schöne Mann? Na, sehr triebhaft wirkte der in der Tat nicht. Ich sehe das geschichtlich. Ja, Entschuldigung, das ist nun mal mein Fachgebiet. In den letzten Jahrhunderten wußten die Menschen noch nicht, was Sigmund Freud verkünden würde: daß wir alle unsere Sexualität ausleben müssen, weil wir sonst durchdrehen. Deshalb lebten etliche Leute ohne Sexualität, entweder über einen langen Zeitraum oder für immer, und sie drehten trotzdem nicht durch. Ich meine nicht nur Mönche und Nonnen. Hausangestellte und Diener und überhaupt die unteren, dienenden Schichten konnten sich so einen Luxus wie ein eigenes Liebesleben oft nicht leisten. Deshalb haben sie kompensiert und gingen auf in der Liebe zu ihren Herrschaften. Das hat sie vielleicht nicht immer restlos befriedigt, aber da sie auch noch kein Ego hatten – zumindest nicht in unserem psychologisch geschulten Sinne –, haben sie es verkraften können. Foder er nich an' Disch, anners sit se blots jümmers do un luert!« fügte er streng hinzu, denn ich hatte Heidrun unauffällig ein Stück Marmeladenbrot zukommen lassen. Ich richtete mich beschämt auf und leckte meine Finger ab. Heidrun kam beschämt unter dem Tisch hervor und leckte sich die Schnute.

»Hast du deshalb kontrolliert, was ich nachts mache?« fragte David. »Weil du dir Gedanken um meinen Triebstau machst?« Um seine Augen bildeten sich Lachfältchen. Erfreulicherweise läutete in diesem Moment das Telefon im Arbeitszimmer. Es war Jenny, die mich sprechen wollte.

»Rate mal, womit ich dich anrufe?« fragte sie begeistert, und sie fuhr gleich fort: »Mit deinem Handy! Ich habs in deinem Papierkorb gefunden, neben deinem Schreibtisch, da muß es reingefallen sein. Ich habe deine Wohnung aufgeräumt und geputzt und kräftig gelüftet und einige Ladungen Wäsche gewaschen.«

»Jenny, du bist ein Engel!«

An ihrer Stimme konnte ich hören, wie geschmeichelt sie

war: »Ach, ich konnte dich doch nicht in so eine Stätte der Verwüstung zurückkehren lassen! So was ist deprimierend. Wann kommst du denn nach Hause? Ich habe viele interessante Neuigkeiten … Und, ehe ich es vergesse, Carla läßt dich grüßen und dir ausrichten, wenn du nach Hamburg zurückwillst, sollst du sie bitte zu Hause anrufen und ihr Bescheid sagen, sie holt dich dann ab. Sie will auch was für dich tun, hat sie gesagt.«

»Ihr seid so rührend! Doch, ich glaube, ich bin so gut wie neu«, meinte ich nachdenklich. Ich blickte zu David und Heidrun ins Wohnzimmer hinüber. Er las eifrig in der Zeitung, aber sie gab ohne weiteres zu, daß sie angestrengt lauschte. Ich würde sie beide vermissen – und die Ruhe und den Frieden hier. Aber irgendwann muß ich schließlich zurück ins Leben.

Nachmittags besuchte ich Ulmi. Sie sah in keiner Weise gesünder, kräftiger oder rotwangiger aus als vorher. Ich brauchte nicht zu fragen, ob sie eine Ahnung hätte, was nachts passiert war. Sie grinste breit und triumphierend, sobald sie mich sah und trompetete »Siehst du? Jetzt glaubst du mir wohl, was?«

»Warum? Es hat doch nicht geklappt – Sleeping Crow ist nicht aufgetaucht!« wehrte ich boshafterweise ab.

Ulmi schüttelte den Kopf. »Tu nicht so gescheit. Du siehst ganz gut erholt aus inzwischen. Wann ist deine Kur zu Ende?«

»Jetzt. Ich werd nachher Carla anrufen, damit sie mich morgen abholt. Schade – es war schön. So ruhig. So friedlich. Jetzt geht das Gestrampel wieder los.«

»Nur Mut! Lernen kannst du nur mitten im Gestrampel. Ruf mich an, okay? Ich möchte wissen, wie es weitergeht. Jetzt mit den Intelligenz-ÜOs!« kicherte Ulmi. Ich gab ihr einen dicken Kuß.

»Stirb bloß nicht zu schnell! Ich würde dich schrecklich vermissen, du altes Ungeheuer …«, sagte ich. Ich dachte: ›Sie ist so lebendig – selbst, wenn sie abnimmt und schwächer wird, bleibt sie bestimmt noch lange …‹

Als Carla mit ihrem kleinen Sportauto kam, um mich, meine Tasche und Herrn Brömel abzuholen, hängte mir Professor Fox einen Lederriemen um den Hals, an dem ein blanker neuer Hausschlüssel baumelte. »Hier – falls du mal Ballettübungen machen möchtest und ich gerade nicht da bin.«

»Ach, danke, David, wie lieb! Und überhaupt … vielen, vielen …«

»Ja, ja – entschuldige mich, ich muß nach hinten und noch mal mit der Oberameise verhandeln. Die stellen inzwischen Bedingungen! Ich soll beispielsweise eine Ecke nur mit Unkraut anlegen, damit sie dort ihre Blattläuse züchten können. Also, ich weiß nicht recht … Mach's gut, Tina!« Damit verschwand er um die Hausecke.

»Ganz schöner Vertrauensbeweis, das mit dem Schlüssel«, fand Carla, als wir losfuhren. »Ist der Mops verknallt in dich?«

Ich klappte die Sonnenblende hinunter und musterte mich finster in dem kleinen Schminkspiegel. Gesünder sah ich sicher aus, aber immer noch dünn. Und vor allem so haarlos! »Der interessiert sich nur für Schönheiten!« erwiderte ich. »Er war zum Beispiel mit einer hinreißenden irischen Tänzerin verheiratet, der alle Leute hinterherstarrten.«

Carla blickte mich erstaunt an. »Ehrlich? Na ja, wahrscheinlich ist er ganz charmant. Und ein helles Köpfchen sowieso. Geld hat er vermutlich auch. Komisch, bis jetzt hab ich mir den nie als Mann vorgestellt …«

Dann sprach Carla über Plattwürmer. Zoologie ist im

Grunde nicht das Thema, das sie am meisten interessiert. Aber beim Zahnarzt hatte sie im Wartezimmer in einem Wissenschaftsmagazin gelesen: »Tina, das mit den Plattwürmern ist der absolute Hammer! Die leben bei Australien im Meer und sind sowohl Männchen als auch Weibchen. Und wenn sich zwei Plattwürmer ineinander verlieben, dann kloppen sie sich solange, bis rauskommt, wer nun was sein soll. Jeder versucht stundenlang, dem anderen seinen Schniedel irgendwo in den Bauch zu knuffen – das funktioniert überall, weil die überall Eizellen haben. Und wer gewonnen hat – das ist nämlich der Punkt, Tina! –, der darf Männchen sein. Bedeutet demnach: Der Verlierer muß das Weibchen mimen. Der Sieger darf abrauschen und sich nach einem neuen feschen Plattwurm umschauen. Der Verlierer wird schwanger und muß die Verletzungswunde ausheilen und kann sich überhaupt beerdigen lassen …« Carla sog heftig und wütend an ihrer Zigarette.

»Der arme verlorene Plattwurm«, sagte ich höflich.

Carla schnaubte. »Du begreifst gar nichts. Von wegen Gleichberechtigung, von wegen gleicher Lohn und all dieses verlogene Getue. Wir sind die Verlierer, ganz einfach, weil die Natur uns dazu macht! Ach ja, und da wir gerade davon reden: Jenny hat's erwischt! Die ist so was von schwanger! Der Babytest hat das Röhrchen gesprengt! Dabei ist das nicht ganz ungefährlich in ihrem Alter.«

Ich wurde im Sicherheitsgurt nach vorn gerissen, weil Carla urplötzlich auf die Bremse trat. Der Wagen hinter uns schlingerte quietschend ein wenig hin und her und hupte zornig.

»Saftsack!« fauchte meine Freundin in den Rückspiegel. »Fahr nicht so dicht auf, wenn deine Bremsen nichts taugen!«

Sie kurbelte leidenschaftlich ihr Seitenfenster herunter und

367

warf ihre Kippe nach draußen – die allerdings bockig wieder hereingeflogen kam und es sich zwischen dem Sitz und Carlas Schultern bequem machte. Sie kreischte, ich sammelte das verdammte Ding mit bloßen Händen ein und warf es diesmal aus meinem Fenster. Dann lutschte ich wütend an meinem verbrannten Daumen. Phantastisch. Ich befand mich wieder mitten im Gestrampel!

18.

Roter Mond im September

Carla trug auch noch meine Tasche die Treppe hinauf. Ich kam mit Herrn Brömel hinterher. Oben stand Jenny mit erwartungsvollem Lächeln. Das verschwand, als Carla sie fragte: »Na, solltest du nicht eigentlich über'm Klo hängen und reihern?«

»Du bist *gemein*!« bemerkte Jenny leise, aber ausdrucksvoll. Es klang wie eine Charakteranalyse.

»Das ist ja gerade das Interessante an mir!« gab Carla zurück. Sie knallte meine Tasche vor die Tür, umarmte mich vorsichtig – ich mußte immer noch recht hinfällig wirken – und stöckelte energisch wieder die Treppe hinunter.

Jenny und ich fochten eine Weile einen rücksichtsvollen Kampf aus, wer von uns beiden meine Tasche in die Wohnung tragen sollte, sie hochschwanger, ich invalide. Schließlich schoben wir sie gemeinsam mit dem Fuß über die Schwelle.

Meine Wohnung war wie neu; alles aufgeräumt und saubergemacht (Jenny hatte schon wieder meine Radiergummis weggeworfen, aber ich erwähnte es nicht). Ein großer Asternstrauß auf dem Bügelbrett.

»Sogar die Gardinen hast du gewaschen – und das in deinem Zustand!«

»Ich find's fies, daß Carla dir das verraten hat. Ich wollte dich so gern damit überraschen. Hat sie auch von unserem Glück erzählt?«

Ich dachte, das kommende Baby sei bereits ihr großes Glück?

369

»Sonst hat sie gar nichts erzählt. Nur eine ganze Menge von den australischen Plattwürmern.«

»Das ist ihr neuester Tick. Tina, wenn du ausgepackt hast – oder vielleicht willst du dich umziehen und frischmachen? – jedenfalls komm doch bitte hinterher zu mir rüber. Ich hab Tee fertig und einen Kuchen gebacken …«

»Gerne. Ich beeil mich.«

Jennys Kuchen war ein wenig merkwürdig geraten, denn sie hatte das Backpulver vergessen. Er schmeckte aber trotzdem ganz nett.

»Man muß sich erst mal an dein kurzes Haar gewöhnen, du bist plötzlich ein ganz anderer Typ!« stellte Jenny fest und betrachtete mich von allen Seiten. »Aber es sieht bezaubernd aus. Ganz zart und mädchenhaft wirkst du jetzt – viel jünger …«

»Danke. Ich fühl mich auch ganz gut. Ziemlich erholt.«

»Und – bist du glücklich mit Professor Fox?«

Mir zerkrümelte ein Stück Kuchen in den Händen. »Glücklich? Er war schrecklich nett und hat mich gepflegt – aber sonst … Du meinst doch nicht –? Was meinst du eigentlich?«

»Ich meine … Tina, ich will dir endlich von unserem Glück berichten! Also, ich hatte doch Guidos Eltern kennengelernt, nicht? Die haben einen Sanitär-Großhandel. Sie waren mal ein paar Jahre sehr böse auf Guido, weil er nicht die Firma übernommen hat, sondern Künstler wurde. Aber dann haben sie sich wieder vertragen. Und sie fanden mich wohl sehr reizend. Jedenfalls haben sie sich über alle Maßen gefreut, daß sie Großeltern werden. Sie telefonierten mit Guido – oder vielmehr er mit ihnen, hier bei mir, wir hatten gerade das Ergebnis vom Babytest – und da wird er ganz bleich – und er umkrampft meine Hand – und dann sagt er: ›Ach, das kann ich doch nicht annehmen!‹ – und ›Vielen,

vielen Dank! Das ist sehr anständig von euch!« – Ja, und stell dir vor, sie schenken uns ein Haus! Ein Haus auf dem Land. Ich will gern weg aus der Stadt und von den Auspuffgasen und so weiter. Ich hab davon geträumt, mein Baby in einem Körbchen unter einen Kirsch- oder Apfelbaum zu stellen – es kommt im April, und dann unter weißen oder rosa Blüten –, das war mein Traum. Ich dachte natürlich, er wird nie wahr. Und jetzt schenken uns diese lieben Menschen einfach ein Haus!«

»Was für ein Haus? Wo?«

Jenny lächelte verträumt. »Egal. Irgendwo. Wir können uns was aussuchen, und sie bezahlen. Natürlich keine Luxusvilla – das ist ja klar. So was will ich auch nicht. Lieber was Altmodisches, richtig auf dem Land. Da hat das Kind noch Natur. Am liebsten ein altes Häuschen, an dem man herumwerkeln kann, mit großem Garten. Wir haben ja Zeit zum Aussuchen. Noch mindestens vier, fünf Monate. Wir sind letztes Wochenende schon rumgefahren und haben ein paar Häuser angeguckt.«

»Das freut mich sehr für dich, Jenny«, sagte ich, und ich freute mich wirklich. »Und – deine Karriere?«

»Ach, meine Karriere. Ich hab überhaupt nicht mehr soviel Lust dazu ... Früher wollte ich nach Hollywood und nach Cannes, das waren alles so Eitelkeiten. Ich glaube inzwischen, es ging mir nicht sehr ums Schauspielern, mehr um das Gefühl, von allen begehrt und beneidet zu werden. Du kannst dir denken ...«

»Ich kann mir denken, daß du dich mit Ulmi darüber unterhalten hast.«

»Im Moment freue ich mich nur auf Amanda. Ich stricke viel – hier guck mal, ist das nicht süß?«

»Amanda?«

»Oder Emma. Oder Pauline. Andererseits ist Beverly auch

hübsch, nicht? Na, oder natürlich Dorian oder Cosimo ... Stell dir vor, wir haben beide Rhesusfaktor negativ, Guido und ich! Ist das nicht ein Glück?«

»Zweifellos!« stimmte ich bereitwillig zu. Draußen brauste unaufhörlich das Geräusch des Feierabendverkehrs dahin. In Goden hörte man um diese Zeit allenfalls das Summen verspäteter Bienen, das Muhen einer entfernten Kuh oder das vorsichtige Rascheln aus der Küche, wenn Heidrun den Mülleimer auf Irrtümer untersuchte.

»Ich bin so glücklich! Ich war noch nie so glücklich!« strahlte Jenny. »Und deine Großmutter ist schuld, weil sie mir so gut erklärt hat, wo meine Macken gelegen haben. Sonst wäre das mit Guido bestimmt schon wieder vorbei – oder ich hätte mich wieder zum Opfer und ihn zum Täter gemacht. Das wird jetzt immer schöner mit uns, weißt du? Wir reden über alles und klären alles. Daß es so was gibt! Wie geht es deiner Großmutter übrigens?«

»Sie stirbt gerade.«

»Sie – WAS!!??!!« – Jennys aufgerissener Mund wurde ganz viereckig vor Entsetzen.

»Na ja ... beruhige dich, noch nicht ganz ... Sie sagt, sie übt Sterben. Schon ein bißchen im Jenseits rumwuseln und so. Damit im Ernstfall alles wie geschmiert geht.«

»Ist sie krank?«

»Nicht, daß ich wüßte. Allerdings wird sie zur Zeit viel dünner. Und sehr kräftig scheint sie auch nicht zu sein. Sie meint, dieses Sterben-Üben zehrt.«

»O Gott, Tina – was sagt denn der Arzt?«

›Dr. Bottolt?‹ dachte ich. »Ach, ich glaube, der hat keine Bedenken.«

Daraufhin beruhigte Jenny sich etwas. »Und deine ÜOs? Ich dachte ja ... Na ja. Wie sieht's denn aus mit dem nächsten Level?« fragte sie.

Ich lächelte schief. »Ich bewege mich darauf zu. Der nächste intelligente Mann ist dran.«

Einige Tage später kaufte ich Stoffe im Alsterhaus. Ich stand in der Schlange vor der Kasse, als neben mir eine Männerstimme sprach: »Sie ist es tatsächlich – Tina Conradi! Kaum wiederzuerkennen und trotzdem unverwechselbar.«
Ich roch abgestandenen Zigarettenrauch in seinem Atem, bevor ich mich umdrehte. Norbert Finn, der Schulrektor mit den interessanten wasserblauen Augen und der Adlernase. »Peter – hier stell ich dir eine der faszinierendsten Frauen vor, die ich je kennengelernt habe! Frau Conradi – dies ist mein Freund Peter Gerber. Computermann, Physiker und ganz nebenbei der intelligenteste Mann, den ich kenne.«
»Guten Tag, Herr Gerber – guten Tag, Herr Finn! Sie sind ja heute mit Superlativen unterwegs!« lobte ich. Ich musterte den furchtbar intelligenten Peter Gerber. Offenbar ein Doppel-ÜO, neben dem Intelligenz- auch noch der Ästhetik-Faktor: Er war so häßlich, daß es weh tat. Endlos lang und dünn, schmalschultrig, ohne Kinn, erfolglos damit beschäftigt, seine Lippen über den vorstehenden Zähnen zusammenzuziehen. Eine bedeutungslose kleine Knubbelnase, zimtfarbene Blinzelaugen, übergroß hinter einer Weitsichtigen-Brille. Trotz allem wirkte er sehr sympathisch. Und wenn er nun mal derart klug war? Er schaute mich an, als wäre ich ein Wunder. Möglicherweise guckte er ständig so.
»Frau Conradi ist Künstlerin!« behauptete Finn schelmisch. »Sie malt sehr schöne Bilder! Wie geht denn das Geschäft so?«
»Saumäßig«, erwiderte ich lächelnd. »Ich brauche drin-

gend neue Wirkungsfelder. Falls sich einer der Herren gegen ein protziges Honorar portraitieren lassen möchte?«

Da sie beide erklärtermaßen geistig auf Draht waren, merkten sie sofort, daß ich nicht nur flachste. Sie rieben sich die intelligenten Stirnen, blickten grübelnd vor sich hin und versprachen, sich für mich umzusehen. Dafür sollte ich ihnen meine Karte geben. Ich hatte leider keine bei mir, deshalb gab Peter Gerber mir seine. Sollte ich ihm vielleicht physikalische Bilder malen?

Auf jeden Fall war diese Begegnung recht aufbauend; Norbert Finn interessierte mich schon ein bißchen, und seine Abschlußbemerkung: »Sie waren immer sehr attraktiv, doch jetzt sehen Sie einfach hinreißend aus!« nahm ich dankbar mit nach Hause. Und Peter Gerber hatte mich bis zuletzt andachtsvoll durch seine Brille angestarrt.

Mein Handy lag blitzblank geputzt und wieder aufgeladen auf meinem Schreibtisch, aber trotzdem rief mich niemand an. Carla hatte mir erzählt, daß sie dauernd unterwegs war, um alte Bekannte und einen neuen Job aufzutreiben. Jenny fuhr mit Guido in frischer Landluft umher und guckte sich Häuser an. Ulmi wollte ich nicht beim Sterben stören. David anzurufen, kam mir aufdringlich vor. Außerdem: weshalb? Mir fiel kein Grund ein, außer, daß ich Heidrun vermißte. Sie mich bestimmt auch! Aber wenn sie auch ein kluges Tier sein mochte, so war sie doch außerstande, zu telefonieren.

Ich krabbelte früh ins Bett und guckte mir einen meiner Lieblings-Videofilme an: »König der Fischer«. Jeff Bridges übte gerade in der Badewanne, auf möglichst originelle Art »Vergib mir« zu sagen, als meine Türglocke melodisch erklang. Ich stellte Jeff auf Stop, griff nach meinem von Jenny nicht nur frisch gewaschenen, sondern auch gestärkten und gebügelten Kimono und ging erstaunt und mißtrauisch öffnen.

Vor mir stand eine große, schlanke Frau, die Beate Wehrmann entfernt ähnlich sah. Sie trug weder Jeans noch kurze Zottellöckchen, und ihre Nase glänzte überhaupt nicht. Außerdem schaute sie mich ähnlich irritiert an wie ich sie.

»Tina? Mensch, ich hab mich richtig erschreckt – du siehst ja wirklich völlig anders aus!«

»Du hast es nötig! Komm rein! Setz dich! Möchtest du was trinken?«

Sie schwebte auf beigefarbenen Pumps mit halbhohem Absatz in den Raum. Sie schlenderte nicht – sie schwebte! Ihr blondgesträhntes Haar fiel mit wippendem Schwung in den Nacken, raffiniert geschnitten. Sie trug ein hellbraunes Kostüm, die Jacke uni, der Rock gestreift, darunter ein tiefausgeschnittenes beigefarbenes Seidentop. Ihr Make-up war ein Heuler – dezent, aber hochgestochen. Sie hatte sich sogar getraut, ihren großen Mund mit rotbraunem Perlmutt-Lippenstift auszumalen. An jedem Ohr baumelte ein riesiges, klingelndes goldenes Gebilde.

Ich starrte sie an. Sie starrte mich an.

»Du siehst phantastisch aus!«

»Du siehst wunderschön aus!«

»Hör auf – ich war krank, und das hier ist von mir übriggeblieben. Aber – du bist *braun*, Beate! Wie hast du das denn hingekriegt? Du mußtest doch immer weiß bleiben wegen deiner Sonnenallergie –?«

»Eine spezielle Sonnenbank und Selbstbräuner. Es geht alles, wenn man will«, erläuterte sie. Ihre Stimme klang nicht mehr so sanft und kindlich wie früher. Ich war nicht ganz sicher: Hatte Beate Wehrmann eben man gesagt?

»Ich wäre auf der Straße an dir vorbeigelaufen, Tina! Du bist so viel zarter – sag mal, bist du auch kleiner geworden?

375

Dein ganzes Gesicht besteht ja nur noch aus Augen. Und diese Frisur … Völlig vergeistigt. Wie eine Elfe oder so was. Früher hast du so sinnlich und erdhaft gewirkt. Wie irgendeine Eingeborenenfrau … Daß Finn dich erkannt hat, ist erstaunlich!«

»Finn?«

»Norbert. Ihr seid euch doch heute über den Weg gelaufen? Er rief mich vorhin an und war ganz außer sich. Er wollte unbedingt deine Telefonnummer haben. Du hast ihn voll auf den Nerv getroffen.«

»Hast du ihm meine Nummer gegeben?«

»Nein. Aber … Er ist ein guter Freund, weißt du. Besser als früher – er hat mir mal in einer scheußlichen Situation sehr beigestanden … Ich habe ihm versichert, ich würde dich bitten, ihn umgehend anzurufen. Das kannst du ja dann tun oder bleiben lassen. Wie du sicher weißt, ist er verheiratet …«

Ich blickte schnell auf und sah, daß sie nervös mit ihrer etwas zu langen Nase zuckte. Das war etwas Vertrautes an der rundumerneuerten Beate.

»Wie geht es – deiner Familie?«

Beate setzte sich endlich auf meinen grünen Klappstuhl und schlug ihre schönen Beine übereinander. »Die Scheidung läuft. Dies hier ist ein Abschiedsbesuch. Den wollte ich sowieso machen, nur eigentlich morgen. Weil Norbert es so dringlich gemacht hat und weil ich neugierig war, ob du dich wirklich so sehr verändert hast –, bin ich heute schon da. Freitag ziehe ich mit den Kindern um, nach Bremen.«

»Nach Bremen! Und – mit wem?«

»Mit niemandem. Ich trete einen sehr guten neuen Job an.« Beate öffnete ihre Tasche, zog die kleine Blechschachtel mit den Zigarillos heraus, öffnete sie und fragte: »Darf man hier rauchen?«

Hatte sie etwa schon wieder man gesagt?

»Du darfst. Was für einen Job hast du in Bremen?«

»Ich werde Konrektor an einer Schule, für ein Jahr oder so, die Rektorin bereitet sich auf die Pensionierung vor. Spätestens in zwei Jahren bin ich Rektorin, das ist garantiert. Werner muß uns auf jeden Fall Unterhalt zahlen, das deckt schon mal die Kosten für eine Tagesmutter. Klingt alles gut, was?«

»O ja. Ich gratuliere.«

»Danke. Tina – ich hab mich eine Weile komisch benommen … Das tut mir leid. Ich war sehr durcheinander. Silvester … Werner hat …« Beate zündete sich mit zusammengezogenen Augenbrauen ihr Zigarillo an.

Ich lenkte taktvoll ab: »Das ist ja jetzt egal. Du, ich hab dich im Juli im Flughafen mit einem todschicken Mann gesehen …«

Beate lächelte versonnen: »Das war bestimmt Gerrit. So ein Großer, nicht? Mein Psychotherapeut. Ich hatte Anfang Februar einen kleinen Selbstmordversuch gestartet …«

»Ach, Beate!«

»Na, es ging ja daneben. Ich weiß wirklich nicht, was mir eingefallen ist. Ich habe nicht mal an die Kinder gedacht. Man gerät manchmal in Stimmungen …«

Ich schwieg erschüttert. Beate sagte neuerdings wirklich gewohnheitsmäßig man. Es schien ihr selbst gar nicht aufzufallen.

»Werner hat dafür gesorgt, daß ich in die Psychiatrie kam. Vielleicht hat er ja gehofft, ich bleibe ein für allemal in der Klapsmühle. Statt dessen habe ich dadurch Gerrit kennengelernt. Der hat mir erst mal geholfen, ein erwachsener Mensch zu werden. Nein zu sagen. An mich zu denken. Das zu werden, was Werner ein egoistisches Monsterweib nennt.«

377

»Aber –?«

»Was aber? Gerrit ist verheiratet. Ich glaube, ich will auch erst eine ganze Weile alleine sein und mir beweisen, daß ich es alleine schaffe.«

»Mit den Kindern.«

»Natürlich mit den Kindern. Wenn andere so was können, kann ich es auch. Tina, an der Tür nebenan steht J. Blancke – wohnt da unsere Jenny? Etwa mit deinem putzigen Nachbarn zusammen?«

»Da wohnt unsere Jenny – aber Olli Nickels hat ihr die Wohnung überlassen, als er wieder mit seiner Frau zusammengezogen ist. Jenny ist jetzt mit einem sehr netten Schauspieler zusammen. Sie bekommen im Frühling ein Baby.«

»Das freut mich aber! Wie schön für Jenny. Und wie geht es Carla?«

»Nicht so gut. Sie ist gefeuert worden und sucht einen neuen Job. Aber sie kriegt das bestimmt hin.«

»Bestimmt«, wiederholte Beate geistesabwesend. Sie blickte auf ihre Uhr.

»Warum rufst du die beiden nicht mal an? Jenny ist leider heute abend nicht da, aber …«

Beate stand auf, drückte das kaum angerauchte Zigarillo in meine Frühstücksteetasse, die noch auf dem Zeichentisch stand, und schob sich die Tasche über den Arm. »Nein, nein – das hat mit ihnen nichts zu tun, aber ich will meine ganze Vergangenheit hinter mir lassen!«

»Au ja, ich auch!«

Beate umarmte mich. »Dich nicht. Dich rufe ich an, von Bremen aus. Und du kommst mal zu Besuch, ja?«

Ihr Parfum, bitter-pudrig-süß, blieb noch eine Weile im Zimmer hängen. Ich kroch wieder ins Bett und ließ den »König der Fischer« weiterlaufen. Ich war jedoch nicht mehr bei der Sache. Ausgerechnet Beate machte nun also Karriere! Sie wirkte nicht unbedingt glücklich. Aber viel zufriedener als früher.

Ende September bäumte sich der vitale, endlose Sommer ein letztes Mal gewaltig auf: tagsüber bis zu fünfundzwanzig Grad, nachts immer noch relativ warm, und mehr Mücken als je zuvor. Wahrscheinlich hatten die deutschen Blutsauger ihre schwedischen und kanadischen Kollegen zu einem Kongreß zusammengetrommelt. Ich war überzeugt davon, daß die leckere Tina Conradi einen der Haupt-Tagungspunkte darstellte.

Der Vollmond stieg in kleidsamem Kupferrot über die Baumwipfel, als Norbert Finn, ich und einige Milliarden tanzender Kongreßteilnehmer um einen romantischen See bei Ahrensburg kreisten. Ich paßte auf, mich nicht in den malerischen Baumwurzeln zu verheddern, so dezent wie möglich nach den schwirrenden Biestern zu hauen und Finns Ausführungen zu lauschen. Er sprach darüber, daß Frauen ein kleineres, leichteres Gehirn hätten als Männer. Daß sie geistig einfach nicht so auf der Höhe wären – von Natur aus. Ich überlegte, ob ich Carlas Plattwürmer in die Debatte werfen sollte. Aber wozu Wasser auf seine Mühle kippen?

Ich hatte mir seine Nummer aus dem Telefonbuch gekramt und ihn wunschgemäß angerufen. Zunächst meldete sich seine Gattin, die nett und warmherzig klang und den Hörer weiterreichte. Offenbar marschierte Finn sodann mit dem Gerät in ein Nebenzimmer. Wie würde es mir gefallen, wenn mein Partner mit einer weiblichen Stimme aus dem Raum ging? Es würde mir nicht gefallen. Keine Fliegen auf meinem Pudding! Nun, vielleicht war sie Kummer gewohnt. Finn verabredete sich mit mir für einen der nächsten Abende. Der offiziell vorgeschobene Grund: Sein Freund Gerber – ich erinnerte mich doch? – hätte eventuell einen Job für mich. Wieso Freund Gerber mir das nicht selbst auseinandersetzen wollte, blieb im dunkeln.

Norbert Finn holte mich im BMW ab, einigermaßen sportlich-elegant gekleidet, obwohl die Farbe der Socken in keiner Beziehung zur Farbe des Polohemds stand. Wir tafelten in einem altmodischen Restaurant in Ahrensburg – früh übrigens, schon um halb sechs, denn Finn wollte hinterher am See entlangwandeln, bevor es richtig dunkel wurde.

Er ließ sich wahrhaftig nicht lumpen, nach dem Dessert kam der Mocca und nach dem Mocca der Cognac – ganz betont kein Weinbrand. Äußerst nobel, Socken hin, Polohemd her. Und nach dem Cognac kam also der Spaziergang und ein kleiner Vortrag über die naturgegebene Unterlegenheit des Weibes. Mußte ich mich deshalb mit einem hochintelligenten Mann treffen, um so einen Schwachsinn zu vernehmen?

Schon beim Rehrücken in Burgunder hatte ich erfahren, Freund Gerber könnte mir zwar womöglich wirklich Arbeit beschaffen – sein Bruder schien einen Jugendmagazin-Verlag zu besitzen –, wurde aber gleich anschließend darauf aufmerksam gemacht, daß ich mir lieber einen Gefährten suchen, auf seine Kosten leben und ihm das Leben versüßen sollte.

»Malen – was kann denn das schon sein für eine Frau? Die Künste überhaupt – es gibt keine genialen Frauen. Hat es nie gegeben. Musik ist ihnen völlig fremd, außer im passiven Wiedergeben, im Gesang. Und im Schreiben oder Malen haben sie hier und da ein wenig herumgestümpert. Vom logischen, produktiven Denken mal ganz abgesehen. Wenn ich das höre: Physikerinnen! Peter Gerber hat da ein paar Kolleginnen – mein Gott, wie diese Weiber aussehen!

Wie Politikerinnen. Als käme es darauf an, möglichst unattraktiv zu sein. Physikerinnen sind Blasphemie, paradox. Eine Perversität. Madame Curie war die einzige, einsame Ausnahme – und das ist auch hundert Jahre her, Gott behüte. Na gut, hier und da hat mal eine Frau den Nobelpreis bekommen. Hin und wieder. Aber welches weibliche Wesen konnte denn große Erfindungen vorweisen? Wo sind denn die Entdeckungen, die irgendein Weib gemacht hat? Ein neues Kochrezept vielleicht – aber auch da fehlt es an Kreativität. Die großen Köche sind allemal Männer, ebenso wie die großen Modeschöpfer«, predigte Finn unverdrossen, mir voraus um den malerischen See stapfend, während der Mond langsam höher stieg und der Himmel im Westen rosig schimmerte.

»Sie sind doch nicht etwa ein Frauenfeind?« erkundigte ich mich freundlich-sachlich.

»Ganz gewiß nicht! Ohne Frauen könnte ich nicht leben!« versicherte Norbert Finn und warf mir einen feurigen Blick zu.

»Sind Sie denn Rassist?« fragte ich mit naiver Stimme weiter. Das kurze Haar machte mich tatsächlich jünger, soviel war klar.

»Ein Rassist? Wie kommen Sie darauf? Ich bin Achtundsechziger, wenn Ihnen das was sagt – deutlich links gesteuert. Tolerant. Sehr ausländerfreundlich. Ich habe mich sogar einigemale in verschiedenen Schulen internpolitisch für Ausländer eingesetzt, für Kinder von Asylanten etwa ...«

»Oh. Ich dachte, Sie hielten vielleicht Afrikaner oder Indianer für dumm?«

Norbert Finn schüttelte ernst den Kopf. »Intelligenz hat überhaupt nichts mit der Rasse zu tun! In keinem Fall! Natürlich bekommen Menschen in den Entwicklungsländern

häufig nicht dieselbe Chance wie wir, ihr Potential zu verwirklichen. Deshalb muß man ihnen ja gerade dabei helfen,
bessere Bildungsmöglichkeiten zu bekommen.«
Ich streckte meine Arme aus, um auf einer Baumwurzel zu
balancieren, ohne in den See zu platschen. »Ach so. Ich
dachte bloß – weil die ja auch so selten Nobelpreise bekommen oder Modeschöpfer sind und all das. Eigentlich eignen
sie sich doch auch mehr zum Singen und Tanzen – oder?«
Norbert Finn warf sinnend seine Zigarette in den See, wo
sie verzischte. »Wenn sie nach und nach die Möglichkeiten
bekommen würden, wie gesagt – wenn sie gesellschaftlich
überall anerkannt wären – dann gäbe es sicher eines Tages
geniale Schwarze und Rote an der Spitze, ebenso wie Weiße«, verhieß er.
»Wie schön. Dann haben vielleicht auch die Frauen eines
Tages die Möglichkeit, ihr Potential zu verwirklichen!«
zwitscherte ich.
Norbert Finn warf mir einen mißtrauischen Blick zu und
wechselte das Thema, indem er mich von der Baumwurzel
pflückte und voll wilder Leidenschaft küßte, sehr jugend-
lich für einen Achtundsechziger. Abgesehen vom Tabakge-
schmack gefiel es mir. Ich war lange nicht so geküßt worden.
»Ich brauche eine interessante Geliebte!« sprach der Rek-
tor, als er den Mund wieder frei hatte. Bevor ich verdutzt
mit dem Finger auf meine Brust tippen konnte, bestätigte
er schon meinen düsteren Verdacht: »Du könntest das sein!
Du hast die richtige Art von Weiblichkeit.«
Nach allem, was er vorher verzapft hatte, war das zweifellos
beleidigend.
»Deine Frau ...«, fing ich an, aber erst mal wurde wieder
geküßt. Danach überschüttete Norbert Finn mich mit fol-
gender Erklärung: »Du hast mir ja schon immer gefallen,

das weißt du wohl – aber früher warst du ein wenig wie eine heidnische Priesterin oder eine Amazone, da steckte immer etwas Aggressives mit drin. Jetzt ist die Frechheit weg, der großäugige Blick wirkt fast scheu – du bist so weich und wehrlos geworden! Seelenvoll wie eine kleine Nonne, mit dieser Jeanne-d'Arc-Frisur, eine kleine Nonne, der man die Kutte geraubt hat.«

Da hatten wir den Salat. Gewichts- und Haarverlust hatten mich nicht nur domestiziert, sondern sogar christianisiert. Ich schlug nach einer Mücke und rang um Fassung. Offenbar hatte ich mich getäuscht. Norbert Finn konnte nicht ganz so intelligent sein, wie ich dachte. Es handelte sich bei ihm also um kein wünschenswertes ÜO. Wohin jetzt mit ihm? Es hätte mir viel Freude bereitet, ihm ein Bein zu stellen, um ihn in den malerischen Waldsee klatschen zu lassen. Das hätte seine Ansichten über meine zarte Harmlosigkeit erschüttert. Aber das brachte bestimmt Minuspunkte ein. Ich sollte mich lieber sachlich-freundlich zurückziehen.

»Deine Frau …«

»Meine Frau hat damit nichts zu tun. Ich liebe sie. Ich würde sie niemals verlassen. Aber ein Mann braucht mehr. Das könnt ihr nicht verstehen. Ihr seid ganz anders. Ihr liebt mit dem Herzen.«

»Und ihr?« Jetzt war ich wirklich neugierig.

»Mit dem Verstand und mit dem Unterleib!« erwiderte er entschieden. Die letzte Vokabel brachte ihn auf die Idee, mich wieder näher heranzuziehen. Ich legte ihm eine Hand auf die Brust, nicht aggressiv, o nein, nur bremsend. »Was ist denn, kleine Gazelle?«

»Ich möchte jetzt lieber nach Hause.«

Finn zuckte mehr erstaunt als beleidigt mit den Achseln. Nebenbei bemerkt hatten wir den See sowieso einmal umkreist und befanden uns ganz in der Nähe des Restaurant-Parkplatzes.

Auf der Heimfahrt fragte er: »Und – was meinst du zu meinem Vorschlag?«

»Ich überlege noch«, antwortete ich mit gedankenvoller Stimme. Ich blickte zum Mond auf, der nicht mehr so rot und ein bißchen kleiner aussah, seit er höher gestiegen war. Vor meiner Haustür legte ich Finn eine christlich-mitfühlende Hand auf die Schulter und sagte mit weicher, kindlicher Stimme: »Ich kann nicht. Es geht nicht …«

»Warum denn nicht, Dummerchen? Wenn du moralische Bedenken hast … Meine Frau wird nie etwas erfahren, und deshalb wird es ihr auch nie weh tun.«

Ich überging diesen Punkt, ob ich nun moralische Bedenken verspürte oder nicht. »Ich möchte einfach speziell mit dir nicht zusammen sein.«

So was konnte Norbert Finn sich überhaupt nicht vorstellen: »Weshalb nicht? Fürchtest du, zu sehr zu leiden, weil ich gebunden bin? Fühlst du dich geistig zu sehr unterlegen?«

Von da an achtete ich nicht mehr so sehr darauf, Minuspunkte zu kassieren.

»Nein, das ist es alles nicht. Es handelt sich um den ästhetischen Faktor … Sieh mal, du hast leichte O-Beine – das bemerkt sicher nicht jeder, aber mir ist so etwas wichtig. Deine Zähne sind gelb, eigentlich schon hellbraun, und deine Augen stehen zu eng, das wirkt töricht, und wenn du noch so geistvolle Dinge sagst. Schließlich kann ich mich mit blauen Augen nicht anfreunden. Ich dachte, ich könnte es – ich wollte es versuchen –, aber ich komme nicht dagegen an. Ich liebe dunkle Augen oder graue oder grüne. Blaue fand ich schon immer – wie soll ich sagen? Eben blauäugig. Ein bißchen trottelig. Und deine sind nun wirklich so was von himmelblau ... sei nicht böse, das sind alles Vorurteile und Äußerlichkeiten, ich weiß – aber ich kann sie nicht überwinden.«

Norbert Finn schwieg laut und lange. Er blickte starr geradeaus durch die Windschutzscheibe. Er atmete schwer, und dabei gab seine Nase ganz leise Pfeifgeräusche von sich, was er ab und zu erfolglos durch kurzes, wütendes Hochziehen abzustellen versuchte. Ich gab ihm ein kleines Küßchen auf die Wange, sagte »Danke für das schöne Abendessen!«, nahm meine Tasche und hüpfte aus dem Wagen und zu meiner Haustür wie eine fröhliche, unbeschwerte kleine Nonne.

19.

Mut zum Glück

Das war verkehrt!« grummelte Ulmi erwartungsgemäß. »Du hättest natürlich nicht so aggressiv reagieren sollen. Das kannst du schon, das brauchst du nicht mehr zu lernen. Nein, du hättest auf sehr erwachsene und damenhafte Art klarstellen müssen, daß du auf keinen Fall mit einem Mann zusammen sein möchtest, der so dusselige Ansichten über Frauen und über Treue hegt. Du hättest dich auch nicht küssen lassen dürfen – egal, wie nötig du es hattest …« Sie stemmte sich stöhnend hoch und schob sich ein Kissen in den Rücken.

»Liegst du jetzt oft tagsüber im Bett, Ulmi?« fragte ich beunruhigt.

»Ich liege nicht *im* Bett, sondern *auf* dem Bett. Ja, meine Kräfte lassen nach.«

»Muß das denn sein? Könntest du nicht noch jahrelang leben, wenn du dich nur nicht so aufs Sterben konzentrieren würdest?«

»Vielleicht. Aber wozu? Alles andere habe ich in diesem Leben abgehakt.«

»Wenn du zum Arzt gehen würdest – oder in ein Krankenhaus …« Sie rollte mich böse mit den Augen an: »Bist du wahnsinnig oder sadistisch? Möchtest du mich zum Kadaver am Tropf machen? Genug Chemie in mir, um weder Schmerzen noch Bewußtsein zu haben, was?«

Ich fummelte verlegen an Herrn Brömels Köfferchen.

»Schön, daß du ihn mitgebracht hast!« brummte Ulmi sehr viel freundlicher.

386

»Ich würde ihn gern ein für alle Mal hier lassen, wenn er dich nicht stört. Er paßt nicht mehr in die Stadt. Er hat Heimweh und er bekommt Asthma.«

Ulmi lächelte. »Ich freue mich, wenn er hier ist. Nur neue Kleider kann ich ihm jetzt nicht mehr anfertigen.«

Ich winkte ab: »Brömel ist doch eingekleidet bis ins dritte Jahrtausend. Für jede Gelegenheit und jede Jahreszeit. Er hat sogar einen kleinen Regenschirm.«

Ich trat ans Fenster und guckte in den Garten. Der Tag war bedeckt, aber trocken. »Was ist eigentlich mit dem reifen Obst passiert? Wer hat das alles abgepflückt?«

»David hat das übernommen. Na, nicht das Abpflücken natürlich. Er hat sich an einen Obstbauern in der Marsch gewandt, der hat eine Menge Menschen mit Leitern und Körben und Kisten rangeschafft – und jetzt verkaufen sie es irgendwo.« Sie legte sich ächzend anders hin. »Denk mal, letztes Jahr um diese Zeit war ich noch in Detroit, Clemmy lebte noch, und Gretel hat das ganze Obst mit Hilfe ihres Schwagers allein gepflückt und verarbeitet. Im Keller stehen hunderte von Einmachgläsern auf den Regalen, Apfelkompott, Apfelmus, Birnen- und Pflaumenkompott … das hat sie alles selbst eingekocht. Nicht nur letztes Jahr – jahrelang. Ihr halbes Leben lang.«

»Was soll denn damit geschehen?«

»Vermutlich wirst du es nach und nach aufessen. Du darfst aber gern alle möglichen anderen netten Menschen daran teilhaben lassen. Tina, ich möchte ein wenig schlafen. Wolltest du nicht David besuchen?«

»Ja. Aber er ist nicht da. Sein Auto steht nicht hinter dem Haus. Wenn du schlafen willst, gehe ich.« Ich beugte mich über sie und gab ihr einen Kuß. »Ruf mich bald mal an. Und …«, ich zögerte. Ob sie gute Besserung hören wollte? Oder machte sie das nur wieder wütend?

Ulmi lächelte mich an. »Du bist ein lieber Mensch, Tina. Du hast viel gelernt in diesem Jahr. Unter anderem, mit mir altem Drachen geduldig und nachsichtig zu sein. Bis bald, Kind!«

Ich klingelte bei David, hörte aber nur Heidrun leise vor dem Schlüsselloch grunzen und schnaufen. Also schloß ich auf und begrüßte sie. Ich hatte ihr nichts mitgebracht, und wir suchten gemeinsam im Kühlschrank und in der Speisekammer nach einem netten Willkommensgeschenk. Dabei fiel mir ein, was Peer über Wildschweine erzählt hatte, die ungekochte Makkaroni kauten, und ich bot Heidrun eine Packung Spätzle an. Sie sagte nicht nein. Es hörte sich wirklich gelungen an. Hoffentlich hatte David die Spätzle nicht anderweitig verplant. Ich schrieb einen Zettel, auf dem ich mich schuldig bekannte, und legte ihn auf den Küchentisch, damit Heidrun keinen Ärger kriegte.

Ich ging durch das leere Haus und fühlte mich traurig. Warum eigentlich? Bedauerte ich, wieder gesund zu sein? Bedauerte ich, daß der Sommer vorbei war? Ich wußte es selbst nicht, und das brachte mich in noch schlechtere Laune. Ich schaute kurz in den Ballettraum und schnupperte den angenehmen Duft des Parketts – ich schnüffelte auch im Wohnzimmer vor dem Kamin herum, um das rauchige Aroma zu spüren. Zum Schluß ging ich sogar in Davids Schlafzimmer. Hier roch es, obwohl das Fenster halb offen stand, intensiv nach seinem After-Shave und nach ihm selbst – sehr typisch, sympathisch. Das Bett war gemacht – ein wahrhaft ordentlicher Mann!

›Mir fehlt sein Gesang ein bißchen‹, dachte ich schwermütig, als ich mich wieder von Heidrun verabschiedete und die Tür hinter mir abschloß. Schade, daß man David nicht wie Herrn Brömel eine Zeitlang mit nach Hause nehmen und irgendwo hinsetzen konnte.

Als ich nach Hause kam und meine Tür aufschloß, sprang Jenny so prompt aus ihrer Tür wie damals Olli: »Tina, endlich kommst du, ich hab was für dich!«

Sie zog mich hinter sich in ihre Wohnung. »Hier, sieh dir das an! Was sagst du dazu?« und zeigte auf einen karikaturartigen Rosenstrauß. Ich hatte so etwas noch nie gesehen. Dunkelrot, vom Boden ungefähr einsdreißig hoch – und so viele! Sie dufteten zwar nicht, waren aber echt.

»Ich hab sie durchgezählt – es sind genau fünfzig! Tina, die sind ein Vermögen wert, garantiert. Ich hab sie alle beschnitten, dafür hab ich zwanzig Minuten gebraucht. Und ich hab sie in diesen Eimer gestellt – ich hab keine so große Vase! Du –?!«

»Nein, leider nicht. Sind die von Guido?« fragte ich ehrfürchtig.

»Spinnst du? Wir brauchen eine Babywanne, keinen Blumenladen. Die sind für dich, meine Liebe!«

»Für –?!«

»Jawohl. Ich hab sie vorhin für dich angenommen. Der Blumenbote wurde fast verrückt, nachdem er sich mit dem Ding die Treppen hochgekämpft hatte und du nicht da warst. Hier ist ein Umschlag dabei, aber der ist zugeklebt. P. G.! Das kann doch nur von Peer sein? Wer hat denn sonst soviel Geld?«

»Geld haben und Geld ausgeben ist zweierlei …«, murmelte ich benommen, während ich den Umschlag aufriß. Die Schrift war mir fremd:

Liebe Tina,
wir haben uns vor drei Tagen im Alsterhaus
kennengelernt. Ich kann's nicht ändern, Du
hast Rieseneindruck auf mich gemacht. Norbert gab
mir Deine Adresse. Jetzt schicke ich erst mal

Blumen. So was hab ich noch nie gemacht.
Wenn Du magst, ruf mich doch mal an!
Peter

Jenny guckte mir ungeniert über die Schulter und las mit: »Peter Gerber –« das stand nämlich auf dem Briefkopf, zusammen mit Adresse, Fax- und Kontonummer – »Wer ist denn das, Tina?«

»Ein sehr intelligenter, sehr häßlicher Mann«, flüsterte ich verstört. Ich guckte in Jennys Flurspiegel: Ich war immer noch mager, ich hatte immer noch eine zerrupfte Spatzenfrisur. Ich beschloß, im Alsterhaus anzurufen. Falls sie die Stoffabteilung mit Video überwachen ließen, um zu verhindern, daß jemand mit mehreren Ballen Baumwollstoff unter dem Arm plötzlich auf den Jungfernstieg stürzte, dann war vielleicht noch eine Aufnahme von mir da, die enthüllte, was ich eigentlich getan hatte; wie war es mir gelungen, in Gedrängel und unkleidsamem Neonlicht, so, wie ich zur Zeit aussah, zwei erwachsene Männer derart zu betören? Ich mußte es wissen. Vielleicht hatte ich mich unwiderstehlich am Kopf gekratzt oder so was.

»Wenn er vorher noch nie Blumen verschickt hat, weiß er halt nicht, daß man sich da auch ein bißchen mäßigen kann«, vermutete ich. Wir schleppten den Kübel gemeinsam zu mir rüber.

Je mehr ich über die Sache nachdachte, desto komischer fand ich sie. Norbert Finn überließ also seinem Freund meine Adresse – aber erst, nachdem ich ihn über meine ästhetischen Ansprüche aufgeklärt hatte. Vielleicht erwartete er, daß ich den armen häßlichen Peter erst recht auseinanderpflückte?

Abends setzte ich mich an den Zeichentisch. Ich hatte zur Zeit keine Aufträge, das machte mir Sorgen. Ich wollte unter keinen Umständen ein künstlerischer Sozialfall werden. Ich hatte noch nie Geld vom Staat bezogen. Notfalls würde ich wieder ein bißchen in der Eisbar kellnern oder so. Das hatte mir in schlechten Zeiten schon mal geholfen.

Jetzt skizzierte ich zum Spaß Heidrun aus der Erinnerung. Zuerst portraitierte ich sie so, wie ich es im Fieber geträumt hatte: im Bikini. Aber das wirkte ausgesprochen ordinär. Es wurde viel schöner, als ich den Bikini wegradierte. Ein Unterschied wie zwischen einem Pin-up-Foto und einem klassischen Akt-Portrait. Nur unbekleidet kam ihre natürliche rosige Schönheit voll zur Geltung.

Ich machte mehrere Skizzen von typischen Heidrun-Haltungen. Wie sie auf den Hinterbacken saß zum Beispiel, die Vorderbeine hochgestellt, den Kopf mit übereinandergeklappten Ohren leicht gesenkt, als lausche sie, ob jemand an den Kühlschrank ginge.

Oder flach auf dem Bauch liegend – vor allem, wenn es heiß war –, die Hinterbeine weggespreizt, das Schwänzchen schlapp entringelt, auf den kokett gekreuzten Vorderbeinen ruhte der Kopf mit weit vorgeschobenen Ohren, die beide Augen verdeckten.

Ich dachte gerade darüber nach, ob ich nicht eine Postkartenserie von Heidrun, jeweils mit einem vierblättrigen Kleeblatt im Mundwinkel, machen sollte, als das Handy klingelte.

»Was habt ihr mit meinen Spätzle gemacht?«

»Oh, hallo, David! Entschuldige, ich hatte kein Mitbringsel für Heidrun ...«

»Ich bin auf die harten Krümel getreten, die ihr aus den Mundwinkeln gefallen sind. Sie vermißt dich. Sie hat abgenommen, hast du das gesehen?«

»Vor Kummer?«

»Nein, weil du sie nicht mehr zwischen den Mahlzeiten mästest. Warst du bei Ulla?«

»Ja, aber nur kurz. Sie hat mich weggeschickt, weil sie schlafen wollte. Sie wird immer schwächer, findest du nicht?«

»Mi dücht, duert nich mehr lang, un se secht Adjüs för jümmers ...«

Wir schwiegen beide eine Weile in den Hörer.

»Was soll ich bloß machen?! Kann man ... Sollte man vielleicht ... ?«

»Nein. Sollte man nicht. Sie weiß, was sie tut, und es ist ihre Sache. Wenn sie sehr viel jünger wäre ... Aber sie ist doch mit sich im reinen. Natürlich ist es in keiner Weise normal. Normal ist es, zu sterben wie mein Daddy: am Tropf, am Schlauch und unter Gepiepse. Er war selbst nur noch ein Teil Maschine, ohne jedes Bewußtsein. Das gehört zum derzeitig gesellschaftlich anerkannten Todesritual. Das nennt sich vernünftig, weil es suggeriert, alles sei unter Kontrolle. Aber ich glaube, Ulla hat die Sache viel besser unter Kontrolle. Nur auf andere Art.«

Ich guckte meine Skizzen an, und ich guckte meine Rosen an. Ich beneidete Heidrun, weil sie bei David war. Und David beneidete ich, weil er bei Heidrun war. Ich hatte niemanden, und Herr Brömel war schon wieder aushäusig!

»David, ich hätte so gern einen Hund ...«

»Warum schaffst du dir keinen an?«

»Weil ... Das kostet eine Menge Geld. Und man muß dauernd mit ihnen Gassi gehen. Und man kann nie verreisen. Ich glaube auch, ich darf hier gar keinen Hund halten, das steht im Mietvertrag. Und selbst, wenn ich dürfte: Ich wohne im vierten Stock, ohne Fahrstuhl ...«

»Hör auf, das hört sich ja grauenhaft an! Du willst überhaupt keinen Hund, du willst nur jammern, daß du keinen hast. Wenn du wirklich einen haben wolltest, wären das alles keine Gründe. Alles, was schön ist und was glücklich macht, kostet Mühe und Arbeit und Anstrengung. Du hast vergessen, deiner Liste hinzuzufügen, daß Hunde krank werden können und wie teuer der Tierarzt dann ist und daß du es nicht aushalten könntest, wenn der Hund mal stirbt. Das ist auch ein sehr gutes Ich-tu-mir-das-nicht-an-Argument. So wie dein Peer – Entschuldigung, einfach Peer – keine Kinder will, weil es danebengehen könnte. Um glücklich zu sein, braucht man Mut. Es ist viel ungefährlicher, ein bißchen unglücklich zu sein und gehörig zu jammern. Damit befindest du dich in bester Gesellschaft.«

Ich schwieg erst mal erschrocken. Dann fragte ich: »Bist du jetzt böse?«

»Natürlich nicht. Ich bin nicht der Böse, ich bin der Gute. Was machen die ÜOs?«

»Es läuft. Ich hab heute einen Rosenstrauß geschickt bekommen, der ungefähr soviel wert sein muß wie ein guter Polstersessel.«

David lachte herzlich: »Und du hättest viel lieber einen Sessel gehabt?«

»Eigentlich schon. Aber das konnte der Mann nicht wissen. Der kennt mich noch nicht. Außerdem kann man eher einen Blumenstrauß annehmen als ein Möbel, oder?«

»Ich bin in solchen Anstandsregeln nicht so bewandert. Tina, ich muß noch arbeiten. Heidrun läßt grüßen. Ruf doch an, bevor du nächstes Mal Ulla besuchst, damit wir uns auch sehen können, ja? Gute Nacht!«

»Gute Nacht, David!«

Als ich in die Küche wanderte, um mir einen Einschlafkakao zu kochen, dachte ich: ›Gut, daß es David gibt. Wenn Ulmi nicht mehr da ist, hab ich immer noch ihn. Er kann mich beinah genau so gut zurechtschimpfen wie sie ...‹

Ich versuchte am nächsten Tag Peter Gerber anzurufen und mich zu bedanken, er war jedoch eindeutig ein echtes ÜO: Nur der Auftragsdienst nahm ab und teilte mir mit, der Teilnehmer sei einige Tage nicht zu erreichen.

Dann wollte ich mich bei Ulmi anmelden, aber sie lehnte ab und meinte, sie hätte augenblicklich keine Verwendung für mich.

Schließlich fuhr ich beleidigt zu Michi, um die Heide blühen zu sehen.

Sebastian besuchte gerade mit Hendrik seine Eltern. Michi kochte höchst biologisch, mit gekeimten Kichererbsen und gedünsteten Ranunkelblättern und so weiter, kaum gewürzt.

Die Heide blühte wirklich aus Leibeskräften, aber es kam nicht so recht zur Geltung, weil es ständig regnete. Dafür leuchteten Bäume und Büsche in allen Farben. Der Sommer war vorbei.

Michi fragte mich über David aus und behauptete, er hätte einen Kostümkopf.

»Was ist das denn?«

»Er würde in jede Verkleidung passen – von griechischer Toga bis Barockperücke oder Zylinder. Ich finde, er sieht sehr interessant aus. Gutes Gesicht.«

»Das würde ihm gefallen!« versicherte ich ihr. »Geschichte ist sein Spezialgebiet, und wenn er selbst wie ein Stück Geschichte aussieht …«

»Hat der eigentlich eine Freundin?« wollte Michi wissen. Sie strickte etwas Winziges, Weißes. Mir fiel plötzlich ein, daß ihr Kind nur ein paar Monate älter sein würde als Jennys. Vielleicht würden die beiden sich kennenlernen und miteinander spielen.

Michi schaute auf und sah, wie ich das Babyschuhchen anstarrte. »Hättest du nicht auch gern ein Kind, Tina?«

»Manchmal. Nur im Herbst. Weil ... Ich würde gern mit ihm Laterne-Gehen.«

Michi lächelte ihr wissendes Madonnenlächeln. Sie war fast genau sieben Jahre jünger als ich und spielte sich oft als Superexperte in allen Lebensfragen auf – bloß, weil sie nun mal alles besser hinkriegte als ich.

»Also was wolltest du wissen? Ob David eine Freundin hat – nur Heidrun, die Sau ...«

Michi riß entrüstet ihre großen blauen Augen auf: »Tina, wie kannst du so über sie reden, selbst, wenn du eifersüchtig bist!«

Ich beruhigte sie mühsam und erklärte ihr, wer Heidrun war. Daraufhin fing sie wieder an, mir in Einzelheiten aufzulisten, was an David alles schön aussah und nett und positiv war.

»Was willst du eigentlich – ich mag ihn doch? Aber er ist dick ...«

»Bei ihm sieht das gut aus, irgendwie majestätisch. Er ist ja kein Schwabbel.«

Majestätisch! Dabei hatte Michi ihn nur in kurzen Hosen erlebt!

»Ich versteh gar nicht, daß du dich von dem Mann nicht angezogen fühlst. Du warst doch immer scharf auf Engländer? Der hat so ein englisches Gesicht und ist dabei ausgesprochen attraktiv.«

»Engländer können nicht küssen.«

»Alle nicht?!«

»Die meisten. Das weiß ich aus meiner Au-pair-Zeit.«

Michi fing vorsichtig eine abgerutschte Masche wieder auf, bevor sie meinte: »Kein Wunder, daß du bei zwei Familien rausgeflogen bist, wenn du dich bloß immer quer durch den repräsentativen Durchschnitt geknutscht hast ...«

»Jedenfalls hab ich nicht meiner Au-pair-Mutter den Au-pair-Vater geklaut!« wehrte ich mich. Genau das hatte Michi getan – der Vater ihrer Gastfamilie in Dänemark war ihr erster Ehemann geworden.

»Vielleicht bist du einfach so doof wie Scarlett O'Hara. Vielleicht liebst du David und weißt es bloß nicht«, seufzte Michi hoffnungsvoll. Sie war dickköpfig wie ein Zugochse. Dann tranken wir zu Kerbelkernkeksen Kräutertee aus dem hinreißenden, entsetzlich teuren Hochzeitsgeschenk-Geschirr, und dann kamen ihre Männer nach Hause, und ich quälte mich durch den verstopften Elbtunnel zurück nach Hamburg.

Am nächsten Tag, mittags, wollte ich mir gerade eine Pizza bestellen (nach den kulinarischen Ekstasen bei Michi verspürte ich Sehnsucht nach Junk-Food), als es an meiner Tür dingdongte. Es war, unangemeldet und unerwartet, Peter Gerber. Er trug eine Cordjacke in Senfgelb. Vielleicht wollte er von seinem Gesicht ablenken.

Ich gab den Pizza-Gedanken auf und bat ihn herein. Peter Gerber mochte nichts trinken. Er saß auf meinem grünen Klappstuhl, zupfte an seinen Fingernägeln und entschuldigte sich, weil er mir so viele Rosen geschickt hatte: »Es kam plötzlich über mich …«

»So was kennen wir doch alle!« beruhigte ich ihn.

Er hatte mit seinem Bruder, dem Jugendmagazin-Verleger, darüber gesprochen, ob ich nicht Illustrationen für ihn machen könnte. Der meinte, er könnte einen guten Comic gebrauchen, irgendwas mit einem Tierhelden, ein Känguruh oder ein Pinguin. Ich sollte doch mal mit ihm reden.

Dann zupfte er noch stärker an seinen Nägeln und vertraute mir an: »Ich hab mich so in dich verknallt! Ich weiß wirklich nicht, wie das passieren konnte …«

»Ich auch nicht!« stimmte ich ihm ratlos zu.

»Könntest du denn – hättest du –?« Er blinzelte mich hilflos durch seine Brille an.

Ich suchte nach Worten. Ich konnte doch schlecht sagen, daß eine Dauerbeziehung aussichtslos, ein Zwischenstop als ÜO aber denkbar sei. Da redete er schon wieder: »Ich bin sehr erfolgreich. Ich könnte jeder Frau ein angenehmes Leben bieten. Aber ich möchte eine wirklich schöne Beziehung oder gar keine, verstehst du das? Mir ist ja klar, daß es nicht normal ist, mit neununddreißig noch ohne Partnerin zu sein, noch nie verheiratet, noch nie geschieden. So was gibt's ja eigentlich nie …«

»Doch, das gibt es!« widersprach ich freundlich. Peer Petraschke war schließlich auch neununddreißig.

»Ich suche eben die Idealbeziehung. Einen Menschen, der …« Er guckte verlegen auf seine Schuhspitzen.

»Ja?«

»Also einen Menschen, mit dem ich über alles reden kann. Der mich versteht und nicht verurteilt, aber mir auch ehrlich sagt, wenn er meint, ich mach was falsch, aber wiederum ohne gemein zu werden. Einen Menschen, bei dem ich mich zu Hause fühle. Der mir nicht auf die Nerven geht und dem ich nicht auf die Nerven geh …«

Ich hörte konzentriert zu und nickte mit dem Kopf. Ja. Genau so wünschte ich mir das auch. Der mich versteht, der mich auch anmeckert, ohne gemein zu werden, bei dem ich mich zu Hause fühle, der mir nicht auf die Nerven geht und dem ich nicht auf die Nerven gehe. So wünschte ich mir auch meinen Traumpartner. Wie flüssig dieser Peter das alles sagen konnte – im Gegensatz zu mir, als Ulmi mich damals nach meinen Wünschen fragte!

Aber so einen Mann gab es doch gar nicht. Wer war denn schon so – außer David … Ich riß bei diesem Gedanken meine Augen riesengroß auf. Ich kam sogar von der Sofa-Matratze hoch. David – –?!

Peter Gerber sprach inzwischen unbremsbar weiter: »Ich meine – es können gern verschiedene Interessen da sein, aber im wesentlichen sollte man übereinstimmen, was die Lebensauffassung angeht. Ich möchte mit einem Menschen zusammensein, dessen bloße Gegenwart mich ruhig und zufrieden macht. Neben dem ich mich wohl fühle, egal, was sich gerade tut. Könntest du dieser Mensch für mich sein?«

Ich starrte immer noch erschüttert vor mich hin. David …? Dann schüttelte ich den Kopf: »Leider nicht, Peter. Einfach deshalb, weil ich glaube, ich hab das schon gefunden, was du da beschreibst …«

Peter sah mich irritiert an: »Ach? Norbert meinte, du wärst ganz bestimmt alleinstehend …«

Ich stellte klirrend meine Teetasse auf dem Zeichentisch ab: »Norbert kennt mich doch gar nicht. Es tut mir sehr leid, Peter …« Ich blickte schuldbewußt zu dem Plastikeimer voller Rosen: »Die teuren Blumen …«

Er stand auf und schlenkerte möglichst gleichmütig mit den langen Armen: »Ach, das macht doch nichts. Ich weiß ja, wie ich aussehe. Dann entschuldige die Störung – und ruf meinen Bruder trotzdem an, wenn du magst. Ja, dann will ich mal …«

Er schritt auf meine Küchentür zu. Ich zog ihn am Arm zurück und drückte ihn behutsam wieder auf den grünen Klappstuhl.

»Warte – erstens ist das nicht der Ausgang, und zweitens … Möchtest du wirklich nichts trinken?«

»Danke, wirklich nicht.«

»Also, bevor du gehst, möchte ich dir gern noch was sagen. Du hast da eben dein Aussehen erwähnt – bitte, glaub nicht, daß das so wichtig ist! Ich liebe einen großen, dicken, rot-

haarigen Mann in Gummistiefeln – und ich finde ihn wunderschön ... Doch, je mehr ich darüber nachdenke, desto hübscher finde ich ihn! Weil ... es kommt wirklich vor allem darauf an, wie man sich versteht und wie man inwendig ist, wenn das jetzt vielleicht auch altmodisch klingt. Du bist ein schrecklich netter und sympathischer Mann, Peter – du bist klug, und du kannst dich großartig ausdrücken. Ja, und du weißt genau, was du willst, deshalb wirst du es auch bekommen. Gib nicht auf, danach zu suchen, hörst du? Nimm nicht irgendwas Zweitklassiges ... Und vielleicht solltest du dich darin üben, etwas selbstbewußter zu sein, das kannst du dir nämlich wirklich leisten. Und dieses Jackett solltest du dem roten Kreuz spenden.« Ich gab ihm einen Kuß auf die Wange. »So, das wollte ich noch loswerden.«
Peter sah nicht mehr ganz so unglücklich und verwirrt aus. Er ließ sich von mir zur Wohnungstür bringen, und wir wünschten uns gegenseitig in glaubwürdigem Ton alles Gute.
Nachdem er gegangen war, blieb ich ein paar Minuten lang benommen im Zimmer stehen. Dann griff ich meine Tasche und meine Lederjacke und rannte los, die Treppe hinunter, in die Bäckerei. Dort kaufte ich ein halbes Pfund Marzipanrohmasse. Dann sprang ich ins Auto und fuhr los.

David goß gerade eine große Kanne kochendes Wasser in die Ameisenlöcher, denn an diesem Tag regnete es nicht mehr. Er sah mich erstaunt an, als ich über den Gartenweg energisch auf ihn zumarschiert kam.
»Haben die Verhandlungen nichts gebracht?« fragte ich und sah teilnahmsvoll zu, wie die Ameisen aufgeregt aus den Eingängen ihres Baus schossen und umherrannten.
»Wir haben sie heute morgen als ergebnislos abgebrochen.

Ich hatte ja gesagt, wenn sie nicht freiwillig abhauen, werde ich sie vernichten. Und vorhin haben sie gemeint, das soll ich doch ruhig versuchen. Jetzt herrscht Krieg.«

Heidrun kam auf mich zugetrabt und schnüffelte aufgeregt an meiner Handtasche. Ich wartete, bis David alles Wasser ausgegossen hatte, dann zog ich ihn an der Hand hinter mir her zum Haus: »Kommst du bitte mit?«

Heidrun wollte auch mit hinein, aber ich schob sie mit dem Bein zurück, holte die Marzipanrohmasse aus der Tasche und stopfte sie ihr in die verblüffte Schnauze, bevor ich die Tür vor ihrer Steckdose schloß.

»Was hast du denn jetzt vor?« fragte David sehr erstaunt. Ich legte ihm die Arme um den Hals und sagte: »Rate mal.«

Es ist ein großer Irrtum, daß die meisten Engländer nicht gut küssen können. Und es war ein ganz großer Irrtum, zu glauben, daß David nicht gut aussieht. Bei ihm ist das ähnlich wie bei Heidrun: Nur ohne Kleidung sieht man seine natürliche, rosige Schönheit. Er ist völlig harmonisch und appetitlich gebaut – ich meine, wer ahnt denn so was? Sogar seine Füße sind wonnig.

Es war ein großer Irrtum, nicht sofort darauf zu kommen, daß David der absolute Traummann ist. Denn das ist er, in jeder Beziehung.

Als ich nachmittags das erste Mal aufwachte, setzte David sich neben mir auf, zog mir ein Stück Bettdecke weg und knurrte: »Das kannst du doch nicht machen! Du kannst doch nicht einfach ankommen, mein Schwein mit Marzipan ruhigstellen und mich ins Bett zerren! Bin ich jetzt auch so ein ÜO, oder was hast du mit mir vor?«

Ich setzte mich auch auf. »Ich glaube, du bist mein Abschlußdiplom. Sag bloß, du hast was dagegen?«

»Ja, wenn du gestattest. Nie wieder eine schöne Frau! Dat hebb ik mi tosworn. Lieber überhaupt keine. Tina, wenn ich mich auf dich einlasse, ist das ernst. Und wenn das kaputtgeht, dann tut das schrecklich weh. So was halt ich nicht noch mal aus …«

»Wie witzig. Vor ein paar Tagen hast du mich noch belehrt, um glücklich zu sein, bräuchte man Mut.«

David seufzte tief, rutschte wieder ins Liegen zurück und zog mich mit. »Stimmt ja, das war immer meine Devise. Für Glück braucht man Mut. Für viel Glück braucht man viel Mut. Für so was Schönes wie Tina muß man aller Voraussicht nach besinnungslos tollkühn sein …«

Als ich nachmittags das zweite Mal aufwachte, roch es nach verbranntem … verbranntem … verbranntem Was –? Ich lag allein in Davids Bett, meine Kleider auf dem Boden davor. Ich zog mich hastig an und lief nach unten, in den Garten. David verbrannte einen großen Haufen Laub und Zweige, aber mittendrin noch etwas – das, was so komisch roch. Als er mich kommen sah, streckte er mir einen Arm hin und zog mich zu sich. Ich umarmte ihn. An dem Mann ist wenigsten was dran zum Umarmen.

»Was verbrennst du denn da? Das Bunte da unten …?«

»Alle meine kurzen Hosen. Drei Paar«, antwortete David. Er klang ein kleines bißchen bedauernd. Dann aber grinste er und fügte hinzu: »Und wenn du nicht brav bist, verbrenn ich nachher auch noch meine Gummistiefel.«

Ich blieb über Nacht und bekam morgens endlich wieder Spiegelei mit Speck und geschmorte Pilze auf Toast – diesmal sogar ans Bett. David mußte zeitig nach Hamburg, das hatte er mir am Abend schon angekündigt. Nachdem er weg war, duschte ich und zog mich an. Ich überlegte kurz, ob ich zu Ulmi rübergehen sollte. Aber es war noch ziemlich früh, erst kurz nach acht. Wahrscheinlich schlief sie noch. Ich beschloß, sie nachmittags anzurufen. Abends kam ich sowieso zurück nach Goden, dann würden David und ich sie besuchen.

Ich stieg in mein Auto und ließ den Motor an. Dann stellte ich ihn wieder ab und blickte durch das bunte Herbstgestrüpp zu Ulmis Haus hinüber. Soviel ich erkennen konnte, waren alle Vorhänge geschlossen. Ich sagte mir, daß es absolut überflüssig und rücksichtslos wäre, die arme alte Dame jetzt zu wecken.

Zehn Minuten später schloß ich vorsichtig ihre Haustür auf. David hatte seit einer Weile den Schlüssel, weil sie jetzt viel im Bett lag und sich um einige Sachen nicht mehr allein kümmern konnte. Wenn sich herausstellte, daß sie tatsächlich schlief, wollte ich genauso leise wieder verschwinden. Ich schlich wie ein Geist die Treppe hoch zu ihrem Schlafzimmer und klopfte hauchzart an die Tür, während ich wisperte: »Ulmi?«

»Komm rein, Kind!« sagte sie hellwach, aber mit schwacher und zitternder Stimme. Ich trat ins Zimmer. Hier brannte Licht. Ulmi lag in ihrem Bett, mit großen, glänzenden Augen im mageren Gesicht. Als ich sah, wie ihre Stirnknochen vorstanden und wie ihre Lippen sich wölbten, wußte ich, daß sie jetzt starb. Mami hatte kurz vor ihrem Tod ähnlich ausgesehen.

Ich trat auf Zehenspitzen ans Bett.

»Gut, daß du noch einmal kommst, Kind. Ich muß dir noch sagen …« Ihre Stimme wurde immer leiser und undeutlicher. Ich beugte mich über sie.

»… muß dir noch sagen: Fall nicht drauf rein! Es ist alles Bluff! Laß dich nicht provozieren. Denk immer daran – es ist nur ein Spiel. Kommt nur drauf an, ins nächste Level …« Sie rang nach Luft.

Ich kniete neben dem Bett. »Ulmi, stell dir vor, ich bin jetzt mit David zusammen. Er ist wirklich ganz großartig! Er ist

402

wunderbar ... ich hab gar nicht gewußt ... Ich muß dir soviel erzählen ... Wie findest du das denn, daß wir zusammen sind?«

»Na endlich!« keuchte sie.

»Weißt du, David ...«

»Nein, nein. Das ist schön, aber ich ... Ich sterbe gerade. Muß mich konzentrieren ... Ich hab es geschafft. Hab das Level abgehakt ...«

Ich fühlte, wie mir die Tränen hinunterliefen, obwohl ich nicht bewußt weinte.

»Ulmi, wo – wo gehst du hin? Wirst du ein Geist sein – oder wiedergeboren werden? Oder im Paradies oder so was leben?«

Ulmi lächelte. Sie bekam wieder mehr Farbe im Gesicht, und das Sprechen schien ihr jetzt leichterzufallen: »Ich werde bestimmt kein Geist sein, weil mich keine Emotion ans Irdische fesselt, Tina. Keine Angst, ich spuke nicht. Das mit der Wiedergeburt ...« Sie hustete ein bißchen und sprach gleich weiter: »... so eine Sache. Keine Energie verschwindet oder geht verloren. Alles bleibt und wird ständig umgewandelt. Wir sind immer wieder jemand anders – aber nicht so, daß eine Person mal dieser ist und mal jener. Das ist für Feiglinge, die Angst haben, ihr Ego freizulassen. Wir sind alle ein wenig Jeder von uns ... Das wirst du eines Tages verstehen, wenn du in diesem Level bist ... Ich werde mich im Alles auflösen, in der Liebe, in der Schöpferkraft ... voller Bewußtsein, aber ohne Ich ...« Ulmi kicherte leise in sich hinein. »Das versteht keiner, der an ›Ich denke, also bin ich‹ glaubt ...«

Sie holte ein paarmal laut und schwer Atem. Ich griff ihre Hand, und sie umklammerte sie sofort fest. Nicht, um mich festzuhalten – es ging gar nicht um mich. Sie hielt *sich* nur fest, um sich besser konzentrieren zu können.

»Da ist es …«, flüsterte sie nach einer Weile, »Da kommt es – da ist –«

Dann leuchtete ihr ganzes Gesicht auf und sie lächelte breit. Sie holte Luft wie ein Kind, das überraschend etwas Wunderschönes sieht, und sie hauchte, sehr amerikanisch: »Wow!«

20.

Tanzende Blätter und Kamingeknister

Am Abend nach Ulmis Tod saß ich mit David vor dem Kamin und weinte. Er hatte einen Stapel frischer Taschentücher aus dem Schrank genommen und neben mich gelegt. Aber nach einer Weile sagte er, Ulmi hätte ihn mehrfach gebeten, nach ihrem Tod allen zu sagen, sie sollten lachen und vergnügt sein, das sei besser für ihre reisende Seele. Da putzte ich mir abschließend die Nase und wir bemühten uns, glücklich zu sein. Das war ja nicht besonders schwierig, weil wir wirklich glücklich miteinander sind.

Die Beerdigung wurde schön. Vati weinte sehr, und wir füllten ihn mit Likör ab und erzählten ihm Witze, bis er in nervöses Kichern verfiel. Aber Vati hatte ein schlechtes Gewissen. Es nützte gar nichts, ihm zu erzählen, das sei eine Erfindung des Teufels, als ihm die Galle weh tat.

Und ein paar Tage später sah ich in Ulmis Garten etwas Orange-Gelbes unter einem Strauch. Es fiel in den bunten Blättern nicht sehr auf, aber ich stutzte doch und bückte mich. Da fauchte es mich an und war der schäbige Rest von Safran. Er war mager und schmutzig und besaß nur noch ein Auge, und da, wo das zweite gesessen hatte, eine blutige Höhle. Er sah fast so aus wie ich direkt nach meiner Krankheit, nur hatte man ihm nicht die Haare geschnitten, sondern die Krallen abgehackt oder rausgezogen. Deshalb humpelte er auch, und seine Pfoten hatten sich an den Spitzen entzündet.

Wir wollten ihn zum Tierarzt bringen, er ließ sich jedoch

nicht einfangen. Es war so schrecklich, ihn unter Schmerzen weghumpeln zu sehen, daß wir ihn in Ruhe ließen. Wir stellten nur Futter und Wasser für ihn hin. Nach einigen Tagen verlor er seine Angst ein bißchen, und schließlich humpelte er sogar in unser – ich meine Davids – Haus. Inzwischen geht es ihm wieder recht gut. Er kann einigermaßen normal laufen, wird jedoch nie wieder auf Bäume klettern können. Er verläßt ungern das Haus, fast nur, um seine Geschäfte zu verrichten. Am liebsten sitzt er vor dem Kamin, dicht an Herrn Brömel, aber auch an Heidrun geschmiegt, der er früher doch nie so recht getraut hat ...

Ich habe Ulmis Haus geerbt. Michi ist nicht böse deswegen. Nicht mal Vati ist böse. Sie finden es beide richtig. Jenny meint, meine Familie hat Seelengröße. Durch diese Seelengröße werden Jenny und Guido ab Januar unsere Nachbarn, denn Guidos Eltern haben einen wirklich anständigen Preis für den häßlichen alten Kasten bezahlt. Wenn ihr Baby im April kommt, kann Jenny es unter sechzig blühende Obstbäume rollen. Sie sieht sehr jung und glücklich aus in der letzten Zeit. Guido will jetzt auch nicht mehr Karriere machen. Er übernimmt nun doch den Sanitärhandel.

Beate dagegen ist jetzt schon Rektorin, weil die alte Dame, ihre Vorgängerin, plötzlich in ein Heim mußte. Sie schreibt pädagogische Artikel für Fachzeitschriften und fängt demnächst mit einem Buch über irgend etwas Legasthenisches an. Sie klingt am Telefon zuversichtlich und zufrieden.

Carla hat sich von uns allen am wenigsten verändert, finde ich. Sie ist so rothaarig, vollbusig und stöckelbeschuht wie eh und je, raucht Kette und fängt gerade bei einer Werbeagentur als Grafikerin an. Sie hat Befürchtungen, daß Jenny und ich auf dem Lande versauern und allen Pep verlieren und nur noch Hausfrau und Gefährtin sind. Das ist Quatsch. Ich bin zur Zeit auf dem Weg ins nächste Level: Ich will eine erfolgreiche Malerin werden. Alle Galeriebesitzer und Kunstkritiker sind meine Lehrer. Oder meine ÜOs. Ich werde das Spiel bestimmt gewinnen. Es ist schließlich alles nur Bluff.

Jetzt ist wieder tiefster November, die Bäume sind nur noch spärlich belaubt. Ich habe mir Gummistiefel gekauft, denn in dem Matsch hier draußen sind sie unentbehrlich. Ich gehe oft durch den Laubwald mit einem wundervollen Mann und einem prächtigen Schwein mit Schlappohren (wenn es den Kopf tief genug senkt) mitten durch tanzende goldene Blätter. Hinterher sitzen wir in der rötlichen Nachmittagssonne vor dem knisternden Kamin, trinken Tee und spielen Schach. Ich bin immer noch eine miserable Schachspielerin, aber das stört David nicht. David ist wunderbar. Ich liebe den November. Ich *liebe* den November!

Ganz herzlichen Dank an …

Meine Lektorin Almuth Stiefvater
für die überaus erfreuliche Zusammenarbeit;
Gabriele Sessler für ihr gesegnetes
Knüpfen von Verbindungen;
Ingo Sax für seine Hilfe bei den plattdeutschen Einlagen;
Ingeborg Schönbrodt, die tatkräftig verhindert hat,
daß ich irgendwelchen überflüssigen Quatsch schreibe –
statt mich diesem Buch zu widmen;
unsere Nachbarn, die durch emsiges Grillen
meinen Nachtschlaf störten –
mir kommen nun mal nachts die besten Ideen;
die netten Schweine auf dem Sternberg-Hof in Tornesch
für die vielen Insidertips

und an Muckel, die beste aller Freundinnen,
die sich mit mir in unseren ÜO-Zeiten
Seite an Seite durch die Levels gekämpft hat …

352 Seiten, ISBN 3-7844-2766-9

Dagmar Seifert
Ein silbergrüner Wasserfall

„Wenn du etwas tun willst, dann tu es jetzt! Sei bereit für den wirklichen Sinn deines Lebens."

Ausgerüstet mit unerschütterlichem Optimismus, pragmatischer Lebensweisheit und einer extragroßen Portion Humor beginnt für Dörthe Mehlig die Eroberung des Traummannes und ein neues Leben. Eine spritzige Anleitung zum Glücklichsein.

Langen Müller

Annemarie Schoenle

Frauen lügen besser

Roman

Drei Frauen landen einen Weibercoup.
Sie produzieren einen Bestseller und schlagen die
erfolgversessene Medienbranche mit deren eigenen
Waffen.
Der Plan gelingt, wenngleich anders als gedacht,
denn die drei haben – sträflicher Leichtsinn – den
Faktor »Männer« nicht berücksichtigt.

*»Intelligent und witzig erzählt. Annemarie Schoenle
vermag den drei Frauengenerationen ein glaubwürdiges
Profil zu geben.«*

Der Spiegel

Knaur

Sue Margolis

Neurotica

Roman

Was soll frau bloß mit einem gesunden, aber hoch-
neurotischen Ehemann anfangen, der den Sex verweigert, weil er Angst vor einem Herzinfarkt hat?
Anna Shapiro, Journalistin und Mutter zweier Kinder, beschließt, ihre diesbezüglichen Bedürfnisse außerhalb der Ehe zu befriedigen, und legt sich einen,
nein, drei Lover zu. Keine einfache Lösung des Pro-
blems …

»Ein irrsinnig witziger Roman.«
Mail on Sunday

Knaur